Burkhard Spinnen
Nevena

Roman

Schöffling & Co.

Erste Auflage 2012

Satz: Fotosatz Amann, Aichstetten
Druck & Bindung: Pustet, Regensburg
ISBN 978-3-89561-044-8

www.schoeffling.de

Nevena

1. Kapitel

Patrick loggt sich ein. Als Erstes wird seine Figur sichtbar, dann bauen sich um ihn herum sehr langsam die Häuser und Straßen von Themara auf. Das Warten nervt, aber Patrick wohnt gerne in der Hauptstadt, auch wenn sein PC dafür ganz schön arbeiten muss. Er fühlt sich wohl im Herzen der Spielwelt. In Themara gibt es alles zu kaufen, was Pocahonta, seine Zornelfenzauberin, für ihre Reisen in die entlegenen Territorien braucht. Hier kann sie ihren Drachen unterstellen, hier gibt es die Läden, in denen man ihre komplizierten Heilzauber mixt. Allerdings bilden sich in Themara auch die großen Schlachtzuggruppen, zu denen sich Dutzende von Spielern zusammenschließen, um besonders schwierige Aufgaben zu lösen. Deshalb ist Patrick hier nicht allein, im Gegenteil, er muss sich die Stadt zu jeder Tages- und Nachtzeit mit Hunderten anderer Spieler teilen. Kein Wunder also, dass sein Computer so viel zu tun hat. Schon nach zwei, drei Minuten schaltet sich der zusätzliche Lüfter ein.

Nevena sagt, dass Patricks Vorliebe für die Metropole ein Fehler sei. Sie selbst hat sich eine andere Heimat gesucht, die Stadt D'ub am Rande der Terrakonischen Wüste. Die ist zwar deutlich kleiner und hat nur bescheidene Läden, dafür ist sie nicht so überlaufen. Das sei besser für ihre serbische Grafikkarte, hat sie einmal gesagt. Und dann hat sie noch gesagt: »You get lost in the city, Patti-Baby.« Provinz hingegen bedeute Identität. Am letzten Satz hing der Zwinkersmiley, den nur Nevena benutzt. Sie hat ihn selbst gezeichnet, ein gutmütiger einäugiger Pirat.

Die Computerwelt ist noch immer im Aufbau, da blinkt schon eine Chatnachricht. Natürlich stammt sie von Nevena; sie lässt sich automatisch melden, wenn Patrick sich einloggt. Er stellt sich dann immer vor, dass in ihrem Haus eine alte Klingel rasselt, die nur mit ihren elektrischen Drähten an der Wand hängt. Das ist natürlich Unsinn. Patrick hat keine Ahnung davon, wie es bei Nevena zu Hause aussieht.

Die beiden haben sich auf einem der großen internationalen Server kennengelernt. Man trifft hier die interessanteren Leute, also die besseren Spieler. Ein Zufallsgenerator hatte sie in dieselbe Schlachtzuggruppe gesteckt, und die wurde allmählich so überschaubar, dass man miteinander ins Reden kam. Die Umgangssprache ist natürlich Englisch. »Hi, Patti«, schreibt Nevena jetzt. »See you in Hell's Gate Mountains. Waiting for you at Sunsnapper's Point! Hurry!«

Die Höllentorberge sind eine felsige Einöde, die aus einer der frühen Programmierphasen des Spiels stammt. Es ist eines dieser alten Länder, die längst aus der Mode gekommen sind. Als einzige Attraktion gibt es dort mehrere Niederlassungen einer besonderen Rasse von computergesteuerten Orks, die mit den spielbaren Orks auf Kriegsfuß steht.

Patrick wundert sich. Die Höllentorberge sind zwar nicht weit von Nevenas Wahlheimat entfernt, aber die Anforderungen für dieses Gebiet liegen weit unter dem Level seiner Zauberin, immerhin stattliche 56. Was soll einer wie er dort tun? Man kann wehrlose Wildschweine jagen, ein paar langweilige Kräuter sammeln oder sich mit den ungelenken Orks herumprügeln. Aber es gibt nichts, was seine Figur weiter aufsteigen ließe: keine seltenen Pflanzen, keine Bodenschätze, keine wertvollen Artefakte. Dennoch holt Patrick sofort seinen Flugdrachen aus dem Stall. Auf Nevena ist immer

Verlass. Womöglich hat sie ausgerechnet in dieser Pixelwalachei eine lohnende Quest aufgetan.

Quests, das sind eigentlich nur Aufgaben. Aber Quest klingt cooler als Aufgabe, und auch cooler als Task, Mission oder Job. Es gibt unendlich viele von diesen Aufgaben, und sie bestimmen das Leben fast aller Spieler. Kaum einer treibt sich bloß so in der Spielwelt herum, die allermeisten sind vielmehr auf einer Quest, so wie man außerhalb des Spiels in der Schule oder bei der Arbeit ist. Für eine erfüllte Quest gibt es eine Belohnung; Ausrüstungsstücke, Kleidung, Waffen. Man steigt im Rang, oder man darf hoffen, es demnächst zu tun. So einfach ist das.

Oft allerdings besteht die Belohnung darin, dass man gleich eine neue Quest bekommt. Einmal sollte Patrick ein gut behütetes Artefakt besorgen. Zwei Tage hatte er gebraucht, es ausfindig zu machen, zwei weitere Tage, um es dem Dämon, der es bewachte, zu stibitzen. Doch kaum hatte er das erledigt, bat ihn der freundliche Troll, der als Questgeber fungierte, das Teil doch bitte auf einem speziellen Opferaltar zu vernichten. Sehr komisch! Unter den Leuten, die das Spiel konstruieren, müssen etliche mit schrägem Humor sein.

Manchmal reihen sich solche Quests zu Geschichten, ähnlich wie die in den Fantasyromanen. Sie haben dann regelrecht Anfang, Mitte und Ende. Wenn man will, kann man sich wie ein Held fühlen, wie einer, der dauernd verzweifeln möchte, weil alles gegen ihn ist, der aber Mut besitzt und am Ende etwas Großes leistet. Leider ist das die Ausnahme. Meistens rennt man bloß von hier nach da und von da nach dort und wieder zurück, wie der Laufjunge vom Botendienst. Oder man schlägt sich mit mehr oder weniger interessanten Gegnern. Man könnte das langweilig finden; doch solange das Questen die einzige Möglichkeit ist, ein höheres Level zu erreichen, kommt man nicht darum herum.

WENN DAS TOR AUFGEHT, aktiviert es den Bewegungsmelder. Die zwei Leuchten flackern ein paar Sekunden, dann ist alles hell. Henner wartet so lange, dann fährt er vorsichtig in die Garage. Über einen Punkt am unteren Rand der Windschutzscheibe peilt er die Markierung auf der hinteren Wand an. Nur wenn er seinen Kombi so eng wie eben möglich und leicht schräg neben das Wohnmobil setzt, bekommt er die Fahrertür weit genug auf; dann kann er ohne Verrenkungen aus dem Wagen steigen.

Henner schließt den Kombi ab, was ihm, wie immer, überflüssig erscheint. Dann überlegt er wieder, ob er die Garage nicht verlassen und das Haus durch die Tür betreten soll, so wie er das früher getan hat. Tür aufschließen, Tür öffnen, eintreten. Den Schlüssel in die kleine Holzschale auf der Ablage über dem Heizkörper legen. Und dann diesen Satz rufen, über den er jedes Mal stolperte: »Ich bin's!«

»Ich bin's.« Natürlich. Wer sollte man sonst sein?

Aber der Satz funktionierte ja. Und wenn, wie meistens, jemand zu Hause war, denn Henner kam oft spät, dann antwortete auch keiner: »Wer ist das, ich?« Nein, dann kam ihm Astrid aus dem Wohnzimmer oder aus der Küche entgegen, oder Patrick beugte sich über das Geländer im ersten Stock, und schon begannen sie, einander dies und das zu fragen.

Das Garagentor hat sich automatisch geschlossen, das Licht geht wieder aus. Die Stromphase des Bewegungsmelders ist sehr kurz eingestellt. Henner hebt eine Hand und winkt, augenblicklich ist es wieder hell. An der Stirnwand der Garage führt eine Wendeltreppe nach oben in sein Studio. Es war die engste Treppe, die sie einbauen durften, ohne gegen die Bauvorschriften zu verstoßen. Man kann auf ihr nicht fallen, man steckt darin wie in einem Schlauch. Spätestens wenn man auf der siebten Stufe ist, geht automatisch das Licht im Studio an.

Der Zugang von der Treppe zum Studio ist offen. Der Raum nimmt fast die ganze Fläche der Garage ein, etwa sechs an acht Meter. Nur zum Garten hin springt der Aufbau ein wenig zurück. So lässt sich die Glastür inmitten der rückwärtigen Fensterfront nach außen öffnen. Der Balkon dahinter ist allerdings so schmal, dass gerade mal ein Stuhl darauf Platz hat. Der Garten liegt nach Norden; das ist eigentlich ein Nachteil, doch Henners Arbeit kommt es entgegen. An den Werkbänken rechts und links von der Balkontür hat er immer gleichmäßiges und niemals grelles Licht.

Er stellt seine Tasche ab. Gleich neben der Wendeltreppe führt eine Tür durch die Außenwand ins Haus. Henner öffnet sie und lauscht. Dann tritt er die zwei Stufen hinab in den oberen Flur. Im Zimmer rechts hat Patrick gelebt, fünfzehn Jahre lang, bis zu dem Tag, als Astrid zum letzten Mal aus dem Krankenhaus kam. Er ist dann unters Dach gezogen, in Henners alten Arbeitsraum, der seit dem Bau des Studios leer stand. Und dort ist er auch geblieben.

Gleich links führt die Treppe hinunter ins Parterre. Dort unten im Flur klirrt immer, wenn man eine Tür schließt, die lockere Scheibe in der alten Kommode. Eine neue Leiste würde das abstellen, aber Henner hat sich noch nicht dazu aufgerafft.

Er hält die Luft an. Wie immer braucht er ein paar Sekunden, bis er es hört: das Geräusch des Spiels. Seit Astrids Maschinen abgestellt sind, ist es das Geräusch des Hauses.

Aber es ist sehr leise, und er muss sich jedes Mal anstrengen, um es überhaupt wahrzunehmen. Das Geräusch ist aus ganz Verschiedenem gemischt; aus einer Hintergrundmusik, die beständig etwas anzukündigen scheint, aus Naturlauten wie Wind oder Grillengezirpe, aus dem Klang, mit dem Metall auf Metall schlägt. Eine Filmszene könnte so unterlegt sein. Aber im Film würden die Geräusche wechseln, die Musik würde anschwellen oder aussetzen. Das Spielgeräusch hingegen ändert sich nie. Es ist, als stände man im Freibad am Beckenrand, wo hundert Geräusche zu einem einzigen verschmelzen, das ganz präsent und unverwechselbar ist, aber ohne Botschaft.

Jetzt hört er es. Patrick stellt die Lautsprecher an seinem PC noch immer so leise wie früher, als sie nie wussten, ob Astrid wach lag oder schlief. In ihrem letzten Jahr zu Hause schlief sie zu ganz verschiedenen Tages- und Nachtzeiten. Sie kannte keinen Rhythmus mehr. Je nachdem, wie sehr sie kämpfen musste, um zusammen mit ihren Maschinen zu atmen und ihr Herz in Bewegung zu halten, wachte oder schlief sie. Sie schlafe gerne, sagte sie. Albträume habe sie nie.

Doch wenn sie wach war und sich um jeden Atemzug und jeden Herzschlag mühte, hatte sie Angst vor dem Tod. Sie wünschte sich dann Gesellschaft, aber sie rief nur selten. Eigentlich rief sie nur, wenn sie etwas Konkretes brauchte, eine Hilfestellung, eine Veränderung an den Geräten oder ein Medikament. Und immer zögerte sie mit dem Rufen. Denn oft wurde ihr ganz plötzlich alles wieder leicht, das Herz schlug von selbst, und dann schlief sie meistens ein. Manchmal, sagte sie, schlafe sie ein, wenn sie sich gerade entschieden habe zu rufen. Deshalb zögere sie damit. Allerdings war ihr Schlaf sehr leicht. Betrat man ihr Zimmer, ohne dass sie gerufen hatte, lief man daher immer Gefahr, sie zu wecken.

Das Schlafzimmer liegt jenseits der Treppe und steht jetzt leer. Um Astrid dort pflegen zu können, mussten sie alle Möbel herausschaffen. Das Spezialbett stand in der Mitte des Raumes, rundherum war Platz für die Apparate. Kurz bevor alles geliefert wurde, hatte Henner das Zimmer noch neu gestrichen, in einem warmen Gelbton.

»Ah!«, sagte Astrid, als die Träger sie ins Zimmer brachten. Das also sei das Letzte, was sie sehen werde von dieser Welt, so eine fette Farbe. Vielleicht sei ihr letztes Wort dann Sonne. Oder Butterblume. Oder nur: Gelb?

Henner hatte damals nichts gesagt. In gewisser Weise war er vorbereitet, im Hospiz hatte er einen Kurs für Angehörige besucht. Ja, hatte es dort geheißen, man könne einem Sterbenden durchaus helfen. Aber man könne es ihm nicht recht machen. Das dürfe man nie vergessen. Es ihm recht zu machen, hieße ihn gesund zu machen. Eine ältere Frau war in Tränen ausgebrochen. Henner wäre beinahe aufgestanden und gegangen. Später begriff er, dass die Hospizleute recht hatten, auch wenn sie nie die richtigen Worte fanden.

Gleich neben dem Schlafzimmer liegt Astrids Arbeitszimmer, der kleinste Raum im ersten Stock. Als endgültig feststand, dass sie nie wieder arbeiten würde, kam jemand von der Schule und holte ab, was sie ausgeliehen hatte. Das war zwei Jahre vor ihrem Tod; danach hat Henner lange nichts angerührt. Erst vor ein paar Monaten hat er alle Bücher und Papiere in Kartons verpackt und das Zimmer gründlich geputzt. Jetzt sieht es aus wie der Raum einer Tochter, die in Übersee studiert und nicht einmal mehr zu Weihnachten nach Hause kommt.

Er ist schon auf der Treppe nach unten, da macht Henner wieder kehrt. Er hat gar keinen Hunger. Wenn er sich jetzt in der Küche ein paar Brote schmieren und sie mit ins Studio nehmen würde, dann nur, weil er das früher so gern getan hat. Noch schöner war es allerdings, wenn Astrid ihm unaufgefordert etwas zu essen brachte. So als wäre er ein alter Handwerksmeister und sein Studio die Werkstatt, in der er das Geld für die Familie verdient. Und als wäre sie die Meisterin, die sich ums Haus und um die vielen Kinder und Gesellen kümmert. Im Studio schließt Henner die Tür hinter sich. Es ist noch hell draußen, und das will er nutzen.

Auf der Werkbank steht ein hölzerner Schreibkasten, wahrscheinlich spätes 18. Jahrhundert. Gewissermaßen die Urform des Laptops, hatte Henner zu Patrick gesagt. Sie trafen sich zufällig im Flur, als der Postbote das Paket brachte. Man verwahrte damals Papiere, Tinte und Feder in solchen Kästen. Dann baute man sie auf und hatte überall einen Platz zum Schreiben. Henner hatte es demonstriert.

Patrick war mit einem Glas Orangensaft in der Hand auf dem Weg in sein Zimmer. »Ja, cool.« Mehr hatte er nicht gesagt. Ein kurzer Blick auf den abgestoßenen und fleckigen Kasten, dann war er schon wieder auf der Treppe.

Früher hat Henner ganze Tage auf Flohmärkten verbracht, um nach solchen Stücken zu suchen, aber diese Zeiten sind vorbei. Heute bieten die Leute alles, was sie für halbwegs wertvoll halten, lieber im Internet an. Henner hat sich umgestellt. Er kauft jetzt im Netz, was auf den Fotos so beschädigt aussieht, dass niemand sonst es will. Auch der Schreibkasten hat nicht viel gekostet. An mehreren Stellen ist Tinte ins Holz gezogen; und wie soll man die wieder herausbringen?

Henner weiß, wie. Essigessenz, Salmiakgeist und Wasserstoffperoxyd stehen bereit. Er zieht einen Arbeitskittel an, dann testet er jedes Mittel an einer möglichst unauffälligen Stelle, in sehr kleinen Mengen, um den Vorgang kontrollieren zu können. Zwischen jedem neuen Versuch muss er lange warten. Darüber wird es dunkel, er schaltet das Licht über den Werkbänken ein. Es sind zwei Reihen kräftiger Leuchtstoffröhren, die ein warmes Licht geben. Was für ein großartiger Arbeitsplatz das hier ist, denkt Henner. Und was für ein lausiges Leben.

AM SONNENHÄSCHERSTÜTZPUNKT ist Nevena nirgends zu finden. Patrick schreibt ihr eine kurze Nachricht und erhält als Antwort kommentarlos das offizielle Gruppenformular. Das ist wieder eine dieser langweiligen Routinen. Verfolgt man nämlich zu mehreren ein Quest-Ziel, so bekommt nur einer die Belohnung, auch wenn alle geholfen haben. Nur wenn man eine offizielle Kleingruppe bildet, wird die Beute geteilt; man kann einander dann auch über die Landkarte orten.

Im Spieljargon heißen die Kleingruppen Dungeonteams. Sie sind überhaupt nicht beliebt, schon weil beim Teilen der Beute manchmal das Meiste verloren geht. Patrick findet nur den Ausdruck grässlich. Keine Sorge, hat Nevena einmal gesagt, wir sind kein Team; wir sind siamesische Zwillinge. Tatsächlich sind die beiden seit Monaten fast nur noch als Dungeonteam unterwegs.

An dem blinkenden Punkt auf der Karte sieht Patrick, dass Nevena bereits unterwegs ist. »Sorry, honey«, schreibt sie. »I've already started.« Die erste Aufgabe sei sowieso nur ein simpler Botendienst, wenngleich über Langstrecke.

»Miles and more.« Zwinkersmiley. Aber am Ende warte eine echte Überraschung!

Patrick zieht nach. Vom Questgeber, einem ungehobelten Ork, lässt er sich ebenfalls mit einer Botschaft losschicken. Dann besteigt er wieder seinen Flugdrachen und gibt dem Tier die Richtung an. Wie jedes Mal beschwert sich der Drache, indem er seinen Kopf am Ende des langen Halses schüttelt, doch dann spreizt er seine nackten Flügel und hebt mühelos vom Boden ab.

Patrick arretiert die Flugtaste. Und während seine Zauberin knapp über den Spitzen der höchsten Bäume dahinrauscht, holt er sich aus der Küche ein Glas Orangensaft. Die Spielwelt wird beständig größer, da werden die Reisezeiten entsprechend länger. Anfangs hat Patrick bei solchen Flügen noch die aufwändig programmierten Landschaften studiert, aber mittlerweile kennt er auf den üblichen Reiserouten jeden Pixel.

Als er an seinen Computer zurückkehrt, ist der Drache bereits ein wenig über ihr Ziel hinausgeflogen. Patrick korrigiert den Kurs und trinkt dann den ersten eiskalten Schluck, auf den er sich zwei Treppen lang gefreut hat. Nevena hat eine weitere Nachricht geschrieben. Da er ja offensichtlich nicht an der Tastatur sitze, sondern vermutlich menschliche Bedürfnisse befriedige, werde sie schon mal weitermachen. »See you!«, schreibt sie.

Das erste Ziel ist eine kleine Stadt am Meer. Dort gelandet, bekommt Patrick von einem Zombie den nächsten Teil der Aufgabe. Aha! Es geht zurück nach Themara. Patrick verdreht die Augen. Warum in aller Welt lässt sich Nevena dermaßen herumscheuchen? Natürlich ist sie längst wieder auf und davon, und so macht sich auch Patrick auf dem schnellsten Weg zurück in die Hauptstadt. Wenigstens muss er dazu nicht den Drachen nehmen. Seit ihrer vorletzten Quest besitzt er nämlich einen Ruhestein. Den kann er alle halbe Stunde einmal verwenden, um sich zusammen mit seinem Flugtier in seine Heimatstadt zu teleportieren. Es reicht jetzt ein Klick auf das Icon; und während seine Zornelfe mit den üblichen Gesten den Zauber vorbereitet, trinkt Patrick den zweiten Schluck Orangensaft. Leider ist der schon nicht mehr so kalt wie der erste.

Wieder baut sich Themara Stück für Stück auf. Zur Sicherheit lässt sich Patrick die Questbeschreibung noch einmal anzeigen. Nevena kann sehr streng sein, wenn er nicht ganz auf der Höhe ist. Also: Von dem Zombie hat er einen Schlüssel bekommen, der zu einer geheimen Pforte in den unterirdischen Gängen von Themara passt. Patrick grinst den Monitor an. Die wievielte geheime Pforte mag das wohl sein? Allmählich wiederholt sich doch einiges.

Der Himmel über der Hauptstadt hat sich gerade geschlossen, da ist Pocahonta schon unterwegs. In die Unterwelt kommt sie, indem sie einen der rostigen Deckel mit den markierten Griffen zur Seite schiebt. Die Geheimtür ist dann dank des Quest-Navis schnell erreicht. Patrick öffnet sie. Drinnen wird er schon erwartet.

»Hi!«, schreibt Nevena. Der schnelle Patti auch schon da? Alle Achtung! Sie lässt ihren Mr. Smith, einen Barbar auf Level 58, eine Auslachbewegung machen. Patricks Zornelfe Pocahonta antwortet mit einer Verbeugung. Nevena schreibt etwas, das sinngemäß »Du mich auch« bedeutet, dann spricht der Barbar einen Troll an, der auf einem Schemel sitzt und nach Trollmanier mit dem Kopf wackelt. »Listen to him!«, schreibt sie, und der Troll wiederholt seine Botschaft.

Dies, sagt er, sei eine besondere Herausforderung. Man könne sich ihr nur zu zweit stellen, nicht allein und nicht zu vielen. Aber Vorsicht! Kaum ein Paar habe sich dieser Aufgabe bislang würdig und gewachsen gezeigt.

Jetzt ist Patrick ganz bei der Sache. Vor ein paar Wochen ist das Spiel aktualisiert worden. Seitdem gibt es eine neue Art von Questen: sehr selten, spektakuläre Belohnungen und – nur für Spielerpaare. Das ist vollkommen neu! Bislang gab es neben den normalen Quests für jedermann nur die Spezialaufgaben für die großen Schlachtzuggruppen. Und jetzt diese Couple-Quests, wie sie gleich genannt wurden.

Die ganze Spielwelt ist seitdem in Aufruhr. Und sie ist überfordert. Geschickte Einzelkämpfer gibt es eine Menge. Auch schlagkräftige Armeen, organisiert von Spielern, die selbst schon alles erreicht haben. Aber kompetente Paare zu bilden, ist offenbar besonders schwierig. Vermutlich ist es genau das gleiche Problem wie im Leben: Eine Massenparty kann man über Twitter und Facebook aus dem Boden stampfen. Aber wer schafft es, einen Abend zu zweit zu verbringen?

In den Blogs hört sich das natürlich anders an. Niemand will zugeben, dass er einfach nicht den richtigen Partner findet. Stattdessen heißt es, die Couple-Quests seien viel zu schwer! Nicht zu schaffen, auch nicht von Leuten, die auf Level 60 plus spielen, also noch ein paar Stufen höher als Patrick und Nevena. Einige der Spieler, die gerne den Ton angeben, haben sogar vermutet, es handle sich um einen Gag der Spielleitung.

Und jetzt packt dieser Troll tatsächlich eine solche Couple-Quest aus! »Wow!!«, schreibt Patrick. Und das sollen ausgerechnet sie beide schaffen?

»Yep. If not us who else, darling?«

Patrick merkt, wie er vor dem Monitor rot wird. Er verbirgt sein Gesicht, indem er einen langen Schluck Orangensaft nimmt. »Sure?«, fragt er, mit einer Hand.

Ob er einen Heiratsantrag brauche?

Patrick möchte antworten, weiß aber nicht, was er sagen soll. Natürlich sind sie ein perfektes Team, exakt aufeinander abgestimmt. Der Barbar und die Zauberin. Einer, der kämpft, und eine, die ihn heilt. Mittlerweile hat Patrick seine Figur komplett auf diese Funktion hin umgebaut. Allerdings ist es ihm peinlich, darüber zu reden. Endlich setzt er zu schreiben an, doch da kommt Nevenas Zeichen für: Moment mal, bin gleich wieder da.

Für ein paar Minuten ist es still im Chatkanal, während die beiden Figuren weiter untätig vor dem nickenden Troll in der Unterwelt von Themara stehen. Dann meldet sich Nevena wieder. »Sorry. Trouble in real live Serbia.« Ihr kleiner Cousin übergebe sich gerade auf den Teppich, und der sei ein Erbstück, an dem die ganze Familientradition hänge. Jedenfalls wenn man Tante Lo glauben dürfe, die gerade hysterisch werde.

Patrick schreibt etwas, das Mitleid ausdrücken und möglichst nicht ironisch klingen soll.

»ThankU.« Ob er eine Vorstellung davon habe, wie egal ihr der Teppich und die Tradition seien? Aber außer ihr ist leider niemand der anwesenden Familienmitglieder an den Spezialwaffen Lappen und Lauge ausgebildet. »I call U.« Damit löst der Barbar sich auf.

Patrick lässt den Troll die Couple-Quest erklären. Die Sache klingt in der Tat groß und schwierig. Dann verlässt auch er das Spiel. »See you«, sagt er zu dem Foto, das mit einer Sicherheitsnadel am Vorhang hinter dem Monitor hängt.

IN DER LUFTLINIE GEMESSEN, ist Henners Platz an der Werkbank im Studio vielleicht fünf Meter entfernt von Patricks PC-Tisch. Wenn er sich ein wenig vorbeugt, kann er das kleine Fenster im Giebel sehen. Es ist Tag und Nacht von innen verhängt. Patricks Monitor steht direkt davor, daher stört ihn das Licht.

Über das Spiel weiß Henner, was man weiß, wenn man beinahe fünfzig ist und nicht hinter dem Mond lebt. Weltweit spielen es acht Millionen Menschen. Das heißt, acht Millionen waren es vor zwei Jahren, als Patrick zu spielen begann und Henner sich erkundigte. Jetzt werden es neun Millionen sein oder neunzehn. Oder sein Sohn ist der letzte, und das ganze Spiel nur noch die Simulation einer Simulation, die einzig für Patrick Ehling in Gang gehalten wird.

Henner hasst das Spiel. Nicht, weil man dort mit waffenstarrenden Märchengestalten durch eine Art Hi-Tech-Mittelalter zieht und Monster tötet. Das könnte ihn selbst noch reizen, für ein oder zwei Stunden an einem Samstagnachmittag, wenn auf einer seiner Antiquitäten der Lack trocknet. Nein, Henner hasst das Spiel, weil es ihm Patrick weggenommen hat.

Ein einziges Mal hat er das laut gesagt. Das war am Abend nach Astrids Beerdigung. Sein Bruder Peer war aus Brasilien gekommen, wo er seit Jahren für eine deutsche Firma Turbinen baut. Sie hatten bis früh am Morgen in der Küche gesessen und getrunken, und Henner hatte Peer die Geschichte des letzten Jahres noch einmal erzählt. Wie sie so zusammensaßen, war es eine andere Geschichte als die, die in seinen

Mails nach Brasilien gestanden hatte. Dort hatte Henner seinen Sohn nur immer gelobt, mit Sätzen, die ihm vorkamen, als hätte er sie irgendwo ausgeschnitten: »Der Junge hält sich fabelhaft.« »Auf Patrick ist immer Verlass.« »Wer weiß, wie ich reagiert hätte, wenn unser Vater damals …« Und so weiter. Aber in dieser Nacht sagte Henner andere Sätze. Darunter den, dass er das Spiel hasse, weil es ihm Patrick genommen habe.

Henner sieht Peer nur noch alle paar Jahre, aber das ändert nichts an ihrer Beziehung. Peer bleibt der große Bruder aus dem Bilderbuch, freundlich, kompetent und unbedingt loyal. Als ihr Vater starb, urplötzlich, ohne vorher jemals krank gewesen zu sein, war Peer vierundzwanzig und Henner neunzehn. Fünfzehn Jahre lang hatte Peer den Vater vertreten, dann starb die Mutter, und er ging nach Brasilien.

»Liegt das wirklich an diesem Spiel?« Dabei hatte Peer sich ächzend nach einer Flasche gebückt.

Spätestens da wusste Henner, dass er Unsinn geredet hatte. Natürlich lag es nicht an diesem Spiel, dass Patrick seit zwei Jahren jede freie Minute vor dem PC verbrachte. Man musste kein Psychologe sein, um zu begreifen, warum ein Junge, der mit seiner sterbenden Mutter in einem Haus lebte, sich gern in eine andere Welt versetzte. Henner hatte seinen Satz bedauert, aber er nahm ihn nicht zurück; und das war auch nicht nötig. Peer verstand ihn, außerdem war es spät. Henner hatte dann noch gesagt: »Willst du mal wissen, was logisch ist?« Und als Peer ihm zunickte: »Jetzt, wo hier niemand mehr stirbt, kommt es mir vor wie im Grab.«

Zwei- oder dreimal in den letzten Monaten ist Henner nach oben gegangen und hat sich neben Patrick vor den PC gesetzt. Das Geschehen auf dem Monitor sprach ihn nicht an, kein Wunder, er wusste ja gar nicht, worum es ging. Zudem irritierten ihn die vielen Symbole, die alles einrahmten, so dass man wie aus einem Cockpit auf die Spielwelt sah. Aber egal, er war ja nicht die Treppe hochgestiegen, um das Spiel zu verstehen. Es war ihm nur darum gegangen, mit Patrick ins Gespräch zu kommen.

Und genau das war jedes Mal gescheitert. Zwar hatte sich Patrick über sein Interesse gefreut und gleich begonnen, ihm die Situation zu erklären. Doch er holte sehr weit aus, und er benutzte seltsame Fachbegriffe. Henner konnte beim besten Willen nicht folgen; und so zu tun, als ob, das lag ihm einfach nicht. Sattdessen stellte er Fragen, die offenbar die falschen waren. Schon da wurde es schwierig. Erst recht brach alles zusammen, als Patrick über seinen Erklärungen die Konzentration verlor, die das Spiel verlangte. Einmal wollte er eine Kampfszene vorführen, da scheiterte etwas und konnte nicht gleich wiederholt werden. Patrick ärgerte sich sehr. Henner hatte das Gefühl, als sei etwas Wichtiges für immer verloren, aber er wagte nicht mehr zu fragen.

»Na, dann Waidmannsheil noch!«, sagte er schließlich und ging wieder hinunter in sein Studio, wütend auf das Spiel und noch wütender über seine Ohnmacht.

Auch jetzt würde er gerne mit Patrick reden. Aber seit Astrid tot ist, haben sie kein gemeinsames Thema mehr; es gibt nichts Selbstverständliches und nicht einmal Probleme. Henner gäbe sonst was darum, hätte er einen siebzehnjährigen Sohn, der ganz normale Interessen hat. Einen Jungen zum Beispiel, der sich für Fußball begeistert und am Freitagabend vor dem Spiegel steht, bevor er ausgeht, um seine Freunde und natürlich um Mädchen zu treffen. Henner könnte sich dann ein bisschen über ihn lustig machen, als

Mann, der all das hinter sich hat. Oder sie tauschten ein paar Sätze darüber, was ein Witwer um die Fünfzig mit seinem Leben noch anstellen sollte.

»Lass doch mal deine Werkstatt«, könnte Patrick zum Beispiel sagen. »Und komm mit. Muss ja nicht unbedingt dieselbe Disko sein.«

Oder er sagte: »Bleib ruhig hier! Ich such mir eine mit einer alleinerziehenden Mutter.« Henner würde ihm einen Geldschein zustecken, dann könnte er in sein Studio gehen, weiter an seinen Sachen werkeln und sich dabei sagen, dass sein Leben nun wirklich noch nicht zu Ende ist. Vielleicht würde das ja schon helfen. Oder sogar genügen. Aber so wird es nicht sein. Und deshalb wird Henner auch heute nicht hinaufgehen.

Es gilt nämlich, Enttäuschungen zu vermeiden, wo immer das möglich ist. Sie haben das in den letzten Jahren gelernt: möglichst viele Enttäuschungen vermeiden, denn davon hatten sie immer mehr als genug. Praktisch jede Untersuchung, jede Therapie brachte eine neue. Jede Hoffnung wurde enttäuscht.

Anfangs war es die große Hoffnung auf eine schnelle Heilung nach der Operation und der Chemotherapie. Dann die kleinere Hoffnung auf einen Stillstand der Krankheit. Und schließlich die ganz kleinen Hoffnungen auf eine Verlangsamung, auf Ruhepausen, Erleichterungen oder Aufschübe. Und alle wurden enttäuscht. Egal, was getan wurde, die Krankheit schritt voran, als gäbe es einen Plan, an den sie sich unbedingt halten musste.

Nur am Ende erlaubte sie sich eine Abweichung. Die letzte Phase, in der Astrid zu Hause auf den Tod warten sollte, ohne weitere Therapie, künstlich ernährt und künstlich beatmet, dauerte nicht wie vorhergesagt drei bis vier Monate, sondern fast ein ganzes Jahr. Auch das, denkt Henner manchmal, war eine enttäuschte Hoffnung, die letzte von allen.

PATRICK SPÜRT, dass sie es dieses Mal schaffen werden. Die Hydra auf seinem Bildschirm sieht zwar noch nicht so aus, als würde sie bald das Handtuch werfen, ihre verbliebenen Köpfe schnappen und hacken stattdessen mit unverminderter Härte nach Nevenas Barbar Mr. Smith. Und trotzdem spürt Patrick dieses wohlbekannte und so überaus angenehme Gefühl eines sicheren Sieges.

Es ist jetzt Freitagabend. Am Montag haben sie ihre Couple-Quest übernommen, und seit Dienstag arbeiten sie sich an ihrem ersten Gegner ab. Wer auch immer gesagt hat, diese neuen Quests hätten es in sich, war einwandfrei im Recht. Drei lange Nächte haben sie verschiedene Strategien erprobt. Aber egal, wie sehr sich die Zauberin auch anstrengte, den Barbar am Leben zu halten, wurde er doch je nach Laune des Zufallsgenerators von der Hydra zerstampft oder zerbissen und als Bonus sogar gefressen.

Jeder Kampf war eine Sisyphosarbeit. Verlor die Hydra einen bestimmten Prozentsatz ihrer Energie, fiel einer ihrer Köpfe ab. Allerdings wuchsen nach zehn Sekunden an seiner Stelle zwei neue. Gleichzeitig wurden ihre Lebenspunkte um das Doppelte des Verlustes erhöht. Mit anderen Worten: Je mehr Schaden man ihr zufügte, desto stärker wurde sie.

Auf der Suche nach irgendeiner Idee hat Patrick dann heute Morgen während einer Freistunde das Stichwort »Hydra« auf dem Schul-PC in eine Suchmaschine gegeben. Ganz oben auf der Ergebnisliste standen ein paar Artikel aus den Netzenzyklopädien. Während er sie lustlos überflog, blieb er bei der Sage von Herakles hängen: Der Held habe die Stümpfe der abgeschlagenen Hydraköpfe mit Feuer versengt um zu verhindern, dass sie nachwachsen. Patrick spürte einen wohligen Schauer. Das war die Lösung.

Er hat es dann kaum abwarten können, endlich nach Hause zu kommen. Nichts ist schöner, als Nevena zu überraschen. Tatsächlich wartete sie schon auf ihn. Ohne lange Vorrede hat er sie aufgefordert, direkt nach dem Abfallen eines Kopfes einen Feuerzauber auf die Hydra zu bewirken.

»Are you kidding?« Nevenas Barbar ist nicht auf solche Zauber spezialisiert. Der Schaden, den sein bescheidener Feuerball der Hydra zufügen würde, wäre daher nur minimal.

»Trust me«, hat Patrick zusammen mit einem Zwinkerssmiley geantwortet. Wenn er richtig liege, werde das Spiel sogar ein Streichholz gelten lassen, solange in der Kampfmatrix »Elementarschaden: Feuer« steht.

Und er hat recht behalten. Seiner Zauberin gehen jetzt zwar langsam die Reserven aus, und bald kann er Nevenas Barbar nicht mehr heilen. Aber die Hydra hat mittlerweile nur noch einen Kopf. Es ist bloß eine Frage der Zeit; sie können nicht mehr verlieren. Da bleibt der Barbar plötzlich regungslos stehen.

Zuerst vermutet Patrick einen Übertragungsfehler. Aber würde dann die Hydra weiter angreifen, so wie jetzt? Die Lebensleiste des Barbars fällt rasch, während das einköpfige Monster sich sogar ein wenig erholt. Patrick aktiviert an Heilenergie, was seine Zauberin noch zusammenbekommt, aber bald schon kann er nichts mehr tun. Ohne sich zu wehren, sackt der Barbar zusammen. Die Hydra produziert eine

Art mehrstimmiges Siegesgeheul und verschwindet in ihrer Höhle. Ohne einen kompletten Satz neuer Köpfe wird sie bestimmt nicht wieder zum Vorschein kommen. Eine Minute lang starrt Patrick bloß auf den Monitor, dann klickt er das Spiel weg und macht sich an ein paar Schulaufgaben.

Es dauert fast eine Stunde, bis Nevena sich wieder im Chat meldet, allerdings nur mit dem Zeichen für Sorry.

»What's up?«, schreibt Patrick.

»You don't want to know.«

Er tippt ein paar Fragezeichen.

»Family«, schreibt Nevena. Und schlechte Nachrichten. Man wolle am Wochenende ins Grüne. Und wenn sie nicht aufpasse, sitze sie dann offline irgendwo in der Pampa. Da habe sie mal eben die Interessen des Dungeonteams Alpha vertreten müssen.

Ob man sich denn jetzt die Hydra schnappen könne?

»Tomorrow«, schreibt Nevena. Nebenan werde noch diskutiert. »And don't forget: we are the Balkans.«

AM NÄCHSTEN MORGEN wird Henner von der Klingel im Flur geweckt. Es ist taghell im Studio. Er erschrickt, dann fällt ihm ein, dass Samstag ist und er gar nicht ins Museum muss. Ein Blick auf die Armbanduhr, es ist kurz vor neun; wer jetzt schon etwas von ihm will, soll gefälligst warten.

Eigentlich schläft Henner in Patricks ehemaligem Zimmer. Er war dort eingezogen, um so nah wie möglich bei Astrid zu sein. Aber in letzter Zeit bleibt er immer öfter über Nacht im Studio. Zwischen den beiden Fenstern zur Straßenseite steht ein riesiges altes Sofa. Henner liegt darauf, wenn er abends noch liest. Und oft schläft er beim Lesen ein, so wie gestern. Vor Jahren hatten Nachbarn das Sofa zum Sperrmüll gegeben, gerade als das Studio auf die Garage gebaut wurde. Mit dem Kran haben sie es mitten in die Baustelle gehoben, das Studio wurde dann buchstäblich darum herumgebaut. Anschließend hat Henner es restauriert. Um es wieder aus dem Raum zu bekommen, müsste man es zersägen.

Beim dritten Klingeln ist er unten an der Haustür. Den Arbeitskittel hat er ausgezogen, das Hemd darunter ist zerknittert. Draußen steht ein Mann in seinem Alter, er hält einen Zettel in der Hand. Henner ist knapp davor, etwas Unfreundliches zu sagen, dann ist er endlich im Bilde. Er streckt dem Mann eine Hand hin. »Sie sind pünktlich«, sagt er. Es soll freundlich klingen.

»Natürlich«, sagt der Mann.

Henner greift hinter sich in den kleinen Korb auf der Ablage über dem Heizkörper, dann weist er zur Garage. »Gleich um die Ecke.« Er geht voran. Mit der Fernbedienung öffnet er das Tor, dann fährt er den Kombi heraus und parkt ihn auf der Straße. Als er aussteigt, steht der Mann noch oben in der Einfahrt. »Nur keine Scheu«, sagt Henner. »Sie dürfen ihn sogar berühren. Das hält er aus.«

Der Mann saugt hörbar Luft ein. »Donnerwetter! Und der ist wirklich Baujahr 79?«

Henner öffnet die Tür des Wohnmobils, steigt hinein und nimmt einen Ordner vom Tisch. »Allerdings«, sagt er. »Die erste Serie. Aber hier steht alles drin. Zweiunddreißig Jahre, lückenlos dokumentiert.« Er steigt wieder aus, drückt dem Mann den Ordner in die Hand und macht eine einladende Bewegung. »Gehen Sie an Bord. Sehen Sie sich in aller Ruhe um. Machen Sie alles auf, schauen sie überall rein. Ich bin in ein paar Minuten wieder da.«

Im Haus wechselt Henner seine Sachen. Er lässt sich dabei

viel Zeit. Wer einen Wagner Globetrotter Baujahr 1979 kauft, muss ein echter Liebhaber sein, auch bei dem bescheidenen Preis, für den Henner ihn inseriert hat. Soll der Mann sich also erst mal alleine darin umsehen.

Lange Zeit war das Wohnmobil Astrids einziger nennenswerter Besitz. Auf einem der Fotos, die Henner vergrößert, gerahmt und in das gelbe Zimmer gehängt hat, sitzt sie neben der offenen Klappe des Motorraums. An ihrem Blick ist zu erkennen, dass sie nicht ganz freiwillig auf diesem Rastplatz angehalten hat; es gab Probleme mit der Lichtmaschine. Außerdem sieht man, dass sie nicht so gerne fotografiert wird, erst recht nicht von diesem seltsamen Fremden.

Henner war damals sechsundzwanzig und stand kurz vor seinem Examen. Nach dem Abitur hatte er eine Schreinerlehre absolviert; es folgten ein Studium der Kunstgeschichte und gleichzeitig eine Weiterbildung zum Restaurator. Seit er ein Junge war, träumte er davon, alte oder beschädigte Kunstwerke wieder so aussehen zu lassen, als wären sie gerade erst fertig geworden. Wenn er sich selbst als Held sah, dann nicht mit einer Waffe, einem Ball oder einer Gitarre, sondern als Mann mit einem Koffer voller Chemikalien, den man gerufen hat, damit er ein wertvolles Bild rettet, das jemand mit Säure bespritzt hat.

Diesen letzten Sommer seiner Studienzeit hatte Henner in Italien verbracht, um Kirchen und Museen zu besuchen. Trotzdem war er braun gebrannt, zwischen seinen Besichtigungen hatte er praktisch auf der Straße gelebt. Er war dünn geworden, trug lange Haare und einen Bart; er sah aus wie ein mittelalterlicher Pilger. Gerade hatte er der Reihe nach die Besitzer der parkenden Autos gefragt, ob jemand ihn Richtung Norden mitnehmen könne, aber ohne jeden Erfolg.

»Mich fragst du wohl nicht?«, hatte Astrid gesagt. Sie saß in der offenen Tür des Wohnmobils und putzte mit ölverschmierten Fingern ein Metallteil. Auf dem Boden vor ihr lagen weitere Teile.

»Ich will schon ganz gern nach Hause.« Henner hatte gleich gesehen, dass das Wohnmobil in seiner Heimatstadt zugelassen war. »Aber wenn's eben geht, dann bitte lebendig.«

Astrid hatte etwas geantwortet wie: Hippie und Angsthase, das passe ja wunderbar zusammen. Er war dann neben dem Wohnmobil sitzen geblieben, während sie das Teil säuberte und wieder einbaute. Dabei hatte er sie fotografiert. Dann waren sie zusammen nach Hause gefahren, gelegentlich zeigte eine Warnlampe an, dass die Akkus nicht mehr geladen wurden.

Astrid hatte von sich erzählt. Sie war damals dreiundzwanzig. Das Wohnmobil hatte ihr vor fünf Jahren ein Onkel geschenkt, als er krank geworden war und nicht mehr reisen konnte. Sie besaß da erst seit wenigen Wochen einen Führerschein, und folgerichtig waren ihre Eltern strikt dagegen, sie fahren zu lassen, erst recht alleine. Es gab Streit darüber, so wie es dauernd Streit gab, über alles Mögliche. Da hatte Astrid ihre Sachen gepackt und war in das Wohnmobil gezogen. Solange sie noch zur Schule ging, stand es auf der Straße vor dem Elternhaus. Nach ihrem Abitur fuhr Astrid damit in die Universitätsstadt. Die ersten zwei Semester lebte sie weiter darin, dann ließ sie sich von einer Freundin überreden, ein kleines Zimmer in deren WG zu nehmen. In den Semesterferien war sie allerdings vom ersten bis zum letzten Tag mit dem Wohnmobil unterwegs, immer allein und immer ohne festes Ziel, einfach der Nase nach, wie sie es nannte. Inzwischen war der Onkel gestorben; was er ihr noch an Geld hinterlassen hatte, verbrauchte sie ausschließlich fürs Benzin und die anstehenden Reparaturen.

Henner erzählte von seiner Ausbildung und seinem Studium. Das hatte Astrid beeindruckt. Ob er auch ein Getriebe restaurieren könne? Nein, hatte Henner gesagt. Definitiv nein. Bei ihm gehe es um Kunst. Ausschließlich um Kunst und um sonst gar nichts! Spät in der Nacht kamen sie an. Astrid parkte das Wohnmobil da, wo sie es meistens abstellte, auf einem freien Grundstück im Studentenviertel. Und dann war es das erste Mal, dass sie nicht alleine darin schlief.

Als sie kurz vor Weihnachten wieder losfuhr, war Henner dabei. Doch ihre Art, planlos zu reisen, gefiel ihm gar nicht. Wenn er irgendwohin wollte, dann zu Orten, an denen es Kunst zu sehen gab, Kunst, die ihn interessierte. Wie er dort wohnte, war ihm gleich, am besten mitten zwischen den Museen und Kirchen, aber natürlich wollte er keine Minute seiner kostbaren Zeit mit Dingen wie Abwasch, Filterwechsel oder Parkplatzsuche vergeuden.

Astrid hingegen liebte es, einfach loszufahren. Wohin, war ihr fast egal; es ging ihr nur darum, unterwegs zu sein, zu halten, wo sie wollte, und gleich aufzubrechen, von einer Sekunde auf die andere, wenn ihr das in den Sinn kam. Eine Straßenkarte kaufte sie nur, wenn sie das Gefühl hatte, im Kreis zu fahren.

Sie hatten es dann ein einziges Mal mit einem Kompromiss versucht. Im nächsten Frühjahr fuhren sie durch Burgund. Henner hatte seine Kunstreiseführer dabei, einen Karton voller Bücher, gespickt mit Lesezeichen, dazu die Kamera und den Skizzenblock. Ab Dijon ging es über schmale Landstraßen. Wenn es Astrid an einer Kreuzung rechts besser gefiel als links, bog sie nach rechts ab. Das war allein ihre Entscheidung. Henner griff dann zur Karte. Vielleicht führte die Route durch einen Ort, der eine Besichtigung lohnte. Tatsächlich war das manchmal der Fall. Sie kamen nach Autun, wo es eine Kathedrale mit frühen Bildhauerarbeiten gab, und nach Vézelay, von wo im Mittelalter die Kreuzzüge aufgebrochen waren. Allerdings musste Henner seine Besichtigungen immer im Eiltempo erledigen, weil Astrid weiter wollte. Sie blieb dann im Führerhaus sitzen, während er um eine Kirche lief und beinahe im Gehen fotografierte. Eigentlich hätten sie Grund genug gehabt, sich dauernd furchtbar zu streiten. Aber sie stritten nicht, dazu waren sie viel zu verliebt.

Dennoch beschlossen sie nach der Burgundtour eine Regelung für ihre Fahrten. Es sollte keine Kompromisse mehr geben, sondern den Wechsel. Und genau so geschah es auch. Mal fuhren sie dahin, wo Henner Kunst sehen wollte, natürlich nur kurz, eine Woche vielleicht, mehr brauchte er nicht. Das nächste Mal begleitete er Astrid, wenn sie sich und ihr Wohnmobil treiben ließ, wohin auch immer. Besuchte er seine Kirchen und Museen, so kam sie nicht mit, um kein Interesse heucheln zu müssen. Im Gegenzug musste sich Henner bei den Fahrten im Wohnmobil um gar nichts kümmern. Er wurde einfach mitgenommen wie ein Gepäckstück. Meistens saß er inmitten von Büchern auf dem großen Bett in der hinteren Koje, dort las er oder schrieb seine Aufsätze, auf den Knien den Spiralblock. Allmählich lernte er, sich auch während der Fahrt ganz auf seine Arbeit zu konzentrieren. Wenn sie abends anhielten, wusste er so wenig wie Astrid, wo genau sie waren.

Meistens standen sie ja auch irgendwo in der freien Natur, wenn möglich etwas abseits der Straße. Das war Astrid am liebsten. Nur um den Wassertank zu füllen und die Toilette zu leeren, fuhr sie auf spezielle Plätze. Doch das war selten nötig; der Globetrotter war für sechs Personen konstruiert und hatte Platz für große Reserven an Strom und Wasser. Man erregte immer noch Aufsehen damit. Anfangs hatte er als der Mercedes unter den Wohnmobilen gegolten, jetzt war er eine Legende.

Als Henner die Garage wieder betritt, sitzt der Interessent sehr aufrecht hinter dem Lenkrad. Henner macht ihm ein Zeichen, den Motor zu starten, und der Mann tut es. Beim zweiten Versuch springt der schwere Diesel an. »Fahren Sie ihn raus!«, sagt Henner.

Der Mann kurbelt die Seitenscheibe herunter. Ob er das nicht lieber selbst tun wolle?

»Sie müssen doch wissen, wie er sich fährt.« Henner macht eine aufmunternde Geste. Er selbst hat in dreiundzwanzig Jahren keine fünfzig Kilometer am Steuer gesessen. Von der Bedienung des Wohnmobils und all den Wartungsarbeiten weiß er so gut wie nichts; und was er vielleicht gewusst hat, das hat er wahrscheinlich wieder vergessen.

Der Mann hingegen scheint sich auszukennen. Er findet auch gleich den kleinen Bildschirm, der ein Rückwärtsbild zeigt, aufgenommen von einer Kamera im Heck. Astrid hat solche Extras gebraucht gekauft und selbst eingebaut. Sauber lenkt der Mann den Globetrotter auf die Einfahrt. Er zieht die Handbremse, steigt aus und öffnet die Klappe zum Motor. »Noch genau ein Jahr TÜV.«

Das ist keine Frage, aber Henner nickt. Vor genau einem Jahr war Astrid nur noch wenige Minuten am Tag ansprechbar. Den Rest der Zeit lag sie unter der weichen Decke ihrer Medikamente. Sie hatte nicht nach der TÜV-Prüfung gefragt, aber Henner wusste, dass sie daran dachte. Wenn überhaupt noch an etwas, dann bestimmt daran. Das Wohnmobil war für sie wie ein Haustier gewesen, etwas, um das man sich gerne kümmert, weil es einem genau das gibt, was man braucht. Astrid nannte es Erich, nach dem Onkel, der es ihr überlassen hatte.

Rechtzeitig hatte Henner jemanden von der Autowerkstatt gebeten, den Globetrotter abzuholen, durchzusehen und zur Prüfung vorzustellen. Wenn Reparaturen nötig seien, solle man sie durchführen, egal was es koste. Er wollte um jeden Preis die Prüfplakette. »Mit Ach und Krach«, sagte der Mann von der Werkstatt, als er den Globetrotter zurückbrachte; er präsentierte eine lange Rechnung. Henner hatte sie in den Ordner geheftet, dann war er zu Astrid ins Zimmer gegangen.

Sie war wach, vielleicht hatte sie das Motorengeräusch gehört. »Der Erich ist wieder einsatzbereit«, sagte Henner. Astrids Blick war fest und klar wie selten in diesen Tagen. »Dann wird er mich genau zwei Jahre überleben«, sagte sie leise. »Der alte Bock.« Sie weinte; zum letzten Mal, wenn Henner sich richtig erinnert.

»Sieht wirklich anständig aus.« Der Mann lässt die Klappe wieder ins Schloss fallen.

»Darf ich mal fragen, was Sie damit vorhaben?«

Der Mann zieht die Stirn in Falten. »Trau ich mich gar nicht zu sagen. Eigentlich brauchen wir nur einen günstigen Wagen für eine Band. Vier Leute, das Equipment, na ja, war so eine Idee, um Reisekosten zu sparen. Vom Platz käme er natürlich hin, vom Preis auch. Aber eigentlich ist er zu schade, der gehörte besser in ein Museum.«

Als wenn der Erich nicht längst ein Museum wäre! Allerdings eines, von dem Henner sich jetzt trennen will. »Sind Sie Manager oder etwas in der Art?«

Der Mann lacht. »Nein nein. Ich bin bloß der Vater. Von Zweien der Vier. Schlagzeug und Gitarre.« Er schüttelt den Kopf. »Gestern habe ich noch Legosteine zusammengeräumt, und heute bin ich der Roadie einer Metal-Band.«

»Man kann es wesentlich schlechter erwischen.« Kaum hat er das gesagt, bedauert Henner seinen Tonfall.

Der Mann schaut überrascht. »Natürlich«, sagt er schnell. »Da haben Sie recht.«

»Und?« Henner fühlt sich müde. Er sollte sich vornehmen, nicht wieder auf dem Sofa zu schlafen. Und erst recht nicht in Kleidern.

»Darf ich es mir noch überlegen?«

»Selbstverständlich.« Sie geben einander die Hand.

Als der Mann gegangen ist, fährt Henner den Globetrotter wieder in die Garage, sehr langsam und sehr vorsichtig. Dabei sieht er sich selbst auf dem Beifahrersitz, damals in Burgund, den Reiseführer auf dem Schoß, wie er sich vorbeugt und Ausschau nach einem Wegweiser hält. Und er hört, wie Astrid sagt: »Vergiss Cluny. Das ist doch bloß eine Ruine.«

PATRICK WEISS VON NEVENA, dass sie am Wochenende lange schläft, viel länger noch als er. Es hat also gar keinen Zweck, so früh ins Spiel zu gehen, es sei denn, er wollte sich eine eigene Quest holen, die ihn in die finsteren Viertel von Themara oder in eine von Monstern starrende Wildnis führt. Allerdings ist das wirklich kein Zeitvertreib für eine Zornelfenzauberin, die kaum Angriffskräfte besitzt und sich selbst nicht heilen kann.

Also räumt Patrick sein Zimmer auf. In der nächsten Woche wird Astrids erster Todestag sein. Das Datum könnte er nie vergessen; aber bislang sieht es nicht so aus, als würde Henner irgendetwas planen. Vor sechs Wochen war es ein Jahr her, dass er Nevena kennengelernt hat. Den Tag hätte er gerne gefeiert, aber er hat sich nicht einmal getraut, es zu erwähnen. In solchen Dingen kann Nevena ziemlich streng sein. Überhaupt ist sie streng für ein Mädchen, jedenfalls soweit Patrick das beurteilen kann.

Viel Erfahrung hat er nicht. Er könnte das auf Astrid schieben. Er könnte sich sagen: Man macht keine Verabredungen mit Mädchen, wenn man eine sterbende Mutter zu Hause hat. Aber das wäre nicht die ganze Wahrheit. Und weil Patrick nicht weiß, wie die ganze Wahrheit aussieht, und weil er niemals wissen wird, was heute wäre, wenn Astrid noch lebte, deshalb denkt er so wenig wie möglich daran. Außerdem gibt es im Moment genug, auf das er sich freuen kann. Heute werden sie die Hydra besiegen, und dann wartet der nächste Gegner ihrer Couple-Quest.

Außerdem ist sich Patrick sicher, dass er es heute schaffen wird, Nevena um neue Fotos zu bitten. Natürlich welche von ihr. Die Fotos, die er schon besitzt, hat sie einmal gepostet, um der Schlachtzuggruppe zu beweisen, dass sie wirklich ein Mädchen ist. Weibliche Spieler sind selten; und outet sich einmal eine, dann findet sich sofort jemand, der das nicht glauben will. Auf diesen Fotos hält sie daher ein Schild in der Hand, das genau den Text und die Zeichen trägt, die der Zweifler damals sehen wollte.

Patrick aber hätte gerne ein Foto von Nevena nur für sich. Sie muss darauf nichts tun oder ihm irgendetwas beweisen. Am liebsten wäre ihm so ein Schnappschuss, den sie gar nicht bemerkt hat. Er hat sich eine Strategie zurechtgelegt: Er wird die Zornelfenzauberin den Barbar im Spiel danach fragen lassen. Notfalls muss es klingen wie ein Witz.

Bei solchen Dingen muss Patrick besonders vorsichtig sein. Seit über einem halben Jahr ist Nevena nur noch mit ihm zusammen im Spiel unterwegs. Sie sagt das, und er glaubt es ihr. Und wenn das so ist, dann sicher nicht, weil er sie dauernd anbaggert. Im Gegenteil. Wenn sie reden, dann über das Spiel und über alles Mögliche sonst, nur nicht über diese Du-und-Ich-Themen.

Außerdem hat Patrick keine Ahnung, was für einen Antrag man einem Mädchen machen soll, das ungefähr eintausenddreihundert Kilometer entfernt lebt. Klar würde er sie sehen wollen, lieber heute als morgen. Aber was soll er sagen? Gehen wir mal zusammen ins Kino? Oder in den Zoo? Nein, für eine halbwegs normale Verabredung wohnt Nevena mindestens zwölfhundert Kilometer zu weit weg.

Dabei denkt er daran, sie zu treffen, jeden Tag einmal, wenn nicht öfter. Er stellt es sich vor: wie er aus dem Flugzeug oder aus der Bahn steigt und sie ihn abholt, vielleicht wieder mit so einem Schild vor der Brust, dessen Text sie vorher besprochen haben. Oder er ist der, der wartet, am Bahnhof und auf dem Flughafen. Mit einem Blumenstrauß in der Hand? Nein, das sicher nicht.

Patrick hat sich aufs Bett gelegt, so, dass er Nevenas Foto neben dem Monitor sehen kann. Da hört er ein Geräusch. Vorsichtig, um das Foto nicht zu knicken, zieht er den Vorhang beiseite. Tatsächlich, der Erich wird aus der Garage gefahren. Patrick kann nicht sehen, wer das macht. Henner ist es jedenfalls nicht, der steht daneben. Und dann fällt es Patrick ein: Der Erich soll ja verkauft werden. Das ist traurig, aber was soll man machen? Henner wird freiwillig keinen Meter damit fahren. Und er selbst? Soweit er sich erinnert, hat er es immer schön gefunden, mit Astrid durch die Weltgeschichte zu kutschieren. Das war wohl ihre große Freiheit. Seine ist es eher nicht.

Er schaut auf die Uhr. Noch immer eine Ewigkeit, bis er es wagen kann.

HENNER MACHT FRÜHSTÜCK. Seit Astrid künstlich ernährt wurde, haben sie nur noch Sachen im Haus, die praktisch unbegrenzt haltbar sind. Käse und Aufschnitt, jede Scheibe einzeln verpackt, Marmelade und Butter in winzigen Portionen, Müslis, Brot zum Aufbacken und natürlich tiefgefrorene Fertiggerichte. Im großen Eisschrank unten im Keller ist so viel davon, dass Henner nur alle paar Wochen Nachschub besorgen muss. Er darf bloß nicht vergessen, regelmäßig etwas davon aufzutauen. Aber er gibt sich Mühe, und meistens sieht es im Kühlschrank so aus, als würde jemand täglich die Einkäufe besorgen.

Jetzt deckt er für zwei in der Küche, an dem kleinen Tisch, der zwischen Fenster und Kühlschrank steht und an dem er früher nur saß, wenn er Astrid beim Kochen half. Den Esstisch im Wohnzimmer benutzen sie nicht mehr, so wenig wie das ganze Zimmer, das mit Fenster und Tür an den Garten grenzt. Wenn Henner hinausgeht, dann fast immer durch den Keller.

Es ist kurz nach halb zehn. Henner weiß, dass Patrick am Wochenende gerne etwas länger schläft, aber das tägliche gemeinsame Frühstück ist eine eiserne Regel, an der sie schweigend festhalten. Als Astrid noch lebte, brauchten sie ein morgendliches Treffen, um alles für den Tag abzusprechen:

wer welche Besorgung machte, wer den Wachdienst übernahm, wer dem Pflegepersonal oder dem Arzt die Tür öffnete. Zwischen den Frühstückssachen lag ein Klemmblock, obenauf das Tagesblatt, wie sie es nannten, in Stunden unterteilt und mit je einer Spalte für Henner und Patrick. Am Ende des Frühstücks musste es vollständig ausgefüllt sein. Sie beherrschten diese Übung, ohne noch reden zu müssen. Es gab ja auch nichts zu diskutieren. Was zu tun war, musste getan werden. Geblieben davon ist das gemeinsame Frühstück.

Henner ruft hinauf ins Treppenhaus; eine Minute später ist Patrick in der Küche. Auch das gilt noch immer: Kommen, wenn man gerufen wird, ohne Verzögerung, ohne Einspruch. Es konnte ja immer um Sekunden gehen. Dann sitzen sie einander gegenüber, Henner am Kühlschrank und Patrick am Fenster, jeder hantiert mit seinen Frühstückssachen. Bis auf die Butter gibt es heute Morgen wieder nichts, von dem sie beide essen; und eigentlich würde Henner auch lieber Margarine nehmen, aber die ist noch gefroren.

»Schule?«

»Alles okay«, sagt Patrick. Mehr nicht.

Eigentlich könnte die Schule ein Gesprächsthema sein, in den meisten Familien ist sie es. Immerhin wird es demnächst das Versetzungszeugnis geben, und ab dem nächsten Schuljahr zählt jede Note fürs Abitur. Aber seit Jahren sorgt Patrick dafür, dass die Schule kein Thema ist. Seine Noten sind in sämtlichen Fächern gleichbleibend gut. Es ist fast ein Wunder, dass nichts von allem auf seine Leistungen durchgeschlagen hat. Das haben auch Patricks Lehrer gesagt. Der Junge habe einen starken Charakter, hieß es immer, wenn Henner die Sprechtage besuchte. Der halte sich großartig,

Respekt. Dabei wurde Patrick vermutlich nicht besser behandelt als seine Mitschüler. Er konnte, wenn man ihm entgegenkam, sehr abweisend sein. Henner wusste das, aber mit den Lehrern redete er nicht darüber.

»Was geplant für heute?«

»Und du?«

Henner würde gerne sagen, dass er sich eine Antwort auf seine Frage wünschte. Aber das geht nicht. Streit oder was wie Streit aussehen könnte ist immer noch tabu. Streit hatten sie sich nicht leisten können, ganz zu schweigen davon, dass sie es Astrid nicht antun durften. Es kam darauf an, dass alles funktionierte, reibungslos. Wir können uns später streiten, hatte Henner einmal gesagt, als es um etwas ging, über das man streitet, wenn man Vater und Sohn ist. Patrick hatte das verstanden, und sie hatten die Sache einfach vertagt. Doch dabei ist es geblieben. Sie streiten nicht.

»Ich mach weiter an dem Kasten«, sagt Henner.

»Und? Kriegst du die Tinte raus?«

Henner ist ein bisschen verwundert. Er hätte nicht gedacht, dass Patrick sich überhaupt an das Teil erinnert. Um Zeit zu schinden, erklärt er umständlich, welcher seiner verschiedenen Versuche bislang am erfolgreichsten war. Läge noch ein Tagesblatt auf dem Tisch, würde er den chemischen Prozess aufschreiben, der sich jetzt im Holz vollzieht.

»Cool«, sagt Patrick. »Und wenn er fertig ist, was tust du damit?«

Jetzt ist Henner regelrecht perplex. Eigentlich müsste er sagen, dass er sich darüber noch keine Gedanken gemacht hat. Aber dann wäre das Gespräch womöglich schon zu Ende.

»Vielleicht ein Geschenk für Jutta?« Die war Astrids beste Freundin, eine Kollegin aus der Schule.

»Super Idee.« Patrick hebt seinen Becher Kakao, als wollte er anstoßen. »Die wird allerdings irgendwas reinlegen, das bestimmt nicht reingehört. Ich tippe mal auf Schokolade.«

Die beiden lachen, dann unterhalten sie sich ein paar Minuten über Jutta. Sie ist eigentlich eine unerträgliche Person, darüber herrscht Einigkeit. Aber dafür, wie sie sich verhalten hat, als Astrid krank war, müsste sie einen Orden bekommen. »Großes Freundinnenverdienstkreuz am Band«, sagt Patrick. »Verziert mit Cognacgläsern und Kirschtörtchen.«

Henner hat Mühe mitzuhalten. So gesprächig war Patrick lange nicht mehr. Und ganz plötzlich, ohne Überleitung, sagt er: »Der Typ heute Morgen war wegen dem Erich da?« Es ist allenfalls eine halbe Frage.

Henner macht eine Handbewegung. Ausgerechnet jetzt muss dieses Thema zur Sprache kommen. Im Gegensatz zu ihm hat Patrick die Fahrten mit dem Wohnmobil wohl ziemlich gemocht. Anfangs hat er geglaubt, Erich sei ein Name wie Golf oder Corsa. Sie haben ihn lange in dem Glauben gelassen. Vielleicht, denkt Henner, werden wir jetzt wenigstens streiten. Aber da sagt Patrick schon: »Glaubst du denn, jemand kauft ihn? Der ist doch echt nicht mehr state of the art.«

»Es geht ja nicht bloß ums Geld.« Henner wischt ein paar Brösel vom Tisch. »Ich dachte, vielleicht findet sich jemand, der so viel Freude daran hat wie Astrid.«

Patrick schweigt sehr lange. »Nicht genau wie sie«, sagt er endlich. »Ich glaube, das gibt's nur einmal. Aber es sollte unbedingt einer sein, der den Erich so mag, wie er ist.«

Henner ist erleichtert. »Unbedingt«, sagt er.

»Du hast in der Zeitung inseriert?«

Henner nickt.

»So finden wir nicht den richtigen.«

»Wie denn sonst?«

»Das kann nicht so schwer sein. Soll ich mich drum kümmern?«

»Das kannst du?«

»Nicht ich, Paps«, sagt Patrick. »Aber das Netz. Du weißt doch: Das Netz besorgt dir Sachen, von denen du immer dachtest, die gibt es nicht.« Er lacht, dann stellt er seinen Teller in die Geschirrspülmaschine und räumt seinen Teil des Frühstücks in den Kühlschrank. Er winkt und verlässt die Küche. Seit er groß genug dafür ist, hat er die Angewohnheit, zwei Stufen auf einmal zu nehmen. Henner hört jetzt die verzögerten Schritte auf der Treppe. Es ist lange her, dass Patrick ihn zuletzt Paps genannt hat.

AM VORMITTAG erledigt Henner ein paar Besorgungen, am Nachmittag kümmert er sich um den Garten. Als sie vor fünfzehn Jahren das Haus kauften, war es einer von diesen Gärten, die Astrid und Henner spießig nannten. Eine Rasenfläche in der Mitte und drum herum hauptsächlich Nadelbäume. Astrid war entschieden dagegen. In einem Garten müsse es im Frühling blühen, und im Herbst solle gefälligst Laub von den Bäumen fallen. Aber dann konnten sie sich nicht einigen, was zu tun war. Außerdem fehlte das Geld. Die Raten waren hoch, später kam noch der teure Anbau des Studios dazu. So blieb der Garten sich selbst überlassen. Die Kiefern, Tannen und Fichten wurden ein Wald, der jedes Jahr ein Stück weiter Richtung Haus wuchs. Wenigstens brauchte der Garten kaum Pflege, es reichte schon, das immer kleiner werdende Rasenstück zu mähen und die toten Äste von den Stämmen zu brechen. Genau das tut Henner jetzt, und da er es lange nicht mehr getan hat, ist es doch eine Menge Arbeit.

Am späten Nachmittag ist er wieder in seinem Studio. Tatsächlich hat sein Kasten jetzt keine blauschwarzen Flecken mehr, dafür ist das Holz an diesen Stellen blass, fast weiß. Als nächstes gilt es, alles zu schleifen. Das ist eine langwierige und anstrengende Handarbeit; aber ohne sie geht es nicht. Als Restaurator hat Henner gelernt, niemals auf schnelle Erfolge zu hoffen.

Das bewies schon sein erster großen Fall. Das Museum hatte ein Bild angekauft, weil sich unter der amateurhaft gemalten Landschaft etwas Wertvolles verbergen sollte. Es hieß, das Bild sei in den dreißiger Jahren übermalt worden, weil der Künstler auf einer schwarzen Liste stand. Es gab etliche Hinweise darauf, dass die Geschichte stimmte, also würde sich die Freilegung des ursprünglichen Gemäldes womöglich lohnen. Doch dann stellten sie fest, dass die Farbe der Übermalung besonders robust, ja regelrecht wehrhaft war. Im Krieg hatte man Schiffe damit lackiert.

Henner hatte sich mit einem ehemaligen Lehrer besprochen und Fachliteratur gewälzt, bevor er sich an die Arbeit machte. Dann beträufelte er tagelang die Oberfläche des Bildes möglichst gleichmäßig mit einem speziellen Lösungsmittel; dabei hatte er dauernd zu überwachen, wie es mit der Farbe reagierte. An einem bestimmten Punkt musste der Vorgang eingestellt werden, und dieser Punkt war nicht leicht zu finden. Dann hieß es warten, tagelang, bis sich endlich, wie erhofft, die obere Farbschicht abzulösen begann. Anschließend konnte sie Stück für Stück entfernt werden, natürlich mit ganz feinen Instrumenten und nur unter der Lupe.

Das freigelegte Bild war wirklich im Stil des Künstlers gemalt, den man als Urheber vermutet hatte. Aber die Signatur war eine andere. War es also eine Fälschung, die sich selbst entlarvte? Henner war der Sache weiter nachgegangen und hatte nach langer Recherche die Lösung gefunden. Ein ebenfalls bekannter Malerkollege hatte den Stil seines Freundes kopiert. Und die Signatur bezog sich auf eine gemeinsame Bekannte, eine Galeristin, der er das Bild wahrscheinlich geschenkt hatte. Alle drei waren sie russische Juden, ihre Spuren verloren sich in der Stalin-Zeit und im Zweiten Weltkrieg.

Das Bild hatte Aufsehen erregt. Henner schrieb darüber für Fachmagazine, aber auch für eine große Zeitung. Das Museum stellte eine kleine Ausstellung mit Bildern der beiden Maler zusammen, im Mittelpunkt die frisch restaurierte echte Fälschung. Es kamen Besucher von weither, viele aus Russland, darunter ein Millionär, der dem Museum ein fantastisches Angebot unterbreitete.

Eigentlich hat Henner gelernt, Kunstwerke zu pflegen und zu restaurieren, die fraglos als Originale gelten. Das ist auch bis heute seine Arbeit im Museum. Aber die Geschichte mit der versteckten Fälschung, die keine war, brachte ihn dazu, sich mit Fragen der Echtheit zu befassen. Zunächst tat er es nur für sich. Es war ein spannendes Thema; wenn er davon erzählte, interessierte es auch Leute wie Astrid, denen Kunst nicht allzu viel bedeutete. Doch dann wurde der internationale Kunsthandel immer umsatzstärker und zugleich aufgeregter. Überall brauchte man Experten mit gutem Ruf, die beweisen konnten, ob das teure Bild tatsächlich von dem bedeutenden Maler oder bloß von einem talentierten Fälscher stammte. Dazu kam, dass solche Gutachten nicht schlecht bezahlt wurden.

Henner wollte sich zuerst auf eine bestimmte Epoche der Malerei spezialisieren, doch dann verfiel er aus Zufall auf Alltagsgegenstände, die als Antiquitäten gehandelt wurden, so wie der hölzerne Schreibkasten. Schließlich wurde er zum Fachmann für altes Spielzeug aus Holz und Blech. Das große Regal an der fensterlosen Seitenwand des Studios ist mit Fachbüchern und Bildbänden zu diesen Themen gefüllt. Neben seinen Gutachten schrieb Henner Aufsätze und Vorträge. Er reiste viel, einige Male sogar nach Übersee. Vor fünf Jahren deckte er einen weltweiten Schwindel mit professionell gefälschtem Blechspielzeug auf. Doch als Astrid krank wurde, hatte all das ein Ende; es fehlte die Zeit dafür. Am Schluss musste er sogar das Museum bitten, ihn nur noch halbtags zu beschäftigen.

Gegen acht hat Henner seinen Kasten so glatt geschliffen, dass er spiegelt. Er zieht seine dünnen Arbeitshandschuhe aus und fährt, die Augen geschlossen, mit den Fingerspitzen langsam über das Holz. So erkennt er die kleinsten Unebenheiten. Dann stellt er den Kasten zur Seite. Bald wird der so aussehen, wie er vor zweihundert Jahren die Werkstatt verlassen hat. Und eigentlich, denkt Henner, ist er dann auch eine Fälschung.

Seit dem Frühstück hat er nichts mehr gegessen. Zu den Regeln gehört, dass Vater und Sohn zusammen nur frühstücken. Mittags isst Patrick in der Schule, Henner in der Kantine des Museums. Abends und am Wochenende macht sich jeder, was er will und wann er will. Natürlich läuft das bei Patrick oft auf eine Tiefkühlpizza hinaus. Und natürlich ist Henner dagegen. Aber eine Diskussion über gesunde Ernährung ließ sich einfach nicht führen, solange eine Frau im Haus lag, die ihr Leben lang Vegetarierin gewesen war und die es jetzt innerlich auffraß, weil das so in ihren Genen stand.

Henner geht hinunter in die Küche, schmiert sich einen Teller Brote, öffnet eine Flasche Bier und holt eine Packung Kekse aus dem Schrank. Damit geht er hinauf zu Patricks Dachzimmer. Marschverpflegung, denkt er dabei, für eine Exkursion in ein unbekanntes Land. Und Gastgeschenke für die Ureinwohner. Auf den letzten Stufen hört er das Geräusch des Spiels lauter werden.

»GREAT JUPITER!«, schreibt Patrick, als die Hydra endlich kopflos zu Boden sinkt. Nevenas Antwort, die nur aus verschiedenen Grinse- und Lachsmileys besteht, beweist, dass sie genau so erleichtert ist. Es folgt noch ein »Yeah, there he goes, bad uncle Mladic.«

Patrick antwortet mit einer Zeile voller Fragezeichen.

»Sorry.« Den kenne er nicht. Ein Nachbar. Der heiße anders, aber sie nennen ihn so. Ein A*** hoch drei! So eine Hausmeistertype aus dem Bilderbuch. Wenn man ein Kaugummi auf den Bürgersteig spucke, lasse er einen die Straße mit der Zahnbürste putzen.

»Not really?«

Nein, klar; aber das würde er gern. Allerdings hat Nevenas Vater ihn total im Griff. Hat ihn mal erwischt, als er aus so einem gewissen Haus kam, und hat ihn gleich fotografiert. Seitdem haben sie Ruhe. Onkel Mladic steht nämlich bei seiner Alten unterm Pantoffel.

»Your dad is so tough?« Patrick ist wieder einmal erstaunt. Das ist er allerdings immer, wenn Nevena von ihrer Familie erzählt.

»Yes, he is.« Nervena hat schon oft über ihren Vater geschrieben. Der sei eigentlich ein großes Kind. Am liebsten trifft er sich mit seinen alten Kumpels aus der Schule, und dann tun sie, als wären sie sechzehn, und geben voreinander an: Hey, wer ist damals vom höchsten Baum gesprungen! »That's him«, schreibt Nevena. Für ihren Vater sei das ganze Leben eine Mutprobe. Aber seine größte Mutprobe sei immer noch seine Tochter. Es folgt der Piratensmiley.

Patrick überlegt. War Astrid eine Mutprobe für seinen Vater? Eigentlich ja, aber das Wort Mutprobe ist dummerweise für Sachen reserviert, bei denen es gar nicht um Mut geht, sondern um Angeberei. In der Schule ist Patrick solchen Mutproben seit Jahren aus dem Weg gegangen. Nicht so sehr, weil er sich nicht traute. Aber wenn etwas schief gegangen wäre, hätte das nicht in ihr Leben gepasst, ein gebrochenes Bein so wenig wie eine Benachrichtigung an die Eltern wegen Rauchens auf dem Schulhof.

Jetzt sind seine Mitschüler siebzehn, fast achtzehn, und Mutproben werden kaum noch verlangt. Trotzdem hängt Patrick nach, dass er immer abgewunken oder sich davongemacht hat. Nicht, dass die anderen in der Klasse ihn meiden oder sogar mobben. Aber die meisten nehmen kaum noch Notiz von ihm. Und einen richtigen Freund, so wie Jan es war, damals in der Unterstufe, den hat er nicht mehr. Dafür hat er Nevena.

Es klopft. Patrick sagt: »Herein!«

Besuch vom Vater. Das ist selten. Die Suche nach einem Abnehmer für den Erich hat Patrick nicht vergessen, die ist längst in Gang gesetzt. Trotzdem hat er immer, wenn Henner in sein Zimmer tritt, ein schlechtes Gewissen. Solange Astrid krank war, passierte es regelmäßig, dass er etwas vergaß; kein Wunder bei der Menge von Aufgaben, die er hatte.

Jetzt ist eigentlich nichts mehr zu tun, aber das schlechte Gewissen ist geblieben.

»Wieder unterwegs?«, sagt Henner. »Schon was Großes geschossen?« Er nimmt den kleinen Hocker und setzt sich, den Teller mit Broten auf dem Schoß. Die Bierflasche stellt er auf den Boden, die Kekse legt er neben die Tastatur.

»Willst du's wirklich wissen?«

Henner beißt in sein Brot und nickt dabei.

»Okay.« Patrick tippt an den Monitor, ohne ihn wirklich zu berühren. »Das hier ist, vielmehr, das war eine Hydra. Level 65 oder so. Wir mussten ihr einen Kopf nach dem anderen abschlagen und dann Feuerzauber verwenden um zu verhindern, dass sie doppelt nachwachsen. Genau wie es Herakles gemacht hat. Hat ein bisschen gedauert, bis wir drauf gekommen sind.« Er grinst.

»Und was bringt diese Hydra?«

Respekt. Immerhin hat Henner sich gemerkt, dass man geschlagene Gegner in der Regel berauben kann, um die eigene Ausrüstung zu verbessern. »Gehärtete Hydrahautstiefel des Unbezwingbaren Mutes«, sagt Patrick. »Absolute Top Level Gear.«

»Aber die schnappt sich doch gerade dieser satanische Bodybuilder mit den abstrakten Tattoos.«

Offenbar erinnert sich Henner auch daran, dass Patricks Figur eine Zornelfenzauberin und also weiblich ist. Finstere Märchenprinzessin im Outdoor-Look hat er sie einmal genannt. Und die steht jetzt wirklich tatenlos vor dem Rumpf der Hydra, während Nevenas Barbar Mr. Smith gerade dabei ist, sich die neuen Stiefel anzuziehen.

Das ist schon okay, will Patrick sagen, das ist mein Partner im Spiel; doch er überlegt es sich anders. »Das ist Nevena«, sagt er. »Wir sind ein Dungeonteam und machen gerade eine Couple-Quest.«

»So so!«, sagt Henner. »Da steht aber, Moment!« Er beugt sich vor. »Mr. Smith.«

»Das ist nur der Name der Figur. Das Mädchen, das sie führt, heißt Nevena. Sie ist siebzehn und wohnt in Belgrad.« Patrick winkt dem Foto zu, das hinter dem Monitor hängt. Der Barbar sammelt derweil noch weitere Gegenstände ein, die die Hydra hat fallen lassen.

»Nevena ist ein Kämpfer«, sagt Patrick. »Das heißt: ihr Barbar. Sie zieht die Aggression der Gegner auf sich. So kann sie ihre Kräfte abrufen. Ihr Item Level ist sehr hoch. Dafür ist ihre Abwehr ziemlich schwach. Nach ein paar Attacken würde sie sterben. Aber ich heile sie mit meinen Zaubern. Wenn sie aufpasst, dass mir nichts passiert, kann ich sie unbegrenzt im Spiel halten. Na ja«, Patrick tippt schnell etwas in die Tastatur, »nicht unbegrenzt. Aber lang genug für die meisten Gegner. Und wie gesagt: Mir darf nichts passieren. Sonst sind wir beide geliefert.«

Der Barbar spricht jetzt mit einem Troll. Henner würde ihn wahrscheinlich einen satanischen Gartenzwerg nennen. Und vielleicht könnte ihm auffallen, dass der Troll mit dem Kopf wackelt wie der kleine Filzdackel, der seit ewigen Zeiten auf dem Armaturenbrett vom Erich steht.

Aber Henner trinkt nur einen langen Schluck Bier. Der erste, sagt er immer, ist mit Abstand der beste; darin sind sie sich einig. Dann weist er mit der Flasche zuerst auf den Monitor, dann auf das Foto. »Und? Schlagt ihr nur solche Monster tot? Oder redet ihr auch miteinander?«

»Die richtige Lösung ist Antwort B«, sagt Patrick. »Wir reden.«

Beinahe hätte er noch gesagt: Ich habe Nevena bis heute hundertzweiundzwanzig Mails geschickt und sie mir hundertfünfundsechzig. Manche sind ganz kurz, aber die meisten sind länger, und viele sind sehr lang. Aber das sagt er nicht.

»Und worüber redet ihr?«

Über alles! Na ja, über fast alles. »Sie hat eine Riesenfamilie«, sagt Patrick. »Eine große Schwester, einen großen Bruder und einen kleinen Bruder. Und mindestens fünfzig Onkel und Tanten und dreihundert Cousins und Cousinen. Von denen erzählt sie irre Geschichten.« Und nach einer kleinen Pause: »Sie ist der tollste Mensch, den du dir vorstellen kannst. Sie versteht alles, was man ihr sagt. Und sie kann einen trösten, ohne albernes Zeug zu reden.«

Patrick muss jetzt ein paar Tasten drücken, um die neue Quest-Etappe abzuspeichern, die der Troll verkündet hat. »Still alive?«, schreibt Nevena. Er gibt nur ein Kurzzeichen zurück, das so viel bedeutet wie Kleine Störung in der 3D-Welt.

Henner trinkt noch einen Schluck Bier, dann reißt er die Packung Kekse auf. »Trost kann man immer brauchen«, sagt er. Patrick spürt, dass sein Vater verlegen ist. Vielleicht sollte er das Spiel verlassen und ihm mehr über Nevena erzählen. Besser gesagt: mehr über ihn und Nevena.

Doch da lenkt ihn etwas ab. Gleich neben dem Barbar steht jetzt eine andere Figur, eine Humanerin. Die sieht aus wie ein Schulmädchen, das gerade aus dem Spanienurlaub kommt, im Sommerkleidchen und braun gebrannt. Offenbar ist sie ganz neu im Spiel. Patrick klickt ihr Profil an: Level 1 und praktisch keine Ausrüstung.

Humane sind im Spiel eher die Ausnahme. Es gibt ihr Volk, weil manche Spieler Figuren bevorzugen, die man so gestalten kann, dass sie jemandem aus dem wirklichen Leben ähnlich sehen, zum Beispiel dem Spieler. Patrick hat das nie interessiert. Und seine Zornelfe hat er auch nicht wegen ihrer schönen glühenden Augen ausgewählt, sondern weil ihre Stärken am besten zu seiner Rolle passen.

»Sekunde bitte«, sagt er, dann fragt er Nevena, was der Newbie hier zu suchen habe?

Keine Ahnung, kommt zurück. Vielleicht verlaufen?

Wie bitte soll sich jemand dahin verlaufen, wo eine Hydra auf ein Couple wartet, das ihr das Licht ausblasen soll? Das Gebiet ist definitiv instanziert! Da braucht man schon eine Privateinladung, um hier aufzutauchen. Patrick tippt ein Fragekürzel, eins für Ratlosigkeit und eins für Überraschung.

»Okay«, schreibt Nevena. »Let me terminate her.«

Patrick hält das für einen Scherz, aber der Barbar baut sich vor der Humanerin auf. Sie rührt sich nicht. Eigentlich kann er keine große Aggression entwickeln, ohne dass sie ihn reizt. Dennoch schlägt er zu; und obwohl seine Attacken nur einen Bruchteil der möglichen Kraft haben, sinkt das Schulmädchen nach ein paar Schlägen zu Boden. Gleich darauf entmaterialisiert es sich.

Auch Henner hat den Vorgang verfolgt. »Donnerwetter«, sagt er. »Ein echter Barbar, deine Nevena.« Er betont den Namen auf beiden e.

»Nevena«, sagt Patrick, mit der richtigen Betonung auf dem ersten e. So etwas hat er von ihr noch nie gesehen. Am liebsten würde er sie gleich fragen, was das soll. Aber das lässt er. »Keine Sache«, sagt er möglichst lässig. »Das war ein Anfänger. Der wird jetzt an seinem Ruheort wiedergeboren und ist um eine Erfahrung reicher.«

»Also war das ein Geschenk?« Henner grinst.

»So in etwa.« Patrick gibt eine kurze Nachricht für Nevena ein, dann verlässt er das Spiel. Dass seine Zornelfe den Barbar heute nicht mehr nach einem Foto seiner Herrin wird fragen können, ist ebenso klar wie bitter. Aber das muss er jetzt verschmerzen.

IM INTERNET ruft Patrick eine Seite auf. Die habe er heute Morgen gefunden, sagt er. Tatsächlich gibt es ein Forum, in dem sich die Fans des Wagner Globetrotters über ihr Hobby austauschen. Und natürlich gibt es hier auch einen Flohmarkt, auf dem allerdings, wie es scheint, hauptsächlich Ersatzteile und irgendwelches Zubehör angeboten werden. Patrick hat eine Annonce gebaut und eingestellt. Er klickt sie an.

Im ersten Moment ist Henner erschrocken. Den halben Bildschirm nimmt ein Foto vom Erich ein, und es scheint, als säße Astrid hinter dem Lenkrad. Aber es ist Patrick, zwölf oder dreizehn Jahre alt, damals noch mit kürzeren Haaren, und durch die Spiegelung auf der Scheibe kaum zu erkennen. Henner erinnert sich. Er hat das Foto bei ihrer letzten gemeinsamen Fahrt gemacht, es muss in der Schweiz gewesen sein, auf der Hinfahrt, soweit man bei Astrids Routen Hin- und Rückfahrt unterscheiden konnte. Die ganze Urlaubsserie hat er später einmal für Patrick auf einen USB-Stick gezogen. Angesehen hat er sie seitdem nicht mehr.

»Wirkt ganz gut«, sagt er. Aber das ist untertrieben. Ein kompletter, fahrbereiter Globetrotter in der 79er Originalausstattung dürfte auf diesem Flohmarkt eine ziemliche Sensation sein.

Unter dem Foto hat Patrick den Zustand des Wohnmobils beschrieben. Und ganz am Schluss steht: »Wir verschenken unseren Erich an denjenigen, der ihn so lieben wird wie sein letzter Besitzer. Bewerbt euch bei uns. Schreibt uns, was ihr damit machen wollt. Warum ihr ihn unbedingt haben müsst. Wir melden uns dann bei euch.« Es folgt eine Emailadresse, die nur aus Zahlen besteht. Henner schaut noch einmal auf das Bild. Das Nummernschild hat Patrick in eine weiße Fläche verwandelt.

»Einverstanden?«

Henner zögert einen Moment. »Ja, gut. Einverstanden.« Er hätte es nicht schlecht gefunden, wenigstens noch den einen oder anderen Tausender für das Wohnmobil zu bekommen. Obwohl die Kassen das Allermeiste bezahlt haben, hat Astrids Krankheit eine Menge Geld gekostet. Sie haben einen neuen Kredit aufnehmen müssen; und gelegentlich denkt Henner sogar daran, das Haus zu verkaufen.

Er steht auf. »Und wer bestimmt den geeigneten Kandidaten?«

»Das machen wir zusammen.«

Henner berührt Patrick kurz an der Schulter. Er würde gerne mit ihm über diese Nevena reden, aber es fällt ihm keine elegante oder wenigstens beiläufige Wendung ein, um das Gespräch zurück zu diesem Mädchen zu führen. Von Patricks Monitor sieht ihn immer noch das Wohnmobil an, der Kühlergrill zwischen den länglichen Scheinwerfern wirkt wie ein etwas abwesend grinsender Mund.

»Noch was vor heute Abend?«

Patrick macht eine kleine Bewegung, ein Zeigen mit dem ganzen Körper in Richtung Monitor.

Henner brummt. All die Sätze darüber, dass Patrick weniger spielen und mehr aus dem Haus gehen sollte, hat er längst gesagt und noch viel häufiger nicht gesagt. Und seit

Patrick von Nevena gesprochen hat, ahnt Henner, dass solche Sätze spätestens jetzt wahrscheinlich vollkommen sinnlos sind.

»Dann noch viel Spaß«, sagt er.

Verglichen mit Patricks ewig dunklem Zimmer unterm Dach ist es im Studio fast glänzend hell. Henner saugt den Schleifstaub vom Boden. Er könnte jetzt weiter an seinem Kasten arbeiten, die richtige Beize wählen und dem ausgeblichenen Holz seine ursprüngliche Farbe zurückgeben. Aber als er den Staubsauger an seinen Platz räumt, bemerkt er, dass sich wieder ankündigt, woran er seit einiger Zeit leidet. Er hat es schon plötzliche Verzagtheit oder Antriebsschwäche genannt. Vielleicht wäre auch Mutlosigkeit das richtige Wort. Aber all das trifft es nicht so ganz, dafür ist es zu körperlich. Anfangs hat er sogar geglaubt, er habe Gicht oder Arthrose. Doch das ist nicht der Fall.

Henner setzt sich auf den Schemel vor der Werkbank. Angst machen ihm diese Anfälle eigentlich nicht. Dafür sind sie viel zu leicht zu erklären. Solange Astrid lebte, hatte er immer Ziele; auch wenn es am Ende nur noch darum ging, ihrer Krankheit etwas abzukämpfen, über das sie sich freute. Einen Ausflug, einen Film, einen Besuch, der sie nicht deprimierte. An solche Dinge konnte er denken, dafür konnte er arbeiten. Und immer war ein Gegner da, Astrids Krankheit, die ihn wach und aufmerksam hielt. Jetzt aber fehlen die Ziele, und es fehlt der Gegner. Henner ist oft müde oder unkonzentriert. Kein Wunder, dass er es dann nicht schafft, sich gegen diese Anfälle zu wehren.

Vielleicht hat es damit angefangen, dass er sich nicht gegen diesen Satz wehren konnte: »Das habt ihr gut hingekriegt.« Den Satz hat er auf Astrids Beerdigung bestimmt ein Dutzend Mal gehört. Am häufigsten sagte ihn Onkel Wilfried, ein Bruder seines Vaters. Henner hätte jeden schlagen mögen, der so redete, aber er hat nur genickt.

Denn sie hatten ja alle recht. Astrids Krankheit war eine Aufgabe gewesen, eine schwierige, an der man auch scheitern oder verzweifeln konnte. Aber sie hatten es »hingekriegt«. Astrid war die meiste Zeit zu Hause gewesen, sie wurde rund um die Uhr betreut, nirgendwo hätte sie es besser gehabt. Und als sie starb, da war sie in einer Wolke von Medikamenten in eine andere Welt geschwebt, wenn es denn eine andere Welt gab. Sie hatte keine Schmerzen gehabt, keine Halluzinationen, keine Albträume. Ganz am Schluss hatten die Apparate sogar dafür gesorgt, dass sie ihre Unfähigkeit zu leben nicht mehr bemerkte.

Zwei Tage vor ihrem Tod war Astrid zum letzten Mal bei Bewusstsein. Sie sprachen über eine Schulangelegenheit, es ging um Patricks Fächerwahl für die Oberstufe. Hätte man eine Tonaufzeichnung von ihrem Gespräch, man würde das gelbe Zimmer mit den Fotos an den Wänden und die Apparate rund um das Spezialbett nicht für möglich halten. Kurz darauf schlief Astrid ein, wie immer ganz plötzlich, aber diesmal wachte sie nicht wieder auf. Von ihrem Tod hat sie nichts erfahren. Sie haben das wirklich gut hingekriegt. Es war eine Menge Arbeit. Doch seit sie bewältigt ist, denkt Henner immer öfter, dass es jetzt überhaupt nichts mehr zu tun gibt.

Manchmal sind die Anfälle so stark, dass er sich wie gelähmt fühlt. Und schlimmer noch: Jeder Gedanke an die Zukunft schmerzt; auch wenn es nur darum geht, demnächst ein wenig Ordnung auf der Werkbank zu schaffen oder ein paar Sachen aus dem Eisschrank hoch in die Küche zu tragen. Ihm ist dann, als könnte er gar nichts tun. Doch auch das Nichtstun ist eine Tätigkeit; und so fürchtet Henner, es könnte ihm sogar die Kraft dazu fehlen, einfach ruhig dazusitzen oder mit geschlossenen Augen auf seinem Sofa zu liegen.

Mal dauert der Anfall ein paar Minuten, mal eine halbe Stunde. Henner kommt es vor, als wäre da jemand, ein Wesen, das ihm den Mut nimmt und zugleich zurückschreckt vor dem, was es anrichtet. Nach einer gewissen Zeit gibt es ihn wieder frei, wie eine Schlange, die ihn erwürgen will, aber selbst um ihr Leben fürchtet und flieht. Er weiß dann wieder, was als Nächstes zu tun ist, und warum, und dass er sich bald dazu überwinden wird.

Also bleibt er auch jetzt ganz ruhig auf seinem Schemel vor der Werkbank sitzen und wartet, bis der Anfall vorübergeht.

2. Kapitel

Dann überleg mal!«, ruft Henner aus dem Studio.
»Mach ich«, sagt Patrick.

Er steigt die Treppe zu seinem Dachzimmer hoch. Nie weiß er, was er sich für sein Zeugnis wünschen soll. Es kommt ihm auch unsinnig vor, für etwas belohnt zu werden, das so oder so getan werden musste. In seinem Zimmer holt er den schmalen Ordner aus dem Regal, der die amtlichen Dokumente seines Lebens enthält: die Geburtsurkunde, das Schwimmerzeugnis, die Bescheinigung vom Segelkurs und von ein paar Mathe-Sommercamps. Viel ist es nicht, und in den letzten Jahren ist außer den Zeugnissen nur die Bescheinigung über die Halbwaisenrente dazugekommen.

Patrick heftet das neue Zeugnis ab. Es ist wieder gut ausgefallen, sogar etwas besser als das letzte. Bei vielen seiner Mitschüler hat das anders ausgesehen. Da in der zehnten Klasse die Noten noch nicht fürs Abi zählen, haben sie es locker angehen lassen. Schließlich hat man mit siebzehn andere Interessen als bloß die Schule. Hey, Mann, immer cool bleiben!

Einige waren dann ein bisschen zu cool; die haben heute Morgen ihr Zeugnisblatt weggepackt, ohne es anzusehen. Man konnte auf ihren Gesichtern lesen, wie sie schon innerlich übten, ihren Eltern zu schwören, im nächsten Schuljahr alles besser zu machen. Einer von ihnen hatte versucht, sich aufzuheitern, indem er Patricks Zeugnis durchlas und ihn einen Streber nannte. Viel Applaus gab es dafür nicht. Alle wollten schnell nach Hause.

Nun ist es nicht so, dass Patrick die Schule innig liebt. Aber er mag die sicheren Wege, die sie anbietet, die gute alte Routine. Es gibt in der Schule eine Methode, alles hinzukriegen. Und die ist ganz einfach: Im Unterricht achtgeben, die Aufgaben machen, nachfragen, wenn man etwas nicht verstanden hat, für die Klassenarbeiten lernen. Wer diesen Weg gehen will und ihn trotzdem nicht findet, muss schon ziemlich stumpf sein.

Zum Beispiel Erdkunde. Wer wissen will, ob das Fach geil ist oder ätzend, der ist natürlich verloren. So fragt man nicht. Man fragt vielmehr, wie sich der junge Referendar die Lernziele der Unterrichtseinheit »Das moderne China« vorstellt. Es ist nicht schwer, das herauszukriegen, zumal Herr Wagenknecht die Ziele ausführlich formuliert. Und dann heißt es, sich in einen zu verwandeln, der genau so aussieht wie das Wagenknecht'sche Unterrichtsziel. Schwierig ist das nicht. Selbst wenn man im Unterricht gelegentlich pennt, muss man nur eine Hand dafür rühren, nämlich die an der Maus. Das Netz ist übervoll von Schülerarbeiten zum modernen China. Von denen lädt man sich ein paar herunter, liest sie durch, und dann weiß man, wie einer redet, wenn er das Lernziel erreicht hat.

Es ist also gar nicht wichtig, ob man sich in einen der zehn oder hundert Millionen chinesischer Wanderarbeiter versetzt, die nachts in den halb fertigen Häusern schlafen, die sie tagsüber bauen. Es spielt keine Rolle, ob man sich vorstellen kann, wie sie bei Sturmwarnung zu Tausenden evakuiert werden, damit es sie nicht aus den obersten Stockwerken der Stahlgerüste weht. Wichtig ist nur, dass man einen Satz sagen kann wie: »Ein nicht unbedeutender Teil des chinesischen Wirtschaftswachstums beruht auf den extrem niedrigen

Löhnen, die für einfache Handarbeit gezahlt werden.« Denn wenn man einen solchen Satz sagen kann, mit der richtigen Betonung, dann ist damit ein Lernziel erreicht. Und das Erreichen eines Lernziels führt unweigerlich zu einer guten Note.

Patrick weiß nicht so genau, ob er sich für China interessiert. Als er eine Nacht lang im Netz Berichte über Wanderarbeiter gelesen hat, ist ihm beinahe schlecht geworden. Aber seine Eins in Erdkunde hat er nicht bekommen, weil ihm das Schicksal fremder Menschen so ans Herz gegangen ist. Die Eins war der Lohn dafür, etwas so gemacht zu haben, dass es gelingt. Patrick ist regelrecht vernarrt ins Gelingen. Was es ist, darauf kommt es ihm nicht an; warum also nicht die Unterrichtseinheit »Das moderne China«? Es ist ihm auch egal, wer die Regeln fürs Gelingen aufstellt. Hauptsache, es gelingt. Genau deshalb ist Patrick auch damals ins Spiel gegangen: einzig und allein um zu gewinnen.

Leute, die nichts von solchen Spielen verstehen, beurteilen sie nur nach der Oberfläche, nach der Grafik. Sie sehen dann mystische Welten mit Drachen und Monstern sowie irgendwelche Ritter, die auf die Drachen und Monster einprügeln. Oder sie sehen Raumschiffe, von denen aus Aliens versuchen, die Erde zu pulverisieren, während auf der Erde lauter Supersoldaten versuchen, die Alien-Raumschiffe vom Himmel zu blasen. Aber wer nur die Grafik sieht, dem ist nicht zu helfen. Und wenn er solche Spiele brutal findet, kann man ihm nicht mal widersprechen.

Natürlich ist die Grafik wichtig. Sie ist, was beim Essen die Gewürze sind. Doch um das Spiel erfolgreich spielen zu können, muss man lernen, durch die Grafik hindurchzusehen. Spieler wie Patrick tun das. Hinter den Rittern, Aliens und Söldnern sehen sie ein System, ein Netz exakter mathematischer Gleichungen. Darin geht es um Kräfte und Zeiten, alles geordnet nach Regeln, die im Grunde so einfach sind wie das kleine Einmaleins. Und diese Regeln sind keineswegs ein Geheimnis, sie liegen offen zutage. Man kann sie studieren, verstehen und anwenden. Sie ändern sich so gut wie nie.

Mal ein Beispiel. Man tritt mit seiner zarten kleinen Elfe gegen einen monströsen Ork an. Hey!, sagen dann die Leute, die nichts von den Spielen verstehen. Lass das lieber bleiben! Oder: Hoppla, das ist aber mutig! Dabei geht es nie um Mut oder dergleichen. Es geht nur darum, sich ein paar mathematische Aufgaben zu stellen, deren Bestandteile sich leicht ermitteln lassen. Dann rechnet man ein bisschen; und schließlich weiß man, ob die Elfe zwei Minuten lang einen bestimmten Lähmungszauber auf den Ork legen oder besser die Biege machen sollte.

Im Leben fällt man hin und weiß nicht, warum. Im Spiel aber kann man, wenn etwas nicht funktioniert, genau analysieren, wo der Fehler lag. Und dann stürzt man sich keinesfalls noch etwas tollkühner oder mutiger auf den Ork, sondern besorgt seiner Elfe einen besseren Zauber, weil genau das der Faktor ist, der in der Gleichung verändert werden muss, damit sie aufgeht. Im Spiel gibt es immer einen Weg; und wenn man ausreichend vorbereitet und ausgerüstet ist, kann man ihn gehen, ohne dass irgendein dummer Zufall oder irgendein böses Schicksal einem alles zunichtemacht. Aus diesem Grund hat Patrick das Spiel gespielt, nur aus diesem. Bis er dann Nevena traf.

Jetzt startet er seinen PC. Er könnte sich für sein Zeugnis Geld wünschen, um einen neuen Computer anzuschaffen, einen noch schnelleren. Dem Spiel täte das sicher gut; mit jeder Erweiterung wird die Hardware stärker gefordert. Aber solange er mit Nevena zusammen spielt, hätte er wenig davon, denn schon jetzt muss er oft genug auf sie warten, wenn ihr serbischer Kasten mal wieder nachsitzen muss oder sich übel verschluckt.

Auf einen Klick hin öffnet sich das Spiel. Seit fast genau sechs Wochen verfolgen sie jetzt ihre Couple-Quest. Aber jede Stunde davon hat sich gelohnt. Es gab grandiose neue Welten, die selbst einen routinierten und nur auf sein Ziel fixierten Spieler zum staunenden Touristen machten, dazu natürlich einen ganzen Raritätenzoo neuer Gegner. Allerdings kann Patrick jetzt auch alle Spieler verstehen, die aufgegeben haben. Die Sache ist wirklich verdammt schwierig. Nie zuvor sind Nevena und er so oft an ihren Gegnern gescheitert. Da halfen selbst die schönsten Zauber der kleinen Zornelfe nicht. Oft genug hat Patrick den Lebensbalken des Barbars fallen sehen, ohne ihn retten zu können. Und wenn er es zusammenrechnet, dann saß seine kleine Pocahonta sicher ein paar Stunden hinter einem Stein oder in einem Bodenloch und wartete darauf, dass Mr. Smith wieder auf dem Kampfplatz erschien, nachdem er erschlagen und zu seinem Ruheort teleportiert worden war.

Umso schöner waren ihre Debatten nach solchen Niederlagen. Nevenas wilde Vorschläge, was sie unbedingt anders machen müssten, und Patricks langwierige Berechnungen. Wie kann man nur so verschieden sein! Manchmal hat er nicht mehr geglaubt, dass sie sich auf eine gemeinsame Lösung einigen würden. Aber am Schluss war das immer der Fall; und so haben sie es, wenngleich sehr langsam, von Gegner zu Gegner und von Sieg zu Sieg geschafft.

Doch wenn Patrick ganz ehrlich ist, muss er eingestehen, dass es oft auch an Mr. Smith lag, wenn sie fünf-, sechs- oder siebenmal gegen denselben Gegner anrennen mussten, bevor der nach dem letzten entscheidenden Schlag sehr elegant auf die Seite rollte und endlich seine Schätze hergab. Nevena war manchmal einfach nicht konzentriert. Sie verschlampte wichtige Timings und brachte Setups durcheinander, die sie eigentlich im Schlaf beherrschte. Beim Kampf mit Maelgor, dem Höllendrachen hatte sie tatsächlich vergessen, ihre hitzeresistenten Frosthandschuhe des Winterzorns anzuziehen. Wie aber der Name des Monsters richtig andeutete, setzte es Höllenfeuerattacken ein, durch die sich die Nahkampfwaffe des Angreifers mächtig erhitzte. Nach zwei Minuten musste Nevena ihre Streitaxt fallen lassen. Hätte man dem Drachen Humor programmiert, er hätte den wehrlosen Barbar und die verdatterte Elfe wahrscheinlich noch ausgelacht, bevor er sie fraß.

Patrick muss jetzt lange warten, bis Nevena sich meldet. Auch das kommt immer häufiger vor. »Sorry, I'm late«, schreibt sie. »TPG.«

Das ist eines der vielen Kürzel, die sie selbst erfunden haben. PG bedeutet parental generation. Und T steht für trouble, also: Ärger mit den Eltern. In letzter Zeit hat Nevena dieses Kürzel noch häufiger verwendet als sonst.

»Okay«, antwortet Patrick. »Nice to see you.«

Nevenas Familie bleibt ihm ein Rätsel. Er weiß nicht, wie er sich das vorstellen soll. Wohnen sie etwa alle in einem Haus, die vielen Geschwister, Onkel, Tanten, Cousins und Cousinen? Jedenfalls ist immer wieder von ihnen die Rede; und es scheint ganz normal, dass sie dauernd unangemeldet auftauchen. Außerdem sind sie, wenn er Nevena glauben soll, allesamt mindestens halbe Verrückte, Leute mit schrägen Macken, egal wie alt oder jung sie sind. Und immer hört es sich an, als sei Nevena die einzige, die sie bändigen kann.

Von seiner Familie hat Patrick bislang nichts erzählt. Oder so gut wie nichts. Nevena hat ein paarmal gefragt, da hat er immer nur gesagt: alles ganz normal, nichts Besonders, nur das Übliche. Im Chat und in ihren Mails haben sie über alles Mögliche geredet, manchmal nächtelang. Aber dass im Zimmer unter ihm seine kranke Mutter lag, das hat Patrick nie erwähnt.

Selbst über ihren Tod hat er damals nicht geredet. Gegen Abend waren die Männer gekommen, um Astrid zu holen, zwei Stunden nachdem der Arzt gegangen war. So lange hatten Henner und er im gelben Zimmer gesessen, zwischen den Apparaten, die jetzt alle abgestellt waren. Astrid sah genauso aus, wie sie seit Tagen ausgesehen hatte, nicht entspannter oder friedlicher, aber auch nicht tot. Schließlich war sie vom Bett in den Sarg gelegt worden. Henner hatte die Männer begleitet; und Patrick war in sein Zimmer gegangen, hatte den PC eingeschaltet und sich mit Nevena in den Hallen des Anubim herumgetrieben, wo gerade ein Raid stattfand.

Anschließend hatten sie gechattet. Patrick erwähnte einen Tierfilm, den er mit seinen Eltern mehrmals gesehen hatte, weil sie alle drei ihn so komisch fanden. Worauf Nevena ausführlich von ihrem Onkel Zepp erzählte, einem Mann, der offenbar jedes Jahr den Beruf wechselte und mit jeder neuen Unternehmung höchst dramatisch auf die Nase fiel. Zuletzt war Onkel Zepp unter die Pelztierzüchter gegangen und hatte sich vier Dutzend mittelgroßer und extrem bissiger Nagetiere zugelegt, die er rund und fett füttern wollte, um ihnen anschließend das teure Fell über die Ohren zu ziehen. Das hatte auch anfangs gut funktioniert, die Nager platzen schon fast aus ihren Käfigen. Aber als es daran ging, ihnen möglichst fellschonend das Licht auszublasen, war Onkel Zepp eingeknickt. Achtundvierzig putzige Wesen mit Knopfaugen und Puschelohren zu massakrieren, das hatte er einfach nicht übers Herz gebracht.

Allerdings wusste er jetzt nicht, wohin mit den Biestern. Er konnte sie ja nicht einfach in seinem Vorort auf die Straße setzen. Und er wollte auch nicht laut verkünden, dass er wegen Weichherzigkeit nicht zum Pelztierzüchter taugte und jetzt Hilfe bei der Geschäftsauflösung brauchte. Dazu schämte er sich zu sehr. Am Ende hatte er es doch gebeichtet. Und wem? Natürlich Nevena, dem Kummerkasten der Familie. Sie hatte dann im Internet die Überlebenschancen von Nutrias und Chinchillas in der Gegend um Belgrad ermittelt und für ausreichend hoch befunden, worauf sie sechsmal in schwärzester Nacht mit Onkel Zepp in die Wälder fuhr, jeder auf seinem Fahrradgepäckträger einen abgedeckten Wäschekorb mit je vier Pelztieren, die sie dann in die serbische Freiheit entließen.

Rundum gelungene Aktion, schrieb Nevena. Allerdings seien ein paar der Biester in den Vorort zurückgekehrt, um sich dort von Motoröl und Bremsflüssigkeit zu ernähren, die sie aus den angeknabberten Schläuchen geparkter Autos wie aus Strohhalmen tranken. Es habe einige sehr kuriose Unfälle gegeben. Nevena beschrieb sie genüsslich und in allen Details.

Patrick saß derweil vor seinem PC, mal lachend, mal weinend.

»Ready?«, schreibt er jetzt.

»Ready whenever you are!« Und ob der Herr schon einen Schlachtplan habe?

Natürlich hat Patrick den. Ihre momentane Aufgabe ist dermaßen schwer, dass er sich sogar ausführliche Notizen auf den letzten Seiten seines Mathe-Collegeblocks gemacht hat, um nicht den Überblick zu verlieren. Ihr allerletzter Gegner, der einzige, der sie noch von der Erfüllung der großen Couple-Quest trennt, ist nämlich Enigmaar, eine besonders tückische Wandlerfigur. Er kann zehn verschiedene Gestalten annehmen. Alle haben sie bestimmte Stärken und Schwächen, und mit kindlicher Willkür wechselt er zwischen ihnen hin und her. Patrick hat ihn den Barbar auf tausendundeine Art und Weise töten sehen. Dabei ist er jetzt allerdings zu dem ernüchternden Schluss gekommen, dass es keine Regel in Enigmaars Metamorphosen gibt. Ihre einzige Chance wird es also sein, hochgradig diszipliniert vorzugehen.

Patrick überfliegt noch einmal seine Notizen. Zu jeder von Enigmaars Gestalten hat er ein Profil erstellt, das genau erklärt, wie Nevena und er zu agieren haben, wenn ihr Gegner diese Erscheinungsform annimmt. Den Giftdrachen zum Beispiel muss man so treffen, dass sein Atem gelähmt wird und man besser in den Nahkampf kommt. Doch steht der Barbar zu nahe, wenn sich der Giftdrache in ein monströses Frostmammut mit baumstammdicken Beinen verwandelt, führt das zwangsläufig zum sofortigen e-Tod durch Zerstampfen.

Ob eine Verwandlung ansteht, erkennt man allerdings einigermaßen rechtzeitig nur aus einer gewissen Entfernung. Die Elfenzauberin wird den Barbar also diesmal nicht nur heilen, sondern regelrecht coachen müssen. Ein schlaues Programm, das man einfach nur durchzieht, gibt es nicht. Es kommt vielmehr ganz auf das Zusammenspiel der beiden an.

Eigentlich, denkt Patrick, hat das schon ein bisschen was von Sport. Ausgerechnet. Er und Sport! Er schüttelt den Kopf, während er Nevena seine Erkenntnisse in die Tastatur tippt.

Es dauert ein paar Minuten, bis sie das Bereit-Zeichen gibt. Könnte es sein, dass der Barbar auch einmal nervös ist? Patrick muss grinsen. Gut, dass sie ihn jetzt nicht sieht.

Er antwortet, und gemeinsam stürmen die beiden auf den Gestaltwandler zu. Enigmaar lässt sich nicht lange bitten und präsentiert sich als Gorgone. Während die Schlangen zischen, die ihm statt der Haare auf dem Kopf wachsen, richtet er seinen tödlichen Blick auf Nevena, deren Barbar derweil schon mit aller Kraft auf den Gegner einschlägt. »Gaze incoming!!!«, schreibt Patrick hastig. Zehn Sekunden hat man, danach ist der Gorgonenblick tödlich. Fünf davon sind bereits vorbei!

In allerletzter Sekunde rettet Nevena ihren Barbar hinter eine der abgebrochenen Tempelsäulen, die hier zum Glück in der Landschaft stehen. »Woopsy«, schreibt sie zurück.

In Patricks Nacken kribbelt es. Nach seiner Hochrechnung sind sie ganz gut im Rennen, die Gorgone hat ziemlich einstecken müssen. Trotzdem ist noch nichts gewonnen. »Concentrate pls«, schreibt er, etwas gereizt, während Nevena wieder auf das Schlangenhaupt schlägt.

Doch jetzt ist Enigmaar das Gorgonendasein offenbar leid. An ein paar seiner Bewegungen erkennt Patrick, dass er zur Verwandlung ansetzt. Also gibt er dem Barbar ein Warnzeichen und gleich noch eines. Enigmaar hüllt sich derweil in eine dichte Rauchwolke, die gekonnt versteckt, dass die

Spielengine zu schwach ist, um die Transformation besser zu animieren. Schon stolziert ein mächtiger Greif mit gespreizten Schwingen aus dem Rauch.

Es läuft gar nicht so schlecht! Der Greif ist vielleicht die eindrucksvollste unter Enigmaars Gestalten, aber nicht die stärkste. Wenn der Barbar jetzt rasch seine Hellebarde einsetzt und die Abflugsequenz des Vogels regelmäßig unterbricht, wird er ihn am Boden halten und ganz schön rupfen können.

Doch Nevena scheint die Verwandlung gar nicht realisiert zu haben. Ihr Barbar steht noch immer stocksteif vor den Resten der Rauchwolke und guckt ein Loch hinein. Ungehindert kann der Greif seine Flügel ausbreiten und aufsteigen. Jetzt wird's eng! Der Greif ist zwar ein one trick pony, er verfügt nur über eine einzige Attacke; aber die hat es in sich. Aus der Luft sucht er sich sein Ziel, einen Spieler, der zu lange still steht, und sei es auch nur eine Sekunde. Dann rast er im Sturzflug zu Boden. Die Attacke ist nicht zu parieren, mit keiner Abwehr und mit keinem Heilzauber.

Allerdings kann man dafür sorgen, dass Enigmaar seine Zeit in der Luft vergeudet. Bewegliche Ziele kann der Greif nicht erkennen. Man muss also bloß im Kreis oder im Viereck laufen wie ein Hamster in Panik. Das ist zwar ein bisschen albern, aber höchst erfolgreich.

Doch Nevena steht immer noch auf einer Stelle und schwingt ihre Axt. Es sieht aus, als wäre die Figur auf Autopilot gestellt. Enigmaar vollendet derweil einen majestätischen Bogen und setzt zum Sturzflug an.

Was tun? Patricks Hände reagieren, bevor er ganz zu Ende gedacht hat, was ihm gerade in den Sinn gekommen ist. In Windeseile durchkämmt er die Reihen seiner Zauber, dann findet er das kleine Ying-Yang-Symbol und klickt es an. Und es funktioniert tatsächlich! In Sekundenbruchteilen tauschen Barbar und Zornelfe ihre Plätze. Und statt die Elfe zu packen, fliegt der Greif durch sie hindurch. Zugegeben, das war jetzt bloß ein Trick, um das Programm zu überlisten. Aber der Zweck heiligt die Mittel. Und sie sind noch im Rennen. Mit der linken Hand schreibt Patrick ein paar Kürzel an Nevena. Sie muss sich jetzt konzentrieren!

Enigmaar ist derweil in einer neuen Verwandlungswolke gelandet, die er jetzt als ein gewaltiger Minotaurus verlässt. Der Minotaurus ist ein Prachtstück, auf das sein Grafiker sicher besonders stolz ist. Aber für einen Barbar ist er wie geschaffen, weil er groß und ungelenk ist und übersät mit verwundbaren Stellen. Jetzt könnten sie wieder richtig Schaden machen.

Doch da nimmt das Monster schnaubend Patricks Zauberin ins Visier und stampft auf sie zu. Die kleine Elfe würde keinen einzigen Stoß dieses Geschöpfes überleben, daher muss Nevena jetzt unbedingt seine Aufmerksamkeit auf sich ziehen. Mit einer geeigneten Geste, versteht sich. Verspotten oder Auslachen heißt sie; Patrick ist sich ganz sicher, dass Nevena sie besitzt. Doch der Barbar steht bloß da wie ein Tourist, der die Landschaft bewundert.

Die Hörner des Minotaurus treffen die Elfe, bevor Patrick einen Lähmungszauber auch nur auswählen, geschweige denn abschicken kann. Die kleine Zauberin Pocahonta sinkt noch auf melodramatische Art und Weise zu Boden, da zieht er schon den Chat auf. Seine Hände schweben zitternd über der Tastatur. Er ist ganz kurz davor, etwas sehr Unfreundliches zu schreiben.

Aber da kommt schon eine Nachricht. »Gtg, sorry.«

Got to go. Ich muss weg. Und tatsächlich verblasst Nevenas Barbar bereits, um dann ganz zu verschwinden. Sie hat sich ausgeloggt, ohne ein weiteres Wort.

NACHDEM PATRICK mit seinem Zeugnis hinaufgegangen ist, sieht Henner die Post durch. Zuerst scheint es wieder nur das Übliche zu sein, doch dann ist etwas ganz Unerwartetes dabei, ein Brief aus Italien. Bevor er es öffnet, wiegt Henner das Kuvert in der Hand, ein schweres, raues und leicht gelbliches Papier, vielleicht echtes Bütten. Der Absender ist auf die Rückseite gedruckt, in dunklem Rot: Gian Giacomo Schmeltzer, Triest. Die Anschrift ist von Hand mit Tinte geschrieben. Die Briefmarken sind groß und bunt, sicher sind es Sondermarken. Es fehlte nur noch das Siegel. Der Brief ist ein kleines Kunstwerk, und eigentlich ist es schade, ihn zu öffnen.

Natürlich tut Henner es doch, aber er nimmt dazu immerhin einen alten Brieföffner aus Elfenbein. Im Kuvert sind zwei Blätter des gleichen Papiers, beschrieben in einer schwungvollen, aber gut lesbaren Handschrift. Signor Schmeltzer bittet Henner, ihm bei der »Bewertung eines Objekts« zu helfen, das ihm »auf sehr verschlungenen Wegen zugekommen« sei.

Dieses Objekt, so heißt es weiter, sei wahrscheinlich, an und für sich betrachtet, kein exorbitant wertvoller Gegenstand. Allerdings verbinde es, seine Echtheit vorausgesetzt, ihn, Schmeltzer, mit der Geschichte und Tradition seiner Familie, die wiederum eng an seinen Wohnort geknüpft sei, also an Triest. Es folgt eine wortreiche Beschreibung des »Objekts«, aus der allerdings nicht hervorgeht, worum es sich eigentlich handelt. Vielmehr ist von »Symbol« die Rede und von »Erbschaft« und »Verpflichtung«. All dies in einem fehlerfreien, aber ganz antiquierten Deutsch. Wären nicht Datum und Stempel, man könnte denken, der Brief habe hundert Jahre auf der Post gelegen.

Seit Astrids Tod arbeitet Henner wieder mit voller Stundenzahl im Museum. Anfragen nach Gutachten erhält er mittlerweile aber nicht mehr; er hat sie zu lange ablehnen müssen. In gewisser Hinsicht ist das eine Erleichterung. Es ist ihm oft genug schwergefallen, das Ergebnis seiner Arbeit vorzulegen, nämlich immer dann, wenn es bewies, dass jemand viel Geld für etwas ausgegeben hatte, das im Grunde nur als Beweis in einem Betrugsprozess taugte. Und für diese Nachricht musste der Betrogene überdies erneut bezahlen. Dennoch würde Henner gerne wieder einen Auftrag annehmen, hauptsächlich wegen des Geldes. Allerdings spürt er jetzt keine große Lust, ausgerechnet für diesen Signor Schmeltzer zu arbeiten.

»Natürlich könnte ich mich auch hier vor Ort erkundigen«, schließt der seinen Brief. »Aber wie ich bereits erwähnte, ist das Objekt auf Wegen zu mir gekommen, die ich nicht von Menschen in meiner engeren Umgebung zurückverfolgt sehen möchte. Sie verstehen vielleicht, was ich meine. Außerdem dürfte ein Objekt wie dieses, sollte es sich denn als Original entpuppen, in gewissen hiesigen Kreisen weit über seinen materiellen Wert hinaus geschätzt werden, da es gewissermaßen die Erinnerung an ein anderes Triest konserviert. Ihren Namen habe ich übrigens einigen Publikationen zu ähnlichen Themen entnommen.« Und ohne jede Überleitung: »Wann könnten Sie kommen?«

Das andere Triest. Wahrscheinlich meint Schmeltzer damit dieselbe Stadt vor hundert Jahren, als sie noch zum Habsburgerreich gehörte und von Wien aus regiert wurde. Henner dreht und wendet die beiden Briefbögen und das Kuvert. Nirgendwo findet sich eine Emailadresse, möglicherweise kommen vernetzte PCs in der Welt des Signor Schmeltzer gar nicht vor. Ansonsten würde Henner gleich absagen. Für Betrogene zu arbeiten ist die eine Sache, eine andere ist es, das für Menschen zu tun, die betrügen, und sei es nur sich selbst.

Henner fährt seinen PC hoch und gibt den Namen Schmeltzer in eine Suchmaschine. Sieh an! Mag auch der Signor das Netz nicht kennen, so kennt es doch ihn. Schmeltzer ist Erbe einer italienischen Supermarkt-Kette und offenbar ein großer Sammler. Sein Spezialgebiet ist die maritime Kunst des Mittelmeerraumes; vor ein paar Jahren hat er einen Großteil seiner Bilder und Objekte einem Museum seiner Heimatstadt geschenkt. Ganz nebenbei gilt Schmeltzer als einer der reichsten Männer Italiens.

Henner steckt die Blätter wieder in das Kuvert und legt es beiseite. Über die Angelegenheit wird er nachdenken müssen.

PATRICK IST EINIGERMASSEN SAUER. Weniger, weil sie Enigmaar noch immer nicht besiegt haben. Schlimmer ist, dass heute offenbar auch der Chat mit Nevena ausfällt. Wer weiß, vielleicht hat wieder einer ihrer verrückten Verwandten sie überfallen, weil er Erste Hilfe braucht oder wenigstens beruhigt und getröstet werden muss. Manchmal stellt Patrick sich Nevena als Krankenschwester im weißen Kittel vor, wie sie in einem großen Haus von Zimmer zu Zimmer geht und sich um die Patienten kümmert.

Dabei ist sie überhaupt nicht der Typ Krankenschwester;

und sie sieht auch nicht so aus. Patrick klickt den Ordner an, in dem er die Bilder von ihr verwahrt, die er heruntergeladen und von denen er eines ausgedruckt hat. Es sind vier, alle sind sie draußen aufgenommen, vermutlich im Sommer, aber von der Landschaft kann man nicht viel mehr erkennen als den gelblichen Boden. Nevena trägt Sachen, die an einer Gamerin nicht überraschen; Turnschuhe, eine Hose mit Tarnmuster, das T-Shirt ihrer Lieblingsband, alles bestimmt ganz sorgfältig ausgesucht, aber nichts, das irgendwie zu modisch oder zu sehr nach Absicht aussehen könnte.

Auf den Fotos ist nicht zu erkennen, ob sie geschminkt ist. Patrick vermutet, sie ist es, aber so, dass es nur ihr ungeschminktes Gesicht betont. Es ist ein schmales Gesicht, hell, oder eher blass, und alles darin ist ebenfalls schmal: der Mund, die Nase, die Augen. Ihre Haare sind ganz dunkel, vielleicht sogar schwarz, halblang geschnitten und sicher so, dass sie nach dem Duschen bloß ein Handtuch braucht, um sie in Form zu bringen.

Auf allen Fotos hält sie das Schild mit dem Code, nur auf einem schaut sie direkt in die Kamera. Patrick hat es x-mal gezoomt, bis Nevenas Kopf den ganzen Monitor füllte. Aber je stärker die Vergrößerung ist, desto undeutlicher wird ihr Blick. Selbst ihre Augenfarbe ist nicht genau zu erkennen. Und danach zu fragen hat er sich bislang nicht getraut. Wahrscheinlich ist ja Augenfarbe schon ein Du-und-Ich-Thema.

Über alles andere haben sie schon geredet. Sehr oft natürlich über die Schule; wann man sie okay finden kann und wann nicht. Auch über Politik, über Musik und Filme und Mangas. Sogar über Sport, Nevena ist tatsächlich Fan eines Fußballvereins, von dem Patrick nie zuvor gehört hatte. Aber egal, wie sie beginnen, meistens kommen sie wieder beim gleichen Thema an, und dann reden sie darüber, wie schwer es ist, jemand zu sein, den man wiedererkennt. Und der sich selbst wiedererkennt, wenn er in den Spiegel schaut oder redet. Jemand, der nicht bloß irgendwo mitläuft und mittut. Jemand, der etwas unverkennbar Eigenes ist, ohne dazu wie eine 24/7 One Man Show durch die Gegend zu laufen und permanent Ich! Ich! Ich! zu schreien.

Darüber reden sie. Und natürlich darüber, dass auch sie selbst keineswegs die großen Helden sind, die einsam und unangreifbar oben auf einem kargen Felsen stehen, weit über dem Gewusel all der anderen Siebzehnjährigen, die sich da unten um ein bisschen Persönlichkeit schlagen. Oder bloß darum, wer die meisten Freunde bei Facebook hat. Nein, solche Helden sind sie nicht, auch nicht dann, wenn sie als Zauberin und Barbar durch die Spielwelt ziehen und reihenweise Pixelhaufen von Non-Player-Charakteren ins virtuelle Nirwana schicken. Das Spiel ist okay, aber es ist nun wirklich nicht das bessere Leben.

Doch wenn sie einander Mails schreiben oder miteinander chatten, stundenlang, manchmal bis tief in die Nacht, ganz egal worüber, dann fühlt Patrick sich so, als gäbe es etwas in seinem Leben, das anders ist als alles andere und das ihn zu jemandem macht, den er wiedererkennt. Manchmal ist er sich ganz sicher, dass Nevena genau das Gleiche denkt. Aber auch danach hat er sie noch nie gefragt.

Er klickt das Foto weg und schließt den Ordner. Und dann weiß er plötzlich, was er sich von Henner für die etwas langweilige Reihe von Einsen und Zweien auf seinem Zeugnis wünschen soll. Er geht hinunter und klopft an die Tür des Studios, dann tritt er ein. Henner betrachtet gerade etwas auf seinem Monitor.

»Hupps«, sagt Patrick. »Fährst du mal wieder weg?« Das Bild auf dem Monitor zeigt einen Platz mit alten weißen Häusern, vor dem sich das blaue Meer öffnet.

»Wär' doch was, oder?« Henner schließt das Bild. Was ihm denn die Ehre des unverhofften Besuchs verschaffe?

»Kannst du mich fotografieren?«, sagt Patrick. »Aber nicht mit der Digicam. Du hast doch noch eine andere, oder?«

Natürlich hat Henner die alte Leica. Dieser tonnenschwere Apparat, von dem er behauptet, dass er die besseren Bilder mache.

»Du willst dich also analog.« Henner grinst. Ob er fragen dürfe, wozu?

Im ersten Moment will Patrick etwas erfinden, irgendeine Geschichte, doch dann überlegt er kurz und sagt: »Es ist für Nevena.« Er macht eine Pause. »Aber ich will nicht einfach in meine Webcam grinsen und dann auf Abschicken drücken.«

»Ich bin kein Porträtfotograf«, sagt Henner. »Ich kann Nahaufnahmen von Kunstwerken machen, aber Menschen …« Er stockt.

»Ist schon gut«, sagt Patrick.

Da haben sie wieder ein heikles Thema berührt. Ihre Familienfotos hat nämlich immer Astrid gemacht, mit einer alten Pocket-Kamera, die wahrscheinlich zur Ausstattung des Erich gehörte.

»Komm, lass!«, sagt Henner. »Natürlich kann ich dich fotografieren.« Er hat die Leica schon aus einem Schrank geholt. »Aber wir nehmen besser einen neutralen Hintergrund.«

Er geht voran durch den Keller in den Garten. Patrick folgt ihm, und ganz plötzlich ist er furchtbar nervös. So wie er gleich aussieht, wird Nevena ihn vielleicht zum ersten Mal sehen. Eigentlich sollte er für eine Viertelstunde im Bad verschwinden, aber was kann dabei schon herauskommen? Es ist einfach unendlich schwierig, normal und natürlich zu sein.

Zum Glück ist Henner ganz locker drauf, was nun eher eine Seltenheit ist. »Streng dich gar nicht an«, sagt er. Er werde ein paar Dutzend Aufnahmen machen, dann könnten sie auf den Kontaktabzügen die besten aussuchen. »Geld spielt keine Rolle!«

Trotzdem weiß Patrick nicht, wohin mit seinen Händen. Und was bitte sollen die vielen kleinen Muskeln in seinem Gesicht jetzt tun? Wahrscheinlich schneidet er, während er zu lächeln versucht, die albernsten Grimassen, genau wie die Trolle im Spiel. Wenigstens macht Henner keine blöden Bemerkungen, sonst müsste Patrick das Unternehmen sofort abbrechen.

»Sehr gut«, sagt Henner, während seine altmodische Kamera altmodische Geräusche macht. Patrick streicht sich eine Locke aus der Stirn.

AM SAMSTAG, zwei Tage nach dem Zeugnistag, erledigt Henner vormittags einiges in der Stadt, dabei bringt er den Film zum Entwickeln. Später lackiert er seinen Schreibkasten zum ersten Mal. Mit dem Ergebnis ist er ganz zufrieden. Der Samstag ist Patricks zweiter Ferientag, doch wie sonst auch verlässt er kaum sein Zimmer. Am Sonntag glaubt Henner ihn häufiger durchs Haus gehen zu hören; und als sie einander am späten Nachmittag im Flur begegnen, fragt Patrick tatsächlich, ob sie nicht zusammen essen sollen, vielleicht beim Chinesen. Henner lässt alles stehen und liegen. Beim

Essen erzählt er von seinem seltsamen Auftrag. Er wisse immer noch nicht, was er davon halten solle.

»Fahr doch einfach hin und guck's dir an«, sagt Patrick. Zu Hause läuft er gleich hoch in sein Zimmer. Aber nach ein paar Minuten kommt er wieder herunter und schlägt vor, den Sonntagabendkrimi im Fernsehen zu schauen. Henner ist sofort einverstanden. Es fühlt sich dann seltsam an, so schweigend nebeneinander im Wohnzimmer zu sitzen. Patrick wirkt nervös; kaum beginnt der Abspann des Films, da geht er wieder nach oben.

Am Montagmorgen kommt er zum Frühstück herunter, ohne dass Henner ihn gerufen hat.

»Du könntest auch ausschlafen.«

Patrick nickt. Henner macht ihm Kakao, wie jeden Morgen, und Patrick nimmt die Tasse mit beiden Händen.

»Ist was?«

»Nein.« Patrick trinkt einen kleinen Schluck.

»Ich kann heute die Kontaktabzüge mitbringen.«

»Schon?« Es klingt nicht unbedingt begeistert.

»Ja«, sagt Henner. »Expressentwicklung. Oder wir machen es anders. Wir treffen uns im Fotoladen, und du suchst dir gleich die besten aus. Da sparen wir einen Tag. Oder willst du nicht in die Stadt?«

»Doch. Okay«, sagt Patrick, und sie vereinbaren einen Termin.

»Ich bin dann mal weg.« Henner hat nur einen Kaffee getrunken.

»Schönen Tag.« Bis auf seinen Kakao hat auch Patrick nichts angerührt.

In seinem Büro im Museum wählt Henner die Nummer eines Studienkollegen, der in Venedig arbeitet. Sie reden zuerst über die letzten Neuigkeiten in ihrem Fach; allmählich ist Henner in Sachen Fälschungsskandale wieder auf dem Stand der Dinge. Dann kommt er zur Sache. »Kennst du einen Schmeltzer?«, sagt er. Diesen Sammler aus Triest.

Und ob der Kollege den kennt. »Der ist so ein Original, weißt du. Schwerreich und guter Geschmack. Aber auch ein bisschen verrückt. Und politisch, na ja, sagen wir mal: schwierig.«

Henner fragt nach.

»Ach!« Der Kollege stöhnt. »Wie soll ich sagen. Es gibt halt immer noch Leute, die finden, Triest war schöner, als es deutsch war. Also österreichisch. Du weißt, was ich meine: Die große Zeit. Der Kaiser in Wien. Triest das Tor zum Mittelmeer und so weiter.«

Das sei doch wohl abwegig?

»Na, sicher doch. Vor allem, wenn das Leute sagen, die es gar nicht erlebt haben. Aber einer wie Schmeltzer kann sich solche Ansichten leisten. Nach seinem Tod soll sein ganzes Geld der Stadt gehören. Also gehen ihm alle um den Bart. Und hinter seinem Rücken sagen sie, er sei ein Faschist.«

»Ein Monarchist«, sagt Henner.

»Du nimmst es genau.« Der Kollege lacht. »Aber wer tut das sonst? Und übrigens: Warum fragst du eigentlich? Kommst du nach Triest? Wir könnten uns treffen. Das Boot von Venedig braucht eine halbe Stunde.«

Henner erzählt von dem Auftrag. Dass er gar nicht weiß, worum es geht, sagt er nicht.

»Mach das doch!«, sagt der Kollege. »Aufs Geld kommt's Schmeltzer bestimmt nicht an.« Henner verspricht, es sich zu überlegen. Dann verabschieden sie sich.

Da will also jemand seinen Kaiser Franz Joseph wieder

haben! Henner hat schon einige ziemlich schräge Auftraggeber erlebt. Aber eigentlich waren sie alle an alter Kunst interessiert und nicht an den alten Zeiten. Wenn das verdammte Geld nicht wäre, hätte Henner nun wirklich Grund genug, diesem Schmeltzer abzusagen.

ES IST DIE SECHSTE MAIL, die Patrick jetzt schreibt. Nein, die siebte. Doch es steht bloß drin, was in den ersten sechs auch schon stand: Wo bist du? Ist alles okay? Ist was passiert? Dazu seine Festnetznummer und die seines Handys.

Nevena ist verschwunden. Ohne ein Wort. Das ist noch nie passiert. Natürlich haben sie im letzten Jahr ein paar Spielpausen einlegen müssen, weil Feiertage waren oder Nevena mit ihren Eltern Verwandte besuchte. Aber das hatte sie immer angekündigt, und es waren sogar zwischendurch Mails gekommen. Doch jetzt ist sie einfach verschwunden. Seit dem Moment, als sie den Kampf gegen Enigmaar verlassen hat. Verschwunden! Seit dreieinhalb Tagen, oder beinahe vier. Einfach weg. Keine Sekunde war sie im Spiel, das hätte Patrick auf ihrem Profil ablesen können. Dazu keine Antwort auf seine Mails an MrsSmith93.

Vielleicht einfach mal anrufen?

Ja, wie denn? Patrick kennt Nevenas Nummer nicht. Tatsächlich haben sie noch nie miteinander telefoniert. Wozu braucht man auch ein teures Telefon, wenn man praktisch kostenlos chatten und mailen kann. Patricks Handy ist schon fast ein Museumsstück; es kann nicht einmal Mails empfangen.

Außerdem wollte Patrick nie telefonieren. Kurz vor Weihnachten hätte er beinahe vorgeschlagen, dass sie in den Voice-Chat wechseln sollten. Aber das hat er wieder gelöscht. Denn was wäre damit gewonnen? Gut, er würde ihre Stimme hören. Aber womöglich würden sie dann nicht mehr mailen. Und dann fiele alles weg: die Freude, wenn eine neue Mail gekommen ist; die Spannung, bis er sie öffnet. Und vor allem das Vergnügen, jeden einzelnen Satz zu lesen, ganz in Ruhe, so wie man eine Tafel Schokolade isst, indem man kleine Stücke davon abbricht und sie langsam im Mund zergehen lässt.

Doch jetzt wünschte sich Patrick dringend, mit Nevena sprechen zu können. Sie brauchte ja nur kurz zu sagen, was los ist. Ein Stromausfall vielleicht. Sie lästert doch dauernd über die serbischen Verhältnisse. Oder einer ihrer verrückten Verwandten steckt besonders tief in der Patsche. Cousin Drago, der immer Ärger mit seinen frisierten Mopeds hat. Oder Cousine Ivanka, die sieben Tage pro Woche unglücklich verliebt ist.

Aber Patrick hat keine Telefonnummer. Er hat auch keine Adresse von Nevena. Und obwohl er jetzt beinahe rot wird bei dem Gedanken, muss er sogar zugeben, dass er nicht einmal Nevenas Nachnamen kennt. Er meint sich dunkel zu erinnern, dass sie ihn einmal genannt hat, in einer der vielen Mails, aber da müsste er jetzt suchen. Verdammt noch mal, im Netz interessiert man sich eben nicht für solche Sachen.

Patrick hat Nevenas Mails und die seinen in einer Textdatei gesammelt, in der genauen zeitlichen Abfolge. Wann, zum Teufel, hat sie ihren Namen genannt? Oder besser gefragt, in welchem Zusammenhang? War da nicht etwas mit ihrem Vater? Aber wenn er das Wort Vater suchen würde, bekäme er Aberhunderte von Treffern; bei Mutter wäre es nicht anders. So geht das nicht! Patrick sieht sich um. Hier in diesem verdammten Zimmer kann er sich einfach nicht konzentrieren.

Er läuft die Treppen hinunter und öffnet mit der Fernbedienung die Garage. Zwischen der Schnauze vom Erich und der Stirnwand stehen die drei Fahrräder. Er weiß nicht, wann er sein Mountainbike zum letzten Mal benutzt hat. Das muss ewig her sein. Tatsächlich sind beide Reifen platt, aber die große Luftpumpe hängt gleich über den Rädern an der Wand. Ein paar Tropfen Öl auf die Kette wären auch nicht schlecht. Zum Glück lebt ja ein Handwerker im Haus, da findet sich so etwas immer in Reichweite. Patrick rollt auf die Straße, während sich hinter ihm das Garagentor schließt.

Er nimmt die alte Route. Geradeaus durch die Siedlung bis zum Tunnel unter der Umgehungsbahn, dann rechts abbiegen hinter der ersten Pferdewiese. Vorbei am kleinen Wald und am Rückstaubecken, den Reiterhof rechts liegen lassen, ebenso den Bauernhof, auf dem nur noch die komische alte Frau wohnt. Kurz vor der Bundesstraße scharf nach links, wie immer ohne langsamer zu werden. Ein paar Hundert Meter führt der Weg jetzt mitten durch den Wald, dann geht es am Fluss entlang. Mal sieht man das Wasser, mal ist es hinter dichten Büschen versteckt. Hier sind sie früher immer zusammen gefahren, Henner, Astrid und er; später war Patrick manchmal alleine hier, wenn er es im Haus nicht mehr aushielt. Bis er Nevena traf; seitdem gab es keinen Grund mehr, mit dem Bike durch die Landschaft zu heizen.

Noch bevor er den Gasthof am Fluss erreicht, hat sich Patrick wieder ans Radfahren gewöhnt. Er tritt jetzt gleichmäßiger in die Pedale und atmet ruhiger. Wenn man etwas vergessen hat, muss man sich ablenken, dann fällt es einem wieder ein. Aber das ist leicht gesagt. Wirklich abschalten kann man einen Gedanken nicht; und erst recht nicht den, dass Nevena verschwunden ist. Patrick fährt an dem Gasthof vorbei. Hier wollte Astrid immer anhalten und ein großes Bier trinken. Dabei wurde sie blitzschnell betrunken, besonders an heißen Tagen. Sie machte dann komische Pläne und zog wildfremde Leute ins Gespräch. Henner war das unangenehm.

Und plötzlich weiß Patrick, wonach er suchen muss: Nevena hat einmal jemanden aus ihrer Familie so angesprochen, als wären sie gar nicht verwandt. So als würde er seinen Vater vor anderen Leuten Herr Ehling nennen. Worum ging es da bloß?

Patrick überholt eine Kolonne Rentner, deren Fahrräder so bepackt sind, als wollten sie auswandern. Natürlich, es war um Onkel Zlatko gegangen. Onkel Zlatko, der immer Streit mit den Behörden hat, weil er klammheimlich sein Haus vergrößert oder im Hinterhof ein Restaurant eröffnet, ohne dafür eine Erlaubnis zu haben. Und da hat Nevena einmal genau geschildert, was er sich vor Gericht anhören musste. Also ist Zlatko das Suchwort.

Bei der nächsten Gelegenheit biegt Patrick nach links ab. Hier erwartet ihn die einzige Strecke in dieser ziemlich platten Landschaft, auf der sein Mountainbike zeigen kann, wofür es gedacht ist. Vor langer Zeit hat man hier nach Kies gebaggert, und davon sind ein paar respektable Löcher zurückgeblieben, durch die ein schmaler Weg hinab- und wieder hinaufführt. Ihn zu fahren ist ziemlich anstrengend, besonders wenn man aus der Übung ist, aber er ist definitiv die schnellste Verbindung nach Hause. Hinter den Kiesgruben geht es an den Feldern vorbei zurück in die Siedlung. Patrick schaltet in den höchsten Gang.

In seinem Zimmer ist er noch ganz außer Atem. »Mach schon!«, sagt er und schlägt mit der flachen Hand neben die Maus. Das Suchwort Zlatko hat er bereits eingegeben, aber vorerst darf er noch der kleinen Sanduhr beim Blinken zuschauen. Dann wird die erste Fundstelle angezeigt. Nein, hier nicht. Patrick klickt weiter, dann noch einmal. Die dritte Stelle ist die richtige. Onkel Zlatko als reuiger Sünder vor Gericht, wie er schwört, den Anbau an seinem Haus eigenhändig wieder abzureißen. Woraufhin er sich übrigens eine schwere Gicht hat bescheinigen lassen, die es ihm unmöglich mache, irgendeine körperliche Arbeit zu verrichten. Und wie heißt er?

Zlatko Kusic. Also: Nevena Kusic.

Im Netz sucht Patrick ein Telefonverzeichnis von Belgrad. Er findet auch eines, allerdings erst nach einigem Hin und Her. Und dann funktioniert die Eingabe nicht, es gibt nur eine Fehlermeldung. Vielleicht gehört ja so ein kleiner Haken auf das c in Kusic. Oder auf das s? Patrick schaut nach. Nevena hat den Namen mehrmals geschrieben. Mal hat sie den Haken hier, mal dort gemacht und dann wieder gar nicht. Außerdem rückt Patricks Tatstatur diese Buchstaben auf die Schnelle nicht heraus.

Mit seinem Handy ruft er die Auslandsauskunft an. Wie viele Kusic gibt es in Belgrad? Mit und ohne Haken. Die Frau von der Auskunft kann ihm aber keineswegs gleich helfen, sie müsse erst selbst in Belgrad anrufen. Nach ein paar Minuten, die sicher ein Vermögen kosten, meldet sie sich wieder. Es gibt etwa hundert, wessen Nummer er denn brauche?

»Danke«, sagt Patrick und beendet das Gespräch. Die Vornamen von Nevenas Eltern kennt er natürlich auch nicht. Man kann sich ausrechnen, wie lange es jetzt dauern würde, alle Kusic anzurufen und nach einer Nevena zu fragen. Das heißt, niemand kann sich das ausrechnen. Ganz abgesehen davon, was das kostet. Und werden dort überhaupt alle Englisch sprechen? Sehr unwahrscheinlich, mein lieber Patrick.

Ist vielleicht ein Zlatko Kusic darunter? Patrick ruft noch einmal an. Nein, einen Zlatko Kusic gibt es in Belgrad nicht. Ob sie landesweit suchen solle?, fragt die Frau von der Auskunft. Diesmal drückt Patrick das Gespräch wortlos weg.

Einen Moment lang sitzt er starr vor dem Monitor, dann gibt er den Namen Nevena Kusic in eine Suchmaschine. Dabei kommt er sich schrecklich vor, so als würde er in ihren Schubladen schnüffeln, während sie nicht im Zimmer ist. Aber er tut es ja nur, um sie zu finden. Und siehe da, es gibt Nevena Kusic, nicht viele, aber doch einige. Die erste lebt offenbar in Australien und kommt dort ganz ohne die kleinen Haken aus. Schon die nächste stammt aus Serbien, aber was das Netz über sie weiß, ist offenbar auf Serbisch geschrieben; jedenfalls nicht in den Buchstaben, die man hierzulande verwendet. Und so geht das weiter.

»Scheiße!«, sagt Patrick so laut, dass Henner es bestimmt gehört hätte. Aber der ist zum Glück noch im Museum. Das heißt, blöderweise ist er im Museum, vielleicht könnte er ja helfen.

Patrick denkt nach. Ganz ruhig! Als Erstes muss er diese verdammten Hakenbuchstaben finden. Wahrscheinlich kann man sie irgendwo herunterladen. Dann könnte er sich alle Kusic aus dem Internet-Telefonbuch von Belgrad besorgen und anschließend die Nevena-Kusic-Treffer der Suchmaschine durch den Übersetzer jagen. Schließlich müsste er schauen, ob es Übereinstimmungen gibt. Was für eine absolut bescheuerte Arbeit!

Aber immerhin lenkt sie ab. Patrick hört nicht, wie Henner nach Hause kommt. Und er hört auch nicht, wie sein Vater zu Bett geht.

TATSÄCHLICH KÖNNTE ER es gar nicht hören, weil Henner wieder in seinem Studio schläft, auf dem Riesensofa. Neben ihm liegt ein Buch über Triest. Bis spät abends hat er darin gelesen. Noch immer ist ihm der Auftrag äußerst suspekt. Wer weiß, worum es bei dem »Objekt« überhaupt geht. Wenn Schmeltzer im Herzen Monarchist ist und sich nach alten Zeiten sehnt, dann genügt ihm vielleicht irgendein Stück Holz oder Leinwand als Symbol, das er sich in eine Vitrine stellt. So wie man die Gebeine eines Heiligen in ein Reliquiar legt und in einer Kirche deponiert, um sie anzubeten. Dabei würde Henner nur ungern mittun. Aber das Geld, das könnte er brauchen. Heute Nachmittag hat er vom Büro aus einen Brief an Schmeltzer geschickt. Er benötige unbedingt weitere Informationen, um sich entscheiden zu können.

Auf der Werkbank, neben dem Schreibkasten, liegt der Umschlag mit den Kontaktabzügen von Patricks Porträts. Eine Viertelstunde hat Henner am Nachmittag im Fotogeschäft gewartet. Dann hat er versucht anzurufen, aber Patricks Handy war dauernd besetzt. Schließlich hat er die Bögen eingesteckt und ist nach Hause gefahren. Doch da fühlte er sich plötzlich zu müde und zu schwach, um mit dem Umschlag hinauf in Patricks Zimmer zu steigen.

HAT HENNER GERUFEN? Patrick schlägt die Bettdecke zur Seite, da fliegen ein paar Blätter auf. Sein PC-Tisch ist damit bedeckt, der Schreibtisch und Teile des Fußbodens auch. Patrick steht auf und macht einen Schritt, da klebt ihm schon ein Blatt unter dem Fuß. Er öffnet die Tür, es ist ruhig im Haus. Über das Papier hinweg geht er zum PC; der ist noch eingeschaltet, auf ein Rucken an der Maus wird der Bildschirm hell. Unten rechts die Uhrzeit, es ist kurz vor halb Zehn.

Patrick lässt sich wieder aufs Bett fallen. Kein Wunder, dass er verschlafen hat. Es war schon hell geworden, da war er immer noch dabei, die vielen Listen, die er angelegt und ausgedruckt hatte, miteinander zu vergleichen. Er hatte das stundenlang gemacht, und es war wie die entsetzlichste Hausaufgabe, die man sich denken kann, nein, eher wie ein Fiebertraum: Man tut immer dasselbe, und je weiter man es treibt, desto geringer werden die Aussichten auf Erfolg.

Neben seinem Bett liegt die Liste mit den Kusics aus dem Telefonbuch. Hinter einige Namen hat Patrick Vermerke gemacht, da haben sich Übereinstimmungen mit den Treffern aus der Suchmaschine ergeben – vorausgesetzt allerdings, er kann dem Kauderwelsch trauen, das der automatische Übersetzer ihm auswirft. Und vorausgesetzt, der Name Kusic stimmt! Irgendwann ist Patrick nämlich eingefallen, dass man nicht den gleichen Nachnamen haben muss wie sein Onkel. Tatsächlich funktioniert das nur, wenn der ein Bruder des Vaters ist. Rein theoretisch stehen damit die Chancen für eine Übereinstimmung bloß eins zu drei.

Patrick überlegt, ob er alleine in der Küche frühstücken soll. Doch das wäre jetzt wie Nachsitzen. Außerdem hat er zu tun. So holt er sich bloß ein Glas Orangensaft und macht genau da weiter, wo er war, als ihm die Augen zufielen: Er sucht die sozialen Netzwerke nach einer Nevena aus Belgrad ab. Das Kusic lässt er dabei zur Sicherheit weg.

Und wieder kommt er sich vor wie ein Verräter. Nevena hat immer gesagt, sie habe keinen Eintrag bei Facebook oder dergleichen. In dem Punkt war sie besonders streng. Sie seien allesamt längst Teil eines gewaltigen Datensatzes geworden, und von überallher dringe man in ihre Privatsphäre, um sie abzuhorchen und auszuspionieren. Daher weigere sie sich, dort mitzumachen. Aber was ist, wenn sie nicht die Wahrheit gesagt hat? Patrick trinkt einen Schluck. Der Orangensaft ist kalt, aber er schmeckt nicht.

Neben dem Monitor liegt eine handgeschriebene Liste. Patrick hat darauf gesammelt, was genau er über Nevena weiß. Die Liste ist so kurz, dass er sich ihrer regelrecht schämt. Immerhin, Nevena geht auf ein Gymnasium, das steht fest. Und die heißen in Serbien zum Glück genauso. Also sucht Patrick jetzt im Netz nach den Namen solcher Schulen in Belgrad; und indem er sie mit dem Namen Nevena kombiniert, sucht er weiter. Natürlich kommen Ergebnisse. Wie nicht anders zu erwarten, gibt es mehr als eine Nevena in Belgrader Gymnasien. Aber es bleibt ein Tappen im Dunkeln. Jeder Fund muss durch den Übersetzer geschickt werden, und mit dem Serbischen tun die Programme sich schwer. Fast immer erscheint bloß sinnloser Text. Patrick könnte darüber lachen, wenn er nicht so verzweifelt wäre.

Solange er denken kann, hat das Netz ihm alles preisgegeben, was er wissen wollte. Irgendetwas Technisches, ein historisches Ereignis, die Lebensdaten eines Schriftstellers und fertige Interpretation seiner Werke – das Netz spuckte alles Gewünschte in Sekunden auf seinen PC-Tisch. Aber jetzt stellt sich heraus, dass ein Mensch, den Patrick so gut zu kennen glaubt wie sonst niemanden auf der Welt, vollkommen spurlos verschwinden kann, von einer Sekunde auf die andere, und das allmächtige Netz weiß nichts über ihn, rein gar nichts.

Vielleicht liegt es ja an diesem Serbien und seiner Sprache und seiner Schrift. Aber verdammt noch mal, wofür gibt es denn Englisch? Wenn Patrick mit Nevena chattet oder mailt, dann merkt er gar nicht mehr, dass er etwas anderes schreibt und liest als seine Muttersprache. Womöglich denkt er schon auf Englisch, wenn er an Nevena denkt. Oder wenn er von ihr träumt, wie in den paar Stunden, die er jetzt geschlafen hat. Zum Teufel, alle sollten Englisch sprechen, dann würde es vielleicht zehn Minuten dauern und er hätte Nevena am Telefon und könnte sie fragen, ob etwas passiert ist und ob es ihr gut geht.

Nach einer Stunde gibt Patrick auf. Er hat noch recherchiert, ob die großen Suchmaschinen schon Bilder erkennen können. Vielleicht kann man demnächst das Foto von jemandem eingeben, und sie finden dann andere Fotos der gleichen Person. Patrick ist sich schäbig vorgekommen, als er sich das gewünscht hat. So schnell wird man selbst zum Schnüffler. Aber die Technik scheint noch nicht so weit zu sein.

Er geht nach unten. In der Küche ist alles zusammengeräumt. Auf dem Tisch liegt nur ein Umschlag, ein kleiner gelber Zettel klebt daran. Henner hat »Schönen guten Morgen!« darauf geschrieben. Patrick muss lachen, trotz allem. Kann eine Handschrift ironisch aussehen? Jedenfalls hört er den Tonfall seines Vaters. Er setzt sich und öffnet den Umschlag, darin sind die Bögen mit den Kontaktabzügen.

»Mann!«, sagte Patrick laut. Das Treffen in der Stadt hat er vollkommen vergessen. Vor einem Jahr hätte so etwas nicht passieren dürfen. Er holt einen Stift aus der Schublade für Krimskrams, schreibt an den Rand des gelben Zettels eine Entschuldigung und klebt ihn an den Kühlschrank. Dann schaut er die Fotos an. Zuerst ist er ganz erschüttert. Die sind allesamt absolut furchtbar. Wie er glotzt! Einmal wie betrunken und dann wieder so, als bekäme er gleich den Nobelpreis überreicht. Die kann man alle in die Tonne schmeißen.

Er geht mit den Bögen ans Küchenfenster, hier ist es viel heller. Nein, dieses eine Foto könnte man vielleicht nehmen. Darauf sieht er nur halb so blöd aus wie auf den anderen. Patrick macht ein Kreuz daran. Auf dem nächsten Bogen sind zwei Aufnahmen ganz gut gelungen; eine davon ist sogar richtig gut, auch wenn er ein bisschen traurig guckt. Auf dem dritten Bogen kommen dann mindestens fünf in Frage. Womit Patrick wieder die Qual hat, sich entscheiden zu müssen.

Aber entscheiden wozu? Nevena ist doch verschwunden.

Er steigt wieder hinauf in sein Zimmer. Nein, sie ist nicht verschwunden. Patrick sagt sich das laut vor. Sie hat sich jetzt vier Tage lang nicht gemeldet. Dafür kann es zehntausend absolut plausible Erklärungen geben, inklusive der, dass sie einfach vergessen hat, »Sorry, I'm busy« zu sagen. Kann's doch geben. Er sollte sich beruhigen.

Aber es könnte ihr auch etwas passiert sein. Vielleicht hat sie sich ein Bein gebrochen und muss drei Wochen im Krankenhaus bleiben, natürlich ohne Laptop und WLAN. Und wenn sie niemanden hat, der ihn benachrichtigen kann, dann erfährt er davon rein gar nichts. Genau dasselbe könnte ihm auch passieren, denkt Patrick.

Nein, könnte es nicht! Er würde Henner sofort die Verbindungsdaten geben und ihn bitten, Nevena Bescheid zu sagen. Es wäre das Erste, woran er dächte, wenn er sich ein Bein oder sonst was brechen würde.

Verdammt, ist denn in dieser Riesenfamilie niemand imstande, mal kurz eine Mail zu schicken? Könnte ja ausnahmsweise auch auf Serbisch sein, ein paar kurze einfache Sätze, die würde er schon übersetzt bekommen. Man lebt doch nicht auf dem Mond!

Patrick ist jetzt richtig wütend. Er sammelt die Listen ein

und stopft sie in seinen Papierkorb, der eigentlich schon voll ist. Schließlich hat er den Bogen mit den Kontaktabzügen in der Hand, und beinahe hätte er ihn durchgerissen. Doch da fällt ihm etwas ein.

Vor ungefähr zehn Tagen, in der ersten Phase des Kampfes mit Enigmaar, hatte Patrick endlich nach einem neuen Foto von Nevena gefragt, natürlich so beiläufig wie eben möglich und als Witz getarnt: Pocahonta bitte um ein Foto von Mr. Smith. Darauf der Barbar: Sehr gerne, aber nur, wenn er zuerst ein Porträt der reizenden Elfe bekomme. Und bevor Patrick antworten konnte: Selbiges Portrait schicke er bitte an seiner Herrin Urlaubsadresse. Damit sie etwas habe, worauf sie sich freuen könne. Ansonsten sei der Urlaub ja bekanntlich eine Orgie der Langeweile, wie immer. In ihrer nächsten Mail hatte Nevena dann in gewohnter Ausführlichkeit beschrieben, welche Folterqual sie an dem Ort erwarte, den ihre Familie unerklärlicherweise seit Jahren für das Paradies auf Erden halte.

Patrick lässt sich auf den Stuhl vor seinem PC-Tisch fallen. Hat sie den Namen des Ortes einmal genannt, vielleicht sogar eine Adresse? Er lässt die Mails nach »holidays« durchsuchen. Bald hat er die richtige Stelle. Letztes Jahr im Spätsommer hat Nevena zum ersten Mal davon erzählt.

Es ist eine von den ganz langen Mails. Okay, schreibt sie, sie habe ja Verständnis dafür, dass Leute über Vierzig gern bis zum Bauch im Mittelmeer stehen. Vielleicht freuen sie sich daran, so was Irres zu tun und dabei zu wissen, dass ihnen nichts passieren kann. Oder sie machen sich absichtlich nass, damit sie zweimal am Tag duschen können, um dann frisch umgezogen im Restaurant sitzen und die Kellner anschnauzen zu können. Besser gesagt, um sich von den

Kellnern anschnauzen zu lassen! In Opatsha haben nämlich die Kellner das Sagen. »Waitor rulz!«, schreibt sie. Der Ort ist fest in ihrer Hand. Wer was macht, das einem Kellner nicht gefällt, muss zehn Runden ums Hotel laufen und kriegt drei Tage keinen Nachtisch.

In einem anderen Fenster hat Patrick schon eine Landkarte geöffnet. Nevena hat den Ort bei immer anderen Namen genannt: Opatsha, Oplatsha, O'Pasha und so weiter. Wahrscheinlich stimmt keine der Schreibungen. Aber am Mittelmeer muss er liegen, das steht fest. Und allzu klein kann er auch nicht sein. Patrick beginnt auf gut Glück im Westen der kroatischen Küste zu suchen, und schon bald wird er fündig: Opatija. Er lässt sich den Wikipedia-Artikel anzeigen. Kein Zweifel, das ist genau der Ort, an dem auch er sich zu Tode langweilen würde.

Und jetzt? Was war da noch? Er liest weiter. Richtig! Nevena erzählt von einem Kellner, dem einzigen Menschen, mit dem man in O. reden konnte, weil er jünger als hundertfünfzig war und wenigstens nicht völlig auf diesem Feine-Leute-im-Hotel-Trip. Patrick erinnert sich. Damals hat er diese Passage überflogen. Er hört nie gerne, was Nevena über Jungen erzählt, die nicht mit ihr verwandt sind. Jetzt aber liest er die Stelle so, wie man eine Schatzkarte liest. Denn vielleicht hat der Kellner ja Nevenas Adresse. Ausnahmsweise würde Patrick ihm das verzeihen, vorausgesetzt er rückte damit heraus.

Aber leider ist es wieder eine Enttäuschung. Denn Nevena erzählt zwar eine ganze Menge von dem jungen Mann, sie beschreibt sogar ausführlich, womit er sich nebenbei ein paar Euro verdient. Es muss so etwas wie Parasailing sein. Zusammen mit Touristen lässt er sich an einem Fallschirm übers Meer ziehen. Aber seinen Namen erwähnt sie kein einziges Mal; sie nennt ihn nur »King of Bristol«, »God of Waitors« und »George Clooney's bastard brother«. Patrick weiß nicht, soll er eifersüchtig sein oder nicht? Jedenfalls bringt es ihn keinen Schritt weiter.

WÄHREND DER SCHULFERIEN ist es im Museum ruhiger. Für Henner bedeutet das, er kann jetzt tun, was nicht möglich war, solange viele Besucher kamen. Heute hat sich ein Künstler angesagt, um mit ihm über eine Restaurierung zu sprechen. Der Mann ist alt, weit über achtzig. Vor dreißig Jahren hat das Museum eine seiner Arbeiten gekauft; und jetzt beginnt sich der hölzerne Balken, der mit scharfen Metallteilen gespickt ist, in der Mitte zu spalten. Er bricht auf wie eine faulende Frucht.

»Nein«, sagt der Künstler. Damit habe er definitiv nicht gerechnet. Der Balken ist aus einem abgewrackten Schiff geschnitten, hundert Jahre alte Eiche, steinhart. Die habe er mit Absicht genommen. Das Metall im Holz sollte besonders gewalttätig wirken.

Henner hat dem Mann einen Stuhl neben sein Kunstwerk gestellt. Er selbst sitzt auf der Kante des Podestes, das er vor Jahren dafür hat anfertigen lassen. Eine Stunde lang reden sie über die Plastik. Die liegt derweil vor ihnen wie ein Kranker, der seinen Ärzten schweigend zuhört. Der Bildhauer ist ein sehr bedeutender Mann. Henner war anfangs ein wenig befangen, doch jetzt reden die beiden längst so, als würden sie sich seit Langem kennen. Wenn man ein gemeinsames Thema hat, denkt Henner, dann gibt es keine Fremdheit. Oder sie spielt keine Rolle.

Schließlich einigen sie sich darauf, nichts zu unternehmen.

»Sie gehört sich selbst«, sagt der Bildhauer. »Seit ich sie verkauft habe, darf sie machen, was sie will«. Er lacht. Mühsam steht er auf, dann gibt er seiner Plastik einen Klapps, als wäre sie ein Hund oder ein Pferd. »Schön ist das nicht«, sagt er. Dann sieht er Henner an. Sein Gesicht ist von Falten durchzogen, die kurzen grauen Barthaare sehen aus, als wären sie von außen in die Haut gesteckt. Der Mann hat helle, wässrige Augen, deren Blick kaum zu finden ist. »Aber reden wir lieber nicht über Schönheit.«

Dass mit Patrick etwas nicht stimmt, weiß Henner spätestens seit dem ausgefallenen Frühstück am Dienstagmorgen. Aber was genau ihn bedrückt oder quält, das weiß er nicht; und er schafft es nicht zu fragen. Seit Mittwoch sehen sie sich wieder jeden Tag, immer morgens in der Küche. Sie besprechen das Wenige, das anliegt, darüber hinaus wechseln sie kaum ein Wort. Wenn Patrick so ist wie jetzt, kann Henner gar nichts machen.

SEIT EIN PAAR TAGEN sind die Boxen an Patricks PC so laut gestellt, dass er das Signal für eingehende Mails oder das für Nevenas Rückkehr ins Spiel überall im Haus hören würde. Resultat ist natürlich, dass ihn seitdem jeder blöde Spam in sein Zimmer jagt, wenn er bloß kurz im Bad oder in der Küche ist.

Patrick hat alles probiert. Eine Nacht lang hat er in anderen Online-Spielen nach Mr. Smith gesucht. Es ist nicht unüblich, dass Spieler ihren Figurennamen für verschiedene Auftritte verwenden; man fühlt sich dann gleich viel vertrauter mit seinem Avatar. Aber das Ergebnis war negativ. Er hat es dann mit Varianten des Namens versucht: Mrs. Smith, Miss Smith und so weiter. Auch kein brauchbares Resultat.

Am Donnerstag ist ihm eingefallen, dass Nevena einmal vom Hobby ihres Vaters erzählt hat: schwere Motorräder einer amerikanischen Marke. »Imagine this!«, steht in der Mail. Ihr Vater, das große Kind, muss natürlich auch ein großes Spielzeug haben. Also hat er sich mit seinen Kumpels aus einem Riesenhaufen Schrott etwas zusammengezimmert, von dem er sagt, es sei eine Harley. Nevena würde wetten, keine Schraube davon hat je in einer Harley gesteckt. Aber ihr Vater und seine Kumpels basteln sich ja ihr ganzes Leben zurecht, warum dann nicht auch eine Harley?

Gehört also Nevenas Vater zu einer Motorradgang von Männern im gesetzteren Alter? Patrick hat noch einmal aufmerksam die ganze Mail gelesen. Vaters Kumpels, schreibt Nevena, haben auch so abenteuerliche Öfen, und damit wollen sie an jedem Wochenende raus in die Prärie. Folglich bekommt ihre Mutter jeden Freitagabend die Krise, was beim Zustand der serbischen Landstraßen auch ziemlich berechtigt ist.

Dabei besteht gar keine Gefahr. Es ist nämlich immer dasselbe. Samstagmorgens geht vor dem Haus ein Höllenlärm los. Vaters Kumpels mit ihren Maschinen. Riesenhallo und High Five, dabei sind die Jungs alle über vierzig. Aber dann säuft garantiert einer der Schrotthaufen ab und springt nicht mehr an. Also schieben sich alle auf den Hof, fangen an zu schrauben und finden den Fehler nicht und fluchen und schrauben weiter.

Meine Mutter!, schreibt Nevena. Die checkt leider gar nichts und läuft bloß zwischen den Männern rum und schnauzt sie an. Ganz anders Oma Leonora. Nach einer halben Stunde kommt sie raus mit einem silbernen Tablett, auf dem lauter Schnapsgläser stehen. Oje, sagt sie, und dass sie ein Problem hat. Vielleicht könnten die Herren ihr helfen und den selbstgebrannten Beerenschnaps probieren, sie ist sich nämlich nicht so sicher, ob der gut geworden ist und ob man den überhaupt anbieten kann. Und die Herren sind doch Fachleute, oder?

Worauf die Fachleute natürlich nett zu der alten Dame sind und einen kleinen Schluck probieren. Oder zwei oder drei, weil man es ja genau wissen will. Eine Stunde später sind sie so blau, dass sie gar nicht mehr losfahren könnten, auch wenn sie tatsächlich ihre Kisten zum Laufen gebracht hätten. Manchmal, schreibt Nevena, rafft meine Mutter das dann auch und fängt an, für die Irren zu kochen, und dann kann es richtig nett werden, und wir lungern alle bis spät in die Nacht im Hof herum und essen und trinken und machen Unsinn. Und am Schluss müssen die »Belgrade Senior Rockers« alle bei uns im Keller und im Schuppen pennen.

Patrick hat den Namen in die Suchmaschinen eingegeben, auch in einer serbischen Übersetzung. Das Ergebnis war aber praktisch gleich Null.

Am Freitagabend ist Nevena seit einer Woche und einem Tag verschwunden. Patrick durchsucht noch einmal die Maildatei. Ihm ist die Idee gekommen, im Netz auch nach Nevenas Geschwistern zu suchen. Die nennt sie ja meistens beim Namen. Vielleicht kann man sie mit den Ergebnissen der Suche irgendwie einkreisen. Aber als er dann nach »sister« und »brother« suchen lässt, bekommt er viel mehr Namen, als Nevena Geschwister haben kann: Siri, Mia, Mina, Lu, Lana, Radi, Renko und so weiter. Patrick hat keine Ahnung, welche Vornamen so abgekürzt werden, und als er die Suchmaschinen fragt, bekommt er viel zu viele Ergebnisse.

Das Letzte, was Patrick noch einfällt, ist nach dem Newbie

zu suchen, den Nevena erschlagen hatte, als er Henner das Spiel erklären wollte. Vielleicht war das ja doch eine Bekannte. Zum ersten Mal seit Tagen loggt er sich wieder ins Spiel ein. Zuerst sucht er die Umgebung des Ortes ab, an dem die Humanerin im Schulmädchenlook ihren kurzen Auftritt hatte. Natürlich ist sie nicht da, es wäre ja auch ein gewaltiger Zufall; und an ihren Spielernamen kann Patrick sich nicht erinnern. Weil ihm nichts anderes einfällt, klappert er mit seinem Flugdrachen die Orte ab, an denen er zuletzt mit Nevena gewesen ist. Schließlich besucht er Enigmaar, der immer noch brav auf seine Herausforderer wartet wie ein Fahrschüler auf den Schulbus.

Als Patrick ihm zu nahe kommt, erwacht das Monster aus seiner Lethargie und wirft sich drohend in die Brust, mit exakt den gleichen Bewegungen wie schon ein paar Dutzend Mal zuvor. Aber auch wenn Patrick jetzt seine und Nevenas Kräfte zusammen besäße, hätte er nicht die geringste Lust zu kämpfen. Schließlich ist es immer dasselbe, nur ein bisschen Mathematik mit einer dicken Grafiksoße darüber. Und was man bei diesen Rechenspielen gewinnen kann, kommt Patrick jetzt vor wie die Geschenke der Entdeckungsreisenden und Eroberer. Glasperlen für die dummen Eingeborenen; und die rücken dafür all ihre Schätze heraus. Ohne Nevena sagt Patrick das Spiel rein gar nichts. Er ist sich beinahe sicher: Wenn sie nicht zurückkommt, wird er es nie wieder spielen.

Einen Moment lang ist er versucht, sich mit seiner zierlichen Zauberin auf den bösen Enigmaar zu stürzen. Das wäre natürlich Selbstmord; aber nicht einmal der funktioniert ja im Spiel. Stattdessen wird man endlos wiedergeboren, wie ein Verfluchter, der sterben möchte, aber leider nicht kann. Oder wie dieser Wettertyp aus dem Hollywoodfilm, der jeden Morgen aufs Neue und immer am gleichen Tag in einer stinklangweiligen und eingeschneiten Kleinstadt erwacht. Es war Astrids Lieblingsfilm. Sie haben ihn sicher so oft gesehen, wie der Wettertyp wach werden musste, bevor er erlöst wurde. Aber über den Film konnte man wenigstens lachen.

Patricks Zornelfe macht jetzt doch ein paar Schritte Richtung Enigmaar, dann beginnt sie zu tanzen. Es ist eine der vielen Sonderfunktionen, die eigentlich bedeutungslos sind, ja, komplett überflüssig, aber sehr beliebt. Der Tanz der Zornelfenzauberinnen hat etwas Orientalisches; Nevena hat das immer gut gefallen.

Enigmaar aber mag keine tanzenden Zauberinnen. In Gestalt des Giftdrachens macht er einen Sprung nach vorne, holt aus und schlägt zu. Doch Patrick hat reflexartig einen Schutzzauber aktiviert, und so fliegt die Zauberin bloß in hohem Bogen rückwärts, ohne allzu viel Schaden zu nehmen. Sie steht wieder auf und klopft sich den Staub von den Kleidern. Dann bringt sie rasch so viel Abstand zwischen sich und das Monster, dass dessen Aggression wieder einschläft. Man kommt eben nicht so schnell aus den alten Routinen heraus. Patrick lässt Pocahonta zurück zu ihrem Flugdrachen schlendern.

Und da steht sie! Die Humanerin. Das Mallorca-Schulmädchen. Sie muss es sein. Allerdings ist sie im Rang gestiegen, und sie trägt auch schon eine respektable Waffe. Offenbar war sie in der Zwischenzeit ganz schön fleißig. Patrick schnippt mit den Fingern. Nach acht Tagen ist das die erste Verbindung zu Nevena. Er läuft auf die Figur zu und spricht sie an. Bloß nichts überstürzen, denkt er noch, doch dann platzt er sofort heraus.

»Hey«, schreibt er. »Do you know Mr. Smith? He is a Barbarian, Level 59. I'm looking for the player. Her name is Nevena and she lives in Belgrade.«

Statt im Chat zu antworten, zuckt die Figur nur die Schultern. Bei den Humanen sieht das sehr natürlich aus.

Patrick wiederholt seine Frage. Ein weiteres Schulterzucken ist die Antwort. Er beschreibt die Szene, in der Nevena die Humane erschlagen hatte. Wieder ein Schulterzucken.

Patrick ist kurz davor, die Kontrolle zu verlieren. Er möchte die Figur bei den Armen packen und schütteln. Es gibt eine Funktion dafür; aber er hat Angst, sie zu vertreiben.

»Plz!«, schreibt er. Wenn sie etwas über Nevena weiß, muss sie es unbedingt sagen. Nevena ist verschwunden, und er macht sich furchtbare Sorgen. Bitte!

Die Figur tritt ein paar Schritte zurück. Dann erscheinen im Chat drei Fragezeichen. Mit einmal Mal ist sich Patrick gar nicht mehr sicher, ob er sie wirklich wiedererkennt. Womöglich sieht er ja schon Gespenster. Er schaut auf das Profil der Humanerin. Sie heißt Lady Godiva. Auch das sagt ihm gar nichts.

Da klopft es an der Tür.

ENDLICH IST HENNER EINGEFALLEN, worüber er mit Patrick reden könnte; und schon möchte er sich ohrfeigen, weil er nicht früher darauf gekommen ist. »Na«, sagt er, als er den Kopf ins Zimmer steckt. »Kann ich reinkommen? Ich wollte bloß mal fragen, ob du den Erich schon vergeben hast.«

Patrick war offenbar im Spiel. Ein Klick, und es verschwindet. »Sorry«, sagt er. Das Mailkonto für die Verschenkaktion habe er bislang nicht mehr geöffnet. Jetzt tut er es. Sie haben neunundzwanzig Bewerbungen.

»Und was nun?« Henner nimmt sich wieder den Hocker.

»Durchsehen. Von oben nach unten. Ready?«

»Dann mach mal.«

Die erste Bewerbung ist komplett albern; da hat wohl jemand gedacht, die Sache sei ein Scherz. Kann man gleich löschen. Patrick tut es. Die zweite ist sehr ausführlich, sogar mit Fotos, aber furchtbar langweilig. Kann man sie deshalb auch sofort löschen?

»Lass uns erst mal alle durchgehen«, sagt Henner.

In der nächsten halben Stunde lernen sie eine Menge Leute kennen. Alle sind sie gerne unterwegs und interessieren sich für fremde Länder und andere Menschen. Sie haben Kinder oder Tiere, oft beides, und sie leben lieber im Wohnmobil und auf der Straße als in ihren Wohnungen und Häusern. Das sagen sie jedenfalls. Und alle waren sie immer schon Fans vom Globetrotter. Entweder haben sie einen, der gerade den Geist aufgibt, oder sie hatten mal einen, oder sie wünschen sich einen. Und natürlich würden sie sich freuen und so weiter und so weiter.

»Hast du dir das einfacher vorgestellt?«

Patrick nickt. Im zweiten Durchgang bleiben von den neunundzwanzig Mails immerhin noch sieben übrig, die zumindest in die engere Wahl kommen. Patrick ruft die erste davon wieder auf.

Henner liest ein paar Sätze aus der Bewerbung. »Schön«, sagt er. »Und jetzt stell dir vor, der Typ taucht vor unserer Garage auf. Wie wäre das, ihm die Schlüssel vom Erich in die Hand zu drücken?«

Patrick zuckt die Schultern.

»Ich glaube, der fährt los, und nach zwei Minuten kannst du dich nicht mehr an ihn erinnern.«

»Ja, vielleicht. Und was sollen wir tun?«

»Vielleicht noch warten.«

Patrick schließt das Mailkonto. Auf dem Monitor erscheint ein Bild, das wohl aus dem Spiel stammt, eine fantastische Landschaft, über der zwei Sonnen stehen.

»Und was gibt's sonst?«

Patrick antwortet nicht gleich. Dann sagt er: »Nevena ist weg.«

Henner braucht ein paar Sekunden, bis er glaubt verstanden zu haben. »Seit wann denn?«

»Seit letzten Donnerstag.«

»Im Streit oder einfach so?«

»Einfach so.«

»Es könnte also was passiert sein?«

Patrick nickt.

»Willst du mal erzählen?«

»Gibt nichts zu erzählen.« Patrick drückt den Rücken durch und wendet sich kurz ab. »Sie ist einfach weg. Meldet sich nicht mehr.«

»Hast du mal angerufen?«

Patrick zieht hörbar Luft ein. Und dann sagt er, dass er alles Mögliche von Nevena weiß, sich aber nicht einmal sicher ist, ob er ihren richtigen Namen kennt. Von Adresse und dergleichen ganz zu schweigen.

Henner verbietet sich eine Antwort. Was soll er auch sagen? Es ist eben so, wie es ist. »Und was jetzt?«

Patrick weiß nicht, was er noch unternehmen soll. Eine Woche lang war er wohl pausenlos im Netz unterwegs, aber ganz ohne Erfolg.

»Okay«, sagt Henner. »Auf die Gefahr hin, dass das nervt: Was weißt du?«

»Sie heißt Nevena«, sagt Patrick. »Nachname vielleicht Kusic. Siebzehn Jahre alt, Schülerin, wohnt in Belgrad. Ich habe ein Bild von ihr. Sie hat eine Riesenfamilie, aber ich weiß keine Namen.«

»Wen kennst du, der sie kennt?«

»Das ist es ja«, sagt Patrick. »Niemanden! Nur einen Kellner in einem Ferienort, von dem ich nicht weiß, ob es ihn gibt. Also den Kellner.« Er lacht kurz. »Den Ort gibt es.« Er öffnet eine Textdatei und umkreist mit dem Cursor eine Stelle.

Henner liest mit zusammengekniffenen Augen. »Aha«, sagt er. »Verstehe ich das richtig: Der König von Bristol ist Fallschirmpilot? Guck mal nach, ob es in Opatija ein Hotel Bristol gibt.«

Auf die Idee ist Patrick bislang wohl nicht gekommen. Ein paar Klicks später wissen sie beide Bescheid. Es gibt das Hotel tatsächlich.

»Und der Kellner sieht aus wie der Bruder von George Clooney?«

»Das kann auch ein Scherz sein.«

Henner tippt mit einem Finger auf Patricks PC-Tisch. »Und wenn die ganze Nevena ein Scherz ist?« Kaum hat er es gesagt, bereut er es. »Ich meine –«

»Papa, ich weiß, was du meinst. Dass das so eine Anmache ist.«

»Und? Was spricht dagegen?«

»Alles. Sie ist wirklich ein Mädchen. Und sie hat mich nicht angequatscht. Wir waren zufällig in einer Gruppe, irgendwann sind wir ins Reden gekommen.«

»Wollte sie dich mal treffen?«

»Nein«, sagt Patrick. Er verzieht den Mund zu einem schiefen Grinsen. »Leider.«

»Ist sie das?« Henner zeigt auf das Foto hinter dem Monitor.

Patrick öffnet einen Ordner mit Bildern. Sie erscheinen als Galerie.

»Hübsch«, sagt Henner. »Aber das könnte auch irgendjemand sein.«

Patrick vergrößert die Fotos. Das Mädchen darauf hält ein Blatt Papier in die Kamera, auf dem Buchstaben und Zeichen stehen. »Das war mal ein Erkennungscode.«

»Okay.« Henner schlägt sich mit beiden Händen auf die Oberschenkel. »Du hast also eine Brieffreundin in Serbien, die sich nicht mehr bei dir meldet, weil ihr womöglich was passiert ist. Und du weißt nicht mehr von ihr, als dass sie einen gut aussehenden Kellner im Hotel Bristol in Opatija kennt. Junge, viel ist das nicht.«

»Weiß ich auch.«

»Soll ich mal in dem Hotel anrufen und nach dem Kellner fragen?«

»Super Idee! Du wirst klingen wie der Vater einer Vierzehnjährigen, der sich über das Personal beschwert. Du verstehst, was ich meine?«

»Alles klar«, sagt Henner. Und dann hat er einen Einfall. Eine äußerst naheliegende Idee. Er will sich zurücklehnen, merkt aber rechtzeitig, dass er auf einem Hocker sitzt. »Wie wäre es denn, wenn wir hinfahren und uns persönlich umsehen?«

Patrick legt einen Finger an seine Stirn. »Damit ich das richtig verstehe. Du willst, Moment mal«, er tippt rasch etwas in seine Tastatur, »du willst schlappe neunhundert Kilometer fahren, um nach einem Typen zu fragen, den es vielleicht gar nicht gibt?«

Ja, so ist das!, denkt Henner. Er nickt.

»Warum machst du das?«

Weil ich damit den World's Best Daddy Contest gewinne, denkt Henner. Wortlos zieht er die Tastatur zu sich herüber und ändert etwas in der Eingabemaske. »Hundert«, sagt er. »Wenn wir von Triest aus über Opatija nach Hause fahren, machen wir einen Umweg von höchstens hundert Kilometern.«

»Triest? Dieser komische Sammler?«

»Bingo«, sagt Henner. »Wir fahren da runter. Ich höre mir das Gerede von diesem Mann an und werfe einen Blick auf sein Objekt. Dann fahren wir nach Opatija und von da nach Hause. Und Signor Schmeltzer zahlt die Reisekosten.«

»Du würdest das wirklich tun?« Patrick drückt seine Hände gegen die Schläfen.

»Klar.« Henner steht auf. »Passt doch perfekt, oder?« Ohne ein weiteres Wort verlässt er Patricks Zimmer. Ein starker Abgang, denkt er auf der Treppe. Dabei hat er nur Angst gehabt, er könnte sehen, dass der Junge weint.

3. Kapitel

Wenn er will, kann Signor Schmeltzer also auch Emails schicken. Am Montagmorgen erscheint er damit auf Henners PC im Museum. Über das »Objekt« kann er zu seinem allergrößten Bedauern nichts Genaueres sagen; aber er ist sich absolut sicher, dass Henner der geeignete Mann ist, um ihm weiterzuhelfen. Und dann nennt er die Summe, die er gerne bereit ist, für eine entsprechende Unterstützung zu zahlen, unabhängig vom Ergebnis der Untersuchung.

Hoppla!, denkt Henner, das berühmte Angebot, das man nicht ablehnen kann. Wenn Schmeltzer wüsste, dass er sich bereits entschieden hat, könnte er jetzt eine Menge Geld sparen. Er ruft im Sekretariat der Museumsdirektorin an und bittet um einen Termin.

»Warte«, sagt die Sekretärin. »Ich stell dich gleich mal durch.«

Nach ein paar Sekunden ist die Direktorin in der Leitung. »Hallo, Henner«, sagt sie. »Was hast du Gutes für mich?«

»Eigentlich nichts. Es geht um Urlaub.«

»Und? Gibt's ein Problem?«

»Vielleicht. Ich müsste nächste Woche zwei Tage frei machen. Ich weiß, das ist sehr kurzfristig. Aber es geht nicht um mich, sondern um meinen Sohn.«

»Dann mach das doch einfach«, sagt die Direktorin.

»Danke. Aber die Zeit ist nicht so gut. Wir haben da ein paar Aktionen laufen –«

Sie unterbricht ihn. »Wann wolltest du denn Urlaub machen?«

»Ich weiß nicht.« In Wahrheit ist Henner heilfroh, jeden Tag ins Museum gehen zu können. Das sagt er jetzt allerdings nicht.

»Wie bitte? – Moment!« Die Direktorin spricht mit ihrer Sekretärin oder in ein anderes Telefon. »Da bin ich wieder. Pass mal auf! Du machst jetzt die nächste Woche komplett frei. Und keine Widerrede. Was willst du mit deinem Sohn denn machen?«

»Er hat«, sagt Henner, und beinahe hätte er erzählt, worum es geht. »Er hat eine Freundin aus dem Internet. Die will er besuchen.«

»Und du machst den Chauffeur? Ist ja süß. Henner, nimm's mir nicht übel, aber eine Woche lang ist jeder entbehrlich. Ich fliege morgen nach Sydney. Wir sehen uns dann in vierzehn Tagen.« Sie legt auf.

Henner öffnet wieder Schmeltzers Mail. Er überlegt. Am besten fährt man am Wochenende, da sind die Straßen leer. Am Sonntag könnte er bei Schmeltzer sein und am Montag zurückfahren, über den kroatischen Umweg. Er fragt per Mail an, ob Sonntag genehm sei.

Auf die Antwort muss er nur ein paar Minuten warten. Schmeltzer ist begeistert. Am Montag fliege er zwar für ein paar Wochen in die Staaten, aber er freue sich, am Sonntag sein Objekt präsentieren zu dürfen. Henner reise doch sicher am Samstag an, er kümmere sich gerne um die Unterbringung.

Ob sein Sohn ihn begleiten dürfe?, schreibt Henner zurück.

Offenbar sitzt Schmeltzer an seinem PC. Natürlich, liebend gerne! Er melde sich in Kürze mit der Hotelreservierung.

»Na, dann«, sagt Henner laut. Er bleibt noch eine Weile an

seinem Schreibtisch, dann geht er hinunter ins Magazin und in die Werkstatt des Museums. Mit den Kollegen dort bespricht er, was während seiner Abwesenheit zu tun ist. Alle freuen sich, dass er Urlaub nimmt. »Wollt ihr mich loswerden?«, sagt Henner, natürlich im Scherz. Die Kollegen protestieren. Es sei höchste Zeit, dass er mal wieder aus dem Haus komme. Henner weiß, dass sie sich Sorgen um ihn machen. Dennoch hat er abends, als er das Museum verlässt und in den Kombi steigt, ein Gefühl, als hätte man ihn gefeuert.

ZUERST HATTE PATRICK sich vorgenommen, nicht mehr weiter im Netz nach Nevena zu suchen. Denn was geschähe, wenn er sie jetzt fände? Dann müsste er zu Henner gehen und sagen: »Hey, danke für dein nettes väterliches Engagement, aber das braucht's nicht mehr. Mein kleines Kommunikationsproblem hat sich von selbst gelöst. Viel Spaß in Triest. Ich bin dann mal in meinem Zimmer.«

Andererseits wäre es natürlich Schwachsinn, wenn er sich jetzt blind und taub stellen würde. Noch immer möchte Patrick nur zu gerne glauben, dass es irgendeine saublöde, aber vollkommen harmlose Erklärung für Nevenas Verschwinden gibt. Stromausfall in Zentralserbien. Oder vielleicht war ihr Zeugnis schlecht, und ihre Eltern haben ihr PC-Verbot erteilt. Aber wenn in Serbien für zehn Tage der Strom ausfallen würde, dann stände das ziemlich fett in den Zeitungen und im Netz. Und wenn nur annähernd stimmt, was Nevena ein paarmal hat durchblicken lassen, dann ist sie eine ziemliche Überfliegerin in der Schule.

Ja, wenn es denn stimmt! Als ihn Henner gefragt hat, ob er sicher sei, dass es Nevena wirklich gibt, da hat Patrick so getan, als hätte er daran nicht den leisesten Zweifel. Was sollte er auch anderes sagen? Jedenfalls nicht, dass er sich seit Tagen immer wieder fragt, ob er nicht auf einen ganz ordinären Betrug hereingefallen ist. Und auf einen sinnlosen überdies! Denn wenn es Nevena im real life gar nicht gibt und sie nur eine Figur ist, die ein anderer führt wie er seine Zauberin – wo liegt da bitteschön der Sinn? Man hat doch nichts von ihm gewollt. Und erst recht nichts Unerlaubtes. Er sollte kein Geld überweisen oder einen Scan seines Personalausweises mailen oder vor einer Webcam onanieren. Was zum Teufel hat denn jemand davon, Stunden und Tage mit ihm zu chatten und Hunderte von Mails zu schreiben, wenn dieser jemand nicht Nevena ist?

Patrick versucht, vom PC wegzubleiben. Er lässt ihn angestellt, um Nevenas Signale zu hören, aber er will nicht mehr Spuren nachgehen, die gar keine sind, nur um sich am Ende zu wünschen, er wäre ein Cyber Big Brother, der sich in jeden Datensatz hacken und die ganze Welt herunterladen kann. Er überlegt, ob er eine größere Radtour machen soll, aber das Zimmer will er eigentlich nicht verlassen.

Er könnte ein Buch lesen. Im Haus gibt es eine Menge Bücher, die er noch nicht kennt. Und in seinem Regal stehen einige, die bestimmt ein zweites Lesen lohnen. Aber Patrick liest nicht mehr.

Bis vor zwei Jahren hat er sich praktisch von Büchern ernährt. Einmal wäre er fast die Treppe hinuntergefallen, weil er auf dem Weg zum Esszimmer noch ein Kapitel zu Ende lesen wollte. Doch als Astrid dann zum letzten Mal nach Hause kam, wurde das Lesen ein Problem. Weil es so leise ist. Wenn er auf seinem Bett lag und las, dann hörte Patrick, was im Haus geschah. Die Geräusche waren hier oben zwar undeutlich und viel leiser als unten in seinem alten Zimmer, aber bald schon konnte er sie richtig zuordnen. Und jedes dieser Geräusche riss ihn aus der Konzentration. Die Tür zu Astrids Zimmer, die Maschinen darin, Henners Schritte auf der Treppe nach unten, die Tür zu seinem Studio. Jedes Geräusch konnte bedeuten, dass etwas nicht stimmte oder irgendwie schlimmer geworden war. Und wenn es einmal ganz still war im Haus, dann ertappte sich Patrick dabei, dass er wartete: auf das nächste Geräusch, auf die nächste schlimme Nachricht.

Vor dem PC war das anders. Er musste den Ton gar nicht besonders laut stellen, und trotzdem war das Haus mit einem Schlag stumm und weit entfernt. Außerdem forderte das Spiel andauernd seine Aufmerksamkeit, er konnte es nicht sinken lassen wie ein Buch. Immer war etwas zu tun, immer musste er sich in Acht nehmen; und wenn er dann tat, was zu tun war, bekam er seine Belohnung, stieg eine Stufe höher, erhielt neue Waffen, wurde Stück für Stück etwas weiter unverwundbar. Ob er nach Astrids Tod aufgehört hätte zu spielen, hat sich Patrick ein-, zweimal gefragt. Aber das ist eine überflüssige Frage, denn als Astrid starb, war Nevena schon da.

WIE FRÜHER, wenn er sich auf eine Reise vorbereitete, wird Henner auch jetzt nervös. Dauernd denkt er, er hat etwas Wichtiges vergessen. Und schließlich kommt es ihm vor, als wüsste er gar nicht, wie das geht: wegfahren. Nun, man muss packen, natürlich. Dabei muss man sich vorstellen, was man brauchen wird und was nicht. Man lebt gewissermaßen ein paar Tage im Voraus. Das ist nicht jedermanns Sache; und obwohl Henner eine Zeit lang häufig unterwegs war, fühlt er sich jetzt wieder wie ein Junge, der zum ersten Mal ins

Feriencamp fährt und vor lauter Aufregung und Unsicherheit fast verrückt wird.

Schon am Donnerstag hat er seine beiden Koffer gepackt, seitdem muss er dauernd wieder etwas herausnehmen, weil er es gerade braucht. Im Keller hat er nach Straßenkarten gesucht; dabei ist ihm eingefallen, dass sie ein Navigationsgerät besitzen. Astrid hatte es für den Erich gekauft. »Jetzt haben wir keine Probleme mehr«, hatte sie gesagt. »Ich fahre einfach, wohin ich will, und du kannst dann sehen, wo wir sind.« Das war nach ihrer ersten Operation, als sie noch Pläne machten. Das Gerät ist dann nicht einmal ausgepackt worden. Nach einigem Suchen hat Henner es in einem Ablagefach des Wohnmobils gefunden. Es heißt »Europa XXL«. Eine Karte auf dem Karton zeigt, wie weit es sich auskennt: vom Atlantik bis zum Ural. Henner hat es im Kombi montiert.

Am Freitag ist er schon gegen Mittag zu Hause. In seinem Studio sitzt er wie ein Anhalter, der neben seinen Koffern auf eine Mitfahrgelegenheit wartet. Alles ist getan, und anfangen möchte er nichts, weil es sich ja doch nicht lohnt. Nach einer Stunde sieht er ein, was für ein Unsinn das ist. Doch als er dann beginnt, seine Fachbücher neu zu ordnen, hört er damit gleich wieder auf; dafür würde er ja mehrere Tage brauchen. Schließlich geht er in den Garten und verbringt ein paar Stunden damit, den Wald hinter dem Haus wieder ein bisschen zurückzudrängen.

Am Abend treffen sich Henner und Patrick in der Küche. »Hast Du schon gepackt?« Die Frage hat Henner in den letzten Tagen mehrfach unterdrückt.

»Mache ich gleich.«

Henner muss an sich halten. »Vergiss nicht, auch was Warmes mitzunehmen.«

»Warum? Der Wetterbericht für da unten sagt bis dreißig Grad. Die ganze nächste Woche.«

Henner hat lange überlegt, welchen Pullover er mitnehmen soll. Und Pullover nehmen viel Platz im Koffer ein. »Clever«, sagt er, aber es klingt nicht so locker wie es sollte.

Patrick ist gleich wieder in seinem Zimmer verschwunden.

Am Abend trägt Henner seine Koffer hinunter in die Garage, den großen mit Kleidern und Wäsche und den kleinen mit den Werkzeugen, der Kamera und den Chemikalien. Weil man an den Kombi hier unten kaum heran kann, fährt er ihn in die Einfahrt, um ihn dort zu beladen. Und weil es noch nicht einmal spät ist, fährt er zur Tankstelle an der Ausfallstraße und füllt Benzin nach. Dabei kontrolliert er den Ölstand und gießt frisches Wasser in den Behälter der Scheibenwaschanlage.

Gegen halb elf legt er sich mit seinem Triest-Buch auf das Sofa im Studio. Er liest lange, bis er müde wird. Das Buch ist ihm schon ein paarmal aus der Hand gefallen; aber er scheut sich, das Licht zu löschen. Die Dunkelheit könnte ihn vielleicht nicht schlafen lassen. Irgendwann sitzt Astrid am Fußende des Sofas. Sie zieht die Knie an die Brust und umschlingt die Beine mit den Armen.

»Na«, sagt Henner, »wie findest du mich?«

Astrid tippt sich an die Stirn.

»Okay, es ist nur ein kleiner Umweg. Hundert Kilometer, oder lass es hundertzwanzig sein. Dir hätte das natürlich nichts ausgemacht. Aber ich hätte auch fliegen können.«

Astrid verzieht das Gesicht zu einem schiefen Grinsen.

»Das ist ein Glücksfall«, sagt Henner. »Wenn wir diese Nevena finden, okay. Und wenn nicht, auch gut. Wir können dabei nur gewinnen.«

Astrid bläst sich eine der dünnen blonden Strähnen aus dem Gesicht. Dann sagt sie etwas ohne Ton. Henner kann es von ihren Lippen ablesen: Du lügst.

»Tu ich nicht«, sagt er. Aber da ist er schon eingeschlafen.

GANZ IRRE WAR, wenn Nevena mitten im Spiel irgendetwas in den Sinn kam und sie sofort darüber reden musste. Patrick hat das anfangs nur gestört. Da hatten sie geschuftet wie die Blöden, um einen lohnenden Gegner serviert zu bekommen, und dann wollte sie plötzlich wissen, ob irgendeine momentan angesagte Girl Group wirklich Musik machte oder bloß ein Hype der Plattenfirma war. Ob man Politikern trauen konnte. Ob man zugeben sollte, dass die Eltern recht hatten, vorausgesetzt es käme einmal vor. Und so weiter. Manchmal mussten sie die Aktion unterbrechen; nicht immer gelang das ohne besondere Verluste.

Doch bald hatte sich Patrick daran gewöhnt. Es wurde ein Teil des Spiels, auf Nevenas nächsten Gedankensprung zu warten. Und darauf vorbereitet zu sein. Wenn die Zornelfe gelegentlich noch alleine unterwegs war, sammelte sie Lähmungszauber wie andere Leute Briefmarken oder Schmetterlinge. Mit denen verschaffte sie dem Barbar immer wieder ein paar Sekunden Auszeit, in denen Nevena die wichtigsten Fragen des Universums stellen konnte, in zwangloser Reihenfolge und nicht immer mit dem Anspruch, eine Antwort von Patrick Ehling zu bekommen.

Tatsächlich gab sie sich die Antworten meistens selbst. In der Regel knapp und drastisch, manchmal auch etwas ausführlicher, gelegentlich wechselte sie dazu ins Mailprogramm. Patrick stellte Zwischenfragen und gab Stichworte, selten mehr, doch das machte ihm nichts aus. Nevena hatte einmal geschrieben: Worüber sie mit ihm rede, darüber könne sie mit niemandem sonst reden. Das genügte ihm. Er fühlte sich gut, wenn sie so laut vor sich hin dachte.

Nur einmal wäre er fast aus der Rolle gefallen. Es ging damals um irgendein Artefakt, das von Zwergen bewacht wurde. Die waren jeder für sich als Gegner kein Problem, allerdings griffen sie zu Dutzenden an. Lästige Wesen waren das, die sich an den Barbar klammerten und ihn mit albernen kleinen Peitschen schlugen, was ihm wenig von seiner Lebensenergie, aber einiges von seiner Beweglichkeit nahm. Es war, als kämpfte man in einer Sommernacht gegen die Mücken im Schlafzimmer: Je mehr man beseitigt, desto mehr tauchen auf.

Die Zornelfe brauchte eine Weile, bis sie wusste, wie sie ihre Lähmungszauber richtig platzieren und dosieren musste. Doch als der Barbar sich endlich bis vor das kleine Heiligtum gekämpft hatte, in dem das Artefakt lag, wollte Nevena plötzlich wissen, was man eigentlich macht, wenn es jemanden in der Familie gibt, der jetzt weit weg ist oder tot und den man nicht mal gekannt hat, von dem aber alle sagen, er sei irgendwie wichtig?

Mit der linken Hand tippte Patrick ein Zeichen für Nicht verstanden.

Unsinn! Er habe schon verstanden.

Okay, dachte Patrick. Machen wir also eine Teepause, und das gnädige Fräulein philosophiert ein bisschen über Urgroßeltern. Aber Nevena blieb stumm. Die Zornelfe lähmte weiter Zwerge, bis Patrick verstand, dass Nevena eine Antwort von ihm haben wollte.

Wenn man jemanden nicht kennt, schrieb er, dann bedeutet er nichts. Es leben sieben oder acht Milliarden Menschen auf der Welt. Die allermeisten kennt man nicht. »So what?«

»Sure?«

Ob sie Ahnenforschung oder so was betreiben wolle?

Keine Antwort.

Patrick hatte die Zwerge wieder tun lassen, wonach ihnen der Sinn stand. »Sorry, no idea«, schrieb er. Und dann wartete er darauf, dass Nevena ihm endlich erklärte, wie man mit den Toten umging. Er hätte es gerne erfahren, aber sie schwieg. Schließlich machte er eine spitze Bemerkung über Leute, die vor lauter Grübelei nicht mit ihren Quests klarkommen. Da war Nevena sauer geworden, und bis die Zornelfe den Barbar wieder von den lästigen Zwergen befreit hatte, bekam er einiges zu hören.

NOCH VOR DEM HELLWERDEN sind sie aufgestanden, da hat es in Strömen geregnet. Knapp eine halbe Stunde später haben sie gefrühstückt, soweit man das Frühstücken nennen kann. Alles ist schon im Auto. Patrick hat nur eine Reisetasche gepackt; aber das ist seine Sache, Henner sagt dazu kein Wort. Beide sind sie hellwach, aber sie reden wenig. Noch am Abend hat Henner das Navigationsgerät auf die Adresse programmiert, die Schmeltzer ihm am Dienstag gemailt hat. Ein Hotel, offenbar mitten in Triest. Als er den Motor startet, denkt er kurz, was für eine Katastrophe es wäre, wenn der Kombi jetzt nicht anspringen würde. Aber der springt an, beim ersten Versuch, so wie er es seit Jahren tut. Es regnet noch immer.

Als die Stimme im Navigationsgerät die erste Anweisung gibt, erschrickt Henner. Patrick lacht. »Soll ich dir eine Frau einstellen?«, sagt er. »Meistens kann man wählen.«

»Dann mach das jetzt. Bevor wir es wirklich brauchen.«

Sie fahren durch die Siedlung, dann auf die Bundesstraße. Es beginnt hell zu werden, der Regen lässt nach. Henner biegt in die Auffahrt zur Autobahn ein, doch kurz darauf bremst er ab. Am Ende der weit geschwungenen Kurve blinkt es rot und blau; dann wird das Heck eines großen Fahrzeugs sichtbar, das schon auf der Beschleunigungsspur steht und den Weg versperrt. Hinter ihm aufgereiht vier oder fünf PKW, ganz vorne ein älterer VW-Bus.

»Was ist da los?«, sagt Patrick.

Henner hält weit nach links versetzt an, um freie Sicht zu haben. Vermutlich ist das irgendein Sondertransport; auf der offenen Ladefläche des Sattelzuges steht etwas Klobiges unter einer Plane. Hat vermutlich Überbreite, so wie das immer nachts im Radio gemeldet wird. Sie warten, fünf, zehn Minuten, ohne dass etwas geschieht.

»Können wir nicht wenden?« Patricks Stimme klingt so, wie Henner sie gar nicht kennt.

»Nein, bloß nicht!« Die Auffahrt gehört zur Autobahn, und da ist Wenden verboten. »Geht bestimmt gleich weiter.«

Aber es geht nicht weiter. Und die Schlange hinter ihnen reicht schon hinauf bis zur Bundesstraße. Man könnte nicht wenden, selbst wenn man wollte. Einer hupt, vermutlich der VW-Bus, der direkt hinter dem Sattelzug steht. Endlich kommt von vorne ein Mann, vielleicht ist es der Fahrer. Henner öffnet das Seitenfenster.

»Mal herhören bitte!«, sagt der Mann. Er spricht so laut, dass man ihn in den ersten Wagen hören kann. »Wir kommen da vorne nicht um die Ecke. Da ist 'ne Baustelle, und das ist zu eng.«

Inzwischen hat es aufgehört zu regnen.

»Und jetzt?«, sagt Henner.

»Wir haben telefoniert.« Dann geht der Mann weiter, um den anderen Autofahrern Bescheid zu sagen.

»So ein Mist!«, sagt Patrick.

»Kann man nichts machen.«

Sie sitzen wortlos nebeneinander. Auf dem Navigationsgerät verschiebt sich die errechnete Ankunftszeit mit jeder Minute Warten erbarmungslos eine Minute nach hinten, während die Angabe für die gefahrene Strecke stillsteht.

Nach zwanzig Minuten ist immer noch nichts geschehen. Ein paar der Autofahrer sind ausgestiegen und haben sich unterhalten. Dann sind sie Richtung Bundesstraße gegangen. Henner hat sie reden hören. Sie wollen organisieren, dass die oben Wartenden in der richtigen Reihenfolge wenden, damit auch die Wagen hier unten umdrehen und wegfahren können.

Da heult ganz vorne ein Motor. Der VW-Bus setzt ein paarmal vor und zurück, bis er aus der Reihe herausfahren kann. Er hat die zur Autobahn liegende Seite der Auffahrt gewählt; langsam fährt er an den ersten Wagen vorbei hinauf zur Bundesstraße, halb auf dem Asphalt und halb daneben. Das würde vielleicht sogar funktionieren, obwohl das Gelände neben der Straße abfällt und der Boden vom Regen aufgeweicht ist. Aber jetzt steht ihm Henners Kombi im Weg. Am Bus flammt die Lichthupe auf.

Doch Henner kann nicht nach rechts ausweichen, er steht zu eng zwischen den anderen Wagen, und deren Fahrer sind nicht mehr da. Am Bus sinkt stoßweise die Seitenscheibe herab. Eine junge Frau beugt sich heraus und ruft Henner zu, er solle Platz machen. Wie es scheint, ist sie allein im Wagen. Dann sagt sie noch etwas, das Henner nicht versteht.

Es ist von einem Kind die Rede. Er will antworten, aber da zieht der Bus schon vor, jetzt mit allen vier Rädern neben der Straße.

Als die Fahrertür des Busses mit der des Kombis gleichauf ist, sieht Henner, wie angestrengt die junge Frau ist. Sie hat sich weit über das Lenkrad gebeugt. Der Bus steht ziemlich stark geneigt. Die Frau hält an, vielleicht bekommt sie Angst. »Warten Sie!«, sagt Henner. »Ich helfe Ihnen.« Aber er kann ja nicht aussteigen. Die Frau fährt wieder an, da rutscht das Heck des Busses zur Seite, weg von der Straße; seine Front mit dem großen Emblem darauf zielt jetzt auf den Kombi. Ein paar Sekunden lang heult der Motor auf, Erde fliegt weg, dann fassen die Räder, und der Bus macht einen Satz nach vorne.

»Vorsicht!«, sagt Henner. Stocksteif sitzt er da, die linke Hand am Türgriff, als der Bus mit seiner Front in das Heck des Kombis schlägt. Henner sieht, wie die Frau das Lenkrad herumreißt; der Bus schrammt das Heck entlang, dann dreht er schwankend weg und rollt den Abhang herunter. Das Geräusch des Aufpralls hallt noch nach.

»Bist du okay?«, sagt Henner.

Patrick antwortet nicht. Er ist angeschnallt. Es kann ihm nichts passiert sein. »Sag was!«, schreit Henner.

Patrick schweigt. Henner fasst ihn bei der Schulter. »Bist du in Ordnung?«

Es dauert, bis Patrick antwortet. »Epic fail«, sagt er. »Und wie geht's jetzt weiter?«

Zuerst müssen sie auf die Polizei warten. Die junge Frau bleibt derweil in ihrem Bus, der mit lehmverschmierten Rädern vor einem Gebüsch steht. Sie hat die Seitenscheibe wieder hochgekurbelt und telefoniert die ganze Zeit mit ihrem Handy. Ein Polizist muss mehrmals anklopfen, bis sie ihm öffnet.

Dann wird der Unfall protokolliert, und das dauert. Die Polizisten nehmen alles besonders genau. Wenden auf der Autobahn, sagt einer, das ist kein Pappenstiel, so was kommt womöglich vor Gericht. In der Zwischenzeit leitet ein anderer Polizist die Wagen von der Auffahrt, bis da nur noch der Sattelzug und der Kombi stehen.

Henner hat auf den ersten Blick gesehen, dass sie ans Weiterfahren nicht zu denken brauchen. Hinten ist alles eingedrückt, die Scheibe ist gesplittert, das Rücklicht abgerissen. Womöglich sind der Hinterreifen und die Achse beschädigt. Zusammen mit einem Polizisten zieht er den verbeulten Kotflügel ein Stück zur Seite.

Patrick ist die ganze Zeit auf seinem Sitz geblieben. »Was machen wir jetzt?«, sagt er, als Henner wieder einsteigt. Es sind über zwei Stunden vergangen.

»Plan A«, sagt Henner. Im Kopf ist er alle Möglichkeiten durchgegangen. »Wir könnten einen Wagen mieten. Aber ich weiß nicht, ob die Versicherung uns eine Fahrt mit dem Leihwagen nach Kroatien bezahlt. Und heute wird uns das keiner mehr sagen. Wenn sie nicht zahlt, sehen wir alt aus. Das kostet ein Vermögen.«

»Und Plan B?«

»Mit der Bahn. Aber das dauert fast zwanzig Stunden.«

»Bahn geht doch nicht!«

»Ich weiß«, sagt Henner. »Jedenfalls nicht mit der Kroatien-Schleife.«

»Und wenn wir später fahren?«

Henner schüttelt den Kopf. Sinnlos, Schmeltzer ist ab Montag in Amerika.

»O Mann!«, sagt Patrick. Er will mit der Faust aufs Armaturenbrett schlagen, aber er hält sich zurück, und es wird nur ein Klapps.

Ein Polizist hilft Henner beim Rangieren und dirigiert ihn die Auffahrt hoch zur Bundesstraße. Aus dem Heck des Kombis kommt ein schleifendes Geräusch.

»Warum denn ausgerechnet jetzt?«, sagt Patrick.

Sie biegen in die Bundesstraße ein. Henner drückt sich in die Rückenlehne und lässt einen Ellenbogen aus dem Seitenfenster hängen. »Bleibt nur noch Plan E«, sagt er.

»Wie?«

»Wir fahren nach Hause und laden aus.« Henner weiß, er sollte Patrick jetzt nicht aufziehen, aber er kann es nicht lassen.

»Ach nein! Sehr komisch.«

»Lass mich ausreden! Wir fahren nach Hause, stellen das Wrack hier vor die Tür, nehmen die Koffer raus und schließen es ab.« Er wiegt den Kopf. »Und dann!«

»Was: Und dann?«

»Dann nehmen wir den Erich.«

DER START GELANG ganz gut. Henner bekam das Wohnmobil sauber aus der Garage; und an der Tankstelle fand er tatsächlich auf Anhieb den Einfüllstutzen für den Zapfhahn. Noch immer war wenig Verkehr auf den Straßen, er konnte sich also aufs Lenken konzentrieren. Auch mit der Gangschaltung kam er ganz gut zurecht. Schließlich und endlich ist der Globetrotter auch nur ein Auto, wenngleich ein ziemlich großes.

Die Autobahnauffahrt war immer noch gesperrt, sie mussten ein ganzes Stück bis zur nächsten fahren. Das war aber auch kein Problem, und als sie schließlich auf der Autobahn waren, lief das Wohnmobil im vierten Gang fast wie von selbst. Henner ließ einmal kurz das Lenkrad los, der Globetrotter hielt einwandfrei seine Spur.

Patrick hatte vor Begeisterung fast getanzt, als er endlich begriff, dass Henners Plan E kein Scherz war. Sofort lud er Koffer und Taschen um. Henner musste ihn davon abhalten, gleich alles in die Schränke zu räumen. Sie würden doch in einem Hotel übernachten. Das hatte Patrick enttäuscht.

Jetzt sitzt er auf dem Beifahrersitz, sein Stammplatz bei ihren Urlaubsfahrten, seit er groß genug dafür ist. An der Tankstelle hat er sich genau die Süßigkeiten gekauft, die ihm damals nur bei dieser Gelegenheit erlaubt wurden, widerlich saure, dafür aber ganz mit Zucker bedeckte Gummis. Man kann sie bis auf die Fahrerseite riechen. Henner hat demonstrativ das Gebläse einschalten wollen, aber den Knopf dafür nicht gleich gefunden. Und allzu lange will er den Blick noch nicht von der Straße lassen.

Das Navigationssystem klebt jetzt an der Frontscheibe des Wohnmobils. Als sie früh am Morgen zum ersten Mal abfuhren, hatte es noch eine Ankunft am späten Nachmittag errechnet. Jetzt kommen natürlich gut drei Stunden hinzu; aber zusätzlich verschiebt sich die Ankunftszeit beständig weiter nach hinten. Das Wohnmobil ist einfach zu langsam. »Keine Sorge«, sagt Henner, als Patrick eine Bemerkung macht. »Wir schaffen das schon.«

Es ist nach Mittag, da sind sie auf der Höhe von München. Henner fragt sich, was ihn damals eigentlich davon abgehalten hat, den Erich auch einmal selbst zu lenken. Es gibt kein entspannteres Fahren! Man kann sowieso niemanden überholen, also bleibt man einfach rechts. Die ersten hundert

Kilometer sind sie hinter einem dänischen Laster hergefahren; von dessen Heck lachte eine Kuh sie an. Als der Laster die Autobahn verließ, winkte Patrick ihm nach. Später haben sie eines der alten Spiele gespielt. Man bildet aus den Buchstaben der Nummernschilder ein Wort. Für jeden zusätzlichen Buchstaben gibt es Punktabzug.

»Bei der nächsten Raststätte halten wir an«, sagt Henner jetzt.

Patrick ist einverstanden, aber als Henner zum Essen in das Restaurant will, ist er entschieden dagegen. Das hier sei doch ein Wohnmobil, sagt er, ihr alter Erich, und da sei es unter ihrer Würde, sich wie irgendwelche Touris ans Buffet zu stellen. »Bleib du drinnen!« Schon ist er in der Tür.

Nach zehn Minuten ist er wieder da. In der Tankstelle hat er Wasser, Brot, Butter, Käse, Wurst und Milch gekauft. Er deckt den Tisch, offenbar muss er keine Sekunde lang darüber nachdenken, wo sich Geschirr, Besteck und Gläser befinden. »Du hast den Kühlschrank nicht eingeschaltet«, sagt er, ohne einen Vorwurf in der Stimme. Henner müsste eigentlich antworten, dass er nicht weiß, wie das geht, ja dass er nicht einmal weiß, ob und wann man das machen muss; aber er schweigt. Patrick klappt das Seitenfenster neben der Sitzecke hoch, so wie Astrid das immer machte, wenn sie drinnen um den Tisch saßen. »Schau mal!«, sagte sie dann. »Jetzt sitzen wir in der Loge und dürfen dabei sogar was essen.«

Henner hofft, dass Patrick nicht bemerkt, wie er ihn beobachtet. Nichts von dem, was jetzt auf dem Klapptisch steht, würde der Junge zu Hause beim Frühstück anrühren. Aber jetzt isst er rasch und offenbar mit Appetit. Dann räumt er die Sachen wieder zusammen; und auch dabei scheint jeder

Handgriff zu sitzen. Nach einer knappen halben Stunde fahren sie wieder los.

Später sind sie dann mitten in den Bergen. Ein paarmal hat das Wohnmobil sich schon quälen müssen, als die Straße etwas steiler anstieg. Da waren dann auch bei Vollgas nicht mehr als achtzig Stundenkilometer zu haben, manchmal sogar weniger. Zum ersten Mal hat sich Henner unwohl gefühlt. Außerdem ist die Kühlwassertemperatur angestiegen. Doch die Skala auf dem Instrument hat keine Zahlen, nur ein rotes Feld, und das hat der Zeiger noch nicht erreicht. Vermutlich ist das alles ganz normal.

Allerdings hat die Autobahn jetzt häufig keinen Standstreifen, in den Tunneln etwa und in den offenen Galerien am Hang. Hier liegen zu bleiben, denkt Henner, muss furchtbar sein. Wahrscheinlich würde sich gleich eine Schlange hinter ihnen bilden. Und so genau weiß er auch nicht, was er dann tun müsste. Kurz ist er versucht zu fragen, wo sich das Warndreieck befindet. Aber er lässt es.

Patrick freut sich derweil über die Berge wie ein kleiner Junge. Wenn irgendwo ein Wasserfall herunterstürzt oder eine schmale Brücke zwei Felsen verbindet, macht er Henner darauf aufmerksam. Ein paarmal hat er schon die Namen von Orten genannt, an die ihn das hier erinnere. Henner hat ein bisschen gebraucht um zu begreifen, dass es Orte aus dem Spiel sind.

NUR ZU GERNE würde Patrick sich ein bisschen ablenken. Aber mit was denn bitte? Die Berge sind ganz nett, manchmal sogar richtig beeindruckend; doch wie sollen Felsen und Geröll ihn daran hindern, sich dauernd vorzustellen, was jetzt passieren kann.

Gut. Morgen muss sich Henner erst mal mit so einem Sammler herumschlagen, der wohl irgendwie nicht ganz astrein ist. Das wird wahrscheinlich ein langweiliger Tag werden. Aber Patrick ist alt genug um zu wissen, dass auch der langweiligste Tag nur vierundzwanzig Stunden hat und keine Sekunde mehr. Er wird vorbeigehen, dann fahren sie in dieses Opatija. Und was wird ihn da erwarten?

Best case: Sie. Nevena.

Eigentlich will Patrick gar nicht daran denken. Aber mach das mal, nicht an das zu denken, was du dir am meisten wünschst. Also, best case: Sie finden den Kellner, er sieht tatsächlich aus wie der jüngere Bruder von diesem Schauspieler, und er sagt: Ach hallo! Klar kenn ich die Nevena, die kommt doch immer mit ihren Eltern. Ja, sehr nettes Mädchen. Moment, die Telefonnummer hab ich im Handy. Geb ich dir gern.

Man schreibt sich also die Nummer ab, zittert noch ein bisschen rum; dann ruft man an, Nevena geht ran und sagt: »Hey! Congratulations!« Glückwunsch, mein lieber Patti. Hattest du etwa Sehnsucht nach mir? Ist ja niedlich. Ob's mir gut geht? Klar geht's mir gut, mein Lieber. Ich wollte bloß mal sehen, ob du im Leben auch so fix bist wie im Spiel. Na, hab ich mich doch nicht in dir getäuscht! Kommst allerdings ein bisschen spät. Mein Urlaub ist schon fast rum. Aber ein paar Tage haben wir noch.

Und dann merkt man, dass ihre Stimme nicht bloß aus dem Handy kommt, sondern von irgendwo ganz nah, und wenn man sich umdreht, steht sie da und grinst von einem Ohr zum anderen. Henner sagt: »Ich lass euch besser mal allein« und verschwindet um die Ecke. Was dann bloß noch fehlen würde, wäre die Musik, ein ganzes Orchester, hauptsächlich Geigen. Zum Glück würde diese Musik auch rasch so laut, dass man gar nicht mehr mitkriegt, was man für einen Unsinn redet; und von außen betrachtet würde es womöglich sogar ganz gut aussehen, wenn man Nevena umarmt.

Patrick steckt sich das letzte Sauergummi in den Mund. Jedes Mal muss er eine Grimasse ziehen, ob er will oder nicht. Keine Ahnung, was das Zeug erst mit seinen Zähnen anstellt. Er sollte die Finger davon lassen. Und er sollte aufhören, an einfache Lösungen und Happy Ends aus Hollywood-Filmen zu glauben. Besser, er ist Realist. Dann könnte er nämlich schon zufrieden sein, wenn es diesen Kellner überhaupt gibt und wenn der irgendetwas weiß.

Sie fahren gerade wieder in einen Tunnel. Das Gegenteil vom Happy End wäre der GAU. Nicht, dass es Nevena gar nicht gibt! Das hat Patrick ja ausgeschlossen. Außerdem wäre das nicht der schlimmste Fall. Der GAU wäre vielmehr, dass es sie gibt und sie einfach nichts mehr von ihm wissen will.

Er könnte das sogar verstehen. Man spielt so ein Spiel und ist total begeistert und kann gar nicht mehr aufhören. Man vernachlässigt die Schule und redet nicht mehr mit seinen Freunden, weil es nichts Wichtigeres gibt auf der Welt, als das nächste Level zu erreichen oder ein bestimmtes Artefakt zu finden. Doch irgendwann, von einem Tag auf den anderen, wird das Spiel vollkommen uninteressant. Dafür braucht es gar keinen Grund zu geben. Die Figur, mit der man Stunden und Tage unterwegs war und die man besser kannte als sich selbst, verkümmert dann in irgendeiner dunklen Datenecke des www, bis das Abo fürs Spiel abgelaufen ist und jemand den Speicherplatz mit den Fähigkeiten und den Wünschen anderer Spieler überschreibt.

Also hat Nevena vielleicht bloß aufgehört, das Spiel zu spielen; warum auch immer. Und ihn hat sie gleich mit aufgegeben. Er war ja schließlich gar kein richtiger Mensch, der um die Ecke wohnt, sondern nur das Wesen, das von irgendwoher die Befehle für eine Zornelfenzauberin eingab, deren Aufgabe es war, einen Barbar zu heilen.

Das war jetzt wirklich ein besonders langer Tunnel. Patrick spürt, wie froh Henner ist, wieder draußen zu sein. Er macht einen halbwegs komischen Scherz, und Patrick gibt sich Mühe, nicht zu wenig und nicht zu viel darüber zu lachen. Und dabei denkt er: Nein!

Hinten im Wohnmobil liegt der alte Laptop, den seine Eltern ihm vor Jahren kaufen mussten, weil die ganze Schulklasse am Projekt »computergestützter Unterricht« teilnahm. Natürlich war das Teil nach kurzer Zeit reif fürs Museum. Einzig die Textverarbeitung kann man noch brauchen, und daher hat Patrick es mitgenommen. Gestern Abend hat er alle ihre Mails auf den Laptop gezogen. Beinahe dreihundert sind es, mehr als die Hälfte davon hat Nevena geschrieben. Und schreibt man jemandem so viele Mails, wenn man ihn bloß für das Anhängsel eines Avatars in einem Online-Rollenspiel hält?

Nein, denkt Patrick. Er hat das nicht getan. Und also Nevena auch nicht.

ALS DAS NAVIGATIONSGERÄT gerade die Ankunftszeit über zehn Uhr abends hinausschiebt, beginnt es wieder zu regnen. Besser gesagt, es schüttet. Jetzt fährt zwar niemand mehr schneller als achtzig, aber selbst bei dieser Geschwindigkeit hat Henner Angst, das Wohnmobil auf der nassen Straße nicht mehr kontrollieren zu können, sollte er einmal abrupt bremsen oder ausweichen müssen. Viel langsamer kann er allerdings auch nicht fahren, da sind die LKW hinter ihm entschieden dagegen. Einer hat ihn sogar überholt, nachdem er ein paarmal böse geblinkt hatte, und da war dann soviel Wasser über den Erich geschwappt, dass seine Scheibenwischer es kaum noch zur Seite brachten. Seitdem versucht Henner, Tempo zu halten; dabei hat er dauernd die Vorstellung, dass die Reifen gar nicht mehr den Boden berühren und sie wie Surfer über das Wasser gleiten. Zum Glück ist es wenigstens noch hell, wenn man das denn Helligkeit nennen will.

Kurz vor einem Tunnel flammen vorne alle Bremslichter auf. Sie werden langsamer und halten dann, schon etwa hundert Meter weit in der Röhre. Henner ist beinahe froh, dabei hasst er Staus, und Tunnel überdies. Immerhin bringt dieser hier eine Pause und die Sicherheit, auf festem Grund zu stehen. Patrick will sich hinlegen. Dunkel genug ist es ja. Als er nach hinten gegangen ist, öffnet Henner das Fenster. Draußen ist es warm, und es riecht unangenehm nach Abgasen. Er fragt sich, ob Patrick seine Nervosität bemerkt hat. Vielleicht hat er ja gar nicht darauf geachtet.

Astrid war am Steuer des Wohnmobils immer die Ruhe selbst. Die anderen Autos nannte sie Blechdöschen, und es freute sie, darauf herabzusehen. Bei ihren Fahrten hatten sie selten so schlechtes Wetter gehabt, aber wenn, dann war Astrid noch fröhlicher. Das galt auch bei Staus. Meistens fuhr sie an den Straßenrand, kochte Kaffee und holte Süßigkeiten aus einem Fach, das immer verschlossen war. Dann saßen sie in ihrer Loge und schauten den Blechdöschen zu, deren Inhalt sich jetzt darüber aufregte, nichts anderes tun zu können, als stocksteif dazusitzen und zu warten.

Nach ziemlich langer Zeit geht es weiter, und gleich erstaunlich schnell. Warum sie halten mussten, ist nicht zu erkennen, kein Unfall, keine Baustelle, nichts. Der Regen, den Henner im Tunnel nicht vermisst hatte, wird allerdings noch stärker. Doch ganz plötzlich hört er auf, kurz darauf ist die Straße trocken, und der Himmel ist blau mit ein paar Wolken wie geschlagene Sahne. Henner sieht sich um, so weit das geht. Jetzt ein Regenbogen, das wäre ein gutes Zeichen; aber es ist keiner zu sehen.

Als sie die italienische Grenze passieren, wird es dunkel. Würde es immer noch dermaßen regnen, Henner wüsste nicht, ob er weiterfahren könnte. Er ist müde wie nach einer großen körperlichen Anstrengung. Patrick scheint fest zu schlafen. Henner könnte auf den nächsten Rastplatz fahren und sich auch hinlegen, aber er weiß, er würde nicht einschlafen, und erholen würde er sich auch nicht.

Mitternacht ist vorbei, als das Navigationsgerät sie endlich von der Autobahn lotst. Vor einer Stunde ist Patrick ziemlich verschlafen wieder auf seinen Sitz geklettert. Jetzt hilft er dabei, die Anweisungen des Navis zu verstehen. Allzu schwierig ist das nicht; sie folgen einer Straße, die von einer Anhöhe hinab ins Stadtzentrum führt, zuerst an neueren, dann nur noch an alten Häusern vorbei. Henner ist jetzt wieder hellwach. Er war noch nie in Triest, eigentlich würde er das alles sofort besichtigen wollen, aber er darf kaum nach rechts und links schauen, so sehr muss er sich auf die enge Straße konzentrieren.

»Und wo stellen wir den Erich hin?«

Das war damals immer Patricks Standardfrage, wenn sie in eine Stadt fuhren.

»Das wird sich finden«, sagt Henner und hofft, dass es

stimmt. Dabei kommen sie mit dem Wohnmobil in keine Tiefgarage, und Hotels in der Innenstadt verfügen selten über geräumige Parkplätze. Wer weiß, was ihm jetzt bevorsteht.

»Noch dreihundert Meter, und Sie haben Ihr Ziel erreicht«, sagt das Navi. Patrick hat es mittlerweile auf die weibliche Stimme umgestellt.

»Schau mal, da!«

An der rechten Seite haben mit einem Mal die Häuser aufgehört, und da liegt das Meer, schwarz und ruhig, vom dunklen Himmel darüber kaum zu unterscheiden, aber ganz eindeutig: das Meer.

»Sie haben Ihr Ziel erreicht.«

Zwischen der Straße und dem Meer liegt ein großer Parkplatz. Im letzten Moment sieht Henner die Zufahrt, und etwas schwankend biegt das Wohnmobil ein. Direkt am Wasser, parallel zum Kai, sind offenbar Stellplätze für größere Fahrzeuge. Gleich der erste ist frei; Henner kann das Wohnmobil dort einparken, ohne zu rangieren. Er schaltet den Motor ab.

»Saubere Landung«, sagt Patrick. »Sollen die Passagiere klatschen?«

Henner streckt ihm die Zunge heraus. Direkt gegenüber, auf der anderen Straßenseite, steht das Savoia Excelsior Palace. Und so wie es scheint, trägt es seinen Namen zu Recht: ein riesiger weißer Palast mit Säulen, Bögen und Balkons, von wer weiß wie vielen Lampen angestrahlt, dass er aussieht wie ein alter Ozeandampfer in Festbeleuchtung.

»Da schlafen wir jetzt?«

»Ja. Tun wir.« Henner ist erleichtert, dass er es geschafft hat. Plan E. Erster Teil. Und ein bisschen fühlt er sich sogar wie ein Held.

»Schade«, sagt Patrick.

»Wieso?«

»Na, guck doch. Wir könnten gleich hier am Meer übernachten.«

Henner brummt etwas, dann steigt er mit seinen Koffern aus dem Wohnmobil. Da drüben werde es wohl auch ganz nett sein.

»Okay«, sagt Patrick, mit dieser nervigen Betonung auf der zweiten Silbe.

Eine Viertelstunde später stehen sie auf einem der Balkons des Hotels. Von hier hat man einen wunderbaren Blick übers Meer. Irgendwo weiter rechts muss Venedig liegen, aber ob das die Lichter sind, die übers Wasser schimmern, weiß Henner nicht zu sagen.

Patrick ist schon im Schlafanzug. Er deutet nach unten, wo das Wohnmobil direkt am Wasser steht. »Jede Wette«, sagt er, ohne das Zähneputzen zu unterbrechen, »Astrid hätte im Erich geschlafen.«

EIGENTLICH MAG PATRICK Frühstücksbuffets. Wo es sie gibt, da gilt wenigstens nicht der Satz: »Es wird gegessen, was auf den Tisch kommt.« Aber jetzt ist er wirklich überfordert. Denn im Speiseraum des Savoia Excelsior Palace schauen ihn geschätzte tausend Schüsselchen und Tellerchen an, und jedes flüstert: »Iss von mir!« Außerdem steht er mit anderen Frühstücksgästen in einer Schlange, und die Zeit, die einer wie er braucht, um etwas Essbares für sich auszuwählen, die hat er leider nicht. Schließlich kehrt er zu ihrem Tisch zurück, auf seinem riesigen Teller bloß eine Scheibe ungetoasteten Toastbrots und daneben ein Klecks von etwas, das er für Schokocreme hält.

Patrick bewundert Leute, die ohne zu zögern in Sachen beißen um zu probieren, ob sie schmecken. Er selbst will immer im Voraus wissen, was genau ihn erwartet, wenn er etwas in den Mund steckt. Das führt natürlich zu Problemen. Die größten Probleme sind allerdings die mit anderen Leuten, so wie jetzt. Denn Henner ist natürlich entsetzt.

»Das ist das beste Frühstücksbuffet der westlichen Welt«, sagt er. »Und du wirst es hungrig verlassen.« Er nimmt Patricks Teller und geht damit zu den tausend Schüsseln; drei Minuten später ist er wieder da, der Teller ist bis zum Rand und zweistöckig beladen. Patrick schließt kurz die Augen, so peinlich ist ihm das.

Aber es ist das Vorrecht von Eltern, sich so benehmen zu dürfen. Astrid hat es ihm einmal erklärt. Wenn Kinder auf die Welt kommen, müssen Eltern alles für sie tun. Ein Tag ohne Aufmerksamkeit, vielleicht sogar nur ein paar Stunden, und der Säugling verhungert oder verdurstet oder erfriert. Also heißt es: total control. Und davon kriegen die meisten Eltern einen Knacks, der nie wieder heilt. Da kann man dreimal volljährig werden, sie schieben einem weiter die Leckerbissen in den Mund, oder das, was sie für Leckerbissen halten. »Da musst du tolerant sein«, hat Astrid gesagt. »Dauert ja nicht so lange, dann machst du dasselbe mit deinen Kindern. Oder vielleicht auch mit deinen Eltern.« Patrick erinnert sich gut daran; sie sagte das, bevor sie krank wurde.

Die meisten der Sachen auf seinem Teller schmecken übrigens fantastisch. Den Rest isst Henner, der immer noch das Heldengefühl zu haben scheint. Na, immerhin hat er seine Quest schon zur Hälfte erfüllt: Er hat den ungeliebten Erich durch die Alpen gelenkt wie Hannibal seine Elefanten.

Patrick hat es Henner immer hoch angerechnet, dass er die

Touren im Wohnmobil mitmachte ohne zu murren. Dabei war es eine Zumutung für ihn. Manchmal fuhr Astrid auch wirklich haarscharf an irgendetwas vorbei, das ihn ziemlich interessierte. Aber er sagte dann fast nichts und griff sich stattdessen eines seiner Bücher. Abends las er allerdings mit so einer besonderen Stimme vor, was sie beinahe hätten besichtigen können. Astrid schwieg dazu immer und lächelte; dabei sah sie aus wie ein kleines Mädchen.

Noch gestern Abend hat Patrick gefragt, ob er Henner zu diesem Sammler begleiten dürfe. Nicht dass ihn der Mann oder der Auftrag so sehr interessierten; aber mit Sicherheit ist das die bessere Wahl, wenn es darum geht, sich die Zeit zu vertreiben. Ansonsten sitzt er womöglich bloß vor einer Uhr und beobachtet, wie der Stundenzeiger immer langsamer wird.

»Um zehn werden wir abgeholt«, sagt Henner. Er sagt es nicht zum ersten Mal, dabei ist Patrick schon mit allem fertig. Er könnte jederzeit aufbrechen. Henner muss sich hingegen noch rasieren. Und er muss noch einmal kontrollieren, ob er wirklich alles dabei hat. So wird es fünf nach zehn, als sie wieder in das große Foyer des Hotels treten. Tatsächlich werden sie bereits erwartet, draußen steht ein weißes Auto, das aussieht, als stammte es aus einem Film. Man bittet sie, hinten einzusteigen. Der Fahrer verstaut Henners kleinen Koffer. »Scharfe Kiste«, sagt Patrick.

Henner antwortet flüsternd: »Das ist ein Rolls-Royce, du Nase. Stell dein Hirn jetzt mal auf Speichern. Könnte durchaus sein, dass du nie wieder in deinem Leben in einem Rolls sitzt.«

Patrick tut, als wäre er beeindruckt. Leicht fällt ihm das nicht. Er macht sich nun mal nicht so viel aus solchen Sachen. Und würde er sich für Luxusautos interessieren, dann würde er das entsprechende Spiel spielen; da könnte er jeden Tag ein Dutzend davon vor die Wand setzen, wenn es ihm Spaß machte.

Sie fahren durch enge Straßen, der Verkehr ist für einen Sonntag ganz ordentlich, das Wetter ist auf Postkarte geschaltet. Henner fotografiert aus dem Fenster, Patrick ist das peinlich. Nach ein bisschen Ampelstehen geht es aus dem Zentrum hinaus und in einigen Windungen einen Hügel hinauf, vorbei an irgendetwas Burgähnlichem, vor dem ein Denkmal und ein paar Reihen abgebrochener Säulen stehen. Das Viertel dahinter scheint eher schlicht zu sein, immer noch diese hohen Häuser, aber grau und schmucklos. Patrick wundert sich, als der Wagen hier kurz anhält, um dann langsam in eine ziemlich enge Toreinfahrt zu rollen. Auf einem kleinen Hof, der von einem riesigen Baum beschattet wird, steigen sie aus. Vor den Fenstern hängt Wäsche, von einem kleinen Balkon schaut ein dicker alter Mann auf sie herunter. Das Zuhause eines Millionärs hat Patrick sich anders vorgestellt.

Durch einen Hofeingang treten sie in das Haus und steigen hinter dem Fahrer die Treppen hinauf. Der Lift sei leider defekt, sagt der Mann in einem schwer verständlichen Englisch. Im dritten Stock endet die Treppe vor einer Metallwand. Der Fahrer zieht eine Karte durch ein Lesegerät, darauf öffnet sich mit einem leisen Geräusch eine schwere Tür. Sie gehen hindurch und sind in einer anderen Welt.

»Wow!«, sagt Patrick.

Kein Levelwechsel im Spiel könnte dramatischer sein. Sie stehen in einem Vorraum, von dem aus man in zwei große, helle Räume und in zwei dunkle Gänge sehen kann. Die

Räume sind sehr hoch, sie haben verzierte hölzerne Decken, der Boden ist ein riesiges Mosaik. Und alles ist voller Bilder und Statuen, Vasen und Leuchter und irgendwelchen Sachen in gläsernen Vitrinen. Das ist definitiv keine Wohnung, das ist ein Museum. Und was für eines. Patrick sieht, dass Henner Augen macht.

»Herzlich Willkommen!«

Der Mann, der jetzt aus einem der dunklen Gänge tritt, ist nicht groß und nicht klein. Patrick denkt sofort an die Männer, die Werbung für Arzneimittel machen: zuverlässig, kompetent und ein bisschen langweilig. So richtig passt der Mann nicht hierher. Allerdings gibt es keinen Zweifel, dass ihm dieses Museum gehört. »Hans Jakob Schmeltzer«, sagt er, und er freue sich sehr, sie in seinem Heim begrüßen zu dürfen. Sein Deutsch passt nun allerdings sehr gut; es hört sich an, als spielte er eine Rolle in einem alten Theaterstück.

Er bittet sie in einen der großen Räume und dann durch weitere, die allesamt genauso prächtig und ebenfalls voller Kunst sind. Patrick fragt sich, wie man das hier als Heim bezeichnen kann. Im letzten Raum stehen dann tatsächlich ein paar riesige weiße Sessel um einen flachen gläsernen Tisch, der von einem geschwungenen Träger gehalten wird, aber aussehen soll, als würde er schweben. Wenn man will, kann man diesen Raum ein Wohnzimmer nennen.

Schmeltzer ist vor eine hohe Fenstertür getreten, die auf einen schmalen Balkon führt. »Sie wundern sich vielleicht«, sagt er zu Henner, »dass ich ausgerechnet hier wohne. Ein ansonsten eher bescheidenes Viertel. Aber Sie werden meine Gründe verstehen. Erstens gibt es zu diesen Räumen nur einen einzigen Zugang, der sich, wie Sie ja gesehen haben, sehr gut sichern lässt. Und zweitens«, er weist nach draußen,

»habe ich hier den besten Blick über mein schönes Triest. Säße ich da unten in einer Villa, dann hätte ich, während ich auf die Diebe wartete, als Gegenüber immer bloß das Meer.«

Patrick tritt an ein anderes Fenster. Wo der Mann recht hat, hat er recht. Die Dächer der Häuser führen wie Treppenstufen hinunter zum Meer. Die Küste ist weithin zu sehen. Genauso einen Ausblick hat man auf die Hafenstadt Callaora, kurz bevor der Flugdrachen landet.

Schmeltzer bittet sie, sich zu setzen. Patrick ist versucht, sich in dem Sessel zusammenzurollen wie ein Hund. Platz dafür wäre genug. Ein Dienstmädchen in schwarzem Kleid und weißer Schürze bringt Kaffee und Gebäck und gießt die Tassen voll. Patrick bringt sie einen Orangensaft, ohne dass er danach gefragt hat. Er nimmt einen Schluck in den Mund. Vermutlich haben die Orangen eben noch am Baum gehangen, jedenfalls haben sie wenig Zeit gehabt, zu nichts als Flüssigkeit zu werden. Die größten Fruchtstücke muss er kauen.

Derweil erzählt Schmeltzer von Triest. Das heißt, er schwärmt davon, und zwar hemmungslos. Eine Heimat verschiedener Nationen und Völker, sagt er, eine Gelenkstelle zwischen Nord und Süd, Ost und West und so weiter. Sie bekommen eine Kurzfassung der gesamten Stadtgeschichte, aus der eindeutig hervorgeht, dass London, Paris oder New York eher unbedeutende Ansiedlungen sind, jedenfalls verglichen mit Triest. Nein, Schmeltzer hat absolut nichts dagegen, dass man erfährt, wie toll er es findet, genau hier und nirgendwo sonst zu leben.

»Mein Vorfahren stammen aus dem deutschsprachigen Raum nördlich der Alpen«, sagt er. »Aber wir haben uns hier niemals fremd gefühlt, auch wenn wir es heute schwer haben, unsere Traditionen und unsere Sprache zu bewahren. Besonders natürlich die Sprache. Ich selbst bin etwa einen Monat im Jahr in Berlin, Hamburg oder München. Ich gehe dann den ganzen Tag durch die Stadt und höre den Menschen zu, damit ich nicht den Anschluss verliere.«

Klar, Schmeltzer will ein Kompliment für sein perfektes Theaterdeutsch. Henner hat das auch gemerkt und tut brav, was von ihm erwartet wird. Dann machen die beiden noch ein bisschen Konversation, aber es ist Schmeltzer anzumerken, wie sehr er darauf brennt, zur Sache zu kommen. Wahrscheinlich verwünscht er momentan seine eigene Vornehmheit. Endlich findet er eine Überleitung. Es geht um Schönheit. Ob er das Objekt denn jetzt einmal vorführen dürfe? Dabei sieht er aus wie ein kleiner Junge, der alle seine Schätze zeigen will.

Henner steht auf, aber Schmeltzer winkt ab. »Behalten Sie Platz! Es ist alles vorbereitet.« Er drückt auf den Knopf einer Fernbedienung und weist zur Tür. Der Mann, der sie eben gefahren hat, schiebt etwas herein, das aussieht wie die Luxusversion einer fahrbaren Krankentrage. Es liegt auch etwas Längliches darauf, das mit einem schneeweißen Tuch zugedeckt ist. Patrick sucht Henners Blick, aber er findet ihn nicht.

»Wenn ich bitten darf!« Schmeltzer tritt an das Gefährt. Patrick glaubt zu sehen, dass der Mann ein wenig zittert. Eine gute halbe Stunde hat er ihm gegenübergesessen, und doch ist Patrick sicher, dass er ihn morgen auf der Straße nicht wiedererkennen würde; ein Mann ohne Alter mit einem ausdruckslosen Allerweltsgesicht. Nur in den Augen hat Schmeltzer jetzt etwas, das einem Angst machen kann. Er hebt das weiße Tuch so vorsichtig an, als läge wirklich ein

Mensch darunter. Aber da liegt kein Mensch. Da liegt ein Schiff.

»Heute könnte sich ein Traum erfüllen«, sagt Schmeltzer. »Ich präsentiere Ihnen hier die Kaiserin Elisabeth, den traurigen Stolz der habsburgischen Handelsmarine. Seit Jahrzehnten habe ich nach ihr gesucht, dabei durfte ich nicht einmal sicher sein, ob es sie wirklich gibt.«

Okay, denkt Patrick. Super. Ein Schiffsmodell, bestimmt an die zwei Meter lang. Ganz toll. Dafür also lässt man jemanden von weither kommen? Und was bedeutet Kaiserin Elisabeth? Vielleicht ist dieser Schmeltzer ja doch nicht ganz richtig im Kopf.

Patrick schaut Henner an. Der scheint sich allerdings keine Sorgen um Schmeltzers Zustand zu machen. Er hat die Lippen gespitzt und fährt sich mit der Hand übers Kinn, wie er es immer macht, wenn ihn etwas begeistert. »Alle Achtung!«, sagt er.

Das kann Patrick nun gar nicht begreifen. Gut, das Ding ist ein ziemlicher Trumm, aber in welchem Zustand! Es ist verdreckt und verschrammt, überall blättert die Farbe, und was immer abbrechen kann, ist auch abgebrochen. Ein hölzerner Kasten steht daneben; er ist voll mit Masten, Rettungsbooten, einem Schornstein und allerhand Kleinkram.

Henner ist aufgestanden. »Was wissen Sie über das Vorbild?«, sagt er, und es klingt vollkommen professionell.

Schmeltzer rattert ein paar Infos herunter. Die Kaiserin Elisabeth wäre das größte Schiff der österreichischen Handelsmarine geworden. Aber sie wurde nicht zu Ende gebaut, weil im Ersten Weltkrieg die Front genau vor der Werft verlief, hier in der Nähe von Triest. Das unfertige Schiff wurde als Beobachtungsposten genutzt, nach dem Krieg hat man es abgewrackt.

»Eine Schande!«, sagt Schmeltzer. Und dann rückt er endlich damit heraus, warum er Henner hat kommen lassen. Er will nämlich wissen, ob es stimmt, was er hofft, dass nämlich dieses Modell hier so alt ist wie sein Vorbild und vielleicht sogar irgendwie offiziell, eine Art Muster für das Original.

»Woher haben Sie es?«

Schmeltzer hebt beide Hände wie jemand, der sagen will: Bitte nicht schlagen. Er könne das unmöglich preisgeben.

»Schade«, sagt Henner. »Manchmal muss ich nur wissen, woher etwas kommt, und schon weiß ich, es ist eine Fälschung.« Er legt einen Finger an das Wrack. »Aber Fälschung können wir in diesem Fall vielleicht ausschließen.« Er schaut Schmeltzer an. »Es sei denn, jemand ist so gerissen, ein solches Wrack zu bauen, um einen ganz bestimmten Käufer zu täuschen.«

Schmeltzer schweigt.

»Sagen Sie mir wenigstens, was es gekostet hat?«

Schmeltzer wendet sich ab und sagt etwas auf Italienisch. Offenbar eine Zahl.

»Was! So viel? Ohne Beweis? Auf den bloßen Verdacht hin?«

»Sie verstehen das vielleicht nicht«, sagt Schmeltzer. »Aber die Kaiserin Elisabeth! Sie war so etwas wie die Schutzheilige von Triest. Wenn sie hier war, hat sie in einem Schloss am Meer gewohnt. Dieses Schiff wäre ein riesiges schwimmendes Denkmal für sie geworden, ein Monument der Verehrung. Im großen Salon hätte ein Bild von ihr gehangen, fünf Meter hoch. Ich kann Ihnen Pläne zeigen. Seit Jahren sammele ich alles über dieses Schiff. Und das hier wäre die Krönung, die absolute Krönung.«

O Mann, denkt Patrick. Was für ein Irrer!

HENNER VERSUCHT, sich nichts anmerken zu lassen. Aber es kostet ihn Mühe, diesen Mann nicht zu verachten. Ein Mensch von heute, nicht viel älter als er selbst, ein erfolgreicher Geschäftsmann, der viel Geld mit knallharten Kalkulationen macht. Und ausgerechnet so einer schwärmt für die Kaiserin Sissi!

Andererseits hat der Mann Geschmack. Die Bilder und Statuen in diesen Räumen sind allesamt schöne und wertvolle Stücke; und selbst bei diesem traurigen Modellschiff hat er wahrscheinlich den richtigen Riecher gehabt. Auf den ersten Blick hat Henner gesehen, dass es eine professionelle Arbeit ist. Und alt ist es auch, kein Kunststoff, alles Holz und Metall, die kleinsten Teile aus Messing gesägt oder aus Kupfer getrieben. Ob man es restaurieren kann, ist eine andere Frage. Jedenfalls nicht, ohne noch einmal ein Vermögen auszugeben.

Aber von ihm will Schmeltzer ja bloß wissen, ob er dieses Wrack zu Recht als Reliquie verehren darf. Und Henner ist sich ziemlich sicher, dass er ihm diesen Wunsch erfüllen kann. Nur juckt es ihn, den Mann noch ein bisschen zappeln zu lassen.

Er klopft an den Rumpf. »Ich sage Ihnen mal, was ich für Sie tun kann. Ich kann Proben vom Holz nehmen und versuchen, das Alter zu bestimmen. Aber das ist niemals exakt genug. Und ich kann versuchen, die Herkunft zu klären, indem ich mich durch irgendwelche Archive arbeite. Aber das ist völlig sinnlos, denn das haben Sie schon getan.«

Schmeltzer zuckt die Achseln.

»Also gehen wir den Königsweg. Normalerweise befindet sich in so einem Teil die Signatur des Erbauers.«

»Ich habe alles abgesucht«, sagt Schmeltzer.

»Ich sagte: in.«

»Sie wollen es aufbrechen?« Schmeltzer macht eine Bewegung, als wollte er sich schützend vor seine Kaiserin stellen.

»Keine Sorge«, sagt Henner. »Lassen sie mich nur machen.«

Von den drei Schornsteinen des Schiffes liegt der vordere zusammen mit anderen Teilen in einer Kiste. Henner dreht und wendet ihn. Er ist offenbar massiv. Die beiden anderen stehen noch einigermaßen gerade an ihrem Platz. Aus seinem Koffer zieht Henner eine Mappe und klappt sie auf. Sie enthält metallisch blinkende Werkzeuge, die aussehen wie das Besteck eines Chirurgen. Er wählt eine dünne Klinge.

»Seien Sie bitte ganz besonders vorsichtig«, sagt Schmeltzer.

Henner lächelt ihn an, dann schiebt er die Klinge unter eine Metallkappe, die oben auf dem zweiten Schonstein sitzt und mit kleinen Nägeln befestigt ist. Vorsichtig hebelt er sie lose. Darunter ist massives Holz. Henner drückt die Kappe wieder fest.

»Ich bin jetzt ein wenig beunruhigt«, sagt Schmeltzer. »Ich hatte mir ihre Arbeit irgendwie anders vorgestellt.«

Die dritte Kappe löst sich noch etwas leichter. Der Schornstein darunter hat eine runde Bohrung. Henner nimmt eine lange Pinzette und zieht etwas daraus hervor. Es ist ein aufgerolltes Stück Papier. Es muss schon lange in dem Schornstein stecken, denn jetzt will es nicht wieder ausgerollt werden. Henner macht das sehr vorsichtig auf dem gläsernen Tisch, dann steckt er das Papier in eine Klarsichthülle, die er aus seinem Koffer geholt hat. Schmeltzer scheint derweil kaum noch geatmet zu haben.

»Hier«, sagt Henner. »Da steht drauf, wer es gebaut hat.

Eine Firma in Schottland, wenn ich nicht irre. Das passt ganz gut. Mit den Namen auf diesem Zettel können Sie beweisen, dass das ein offizielles Modell war, im Auftrag der Werft gebaut. Wahrscheinlich sollte es hinter dem Schreibtisch des Reeders stehen.« Er reicht Schmeltzer die Klarsichthülle.

Fast sieht es aus, als müsste der Mann unter der Last des Papiers in die Knie gehen. Er stammelt etwas, und dann treten wirklich Tränen in seine Augen. »Madonna«, sagt er, und plötzlich klingt er wie ein Italiener, der auf der Straße oder bei der Arbeit Deutsch gelernt hat. »Das ist ja Spitze. Ich fasse es nicht. So ein Glück.« Er ruft nach dem Dienstmädchen und lässt Champagner kommen. Die Flasche öffnet er selbst, und dann spielt er sogar Schiffstaufe, indem er damit einmal ganz vorsichtig den Bug des verkratzten Modells berührt. Sein Glas trinkt er in einem Zuge aus und gießt es gleich wieder voll.

»Was für ein Tag!«, sagt er nach dem zweiten Glas. »Was für ein wunderbarer Tag.«

Henner mag keinen Champagner. Er nippt an seinem Glas, dann schaut er zu Patrick, der ganz verloren in dem riesigen Sessel sitzt, in der Hand ein halb volles Glas Orangensaft. Es ist ihm peinlich, dass der Junge mitkriegt, wie er hier sein Geld verdient und von wem er es bekommt. Seine einzige Entschuldigung ist, dass er es braucht, am Ende vielleicht, um das Haus zu behalten. Und das wollen sie ja wohl beide, trotz allem.

Schmeltzer redet derweil weiter über die Kaiserin Elisabeth, und zwar auf Italienisch. Henner versteht nicht, ob er die Frau oder das Schiff oder sein Modellwrack meint. Immerhin muss er sich nicht mehr anstrengen, den Mann nicht zu verachten. Der tut ihm jetzt nur noch leid.

Henner hat viele Menschen kennengelernt, die ihr Herz an Kunstwerke gehängt hatten. Er hat das immer verstanden. Und auch wenn diese Leute eifersüchtig, habgierig und missgünstig waren, konnte er mit ihnen fühlen. Es ist ein starker Antrieb, etwas wirklich Schönes besitzen zu wollen; und nicht immer bringt dieser Trieb das Beste an den Menschen zum Vorschein.

Aber Schmeltzer ist doch bloß eine peinliche Figur. Wahrscheinlich hat er irgendwo in diesem Privatmuseum ein spezielles Sissi-Kabinett eingerichtet, vielleicht mit einer Locke von ihr auf einem kleinen Altar.

Henner sagt: »Ich denke, wir brechen dann mal auf.«

Schmeltzer sieht ihn verwundert an, wie aus einem Traum gerissen. »O ja«, sagt er, wieder in seinem Bühnendeutsch. »Natürlich. Verzeihen Sie mir bitte. Ich habe mich wohl ein wenig vergessen.« Wahrscheinlich kommt es ihm jetzt ganz gelegen, mit seiner Eroberung allein zu sein.

»Ich darf Ihnen dann eine Rechnung schicken?«, sagt Henner. Das leidige Thema muss noch angesprochen werden.

»Das ist nicht nötig.« Schmeltzer zieht drei verschlossene Umschläge aus der Innentasche seines Jacketts; auf jedem steht nur ein Buchstabe. Er überlegt kurz, dann reicht er Henner den Umschlag mit dem A. »Bitte«, sagt er. »Ich habe mir erlaubt, eine Erfolgsprämie hinzuzufügen. Außerdem möchte ich Sie nicht nur für Ihre großartige Arbeit, sondern auch für Ihre zuverlässige Verschwiegenheit belohnen.« Er legt einen Finger auf seine Lippen.

Henner nickt. Er steckt den Umschlag ein, dann macht er Patrick ein Zeichen. Schmeltzer begleitet sie bis zur Tür in der eisernen Wand. »Wir beide«, sagt er zu Henner, als er ihm die Hand gibt, »wir beide werden es nicht mehr erleben. Aber Ihr Sohn!«

Schmeltzer sieht jetzt nicht mehr aus wie einer, der eine Rolle spielt. Henner weiß nicht, was er sagen soll.

»Ihr Sohn wird noch erleben, dass wieder andere Verhältnisse in Europa herrschen. Was in den letzten zwanzig Jahren passiert ist, das war nur der erste Schritt. All diese Freiheiten und Selbständigkeiten. Jede Woche ein neuer Staat, einer kleiner als der andere.« Schmeltzer schüttelt den Kopf und sieht traurig aus. »Das kann nicht das letzte Wort sein.«

Henner würde liebend gern eine schnelle Antwort geben. Das geht nun wirklich zu weit. Aber er spürt, dass der Umschlag in seiner Tasche ihn jetzt schon schweigen lässt.

»Alles Gute für Sie beide«, sagt Schmeltzer. »Hoffen wir, dass jemand kommen wird, der die Menschen daran hindert, an ihren Freiheiten zugrunde zu gehen.« Dann wendet er sich ab.

Der Fahrer bringt sie wieder nach unten und öffnet die Türen des Rolls-Royce. »Danke«, sagt Henner. »Das ist sehr freundlich. Aber wir nutzen die Gelegenheit zu einem Spaziergang. Vielleicht bringen Sie nur meinen Koffer ins Hotel.« Patrick schaut ein bisschen überrascht, aber Henner ist schon in der Toreinfahrt.

Auf der Straße holt Patrick ihn ein. »Gute Idee«, sagt er.

»WANN MACHST DU den Umschlag auf?«

Den Weg zu dieser Burg haben sie leicht gefunden, es gab auch Hinweisschilder. Jetzt stehen sie bei den kaputten Säulen, und Henner versucht sich auf einem Stadtplan zu orientieren. »Bald«, sagt er. »Aber lieber im Sitzen.«

Nach kurzem Suchen finden sie eine Straße, die wieder

hinunter zum Meer führt. Der Weg kommt Patrick gar nicht lang vor. Ob der Rolls heute Morgen einen Umweg gefahren ist, um sie zu irritieren? Da hätte man ihnen doch besser die Augen verbunden.

Überhaupt, was für ein komischer Kerl, dieser Schmeltzer! Patrick denkt immer noch darüber nach, was er zum Abschied gesagt hat. Wen oder was bitteschön soll er noch erleben? Er würde gerne mit Henner darüber reden, aber der wirkt angespannt und zugleich abwesend. Patrick kennt diesen Zustand von früher; da wartet man lieber ein bisschen oder lässt es ganz sein.

Sie erreichen den Hafen etwa zweihundert Meter vom Hotel entfernt. An langen Stegen liegt hier eine Unzahl von Segelbooten dicht nebeneinander. Der Wind schlägt die Stahlseile gegen die Masten. Es klingt wie dünner Beifall von Androiden und wäre ein nettes Hintergrundgeräusch für eine Spielszene. Vor einem Kiosk stehen Tische und Stühle. Es sind nur wenige besetzt. Henner bestellt Kaffee und Orangensaft. »Keine Sorge«, sagt er. »Hier kommt der Saft bestimmt aus der Tüte.« Und damit behält er zum Glück auch Recht.

»Machst du jetzt den Umschlag auf?«

Henner rührt Zucker in seinen Kaffee. »Wenn das hier ein Film wäre, weißt du, was ich dann tun würde?«

»Das Ding zerreißen und die Schnipsel stylisch in die Luft werfen, so dass der Wind sie aufs Meer trägt und die Möwen sich darum zanken?«

»Exakt«, sagt Henner.

»Du bist nicht im Film.«

Henner nippt an seinem Kaffee. »Stimmt. Und du?«

Patrick weiß sofort, was er meint. »Ich auch nicht«, sagt er. »Nevena gibt es wirklich. Genau wie deinen Schmeltzer.

Und es ist ihr irgendwas passiert. Vielleicht braucht sie sogar Hilfe.«

»Das klingt aber sehr nach Film.«

»Komm, bitte! Mach lieber den Umschlag auf.«

Henner tut es. Wie nicht anders zu erwarten, ist ein Scheck darin. Henner pfeift durch die Zähne.

»Darf ich sehen?«

»Ich weiß nicht«, sagt Henner. »Ich glaube nicht. Stell dir einfach vor, dass ich ihn zu Hause zur Bank trage und wir ein großes Problem weniger haben.«

»Ist schon okay.« Patrick klemmt sich eine Locke hinters Ohr, die der Wind ihm übers Gesicht schlägt. »Aber in vier Monaten werde ich volljährig. Vielleicht wird es Zeit, dass man mich nicht mehr behandelt wie ein Kind.«

Henner zögert eine Sekunde, dann reicht er Patrick den Scheck. Er ist über fünfzehntausend Euro ausgestellt. »Donnerwetter.« Patrick tut, als fächle er sich mit dem Papier Luft zu. »Für eine Stunde Arbeit?«

»Vergiss die Fahrt nicht.«

»Stimmt.« Patrick reicht den Scheck zurück. »Und den gibst du wirklich der Bank?«

Henner zuckt die Schultern. »Dafür werde ich dann nachts besser schlafen.«

»Teure Schlaftablette.«

Eine ganze Zeit lang sitzen sie schweigend. Es kommen Leute mit Seesäcken unter dem Arm. Die werden wohl den Sonntag auf dem Wasser verbringen.

»Mal ein anderes Thema«, sagt Patrick. »Wann fahren wir morgen los?«

Henner macht eine Weiß-nicht-Bewegung. »Früh?«

»Sechs Uhr?«

»Hoppla! Soviel ich weiß, fährt man nur eine Stunde bis Opatija. Und ich denke, wir wollen da mit einem Kellner sprechen und nicht die Hotelgäste wecken.« Henner steht auf und zahlt ihre Getränke am Kiosk.

Patrick schaut auf die Uhr. Es ist gerade mal halb eins. Da hat er noch eine Menge Zeit totzuschlagen. »Du gehst jetzt sicher was besichtigen«, sagt er, als Henner zurückkommt. »Kann ich solange im Erich bleiben?«

»Im Hotel ist Fernsehen und Internet.«

Patrick nickt. Beides braucht er nicht. Am Morgen hat er Nevena vom Hotel aus noch einmal gemailt: Dass er jetzt unterwegs ist, um sie zu suchen. Wenn sie sich melden will, dann bitte nur auf seinem Handy.

»Von mir aus«, sagt Henner. »Ich lass dir die Schlüssel da. Sagen wir: Abendessen um sieben?«

Patrick ist einverstanden. Zusammen gehen sie am Meer entlang zum Wohnmobil und kaufen ihm einen neuen Parkschein. Dann trennen sie sich. Henner geht Richtung Innenstadt, und Patrick steigt in den Erich. Er klappt das Fenster über der Sitzecke hoch, dahinter ist nichts als blaues Meer und blauer Himmel. Dann holt er seinen alten Laptop und öffnet die Datei mit ihren Mails.

Nevenas Großvater war der erste Verwandte, über den sie geschrieben hat. Seitdem ist er immer wieder aufgetaucht, allerdings nicht einmal mit einem Kosenamen, geschweige denn einem richtigen. Wie er aussieht, hat sie auch nie beschrieben. Patrick denkt ihn sich irgendwo zwischen Weihnachtsmann und Westernheld. Von beiden hat er jedenfalls so einiges. Denn einerseits ist er der liebste Mensch auf der Welt, andererseits sind seine Umgangsformen ein bisschen speziell.

Der Großvater sorge sich einfach um jeden, schreibt Nevena. Natürlich um seine Kinder und um die Enkel. Aber er kennt noch mindestens tausend andere Verwandte. Von allen weiß er alles, und das haargenau: wann sie geboren sind, ob sie Sommersprossen haben, wer wie gut in der Schule ist, ob einer sich für Mädchen interessiert oder sich beim Fahrradfahren immer auf die Nase legt und so weiter. Er weiß natürlich auch, wer Geld hat und wer keines. Was in ihrer Familie heißt: Er weiß, ob einer halbwegs zurechtkommt oder ob er Schulden bis über die Ohren hat. Na, und da, wo es richtig böse zugeht, da hilft er dann aus. Auch wenn er die Leute vor zwanzig Jahren zuletzt gesehen hat. Aber das ist noch nicht alles.

Manchmal schickt er auch einfach so etwas rüber. Und damit verfolgt er dann seine Spezialpläne. Zum Beispiel: Irgendein Großcousin hat ihm am Telefon erzählt, seine Tochter sei musikalisch. Prompt besorgt der Großvater eine Geige, packt sie in eine Kiste und schickt sie per Post. Die betreffende Maria oder Jovanka hat vielleicht gar keine Geige gewollt, aber was soll man machen, wenn man ungefragt eine bekommt? Nimmt man eben Geigenunterricht.

Großvater weiß einfach, was für alle Leute am besten ist. Und davon lässt er sich durch nichts und niemanden abbringen. Cousin Petko hat er vor zehn Jahren achtzehn große Kisten mit Büchern geschenkt; die hatte er aus einer pleitegegangenen Leihbibliothek. Der arme Cousin musste die Bücher natürlich in seinem Zimmer aufstellen, es könnte ja mal der Großvater zu Besuch kommen. Also lebte er praktisch in Büchern. Und da sie schon mal da waren, hat er sie auch alle gelesen. Dann hat er Literatur studiert, jetzt ist er Lehrer für Serbisch, und alle haben einen Riesenrespekt vor ihm, sogar die älteren Kollegen, weil er so viele Bücher kennt.

Es folgten dann später noch weitere Beispiele für die Fürsorgeaktionen des Großvaters. Anfangs hat Patrick Nevenas Berichte aus der Familie ziemlich rasch und nicht sehr aufmerksam gelesen. Viel interessanter war ja, was sie über sich selbst schrieb, oder über ihr Lieblingsthema: Wer sind wir eigentlich und was machen wir hier? Aber bald hat er auf ihre Familiengeschichten gewartet wie die Manga-Fans auf die Fortsetzungen ihrer Lieblingsserie.

Er scrollt weiter. Manche Leute, schreibt Nevena, sagen, dass der Großvater reich ist. Sie habe das auch ziemlich lange geglaubt. Aber das stimmt nicht. Er kann nur wahnsinnig gut Sachen organisieren. Er kennt einfach jeden. Und außerdem schuldet ihm die Hälfte der Stadt einen Gefallen. Als junger Mann muss er mindestens hundert wichtigen Leuten das Leben gerettet haben. Und die und ihre Kinder stehen jetzt knietief in seiner Schuld und müssen bis an ihr Lebensende tun, um was er sie bittet. Na ja, vielleicht ist es auch ganz anders.

Sein Meisterstück war, als er ihrer Cousine Piri einen Mann verpasst hat. Da hat er sich selbst übertroffen. Piri war total verliebt, aber der Typ wollte nicht so recht. Das heißt, er wollte natürlich, was alle wollen, aber heiraten war nicht sein Ding. Dann musste er zum Militär, und davor hatte er eine furchtbare Angst. Also hat der Großvater wieder an irgendwelchen Schrauben gedreht, und prompt musste der Typ nicht zum Militär. Das hat er auch irgendwie kapiert und die Cousine geheiratet. Jetzt sind sie glücklich und haben schon ein Kind. Allerdings nervt der Großvater den Typ, weil er immer unangemeldet vorbeikommt und fragt, ob ein Kind denn schon genug sei?

Übrigens weiß die Cousine davon nichts. Nur Nevena hat der Großvater alles erzählt. Irgendwann werde er ja alt und blöd, hat er gesagt, da müsse dann jemand verhindern, dass er ausplaudere, was er alles angestellt hat. Und dafür sei sie zuständig, sein Täubchen. Demnächst will er ihr alle seine Sünden erzählen und ein paar von denen ihrer Eltern. Dann ist es ihre Aufgabe, die Familiengeheimnisse zu bewahren.

Patrick liest sich noch eine ganze Stunde kreuz und quer durch die Mails. Dann schaltet er den Laptop aus. Es sind immer noch hundert Stunden, bis man wenigstens schlafen könnte.

GEGEN HALB SIEBEN ist Henner zurück am Wohnmobil. Es ist abgeschlossen, ein Zettel klebt an der Tür: »Bin spazieren. Handy. Patrick.«

Henner wählt seine Nummer. »Wo bist du?«

»An diesem Wasser mit dem Tempel am Ende.«

»Ich weiß Bescheid.« Henner geht los. Mittlerweile kennt er sich ein wenig aus. Das »Wasser« ist der älteste Teil des Hafens, ein schnurgerader Kanal, der vom Meer in die Stadt führt; er heißt tatsächlich Canal Grande. Rechts und links davon stehen hohe alte Häuser, den Abschluss bildet eine Kirche mit einem Säulenportal. Der Blick darauf ist der Postkartenblick auf Triest.

Als Henner die Einmündung des Kanals erreicht, hört er, was Astrid zu dem Anblick sagen würde, so laut, als würde sie neben ihm stehen. An solchen Postkartenorten hatte sie immer lästern müssen. Über die Einheimischen, die die Schönheit ausbeuteten, und über die Touristen, die sich lieber ausbeuten ließen, als selbst zu entscheiden, was schön war und was nicht. Häufig waren sie auf ihren Fahrten nicht an solchen Orten gewesen. Wenn, dann eher zufällig; aber dann bestand Astrid darauf, eine Weile zu bleiben. Zur Abschreckung, wie sie sagte.

Von einer Brücke, die über den Kanal führt, sieht Henner Patrick in einem der Straßencafés direkt am Wasser sitzen, vielleicht zwanzig Meter entfernt. Er bleibt stehen. Wie lange mag es her sein, dass er den Jungen zuletzt aus einer solchen Entfernung in Ruhe hat beobachten können? Bestimmt ein paar Jahre. Patrick schaut offenbar auf sein Handy, das Glas mit der gelben Flüssigkeit vor ihm auf dem Tisch ist halb leer.

Das da ist mein Sohn, denkt Henner. Ein junger Mann in einem Straßencafé, der einen Orangensaft trinkt und darauf wartet, dass jemand ihn anruft. Henner versucht sich vorzustellen, wie andere Leute, wie Fremde ihn sehen; und da fällt ihm auf, wie fremd ihm selbst der Anblick ist. Würde er seinen Sohn überhaupt erkennen, wenn er nicht wüsste, wo er ihn findet?

Henner umfasst das Geländer der Brücke mit beiden Händen. In zwei Jahren wird Patrick die Schule beenden und danach vielleicht das Haus und die Stadt verlassen. Das Geräusch seines Spiels wird es dann nicht mehr geben, so wenig wie seine verzögerten Schritte, wenn er zwei Stufen auf einmal nimmt. Vielleicht kommt er nur noch an den Feiertagen zu Besuch, und vielleicht wird man ihm dabei ansehen, wie er die Zeit in seinem alten Zuhause bloß absitzt.

Nicht einmal Astrids Grab können sie dann besuchen, weil es keines gibt. Sie hat das so gewollt. Wenn ich schon bei Lebzeiten verfaule, hat sie gesagt, dann soll wenigstens nach meinem Tod damit Schluss sein. Also ist sie verbrannt worden, später hat Henner ihre Asche in der Nähe des kleinen Flusses verstreut. Dabei war das eigentlich verboten.

Henner wünschte sich, Patrick würde von seinem Handy aufschauen und ihn auf dieser Brücke stehen sehen. Wenn sein Sohn ihn erkennen und winken oder rufen würde, dann könnte er vielleicht dieses verdammte Geländer loslassen und zu ihm gehen. So aber kann er sich nicht mehr bewegen; er muss sich sogar festhalten, bloß um weiter dastehen und ins Wasser schauen zu können. Ein knallgelbes Boot fährt unter ihm hindurch, darin ein paar festlich gekleidete Menschen. Richtig, heute ist ja Sonntag.

Als das Wasser sich wieder beruhigt hat, sieht Henner da unten sein Spiegelbild. Wenn er ganz ehrlich ist, dann weiß er nicht genau, ob er sich Patricks Auszug wünschen oder ob er sich davor fürchten soll. So oder so graut ihm vor dem Leben, das ihn erwartet.

»Papa?«

Das ist ganz nah. Henner schafft es, sich zur Seite zu drehen. Das Geländer lässt er nicht los.

»Weißt du, wofür die sind?« Patrick klingt, als wäre er gerannt.

An den Stützen des Geländers hängen kleine bunte Vorhängeschlösser wie Trauben übereinander. Patrick fährt mit der Hand darüber und lässt sie klappern.

»Stellt man hier Fahrräder ab? Nein, oder?«

»Du kannst es ja googeln.« Henner bemüht sich, locker zu klingen.

»Möchte ich nicht.«

»Na gut.« Henner fühlt es in seinen Armen und Beinen kribbeln, als wären ihm alle Gliedmaßen eingeschlafen. »Das machen hier die Verliebten«, sagt er. »Sie schließen das Schloss an die Brücke, dann ziehen sie den Schlüssel ab und werfen ihn ins Wasser. Damit sie sich nie wieder trennen.«

»Das hast du dir gerade ausgedacht.«

»Wer weiß.« Henner kann jetzt wieder stehen, ohne sich festzuhalten. Zur Sicherheit macht er einen Schritt. »Willst du auch eins anschließen?«

Patrick schüttelt den Kopf. »Sei ehrlich. Du glaubst nicht, dass es Nevena gibt.«

Nebeneinander gehen sie Richtung Meer. »Ich weiß nicht«, sagt Henner. »Jedenfalls glaube ich nicht, dass ich mich in eine Frau verlieben könnte, die ich nur aus dem Internet kenne.«

»Als du Mama getroffen hast, gab es kein Internet.«

»O ja«, sagt Henner. »Richtig. Wie konnte ich das vergessen! Ich bin ein analoges Fossil. Eigentlich sollte es Leute wie mich gar nicht mehr geben. Was wissen wir schon von der Liebe.«

»Ach, lass das! In wen hast du dich denn damals verliebt?«

»Nicht in die Besitzerin eines Wohnmobils.«

»Sondern? Du weißt, was ich meine.«

Und ob Henner weiß, was er meint. »Wir haben immer reden können. Über alles.«

»Siehst du!«

»Aber dann könnte deine Nevena irgendwer sein. Irgendjemand, der auf deiner Wellenlinie funkt. Oder nur so tut als ob. Das ist doch kein Grund sich zu verlieben.«

»Und wenn doch?«

»Ein Mensch«, sagt Henner. Er rudert im Gehen ein bisschen mit den Armen. »Ein Mensch ist was Ganzes. Da hast du nichts allein. Nicht die Stimme oder den Verstand oder den Körper. Es muss alles zusammenkommen.«

»Dann stell dir vor, du bist in einem absolut dunklen Raum. Und da sind andere Menschen. Du kannst sie nicht berühren, aber du kannst mit ihnen reden, solange wie du willst. Glaubst du nicht, dass du dich da verlieben könntest?«

Natürlich könnte man. Aber Henner will das nicht zugeben. »Ich hab mich erkundigt«, sagt er. »Die beste Pizza in Triest gibt es im Bayerischen Hof.«

»Das ist nicht dein Ernst.«

Das Lokal liegt direkt an der Uferstraße, nur hundert Meter vom Hotel. Draußen wehen weiß-blaue Fahnen, drinnen ist alles aus dunklem Holz. Astrid wäre entsetzt gewesen, und Patrick ist auch nicht begeistert. Aber Henners Information war richtig; die Pizza ist exzellent.

»Weißt du was?«, sagt Patrick. Den Kampf gegen das letzte Pizzastück hat er noch nicht aufgegeben.

»Man redet wieder mit vollem Mund?«

»Education is over.« Patrick wischt sich die Hände mit der blau-weißen Serviette. »Ich hab einen Vorschlag: Wir schlafen im Erich und frühstücken im Hotel.«

»Das Zimmer ist doch bezahlt.« Henner bestellt noch eines dieser großen hellen Biere.

»Ja, aber von wem. Von diesem Faschisten.«

»Monarchisten«, sagt Henner. »Das ist ein Unterschied.«

»War es vielleicht, in der Vergangenheit. Aber was ist mit der Zukunft? Und davon hat er doch geredet.«

»Das Zimmer ist bezahlt, und der Blick aufs Meer ist auch nicht zu verachten.«

»Im Erich ist das Meer noch viel näher.«

»Nein«, sagt Henner. »Das Bett ist Weltklasse, und die Matratze im Erich war immer schon schlecht.«

»Aber es wäre das letzte Mal. Hast du das vergessen?«

Das hat Henner wirklich vergessen. Während sie hier sitzen, wächst zu Hause ja die Liste der Bewerber für den Globetrotter.

»Okay«, sagt Henner. »Aber aus keinem anderen Grund.«

Der Kellner bringt ihm das Bier. Patrick macht ein Victory-Zeichen.

4. Kapitel

Seit einer halben Stunde haben sie nicht mehr gesprochen. Gut, die Straße ist nicht die allerbeste, aber eigentlich ist sie ganz okay. Außerdem punktet das Navi, weil es sich in Slowenien prima auskennt. Dennoch muss sich Henner offenbar ganz aufs Fahren konzentrieren. Er sitzt ein bisschen nach vorn übers Lenkrad gebeugt, wie Leute, die etwas suchen. Dabei bringen die paar Zentimeter gar nichts; das sagt er selbst, wenn er jemanden in dieser Haltung hinter dem Steuer sieht.

Und wie gesagt, die Straße ist schon in Ordnung. Bisschen schmal vielleicht. Wenn Henner hier unten eine schicke Autobahn erwartet hat, muss er natürlich enttäuscht sein. Patrick hat den Eindruck, dass sie irgendwie durch die Hintertür ins Land gefahren sind, vorausgesetzt, es gibt überhaupt Vordertüren nach Slowenien. Rechts und links der Straße wird jedenfalls für die Leute gesorgt, die diese Hintertür benutzen. Mindestens jedes zweite Haus ist ein Gasthaus, und vor jedem hantieren schon Leute an großen Öfen und Grills mit gläsernen Fronten. Das Nationalgericht von Slowenien ist offenbar kleines Schwein am Spieß, und das braucht wohl ein paar Stunden, bis es durchgebraten ist.

Zum Glück wird Henner Patrick jetzt bestimmt nicht fragen, ob er anhalten und etwas essen möchte. Das Hotelfrühstück reicht ja auch mindestens bis heute Abend. Noch besser als das Frühstück war nur die Nacht im Erich. Henner hatte noch ein paar Sachen aus ihrem Zimmer geholt, derweil hatte Patrick das Wohnmobil umgebaut. Dass er nach so langer Zeit noch genau wusste, wie das ging und wo alle Sachen waren, hat ihn selbst gewundert. Gut, die Bettwäsche roch ein bisschen muffig, und eine der Jalousien ließ sich nicht richtig festmachen, weil so ein Plastikdings abgebrochen war. Aber sonst war alles wie früher. Henner hatte dann auch aufgehört sich darüber zu beschweren, dass er nicht in seinem Luxusbett schlafen durfte.

Das einzige Problem war, dass sie immer absprechen mussten, wer was als nächstes machte und wohin er ging, damit sie einander nicht dauernd auf den Füßen standen. Das war früher nicht so gewesen, jedenfalls erinnert sich Patrick nicht daran. War er denn so viel kleiner, als sie zum letzten Mal unterwegs waren? Und kann man so klein sein, dass man durch einen Erwachsenen einfach hindurchgeht?

Er hat dann noch lange wach gelegen, ohne Licht, an seinem alten Platz, der zum Doppelbett umgebauten Essecke. Henner war im Kojenbett verschwunden, hinten neben der Duschkabine. Astrid hatte dort damals einen Vorhang montiert, und Patrick hatte sich nie getraut zu fragen, warum. Heute weiß er natürlich Bescheid. Auch gestern Abend hat Henner den Vorhang zugezogen und mit dem Klettverschluss dichtgemacht. Das war allerdings komisch.

Egal. Gemütlich war es allemal. Draußen schlug das Wasser an die Hafenmauer, und man konnte sich vorstellen, der Erich wäre ein Schiff und läge hier vor Anker. Es ist Patrick sogar vorgekommen, als würden sie in den Wellen schwanken. Wann er endlich eingeschlafen ist, weiß er nicht. Heute Morgen musste Henner ihn wecken, weil es Zeit zum Aufstehen war. An seinem »großen Tag«, wie er sagte. Das war dann allerdings peinlich.

ÜBER DIE GRENZE nach Slowenien ist Henner gefahren wie über irgendeine europäische Grenze. Aber jetzt, da es nach Kroatien geht, bekommt er wieder dieses ungute Gefühl, das er von seinen Eltern geerbt hat. Die wurden nämlich damals auf ihren Urlaubsreisen kurz vor der Grenze immer ein bisschen nervös. Seine Mutter hielt ihre Ausweise schon eine Viertelstunde vorher wie ein Blatt Spielkarten in der Hand, und sein Vater ermahnte Peer und ihn jedes Mal, die Rückbank aufzuräumen, wo Spielzeuge, Bücher und Süßigkeiten durcheinanderlagen.

Henners Vater war als ganz junger Mann im Krieg gewesen. Wahrscheinlich bekam er deshalb noch zwanzig Jahre später beim Anblick der uniformierten Grenzer ein schlechtes Gewissen. Vor Antritt jeder Reise gab er das Auto in eine gründliche Inspektion. Die Rechnung dafür verwahrte er im Handschuhfach, um jederzeit den einwandfreien Zustand des Fahrzeugs dokumentieren zu können. Den Krieg hatte er heil überstanden, er war auch nicht in Gefangenschaft gewesen, da sollten sie ihn jetzt nicht wegen eines defekten Volkswagens zur Verantwortung ziehen.

Die kroatische Grenze taugt allerdings gar nicht dazu, Henner Angst zu machen. Sie werden zwar angehalten, doch selbst wenn der Beamte vermutet hat, das alte Wohnmobil sei ein Drogenkurier, dann scheint ein Blick auf die Insassen diesen Verdacht zu zerstreuen. Er winkt sie weiter, mit der steinernen Miene, die bei allen Grenzern der Welt zur Uniform gehört.

Ein paar Hundert Meter weiter hält Henner neben einer winzigen Wechselstube, die einsam auf einem leeren Parkplatz steht. Seit dem frühen Morgen ist der Himmel bedeckt, jetzt hat es leicht zu regnen begonnen. Die Aufschrift auf den beiden großen gelben Plakaten, unter denen das Gebäude sich duckt, lautet: »Euro – Kuna, 0% Provision«. Obwohl sich Henner darauf vorbereitet hat, etwas Geld zu wechseln, ist er jetzt doch verwundert. Dass es hierzulande Kuna heißt, hätte er nicht gewusst.

Die Frau hinter dem Schalter sieht unglücklich aus. Während Henner hundert Euro eintauscht, versucht er sich zu erinnern, wie denn früher das Geld in Jugoslawien hieß. Es fällt ihm nicht ein, und die Frau will er nicht fragen. Neben der Wechselstube stehen ein paar Plastikstühle um einen Plastiktisch, von dessen gelber Decke das Wasser perlt. An anderen Tagen sitzt hier womöglich jemand, der mit der Öffnung Europas sein kleines Geschäft zu machen versucht. Aber heute scheint das neue Europa nichts abzuwerfen.

Henner überlegt, das blaue Klohäuschen am Ende des Parkplatzes zu benutzen, um die Wasservorräte des Wohnmobils zu schonen. Doch dazu müsste er den Schlüssel in der Wechselstube holen, und dorthinein will er nicht noch einmal. Außerdem ist Patrick anzusehen, was er über unnötige Verzögerungen denkt. Sagen würde er natürlich nichts. Überhaupt hat er sich die letzten beiden Tage großartig gehalten; viele Erwachsene würden in einer solchen Lage nicht so ruhig sein.

Trotzdem tut sich Henner noch immer schwer damit, die ganze Nevena-Geschichte zu glauben. Wenn er wetten sollte, würde er wetten, dass sie nichts erfahren werden. Was sie hier tun, wird letzten Endes nur dem einem Zweck dienen: Patrick zu beweisen, dass er ein Vater ist, der seinen Sohn ernst nimmt, egal was der für einen Unsinn verzapft. Und dafür sind die paar Kilometer Umweg ein beinahe lächerlich kleiner Aufwand.

Zumal die Straße jetzt wieder breiter wird und der Himmel immer öfter aufreißt. Hinter Triest war ihr Weg angestiegen, jetzt führt er hinab. Wie sollte es auch anders sein, sie fahren ja zurück zum Meer. Und plötzlich sieht man es. Es könnte auch ein großer See sein, aber das am Horizont sind Inseln. So viel weiß Henner immerhin von der Gegend, dass es vor der Küste Hunderte von Inseln gibt. Und in einem See würden auch nicht so große Schiffe fahren, darunter ein weißes Passagierschiff, wahrscheinlich mit Kurs auf Rijeka.

Das Navigationsgerät tut weiter brav seinen Dienst. Die Adresse vom Hotel Bristol in Opatija hat Henner heute Morgen eingegeben; und nichts deutet darauf hin, dass dem Navi schon etwas fremd sein könnte. Es führt sie von der Schnellstraße hinunter und dann in einiger Höhe an der felsigen Küste entlang. Hier sieht es aus wie überall im Süden, wo es Wasser, Strand und schönes Wetter gibt. Alle Häuser rechts und links sind Hotels, Pensionen oder Apartmentblocks, dazwischen gibt es Läden und Cafés. »Willkommen im wilden Touristan«, sagte Astrid immer, wenn es sie in so eine Gegend verschlagen hatte.

Henner muss sich jetzt wieder konzentrieren. Die Straße ist eng, und wenn ihm ein Bus entgegen kommt, wird es knapp. Jedenfalls kommt ihm das so vor. Dafür verspricht das Navi ein baldiges Ende der Fahrt. Doch wie nicht anders zu erwarten, gibt es dort keinen Parkplatz. Mit einem Auge sieht Henner noch die Aufschrift »Hotel Bristol« über dem Eingang eines knallgelben Gebäudes, da muss er schon aufpassen, nicht zu nah an die Straßenmitte zu geraten.

»Da war es«, sagt Patrick mit einem leichten Vorwurf in der Stimme.

Henner schluckt eine Antwort hinunter. »Wenn wir den

Erich mal verkaufen«, hatte Astrid bei solchen Gelegenheiten immer gesagt, »dann kaufen wir uns das größte Wohnmobil, das auf die kleinste Fläche passt. Gar kein Problem. Alles nur eine Frage des Geldes.« Keine Minute später sind sie wieder aus dem Ort heraus, ohne einen Parklatz gesehen zu haben, der auch nur annähernd groß genug gewesen wäre.

»In Triest hatten wir ganz schön Schwein«, sagt Patrick.

Henner brummt etwas. Sie müssen hinter einem Bus anhalten. Jetzt habe das Schwein sie wohl verlassen.

»Dabei ist Schwein hier Nationalgericht.«

»Der Kalauer kostet einen Fünfer«, sagt Henner.

»Ich kann nicht mehr.«

Das hatte Patrick früher immer gesagt, wenn sie auf der Suche nach einem Stellplatz waren. Henner glaubt den Tonfall der Kinderstimme zu hören.

»Da!« Patrick zeigt auf ein Verkehrsschild. Wenn die europäische Zeichensprache des Tourismus auch in Opatija gilt, ist das ein Wegweiser zu einem Campingplatz, auf dem Wohnmobile willkommen sind. Henner biegt rechts ein. Der Weg führt steil in die Höhe, eine Strecke ausschließlich für den ersten Gang. In einer Haarnadelkurve liegt die Einfahrt zum Platz.

Die Formalitäten sind schnell geregelt. Es sei nicht mehr viel frei, sagt ein Mann in einem fast akzentfreien Deutsch. Hochsaison eben. Die schönen Stellen mit Meerblick sind alle längst besetzt.

»Das Meer interessiert uns nicht«, sagt Henner. »Wir wollen nur parken.«

Der Mann schaut ihn fragend an. Henner wird klar, dass er etwas Falsches gesagt hat. Wer die Gegend beleidigt, beleidigt auch ihre Bewohner. »Wir bleiben nur kurz«, sagt er rasch. »Wir sind auf der Durchreise.«

Der Mann brummt etwas, und Henner fährt das Wohnmobil auf den ersten freien Platz, ziemlich nah am Toilettengebäude und mit keinerlei Ausblick aufs Meer. Da, wo zwischen den Bäumen das blaue Wasser schimmert, stehen eng hintereinander zwei andere Wohnmobile. Beide haben deutsche Nummernschilder, eines davon ist ein Globetrotter. Als Henner den Zündschlüssel aus dem Schloss zieht, fühlt er sich wieder, als hätte er eine schwere Arbeit geleistet. Dabei ist es kurz vor zehn, und er hat noch tausend Kilometer vor sich. Das wird ein langer Tag werden. Aber am Ende, denkt Henner, liege ich in meinem eigenen Bett.

»WAS WIR JETZT BRAUCHEN könnten, wäre ein Plan.«

Patrick weicht einem Mann mit Hund aus. »So wie im Film? Wo immer jemand sagt: He, was ist der Plan?«

»Genau«, sagt Henner.

Sie sind die Uferstraße von Opatija entlanggegangen, auf dem Bürgersteig an der Seeseite, von dem aus man anfangs über den schmalen Strand sehen konnte. Jetzt versperren die Hotels und Pensionen die Sicht. Junge Leute im Badezeug kommen ihnen entgegen, aber die meisten Passanten sind älter und sehen aus, als hätten sie schon frühmorgens ihre erste Einladung zum Kaffeekränzchen.

»Und? Hast du einen Plan?«

»Noch nicht«, sagt Henner. »Aber ich gehe nicht einfach da rein und frage nach einem gut aussehenden jungen Kellner, der ein serbisches Mädchen namens Nevena kennt.«

»Ich kann doch fragen. Das ist schließlich mein Problem.«

Sie haben das Hotel Bristol erreicht. Patrick macht einen

Schritt in Richtung Eingang, aber Henner bleibt stehen, wo er steht.

»Natürlich ist das dein Problem. Aber du hast selbst gesagt, das wird Missverständnisse geben. Wir müssen es geschickter anfangen.«

»Und wie?«

Henner sieht sich um. »Komm mal mit!« Und er geht los.

»Mensch, Papa!« Patrick fühlt sich wie in einem Traum, in dem man etwas lange Ersehntes nicht erreicht, weil eine gläserne Wand davor steht oder einem die Füße am Boden festkleben.

Henner antwortet nicht. Er überquert die Straße und betritt ein Geschäft. Patrick folgt ihm. Und was zum Teufel sollen sie jetzt in einem Souvenirladen?

»Such du was aus«, sagt Henner leise. »Mittelgroß und möglichst billig.«

»Spinnst du! Das ist doch alles Schrott.« Wenn Henner und Astrid sich auf ihren Reisen über eines einig waren, dann darüber, dass Souvenirgeschäfte ein Ort des Bösen sind. Man darf sie nicht einmal betreten, weil man sich darin womöglich schwere Augenschäden holt, auf jeden Fall aber einen seelischen Knacks.

»Lass mich einfach machen«, sagt Henner. »Und sprich etwas leiser. Man kann nie wissen.«

Patrick schüttelt den Kopf, dann greift er in eines der Regale und reicht Henner einen kroatischen Fischer aus bemaltem Plastik. »Eine gute Wahl«, sagt Henner und trägt das Teil zur Kasse.

»Would you please be so kind to wrap it as a present?«

»Aber natürlich packe ich es Ihnen als Geschenk ein«, sagt die Frau hinter dem Tresen. Ihr kroatischer Akzent ist deutlich schwächer als Henners deutscher, wenn er Englisch spricht.

»Danke. Und dann bräuchte ich noch einen Umschlag. Mit einer Karte drin.«

»Soll ich ihn an das Paket binden?«

»Das wäre wunderbar.«

Fünf Minuten später stehen sie wieder vor dem Haupteingang des Hotel Bristol. Henner trägt das lilafarbene Paket mit der großen Schleife. »Ready?«, sagt er und sieht dabei ein bisschen albern aus.

»Ready when you are.«

Die gelbe Farbe in der Empfangshalle des Bristol ist mindestens so frisch wie die auf der Fassade. Hinter der Rezeption steht ein Mann in schwarzer Uniform und macht ein Kann ich Ihnen helfen?-Gesicht.

»Guten Tag«, sagt Henner. Seine Stimme klingt so, als sei die Welt ein ganz toller Ort und überhaupt alles in bester Ordnung. »Sie sprechen Deutsch?«

»Selbstverständlich.« Der Akzent des Mannes ist noch schwächer als der der Frau im Souvenirgeschäft.

»Ich hätte da eine kleine Bitte.«

»Aber gern. Ich höre.«

»Meine Tante war letztes Jahr im Sommer bei Ihnen. Und sie hat sich sehr, sehr wohl gefühlt.«

»Das freut uns.«

»Ja. Und ganz besonders hat sie einen Ihrer jungen Kellner, wie soll ich sagen, ins Herz geschlossen. Eigentlich wäre sie in diesem Jahr wiedergekommen, aber die Gesundheit, na ja, kein schönes Thema. Nun sind wir, also mein Sohn und ich, zufällig hier in Kroatien mit dem Wohnmobil unterwegs, und da hat meine Tante uns gebeten, dem jungen Mann eine Kleinigkeit vorbeizubringen.« Henner legt das Paket auf den Tresen. Er tippt einmal kurz an den Umschlag und grinst.

»Der Name unseres Mitarbeiters?«

»Ah«, sagt Henner. »Hier wird es jetzt ein bisschen kompliziert. Wissen Sie, meine Tante ist nicht mehr die Allerjüngste. Und den Namen, was soll ich sagen, den hat sie vergessen.«

»Könnten Sie vielleicht – «

»Natürlich«, sagt Henner. »Der junge Mann soll sehr gut aussehen. Und dann berichtete meine Tante davon, dass er ein spektakuläres Hobby betreibe. Es muss eine Art Fallschirmfliegen über dem Wasser sein.«

»Ich verstehe«, sagt der Mann. »Ich denke, ich weiß, um wen es sich handelt.«

»Wie schön! Und – könnten wir den jungen Mann kurz bei seiner Arbeit stören?«

Es kommt nicht oft vor, dass man seinen eigenen Vater dabei beobachten kann, wie er eine Rolle spielt. Patrick wusste nicht, dass Henner dafür Talent hat. Den Mann, der etwas für seine verrückte Tante erledigt, spielt er jedenfalls gar nicht so schlecht, wenn auch vielleicht ein bisschen übertrieben.

»Tut mir leid«, sagte der Rezeptionsmann. »Das ist leider nicht möglich. Aber Sie können die Sachen hier lassen. Ich gebe sie weiter.«

»Oh«, sagt Henner. »Das ist leider auch nicht möglich.« Er tippt noch einmal auf den Umschlag. »Wissen Sie, meine Tante ist eine sehr großzügige Frau. Ich hoffe, Sie nehmen mir das nicht übel, das ist natürlich kein Misstrauen gegen Sie. Aber ich kann das nur selbst übergeben. Meine Tante wäre ansonsten auch untröstlich.«

»Der Mitarbeiter hatte einen Unfall. Es wird noch etwas dauern, bis er wieder Dienst machen kann.«

»Dann geben Sie mir doch einfach seine Adresse.« Henner spricht noch immer im heiteren Tonfall seiner kleinen Komödie.

Die beiden Männer sehen einander an und schweigen. Einer von ihnen sagt nicht die Wahrheit. Patrick weiß das natürlich; und der Mann in Uniform scheint es zu ahnen. Es ist ihm anzusehen, dass er die Lüge nicht schlucken will. Doch was soll er machen? Schließlich ist es sein Job, freundlich und zuvorkommend zu sein. Das Schweigen der beiden dauert unverschämt lange. Eigentlich eine interessante Szene, denkt Patrick. Nur ist er leider verdammt parteiisch, was ihr Ende angeht.

»Also gut«, sagt endlich der Mann hinter dem Tresen. »Er heißt Mirko. Ich gebe Ihnen seine Handynummer. Er spricht aber nicht ganz so gut Deutsch.«

»Wir kommen schon klar.« Henner lächelt noch immer. Der Mann schreibt etwas auf einen Zettel und reicht ihn herüber. Henner verabschiedet sich.

Draußen auf der Straße will Patrick gleich anrufen, doch Henner hält ihn zurück. »Warte«, sagt er. »Ich glaube, es ist besser, wir besuchen ihn. Aber zuerst trinken wir einen Kaffee. Schließlich sind wir jetzt auf dem Balkan, auch wenn das hier aussieht wie Österreich am Meer. Und auf dem Balkan trinkt man erst mal einen Kaffee, bevor man etwas Wichtiges unternimmt.«

Neben dem Haupteingang des Hotel Bristol ist eine schmale Terrasse, auf der sogar ein paar Palmen stehen. Von den Tischen ist noch keiner besetzt. Als ein Kellner kommt, bestellt Henner Kaffee und Orangensaft. »Und da ist noch etwas«, sagt er. »Sie kennen Ihren Kollegen Mirko? Den Fallschirmakrobaten?«

Der Kellner runzelt die Stirn. Henner wiederholt die Frage auf Englisch und macht ein paar Gesten dazu, die Fallschirmfliegen bedeuten sollen. Der Kellner lacht und nickt. Henner legt einen Zwanzigeuroschein vor sich auf den Tisch. »Address«, sagt er. »And mobile number.«

Der Kellner sieht einmal kurz zum Hoteleingang, dann macht er ein Handzeichen und verschwindet. Henner nimmt den Schein wieder an sich.

»Klappt das?«, sagt Patrick.

»Weiß nicht.«

»Warum tust du das?«

»Weil ich nach der letzten Nacht gerne die nächste in meinem eigenen Bett verbringen möchte. Und wenn wir deinem König von Bristol bloß hinterhertelefonieren, dann sind wir vielleicht in einer Woche noch hier und wissen gar nichts.«

»Na und?«, sagt Patrick. Er möchte jetzt gerne auch etwas Cooles sagen. »War doch toll, im Erich zu schlafen.«

»Ja, war es. Aber schlecht für den Rücken.«

Kurz darauf kommt der Kellner mit den Getränken. Neben der Kaffeetasse liegt ein sehr kleiner, eng beschriebener Zettel. Henner legt den Zwanziger und einen Zehner auf den Tisch. »Keep the change.« Der Kellner nimmt das Geld und geht.

Patrick trinkt einen Schluck Orangensaft. Der könnte ein bisschen kälter sein. Aus den Augenwinkeln sieht er seinen Vater an, den Mann, der jetzt den Geheimagenten oder den Privatdetektiv spielt. Patrick hatte sich allerhand vorgestellt. Das allerdings nicht.

»Die Handynummern stimmen überein«, sagt Henner, in

jeder Hand einen der Zettel. »Dann gehen wir mal davon aus, dass auch die Adresse stimmt. Aber jetzt kommt die schlechte Nachricht: Der Freund deiner Freundin wohnt in Rijeka.«

»Er ist nicht ihr Freund.« Patrick betont jedes einzelne Wort.

»Wie dem auch sei«, sagt Henner.

Eine halbe Stunde später sitzen sie im Bus. Das alberne Paket haben sie immer noch dabei. Patrick wollte es wegwerfen, aber Henner hat gemeint, man könne nie wissen. Dafür muss er es jetzt tragen. Als sie an der Bushaltestelle standen, hatte es noch einmal einen kurzen Regenschauer gegeben, aber der war es nicht wert, dass man sich davor in Sicherheit brachte. Jetzt jagen sehr üppige Wolken über den Himmel, und im Bus ist es stickig. Auf der rechten Straßenseite blitzt gelegentlich das Meer zwischen den Häusern. Patrick findet es seltsam, in einem Ferienort mit einem Linienbus zu fahren; es ist, als hätte man mit alldem hier nichts zu tun. Und einerseits stimmt das ja auch, andererseits nicht.

Eben ist ein Schwarm Mädchen in seinem Alter eingestiegen, bestimmt ein Dutzend. Sie tragen Strandkleidung, bunte Tücher, in die sie sich eingerollt haben. Und sie sind alle blendender Laune. Sie zeigen einander die Fotos, die sie mit ihren Handys gemacht haben. Offenbar ist ein Foto komischer als das andere.

Patrick versucht unauffällig hinüberzusehen. Vielleicht ist Nevena dabei. Die Nevena, der gar nichts passiert ist und die nur ihren Spielekumpel und seine Zornelfe hat sitzen lassen, weil sie in diesen langweiligen Urlaub musste. In dem es allerdings nette Kellner mit interessanten Hobbys gibt. Ihre Fotos hat Patrick auf seinem Handy; aber vielleicht hat er sie zu oft angesehen, um die richtige Nevena noch erkennen zu können. Fotos sind eben Fotos. Im nächsten Ort steigen die Mädchen wieder aus. Ganz sicher wird das ein toller Tag für sie werden.

Irgendwann ist Touristan zu Ende, und sie fahren in eine Stadt. Die sieht diesem Triest ein bisschen ähnlich, ist allerdings nicht so auf Hochglanz poliert. Einen Hafen hat sie auch, aber der ist offenbar für richtige Schiffe gedacht und nicht für vornehme Segelboote. Sie steigen aus. Es ist laut, schmutzig und vor allem ziemlich eng. Gut, dass der Erich sich hier nicht hat durchquälen müssen. Sie gehen los. Ein paar Straßen weiter, in einer Fußgängerzone, findet Henner einen Stadtplan.

»Ist es noch weit?«, sagt Patrick, mit der gleichen Stimme wie damals, wenn ihm im Erich langweilig wurde.

»Wir sind gleich da«, sagt Henner. Auch so wie damals.

NACH KAUM EINER VIERTELSTUNDE stehen sie auf dem schmalen Bürgersteig vor einem alten, grauen Haus. Es hat vier Stockwerke, rund um Tür und Fenster bröckelt der Putz. Hinter ihnen fährt Auto an Auto vorbei.

»Sind wir hier richtig?«, sagt Patrick.

Nun, das ist die angegebene Adresse, nicht mehr und nicht weniger. Henner würde das gerne sagen, gerne auch mit einem gewissen Unterton, aber er will jetzt keine schlechte Stimmung machen. Es ist mittlerweile nach eins; selbst wenn sie in einer halben Stunde wieder nach Opatija fahren könnten, wäre schon fraglich, ob sie es heute noch bis nach Hause schaffen.

»Wie hieß er noch mal?«

Mirko Krajic. Der Kellner hat deutlich genug geschrieben. Aber neben den Klingeln kleben Dutzende Zettel, teilweise übereinander, und auf den meisten ist die Schrift verwischt. Man könnte nicht einmal mit Sicherheit sagen, dass hier kein Mirko Krajic wohnt.

»Und jetzt?«

Henner drückt gegen die Tür, sie lässt sich öffnen. Der Flur ist schmal und dunkel, links an der Wand hängen zwei Reihen verbeulter Briefkästen, auch sie sind mit Namensschildern übersäht. »Ich fange hier unten an«, sagt Henner. »Geh du in den ersten Stock. Wir arbeiten uns dann nach oben.«

Patrick nimmt auch hier zwei Stufen auf einmal. Henner tippt eine Kurzwahl in sein Handy. Nach ein paar Sekunden tönt die Eingangsmelodie des Spiels durch das Treppenhaus. »Ich bin's«, ruft Henner nach oben. »Wollte nur sehen, ob wir ein Netz haben.« Kurz darauf bekommt er eine Bildnachricht. Er öffnet sie, Patrick hat ihm eins von Nevenas Fotos geschickt. Er klingelt an der ersten Tür. Eine ältere Frau öffnet. »Excuse me, I am looking for a young man called Mirko Krajic.«

Nach der vierten Tür weiß Henner, dass er mit Englisch hier nicht weiterkommt. Schon eher findet sich jemand, der etwas Deutsch versteht, oder Henner versucht es mit seinem Italienisch. Irgendwie macht er sich verständlich. Die Leute sind überrascht und freundlich oder mürrisch und uninteressiert. Sie machen Bemerkungen über das Paket mit der Schleife. Einen Mirko Krajic kennt niemand.

Im ersten Stock wartet Patrick, auch er hat nichts erreicht. Jetzt nimmt er den zweiten, Henner den dritten. Dort ist es das Gleiche wie im Parterre, niemand kennt Mirko Krajic. Immerhin freut sich ein älterer Mann, mal wieder Deutsch reden zu können. Er war als Gastarbeiter in Stuttgart und spricht mit schwäbischem Akzent. In diesem Haus, sagt er, wisse man kaum, wer gleich nebenan wohnt. Die meisten Leute warteten bloß darauf weiterzuziehen, ins Ausland oder in ihre alte Heimat. Ein richtiges Flüchtlingslager sei das hier, nur dass niemand es so nenne. Ob Henner vielleicht Lust auf ein Bier hat? Nein? Schade.

»Viel Glück«, sagt der Mann. »Das Haus ist voll bis unterm Dach.«

Henner will auf Patrick warten, aber der kommt nicht, und im Flur des zweiten Stocks ist er auch nicht. Sollte er Mirko gefunden haben? Henner beschließt, gleich den vierten Stock abzuklappern, aber hier wird ihm nur eine Tür geöffnet, und mit dem kleinen Jungen kann er sich in keiner Sprache verständigen.

Vom Flur des vierten Stocks führt eine schmale Treppe weiter nach oben. Das Haus ist voll bis unterm Dach, hat der Mann aus Schwaben gesagt. Henner steigt die Treppe hinauf, die Tür am Ende ist nicht verschlossen und führt auf einen Speicher. Sollte es hier einen Lichtschalter geben, dann findet Henner ihn nicht. Die schmalen Fenster, die knapp über dem staubigen Boden sitzen, sind fast blind.

Allmählich gewöhnen sich Henners Augen an das dämmerige Licht. Wenn hier jemand wohnen sollte, dann wo? An der einen Seite des Speichers ist eine unverputzte Brandmauer. Die andere Seite hat eine hölzerne Wand; also muss noch etwas dahinter sein. Vorsichtig geht Henner darauf zu. Es liegen Dachziegel und Balken auf dem Boden. Die Wand hat zwei Türen, aber die haben keine Klinken, nur eiserne Riegel. In einem steckt ein Vorhängeschloss. Henner legt das lilafarbene Paket auf den Boden und klopft an die andere Tür.

Von innen ruft jemand etwas, das er nicht versteht.

»Excuse me«, sagt Henner. »I am looking for Mirko Krajic. I have a message for him.«

Drinnen ist ein Geräusch zu hören, dann nichts mehr.

»Mr. Krajic? It's okay. I come from Germany to meet you. You can help me in some important affair. Are you Mirko Krajic?«

Stille.

»Mr. Krajic. My son Patrick ist looking for a girl called Nevena. We hope you can help us find her.«

Wieder ein Geräusch, dann wird die Tür geöffnet. Der junge Mann trägt eine Trainingshose und ein weißes T-Shirt. Er ist unrasiert, sein Haar ist wirr, und sein rechter Arm steckt bis zum Ellenbogen in Gips. Trotz allem sieht er verdammt gut aus; wer bei seinem Anblick an einen Hollywood-Schauspieler denkt, liegt wirklich nicht so falsch. »Come in«, sagt er.

Hier drinnen sieht es überraschend anders aus als draußen auf dem Speicher. Die Holzwand, die Dachbalken und die Brandmauer sind weiß gestrichen, auf dem Fußboden sind helle Holzdielen verlegt. Das Zimmer hat zwei der schmalen Fenster, und die sind spiegelblank. Auch die wenigen Möbel im Raum sind weiß, ein Bett, ein Schrank, ein Tisch, ein Stuhl, ein Kühlschrank und eine kleine Kommode, darauf eine blinkende Espressomaschine. Nichts steht oder liegt herum, nur das Bett ist zerwühlt. Es ist ein seltsamer Raum; eine Art Krankenzimmer oder Mönchszelle.

»Take a seat.«

Henner setzt sich auf den einzigen Stuhl. »You are Mirko Krajic?«

Der junge Mann ordnet das Bett. »That's right.«

Und er ist Kellner im Hotel Bristol?

»I am? I was.« Er hält den Gipsarm hoch. Ob Henner vielleicht glaube, er könne so die Suppe servieren?

»I'm sorry«, sagt Henner. Er wolle auch gar nicht lange stören. Sein Anliegen sei vielleicht ein bisschen merkwürdig, aber bitte, keine Sorge, alles ist völlig okay, nur eine kleine Frage, nichts Problematisches.

Der junge Mann setzt sich aufs Bett. Sein Haar hat er mit den Fingern gekämmt. »Go on«, sagt er.

ES WAR NATÜRLICH ein Fehler, die Wohnung zu betreten, aber Patrick wusste nicht, wie er sich wehren sollte. Vielleicht lag es daran, dass die Leute gefragt hatten, warum er diesen Mirko suche. Als er darauf einfach die Wahrheit sagte, zogen sie ihn zu sich hinein. Er musste ihnen dann alles wieder und wieder erklären. Wen genau er sucht und warum. Was für ein Computerspiel das ist. Ob man wirklich Leute im Internet kennenlernen kann und so weiter. Es sind Mann und Frau und mindestens vier Kinder. Oder sind das ihre Enkelkinder? So genau kann Patrick das nicht sagen.

Jetzt sitzt er immer noch auf dem Sofa im Wohnzimmer. Die Fenster sind geöffnet, unten braust der Verkehr. Vor ihm steht ein Teller mit Kuchen. Er hat sich überwunden und ein Stück gegessen. Der Kuchen war auch gar nicht so schlecht, eher im Gegenteil, aber wahnsinnig klebrig, und jetzt weiß Patrick nicht, wohin er mit seinen Händen soll.

Die beiden Erwachsenen sprechen Deutsch mit ihm. Doch leicht zu verstehen sind sie nicht. Es hört sich an, als hätten sie es einmal gekonnt und dann wieder verlernt. Von einem Mirko wissen sie nichts, so viel ist immerhin klar.

Unter den Kindern ist ein Mädchen, das Patrick auf dreizehn oder vierzehn schätzt, obwohl sie gekleidet ist, als wäre sie mindestens achtzehn. Sie ist sehr interessiert an seiner Geschichte, dauernd drängt sie die Erwachsenen, für sie zu übersetzen. Schließlich macht sie Patrick ein Zeichen, aber der braucht eine Zeit, bis er es versteht. Sie scheint etwas zu wissen und möchte nur zu gerne damit heraus.

»Do you speak English?«, sagt er endlich.

Sie nickt.

»What do you know?«

Ihr Englisch ist gar nicht so schlecht. Ein bisschen arg schülerhaft, aber das kann sich ja noch geben. Ein Mirko, sagt sie, wohne oben unter dem Dach. In einem der Zimmer, die es gar nicht geben dürfe, weil da keine Toilette sei, und überhaupt. Ein netter Junge sei das, a sweet boy, bei ein paar Leuten im Haus benutze er das Bad, bei ihnen auch. Aber ihre Eltern dürften das auf keinen Fall wissen. Sie verdreht die Augen.

»I unterstand«, sagt Patrick.

Dem Mirko gehe es allerdings gerade gar nicht so gut, der habe einen Unfall gehabt und seine Stelle verloren. Er hocke den ganzen Tag auf seinem Zimmer. Und Geld habe er auch keins.

Die Erwachsenen sind sichtlich stolz auf die Englischkenntnisse des Mädchens. Aber verstanden haben sie offenbar kein Wort. Patrick würde jetzt wirklich gerne aufbrechen. Aber er muss wenigstens noch einen Kuchen essen. Und noch etwas englische Konversation machen.

»NEVENA?«, sagt Mirko. »Nevena, Nevena.« Er wiegt den Kopf, dann kratzt er sich am Scheitel wie ein kleiner Junge.

Wenn das jetzt die Solonummer eines kroatischen Hotelcasanovas sein soll, ist Henner gern bereit, das Publikum zu geben. Hauptsache, er bekommt eine brauchbare Information. Allzu lange möchte er aber nicht darauf warten. Er holt sein Handy hervor und öffnet Nevenas Bild. Das ist sie.

»That's Nevena?« Wenn das Erstaunen gespielt ist, dann ist es immerhin gut gespielt.

Ja, sagt Henner. Sie lebt in Belgrad. Im letzten Sommer soll sie hier gewesen sein. Und sie hat von ihm gesprochen. Mehr Anhaltspunkte haben sie leider nicht.

»And she vanished?«

Henner erzählt noch einmal, was er weiß. Je öfter er sie erzählt, desto verrückter hört sich Patricks Geschichte für ihn an.

»Nevena from Belgrade«, sagt Mirko sehr langsam. Henner glaubt, dass er das Mädchen auf dem Foto wiedererkannt hat. Aber sicher ist er sich nicht.

Und sie war im Bristol?

Jedenfalls in Opatija, letztes Jahr. Vielleicht ist sie mit ihm geflogen? Henner breitet die Arme aus.

»No!« Mirko lacht. »Sorry.« Eine Nevena aus Belgrad kenne er nicht.

Ob er sich da ganz sicher ist? Henner holt sein Portemonnaie hervor und zieht einen Geldschein heraus.

»No money!«, sagt Mirko. Wenn er sage, er kenne das Mädchen nicht, dann sei das die Wahrheit.

Henner sagt: »Sorry«, und steckt das Geld wieder ein. Für ein paar Sekunden schweigen sie beide.

Mirko deutet auf die Espressomaschine. Er würde gerne einen Kaffee anbieten, aber sein Apparat sei leider kaputt. Er lächelt, und die Spannung löst sich ein wenig.

Henner ist aufgestanden. Wenn ihm doch noch etwas einfalle, könne er ihn anrufen.

»I'd like to«, sagt Mirko. Aber seinem Handy gehe es gerade auch nicht so gut. Er macht die Geste des Geldzählens.

Ob er schon wisse, wann er wieder arbeiten könne?

»Yes! When holiday season is over.«

Bitter. Ein Unfall mit dem Gleitschirm?

Mirko zeigt wieder sein Lächeln. »No risk, no fun.« Ob er das Foto noch einmal sehen dürfe?

Henner zeigt es ihm. Mirko schüttelt den Kopf. »Good luck for your Nevena«, sagt er, und die beiden geben einander die linke Hand.

Im zweiten Stock trifft Henner Patrick, als der gerade eine Wohnung verlässt. In der Tür drängen sich eine Menge Leute, die laut durcheinander reden. Ein Mädchen küsst Patrick auf die Wange und wünscht ihm viel Glück.

»Oben unterm Dach«, sagt Patrick, als die Wohnungstür endlich wieder geschlossen ist.

»Ich weiß«, sagt Henner. »Ich hab ihn gesprochen. Aber er sagt, er kennt keine Nevena.«

»Hast du ihm das Foto gezeigt?«

Henner nickt. »Könnte sein, dass er das Mädchen erkannt hat.«

»Ich geh ihn fragen.« Patrick ist schon auf dem Sprung, aber Henner hält ihn zurück. »Das bringt jetzt nichts!«, sagt er. »Lass uns in Ruhe nachdenken. Und bitte draußen.«

Auf der lauten Straße sieht Henner sich um. Gleich gegenüber ist ein kleines Lokal, eher eine Imbissbude. Er geht hinein und bestellt etwas von der Karte über dem Tresen.

»Nicht für mich!«, sagt Patrick schnell.

»Setz dich. Hier ans Fenster.«

Patrick sieht wütend aus. »Also«, sagt Henner. »Wenn ich wetten sollte, dann würde ich sagen: Der Junge lügt. Aber ich weiß es nicht. Und ich habe keine Ahnung, wie wir ihn dazu bringen sollen, die Wahrheit zu sagen.«

Patrick schweigt. Draußen zieht der Verkehr an dem grauen Haus vorbei. Henner wünschte sich sehr, er könnte irgendetwas tun. Der Imbissbudenbesitzer stellt zwei Teller vor sie.

»Was ist das?«, sagt Patrick leise.

Beinahe hätte Henner gesagt: Was vom Jugo. Aber dann nennt er nur den Namen des Gerichts.

ES VERGEHEN ein paar Minuten. Patrick wird nicht essen, was da vor ihm auf dem Teller liegt. Natürlich findet er es toll, dass sein Vater sich dermaßen in die Sache hineinhängt, aber er muss jetzt selbst mit diesem Mirko reden. Vielleicht hat Henner das alles nicht richtig erklärt. Manchmal verstehen sich ältere und jüngere Leute einfach nicht, auch wenn sie es eigentlich wollen und alles tun, damit es funktioniert. Patrick wird das jetzt gleich sagen, er arbeitet nur noch an den richtigen Sätzen.

Da legt Henner sein Besteck zur Seite. »Das ist er!«

Gegenüber verlässt ein junger Mann das Haus, groß, dunkelhaarig und gut aussehend, lässige Jeans, weißes Hemd, an einer Seite aufgekrempelt, weil sein Arm im Gips steckt.

»Was sollen wir tun?«

»Ich weiß nicht«, sagt Henner. »Geh du ihm nach! Dich kennt er nicht. Ich halte Abstand. Wenn ich dich verliere, rufe ich an.«

»Ich kann das doch nicht«, sagt Patrick. »Und was soll das bringen?«

Henner kramt hastig Geld aus seinem Portemonnaie und legt es auf den Tisch. Er schaut hoch. »Sollen wir wieder nach Hause fahren? Von mir aus gerne!«

Mirko überquert die Straße. Patrick zögert. Da draußen geht vielleicht der einzige Mensch, der ihn zu Nevena bringen kann. Und der ist womöglich in einer Minute für immer verschwunden. Patrick springt auf und verlässt das Lokal.

Nennt man dieses Gefühl »weiche Knie«? Noch nie in seinem Leben hat Patrick einen Menschen beschattet. Im Spiel gibt es solche Funktionen nicht, wozu denn auch, man kann jeden Spieler über sein Profil orten, wenn man seinen Namen kennt. Mirko geht in Richtung Innenstadt, den Weg, den sie gekommen sind. Patrick achtet darauf, Abstand zu halten, ohne den Kontakt zu verlieren. Schwierig ist das eigentlich nicht. Das einzige Problem sind die Ampeln; man muss es schaffen, gerade noch bei Grün auf die Straße zu treten.

Schließlich erreichen sie die Fußgängerzone. Patricks Handy klingelt. Einen Moment lang fürchtet er, alle würden sich jetzt nach ihm umdrehen. Aber das tut natürlich niemand.

»Wo bist du?«

»In dieser Fußgängerzone am Hafen.«

»Was macht er?«

»Geht in ein Kaufhaus.« Patrick sagt den Namen.

»Okay, ich komme nach.«

Mirko nimmt die Rolltreppen. Patrick muss jetzt näher dran bleiben, um ihn nicht zu verlieren. Ganz oben, am Ende der letzten Rolltreppe, bleibt Mirko plötzlich stehen und schaut sich um. Patrick zwingt sich, geradeaus zu sehen, während er ganz nah an ihm vorbei geht. Dabei schlägt sein Herz so wie damals, als der Barbar und die Zornelfe zum ersten Mal einen wirklich großen Gegner vor sich hatten.

Aber was jetzt? Ohne rechts und links zu sehen, biegt Patrick zwischen die Verkaufsstände ein. Dann tut er, als interessierte er sich für Boxershorts. Dabei schaut er sich um. Mirko ist nicht zu sehen! Er hat es versaut.

Oder doch nicht? Was Patricks Tunnelblick offenbar übersehen hat, ist der Eingang zu einem Internetcafé, eine gläserne Doppeltür, vom Stand mit den Boxershorts gar nicht weit entfernt. Mirko sitzt an einem der PCs. Patrick will Henner anrufen, aber da klingelt schon sein Handy.

»Im vierten Stock. Internetcafé. Ich setz mich neben ihn. Vielleicht kannst du ihn ablenken.«

Henner will es versuchen.

Hinter dem Tresen im Internetcafé sitzt ein Junge mit Rastalocken und einer schwarzen Hornbrille. Seine winzige Handbewegung soll wohl sagen, dass Patrick die freie Platzwahl hat. Also setzt er sich gleich neben Mirko. In den Fantasygeschichten hatten die Helden immer gefürchtet, ihr Herz schlage so laut, dass es sie verrate. Schau an, denkt Patrick, das gibt es also nicht nur in Büchern!

Ein paar Minuten vergehen. Dann erscheint Henner hinter der Glastür. Aber er kommt nicht herein, stattdessen hält etwas vor seine Brust und klopft an die Scheibe. Was er da hochhält, ist ein grüner Geldschein.

Auch Mirko ist aufmerksam geworden. Zuerst schüttelt er den Kopf, dann steht er auf und geht durch die Tür. Henner nimmt ihn gleich an der Schulter und zieht ihn zur Seite, heraus aus Patricks Blickfeld.

Man müsste ein kompletter Idiot sein, um nicht zu wissen, was jetzt zu tun ist. Dass Mirko dabei war, eine Mail zu schreiben, hat Patrick gleich gesehen, aber natürlich konnte er nichts Genaues erkennen. Jetzt braucht er nur ein wenig mit dem Stuhl zur Seite zu rollen. Es ist wie Abschreiben in der Klassenarbeit.

Mirkos Mail ist nicht sehr lang. Die Adresszeile ist noch leer, der Betreff auch. Verstehen kann Patrick nichts; das hier ist wohl Kroatisch. Allerdings steht in der ersten Zeile ein Wort, das er aus jedem Buchstabensalat sofort herauslesen würde: Nevena.

Er schaut zur Tür. Henner und Mirko sind nicht zu sehen. Der Rastajunge hinter dem Tresen liest ein Manga. Patrick tippt in die Adresszeile eine seiner alten Emailadressen und schickt die Mail ab. Dann will er sie wieder aufrufen. Es dauert ein paar Sekunden, bis er das Verzeichnis für die verschickten Mails gefunden hat, auch das Programm spricht leider nur Kroatisch. Aber dann ist er am richtigen Ort, er holt die Mail zurück, klickt auf Weiterleiten und löscht alles bis auf den Text. Natürlich ist er damit in Mirkos Adressenverzeichnis gerutscht. Aber soll der ruhig ein bisschen rätseln, warum er seine Mail an kingofuniverse9311 geschickt hat.

Um gar kein weiteres Risiko einzugehen, lässt Patrick die Mail rasch ausdrucken, dann zahlt er seine Rechnung. Der Rastajunge nimmt gerne auch Euro. Als Mirko zurückkommt, ist Patrick schon beinahe draußen. Ohne Henner anzusehen, geht er zu den Rolltreppen und fährt hinunter. Auf der Straße treffen sie sich wieder.

»Erst du«, sagt Patrick.

»Ich hab ihm noch mal Geld geboten, ziemlich viel sogar. Aber er behauptet, er kennt keine Nevena. Vielleicht sagt er doch die Wahrheit.«

»Nein, du hattest recht, er lügt.« Patrick erzählt, was er gesehen hat.

»Na ja. Kann auch sein, dass er einem Kumpel eine Mail geschrieben hat, so in der Art: Bei mir war ein komischer Typ, der hat mich nach einer Nevena aus Belgrad gefragt, dabei kenne ich doch gar keine.«

Patrick hat kaum zugehört. Was er jetzt braucht, ist jemand, der ihm diese Mail übersetzt. Aber es muss ein Mensch sein; von den automatischen Übersetzern hat er nun wirklich genug. »Das Mädchen!«, sagt er laut, dann erklärt er dem verdutzten Henner, was er meint. Zusammen gehen sie zurück zu dem grauen Haus. Im zweiten Stock klingelt Patrick bei seinen Gastgebern von vorhin. Das Mädchen öffnet ihm. »Can you help me?«, sagt er, aber da hat sie ihn schon bei der Hand genommen und in die Wohnung gezogen. Henner bleibt im Flur.

Das Mädchen ist jetzt offenbar allein zu Hause. Patrick ist das ein bisschen unangenehm. Er zeigt ihr den Ausdruck der Mail. Ob sie ihm das übersetzen könne?

Sie ist furchtbar aufgeregt. Vielleicht, denkt Patrick, ist das jetzt das größte Abenteuer ihres Lebens. Seines ist es auf jeden Fall. Das Mädchen tut sich auch sehr schwer mit der Übersetzung, allerdings redet sie in einem fort, so wie man bei einer Klassenarbeit ins Unreine schreibt. Patrick kann ihr kaum folgen. Dauernd muss er sie unterbrechen. Und immer mehr hat er das Gefühl, dass sie alles missversteht.

Endlich schweigt sie und bewegt nur noch lautlos die Lippen, als würde sie etwas Auswendiggelerntes aufsagen. »I've got it«, sagt sie. Da stehe: Hallo. Jemand war da und hat nach einer Nevena aus Belgrad gefragt. Ich war ganz schön überrascht. Ein Vater von einem Jungen aus Deutschland. Weißt du, was das soll? Und der hatte auch ein Foto vom Strand dabei. Wie kommt der an das Foto? Kannst du mir das erklären?

Sie atmet aus wie nach einer Turnübung. »That's all.«

Patrick lässt das Mädchen den Text wiederholen. Sie kann ihn jetzt tatsächlich auswendig. »Thank you«, sagt er. Und dass sie ihm wirklich sehr geholfen habe. »Can I do anything for you?«

Sie schüttelt den Kopf, dann schreibt sie etwas auf einen Zettel. Es ist ihre Mailadresse. Ob er ihr verspricht, sich zu melden, wenn er wieder zu Hause ist? Sie könnten dann auf Englisch einander schreiben. Und sie heißt Mira.

»Of course I will write. I promise.« Sofort spürt Patrick sein schlechtes Gewissen.

Draußen wartet Henner auf ihn. »Er hat ihr gemailt«, sagt Patrick. »Er ist ihr Freund oder so.«

»Langsam! Was genau stand denn drin?«

Patrick wiederholt den Text. Der hat sich ihm regelrecht eingebrannt.

»Okay. Aber das bedeutet doch nur, dass er das Foto kennt. Du weißt nicht mal, ob die Mail an sie ging.«

Patrick sagt sich den Text wieder vor. Wahrscheinlich hat Henner recht. »Was machen wir?«

Henner schaut auf die Uhr in seinem Handy. Er stöhnt einmal laut. »Du gehst wieder in die Imbissbude, und ich warte oben auf ihn.«

»Ich will aber dabei sein.«

»Und wenn er dich wiedererkennt? Dann sagt er kein Wort mehr.«

Das muss Patrick einsehen. Aber essen wird er da unten nichts!

HENNER HAT SICH vor dem Speicherverschlag auf den Boden gesetzt, neben ihm liegt noch immer das lilafarbene Paket. Eine Stunde wartet er schon, vielleicht auch länger. Dass sie noch eine weitere Nacht im Wohnmobil verbringen werden, steht längst fest. Astrid würde jetzt Tränen lachen: Ihr Mann auf großer Fahrt, aber ganz ohne Besichtigungen und ohne Museumsbesuche, und das, obwohl sie ihn gar nicht mehr davon abhalten kann.

Henner denkt an gestern, als er auf der Brücke über den Canal Grande in Triest wieder einen dieser Anfälle hatte. Die bekommt er jetzt also nicht nur zu Hause, sondern auch sonst wo in der Welt, am Meer und unter blauem Himmel. Eigentlich müsste ihm das Angst machen. Aber er hat keine Angst, das heißt: nicht jetzt. Stattdessen überlegt er in Ruhe, wie er es anstellen könnte, diesen Mirko zum Reden zu bringen.

Endlich sind Schritte auf der Treppe zu hören. Henner bleibt sitzen. Er will wirken wie einer, der sich viel Zeit nimmt, um sein Ziel zu erreichen.

Mirko tritt auf den Speicher, er sagt etwas, wahrscheinlich auf Kroatisch. Es klingt nicht eben freundlich.

»Sorry«, sagt Henner. Aber er habe es wahrscheinlich noch immer nicht geschafft, sich verständlich zu machen. Seine Schuld. Er steht auf. Ob er vielleicht noch eine Chance bekomme?

Mirko schließt den Verschlag auf, und Henner folgt ihm, ohne eine Einladung abzuwarten. Er hat auch darüber nachgedacht, was passieren könnte, wenn sie Streit bekommen. Wie gefährlich kann ein junger und kräftiger Mann werden, wenn er einen Arm im Gips hat?

Henner setzt sich wieder auf den Stuhl. »My son is very miserable«, sagt er. Diese Nevena bedeute ihm viel. Wenn sie einen anderen Freund hätte, na ja, das wäre natürlich bitter für ihn. Aber einfach so zu verschwinden, das kann einen schon fertigmachen. Ob er sich vorstellen könne, wie das ist? Man hat keine Nachricht, man weiß einfach nichts. Am Ende ist man dankbar für jede Information, auch wenn sie einem nicht gefällt.

Mirko hat sich wieder auf das Bett gesetzt. »I can imagine«, sagt er.

Und die Espressomaschine? Henner tippt an das blinkende Gerät. Ist die wirklich kaputt? Beim Kaffeetrinken komme man doch immer auf gute Gedanken.

Mirko steht auf. Er schaltet die Maschine ein; nichts rührt sich.

»That's a good sign«, sagt Henner. An so einer Maschine können tausend Dinge kaputtgehen. Am einfachsten ist es da noch, wenn sie keinen Strom hat. Ob vielleicht ein Schraubenzieher im Haus ist?

Mirko öffnet eine Lade und reicht Henner das Werkzeug.

»Sehr gut!« Henner löst ein paar Schrauben. »From the Hotel?«

»Yes.«

Ein wirklich schönes Teil! Mit dem Schraubenzieher biegt Henner einen Draht heraus. Aber die Hitze ist auf Dauer nicht gut für die elektrischen Anschlüsse.

»You can fix it?«

»It should always be so easy.«

»Wow!«

Henner hat Mirko den Rücken gewandt. »Jetzt brauche ich nur noch ein scharfes Messer.« Das sagt er auf Deutsch.

Mirko reicht ihm ein aufgeklapptes Taschenmesser. Henner dreht sich um und grinst. Er nimmt das Messer und kratzt am Draht ein blankes Ende frei. Mirko lässt sich aufs Bett fallen. Henner setzt den Draht ein und verschließt die

Maschine. Er drückt den Schalter; daneben geht ein kleines rotes Licht an.

»Und jetzt reden wir. Aber bitte Klartext. Ob auf Deutsch oder Englisch, das ist mir egal. Wenn es bloß die Wahrheit ist.«

Mirko nickt.

»Wenn Nevena deine Freundin ist, dann sag es einfach. Das muss mein Sohn vertragen können. Aber die Ungewissheit quält ihn. Verstehst du das?«

Mirko richtet sich auf. »Ja, Mann, das versteh ich schon.«

Sein Deutsch hat einen merkwürdigen Akzent. Henner fragt ihn danach.

»Das ist kein deutscher Akzent«, sagt Mirko. »Mein Vater war auf Arbeit in Holland. Er wollte ein Haus bauen, für die ganze Familie. Als der Krieg losging, ist er zurückgekommen, und ich bin mit meiner Mutter und meiner Schwester nach Holland zu seinen Kollegen. Nach einem Jahr haben wir nichts mehr von ihm gehört. Meine Schwester hat einen Bosnier geheiratet und ist mit dem nach Australien. Meine Mutter haben sie mitgenommen.«

»Ach«, sagt Henner. »Und du?«

Mirko lächelt sein Hollywood-Lächeln. »Ich wollte nicht zu den Kängurus. Also bin ich zurück. Gibt hier so Programme für Flüchtlinge. Ich kann studieren, und ich krieg eine Rente. Aber das Geld ist knapp, Mann. Besonders wenn man so bescheuert ist und sich die Knochen bricht.« Er klopft auf seinen Gips.

Mit einem Mal fühlt sich Henner vollkommen fehl am Platz. Er sucht hier nach der verschwundenen Internetfreundin seines Sohnes. Dabei haben die meisten Leute in diesem Haus wahrscheinlich ganz andere Geschichten zu erzählen.

Am liebsten würde er aufstehen, sich entschuldigen und gehen. Aber wie soll er das Patrick erklären?

»Und was ist mit dieser Nevena?«

»Keine Ahnung«, sagt Mirko. »Vielleicht bin ich Nevena.«

»Was?«

»Ja, hat sich so ergeben. War bloß ein Spiel. Sorry!« Er hebt die unverletzte Hand.

»Das ist kein Spiel!«, sagt Henner.

»Weiß ich. Ich hab ja auch Schluss gemacht. Ich meine, ich hab mich nicht mehr gemeldet.«

Henner möchte jetzt aufstehen und dem Jungen ins Gesicht schlagen. Aber er weiß, er könnte das niemals tun. Schweigend sitzt er da.

»Das war nicht okay«, sagt Mirko. »Es tut mir leid.«

Immerhin, denkt Henner. Er wollte etwas herausfinden, und er hat etwas herausgefunden. Vorausgesetzt, er gibt sich jetzt mit dem erstbesten Ergebnis zufrieden. In seinem Beruf dürfte er das nicht. Ein Gutachter muss jedes Kunstwerk behandeln, als wäre es ein Täuschungsversuch. Echt ist etwas nur, solange jeder Verdacht widerlegt ist.

Henner nickt Mirko zu. Der Junge studiert. Er kellnert während der Saison, und er arbeitet bei einem Parasail-Unternehmen. Hat so einer die Zeit, sich ganze Tage und Nächte in einem Spiel herumzutreiben? Und womit sollte er das tun? Zum Mailen ist er in ein Internetcafé gegangen.

Ich erkenne Fälschungen, denkt Henner. Erst recht, wenn sie so schlecht gemacht sind. Er hat noch immer das Taschenmesser in der Hand. Er spuckt einmal auf die Klinge und wischt sie an seinem Hemd ab. Dann schneidet er sich damit ins Innere der linken Hand, nicht tief, nur gerade so, dass ein wenig Blut austritt.

»Was machen Sie da?« Mirko ist aufgesprungen.

»Du hast mich am Hafen angesprochen. Wir haben einen Preis ausgemacht und sind auf dein Zimmer gegangen. Dann wolltest du mehr Geld haben. Ich wollte nicht zahlen, da hast du ein Messer genommen und mich verletzt.«

»Was soll das?«

»Du hast deine Geschichten«, sagt Henner. »Ich habe meine. Und meine erzähle ich jetzt der Polizei.«

»Shit! Warum?«

»Weil du mir nicht die Wahrheit sagst. Sag mir die Wahrheit über Nevena, und ich erzähle keine Lügen über dich.«

Mirko hat einen Schritt gemacht. Er hebt die Hand mit dem Gips.

»Das ist gut«, sagt Henner. »Schlag zu. Mein Blut an deinem Gips, das würde prima zu meiner Geschichte passen. Und dann erzähle ich der Polizei noch, dass du zugegeben hast, dich im Internet als Mädchen auszugeben. Das wird denen gefallen.«

Mirko lässt die Hand sinken. »Warum tun Sie das?«

Ja, warum? Henner gäbe vieles für einen Satz, mit dem er alles erklären könnte, ohne eine lange Geschichte zu erzählen. »Sag einfach die Wahrheit, und ich verschwinde.« Er legt seine Hand auf den Tisch. Wenn er sie umdreht, wird sein Blut auf die weiße Platte laufen.

»Ich muss anrufen.«

Henner schiebt sein Handy über den Tisch. Mirko nimmt es. Während er wählt, dreht er Henner den Rücken zu. Offenbar bekommt er gleich eine Verbindung. Er spricht leise, schnell und aufgeregt. Dann ist er eine Weile still, dann spricht er wieder, sehr eindringlich und bittend, wie man als Mann nur mit einer Frau spricht. Noch eine kurze Stille.

Okay, sagt er, und dann sagt er etwas, das sehr zärtlich klingt.

Er wendet sich wieder um. Henner will nach seinem Handy greifen, aber Mirko zieht es zurück und drückt ein paar Tasten, dann legt er es auf den Tisch.

»Sie ruft ihn an.«

»Wie bitte?«

»Nevena. Sie ruft ihren Sohn an. Heute noch, ganz bestimmt. Sie können sich drauf verlassen.«

Einen Moment lang will Henner seine Handfläche auf den Tisch drücken, oder besser noch aufs Bett, aber dann ballt er eine Faust. Mit der rechten Hand steckt er sein Handy ein und holt sein Portemonnaie heraus, den grünen Hunderter legt er auf den Tisch. »Es tut mir leid«, sagt er. »Auf Wiedersehen und alles Gute für Ihren Arm. Und für Ihr Leben.«

Er ist schon an der Tür, da sagt Mirko: »Sie sind ein Arschloch.«

Henner dreht sich um. Mirko hat den Hunderter genommen. Er lächelt so, wie das bei den Gästen im Bristol bestimmt am besten ankommt. »Aber mein Vater hätte das auch für mich getan.« Er macht eine kleine Pause, dann zuckt er die Schultern. »Denk ich mal so.«

EINES DER BEIDEN WOHNMOBILE von gegenüber ist weggefahren, und jetzt sieht man tatsächlich ein ziemlich großes Stück Meer. Patrick sitzt an seinem Lieblingsplatz. Das Fenster ist hochgeklappt, auf der Scheibe wuseln die Schatten der Blätter. Das verbliebene Wohnmobil gegenüber ist auch ein Globetrotter, allerdings ein neueres Modell. Henner steht bei seinem Besitzer. Die beiden sind schnell ins Gespräch gekommen. Der Mann war auch schon hier drinnen, und er ist fast irre geworden, weil im Erich alles Erstausstattung oder Original ist. Henner lässt sich immer noch technische Sachen erklären, er macht sich sogar Notizen. Eigentlich hätte er auch Patrick fragen können, der weiß schließlich eine Menge über den Erich. Aber Patrick ist deswegen nicht sauer. Wie hat Astrid immer gesagt: »Die Erwachsenen tragen die Verantwortung, und dabei sehen sie nicht immer gut aus.«

Das Wasser hat Henner schon aufgefüllt, übrigens mit einem geliehenen Schlauch. Und die Toilette hat er auch geleert, obwohl sie die praktisch noch gar nicht benutzt hatten. Neben die Ladeanzeige der Batterien hat er einen Zettel geklebt, auf dem steht, wie lange vermutlich der Kühlschrank noch läuft, nachdem der Motor vom Wohnmobil abgestellt ist. Und als Krönung hat er sich zeigen lassen, wie man den Ölstand kontrolliert.

Sind ja auch alles wichtige Sachen. Denn morgen früh fahren sie los. Und nicht nach Hause, sondern nach Mostar.

Sie saßen im Bus nach Opatija, da kam die SMS. »Sorry, Patti. Trouble. Meet me in Mostar. Tomorrow. I call you. Kisses. Nevena.«

Dreizehn Wörter! Das muss man sich vorstellen. Als wäre das eines dieser altmodischen Telegramme, bei denen man für jedes einzelne Wort zahlen muss. Dreizehn Wörter, und keine Erklärung! Nur: »Trouble.« Sonst nichts. Abgeschickt von einem Handy mit unterdrückter Nummer, so dass er nicht einmal zurücksimsen kann.

Und warum Mostar? Davon war doch noch nie die Rede. Wo bitteschön liegt überhaupt dieses Mostar!

Patrick hat das gleich Henner gefragt. Sie waren gerade angekommen. Henner wollte in der Ortsmitte aussteigen. Er habe noch etwas im Bristol zu besorgen.

»Wie bitte!«, sagte er. »Wieso denn jetzt Mostar?«

»Weil Nevena in Mostar ist. Also, wo liegt das?«

Sie standen vor einem Park, in dem etwas mit Blumen auf den Rasen geschrieben war. »Ich weiß nicht, wo Mostar liegt«, sagte Henner laut. »Auf jeden Fall in der falschen Richtung. In der total falschen Richtung!«

Wortlos gingen sie dann zum Bristol. Henner redete dort noch einmal mit dem Mann an der Rezeption: Vielen Dank für die Auskunft. Das habe alles prima geklappt. Und er würde gerne im Namen seiner Tante und aller ihrer Bekannten dem Wunsch Ausdruck geben, dass man diesen netten Herrn Mirko so bald wie möglich wieder einstelle. Schließlich schob er den Umschlag über den Tresen, der einmal an dem Paket gehangen hatte.

Patrick weiß nicht, warum sich Henner für diesen Mirko dermaßen ins Zeug gelegt hat. Er war ihm doch nichts mehr schuldig. Im Gegenteil. Er hat ihm sogar seine Kaffeemaschine repariert und sich dabei die Hand aufgeschlitzt.

Sie gingen dann zu Fuß zum Wohnmobil. »Mostar!«, sagte Henner. »Ich wette, das sind fünfhundert Kilometer. Und außerdem, weißt du eigentlich, was Mostar ist?«

Patrick hätte sagen können, dass er den Namen schon einmal gehört hat. Aber das sagt man in der Schule, wenn man überhaupt keine Ahnung hat und zu feige ist es zuzugeben. Also hat er geschwiegen.

»Gott! Mostar.« Henner blieb stehen, um den Verband an seiner Hand zu richten. »Mostar ist doch die Hauptstadt dieser ganzen Katastrophe hier.« Was folgte, klang wie der Anfang eines sehr langen Vortrags. Thema: der jugoslawische Bürgerkrieg. Aber nach ein paar Sätzen unterbrach sich Henner. Er reichte Patrick sein Handy. Hier, damit könne er ins

Netz. Da solle er sich alles auf Wikipedia ansehen. Kein Mensch sei in der Lage sich zu merken, wer hier gegen wen war und warum. Jedenfalls sei es in Mostar besonders schlimm gewesen.

»Ich muss aber dahin.«

»Das ist ein Tag Hinfahrt und zwei zurück. Und wahrscheinlich über Feldwege. Ich sage dir: nicht mit dem Wohnmobil! Und auch nicht mit mir.«

Sie gingen dann wieder ein Stück schweigend.

»Dann fahre ich allein.«

»Und womit bitte?«

»Mit dem Zug. Das ist hier doch noch Europa, oder? Da werden schon Züge fahren. Oder ich trampe.«

Natürlich war das Erpressung. Und Patrick war sich auch sicher, dass Henner das gleich sagen würde.

Tat er aber nicht. Stattdessen setzte er sich auf eine Bank, von der aus man das Meer sehen konnte. »Sie hat geschrieben, dass du kommen sollst?«

»Ja.«

»Woher weißt du, dass sie das ist?«

Einen Moment lang wollte Patrick argumentieren. Niemand sonst nennt ihn Patti; das hätte er sagen können. Aber dann sagte er: »Wissen tu ich gar nichts. Ich hab nur die SMS.« Er rief sie noch einmal auf und zeigte sie Henner.

»Der Absender ist unterdrückt?«

»Ja.«

»Guck mal!« Draußen auf dem Wasser fuhr tatsächlich ein Motorboot vorbei, das einen Gleitschirm im Schlepptau hatte, an dem nebeneinander zwei Menschen hingen.

»Möchtest du auch mal?«

»Nur, wenn sie nach Mostar fahren.«

Henner lachte. »Wir sind hier nicht nah dran.«

»Aber so nah wie noch nie. Und wie nie wieder.«

»Bestimmt fünfhundert Kilometer!«

Die beiden Menschen an dem Fallschirm sanken gerade langsam ins Meer. Ihre Schreie waren gut zu hören.

»Papa, ich möchte jetzt dahin.«

»Wie heißt der Satz richtig?« Es war Astrids alte Frage nach dem vergessenen »bitte«.

»Ich muss jetzt dahin.«

»Na dann«, sagte Henner.

Der Besitzer des anderen Globetrotters hat ihm inzwischen gezeigt, wie man das Dach vom Vorzelt ausfährt. Darunter sitzen die beiden jetzt und trinken Bier. Patrick muss grinsen. Am Ende wird Henner doch noch ein Wohnmobil-Freak. Einer von denen, die am liebsten in ihrer rollenden Blechdose leben, frei von allem, ihr Bett auf dem Rücken, Wassertank und Kühlschrank bis obenhin voll. »Heute hier, morgen dort. Bin kaum da, geh ich fort.« Das sang Astrid immer, wenn sie Henner ärgern wollte.

Den Wikipedia-Artikel über den jugoslawischen Bürgerkrieg hat Patrick sofort gelesen. Aber spätestens in der Mitte hatte er den Anfang wieder vergessen und am Ende so ziemlich alles. Das heißt: die Einzelheiten. Wer wann mit wem gegen wen. Serben, Bosnier, Kroaten, Slowenen, und das sind noch nicht mal alle, die sich hier bekriegt haben. Wie soll man sich das nur merken?

Und warum das alles? Davon hat nichts in dem Artikel gestanden. Oder Patrick hat es überlesen. Vielleicht passten die Leute einfach nicht zueinander. Könnte das als Erklärung reichen? In Deutschland passen sie auch nicht alle zusammen, aber hallo! Davon kann er selbst ein Lied singen. Bloß, dass die sich nicht gegenseitig umbringen. Oder Städte belagern und Leute vertreiben.

Eigentlich möchte Patrick darüber gar nicht nachdenken. Er hat das bislang nicht getan, und es hat ihm wirklich nichts gefehlt. Serbien und Belgrad, na und! Nevena hätte auch in Warschau oder in Paris leben können. Was spielt das schon für eine Rolle im Netz? Hauptsache, man spricht eine Sprache, in der man sich versteht.

Den Mostar-Artikel hat Patrick auch gelesen. Da war es wohl tatsächlich besonders schlimm; und jetzt ist es eine geteilte Stadt wie Berlin es war, damals, bevor er geboren wurde. Nur dass es keine Mauer gibt, sondern einen Fluss mit ein paar Brücken, und dass die Leute eigentlich hinüber dürften. Was sie aber wohl nicht tun, weil die Christen und die Muslime noch immer im Streit liegen. Exakt so wie im Spiel, wo die Schamanen und die Fischer die gleiche Hafenstadt am Großen Meer bewohnen.

Nevena hat nie über den Krieg geschrieben. Vielleicht war es ihr peinlich. Henner erzählt gerne, wie er zum ersten Mal die Berliner Mauer gesehen hat, während einer Klassenfahrt. Ihm sei das peinlich gewesen. Zwei Staaten, die sich benehmen wie verzankte Geschwister. Einer zieht einen Kreidestrich durchs gemeinsame Zimmer und sagt: Wer auf meine Seite kommt, kriegt Prügel. Kinder machen so etwas, hat Henner gesagt, aber doch nicht Staaten.

Und warum ist Nevena jetzt in Mostar? Sie ist doch Serbin. Vielleicht ist sie bei Verwandten. Aber in Mostar sollen gar keine Serben leben. Anderswo in Bosnien ja, aber in Mostar nicht. Na ja, was weiß schon so ein Wikipedia-Artikel? Vielleicht ist Nevenas verrückte Familie ja eine glückliche Ausnahme; und sie ist mit niemandem verfeindet.

Patrick schaltet Henners Handy aus. Man sollte ein Recht darauf haben, von all dem gar nichts zu wissen. Als hier der Krieg zu Ende ging, konnten Nevena und er gerade mal laufen. Was bitte haben sie also damit zu tun? Er schließt ihre beiden Handys an die Auflader an, im Führerhaus, wo der Strom von der Motorbatterie und nicht vom Akku des Wohnmobils kommt. Sicher ist sicher. Als er wieder an seinem Platz sitzt, macht Henner ihm von draußen ein Zeichen. Der Nachbar lädt sie beide zum Grillen ein.

Schon wieder Fleisch!, denkt Patrick. Aber Essen schlägt immerhin die Zeit tot. Und erstaunlicherweise glaubt er sogar, etwas Hunger zu haben.

5. Kapitel

Eine Minute lang hatte es so ausgesehen, als würde das Navigationsgerät nicht wissen, wo Mostar liegt. Es müsse ein paar Hunderttausend Straßen berechnen, meldete es; und das las sich wie eine Ausrede. Aber dann präsentierte es doch eine Route. Henner wollte trotzdem an der Tankstelle eine Karte kaufen. Er hatte sie schon in der Hand, legte sie aber zurück. Das alles hier war schließlich einmal Jugoslawien, das Land, in dem man Urlaub machte, so wie in Spanien oder Italien. Dass sie mit dem Wohnmobil nie hier gewesen sind, ist bloßer Zufall. Astrid hätte nur irgendwo einmal links statt rechts abbiegen müssen, dann wären sie vielleicht bis Dubrovnik gekommen. Jedenfalls ist es peinlich, jetzt so zu tun, als wäre man im 19. Jahrhundert und eine Fahrt im Wohnmobil nach Mostar eine Expedition zu den Quellen des Nils. Und wenn schon das Navi meint, Bosnien gehöre zu »Europa XXL«, dann sollte man sich auch so verhalten.

Der Besitzer des zweiten Globetrotters war allerdings skeptisch. Gestern Abend redete er viel über Infrastruktur, und zwar über die Infrastruktur für Wohnmobile, die es in Bosnien noch nicht gebe. Hier in Kroatien, sagte er, die ganze Küste herunter, alles kein Problem. Klassisches Urlaubsland. Aber nach Bosnien fahre doch keiner, der nicht unbedingt muss!

Weil Patrick neben ihm saß, wollte Henner das Thema wechseln. Man fahre eben dahin, wohin der Wind einen weht.

Der Mann hat ihm dann noch eine Adresse aus seinen

Reiseunterlagen herausgesucht. Das heißt, keine Adresse, nur den Namen einer Stadt, die kurz vor Mostar liegt und einen Stellplatz für Wohnmobile hat. Das heißt: haben soll! Und dann hatte er noch den Rat, den Wagen bloß nicht einfach irgendwo abzustellen. Wenn sie das früher in Frankreich oder Italien so gemacht hätten, okay; aber Bosnien sei nicht Frankreich, schon wegen der Minen, die noch überall herumlägen. Als sie am Morgen losfuhren, war Henner froh, dass der Mann wohl noch schlief. Er hätte ungern gesehen, wie der ihnen nachwinkte, als wären sie ein Himmelfahrtskommando.

Jetzt aber lässt sich alles ganz gut an. Das Wetter ist wieder prächtig, nur anfangs hatten sich ein paar imposante Wolken vom Meer her über den Himmel geschoben. Sie fahren auf einer Autobahn; und die ist der Wunschtraum jedes motorisierten Touristen: ganz neu, sehr breit und fast vollkommen leer. So leer, dass man sich vorstellen könnte, an der Spitze einer feierlichen Einweihungskolonne zu fahren. Henner sagt das zu Patrick, aber der antwortet nicht. Vielleicht hat er gerade eine andere Fantasie.

Außerdem ist diese Autobahn ein Muster an Ökologie und Umweltschutz. Zwischen die Leitplanken in der Mitte sind Pinien gepflanzt; die jungen Bäume werden aus Tankwagen bewässert. Rechts und links ist die Fahrbahn durchgängig mit Zäunen gesichert. Dafür gibt es Brücken, über die keine Straßen führen, weil sie nur für Tiere gedacht sind. Schilder mit Bär und Wolf darauf erklären die Sache in mehreren Sprachen. Wie die Tiere wohl die nächste Brücke finden, wenn sie auf die andere Seite wollen? Henner macht ein paar Vorschläge, aber Patrick will offenbar nichts Lustiges über orientierungslose Bären sagen.

Anfangs war die Gegend noch bergig, es gab Brücken und grüne Wiesen. Henner hat ans Allgäu gedacht. Über solche Landschaften machte sich Astrid immer lustig. »Sehr tümlich«, sagte sie dazu. Das war sicher ein Zitat; Henner hat aber nie gefragt, woher sie das hatte. Später verließen sie die Berge, und die Farben wechselten. Jetzt geht es nur noch geradeaus über flaches Land, auf der linken Seite begleitet sie eine ferne Hügelkette. Neben der Autobahn wächst eine Art brauner Farn, riesige Felder, so einförmig, als wären sie künstlich angelegt. Henner kann sich keinen Reim darauf machen.

Die Autobahn ist ein Geschenk der EU. So jedenfalls steht es auf großen Plakaten. Man fährt auf ihr wie durch ein Bilderbuch. Die Mautstellen haben bunt gestrichene Gebäude, die großen Raststätten glänzen in der Sonne. Europa XXL, denkt Henner. Alles kein Problem, er fühlt sich gut. Wäre Patrick nicht so schweigsam, würde er sich noch besser fühlen. Aber der Junge sitzt mit angezogenen Beinen da, Kopfhörer auf den Ohren, und es scheint, als schaute er nirgendwohin. Nun gut, man kann sich ja denken, was ihn beschäftigt.

Als Astrid schwanger wurde, war der Jugoslawien-Krieg längst im Gange. Das heißt, wenn Henner sich recht erinnert, war er eigentlich schon zu Ende. Fest stand jedenfalls, dass der Staat auseinanderbrach. Henner fühlte sich damals gestört. Da kam sein Sohn zur Welt, nur ein paar Jahre nach der absolut friedlichen Revolution in Deutschland; und gar nicht so weit entfernt, in einem ehemaligen Urlaubsland, führten sie einen dermaßen scheußlichen Krieg.

Astrid und er hatten damals viel zu tun. Sie wollte nach der Geburt möglichst rasch wieder in die Schule, er selbst war dabei, sich in seinem Fach einen Namen zu machen. Die Tage waren damals so ausgefüllt, wie Henner das bislang nicht gekannt hatte. Von Minute zu Minute tat er, was eben zu tun war; abends fiel er müde ins Bett und schlief, bis ihn der schreiende Säugling weckte. Für alles, was sich früher einfach so ergeben hatte, mussten sie jetzt Pläne aufstellen, und an die musste man sich halten. Hatte man einen Tag geschafft, dann war wirklich kein Platz mehr für das Interesse an Menschen, die Jagd auf ihre Nachbarn machten, sich gegenseitig ihre Häuser anzündeten und Krieg führten, um lächerlich kleine Staaten zu gründen.

Patrick hat sich mittlerweile auf dem Beifahrersitz zusammengerollt wie ein kleines Tier. Vielleicht schläft er.

Einmal ist Henner sogar richtig wütend gewesen. Das war kurz nach Patricks Geburt. Den ganzen Tag über war er bei Astrid und dem Säugling im Krankenhaus geblieben. Abends ging er nach Hause mit dem Gefühl, tagelang nicht geschlafen zu haben und trotzdem nicht müde zu sein. In den Spätnachrichten wurden unscharfe und wacklige Bilder aus Mostar gezeigt. Die alte Brücke war bei den Kämpfen zerstört worden. Henner hatte das nicht sehen wollen. Diese Männer hatten doch sicher Kinder, so wie er. Wie konnte ihnen da irgendetwas wichtiger sein als dafür zu sorgen, dass ihren Kindern nichts geschah!

Um die Brücke hatte es ihm nicht leidgetan. Brücken kann man wieder aufbauen. Aber in Mostar schossen sie auf Frauen und Kinder und zerstörten ihre Stadt, bloß weil jeder unbedingt in seinem eigenen Staat leben wollte. Wie peinlich und albern im Zeitalter der Globalisierung. Demnächst würde das dritte Jahrtausend anbrechen; und dort unten hielten es Leute nicht mit ihren Nachbarn aus, bloß weil die an einen anderen Gott glaubten. Am nächsten Tag sprach Henner darüber mit Astrid im Krankenhaus. Aber sie versuchte gerade, den Säugling zu stillen. Sie war genervt und hörte kaum zu.

Mittag ist lange vorbei. Sie haben schon einmal Halt gemacht, nötig wäre es also nicht, dennoch fährt Henner auf den nächsten Rastplatz. Patrick rappelt sich auf. Er beschwert sich nicht über die Verzögerung, stattdessen steigt er wortlos aus und schlendert zur Tankstelle hinüber, wahrscheinlich um seine Vorräte an Süßigkeiten aufzufüllen. Das Gebäude ist leuchtend rot und verchromt; inmitten der rauen Natur sieht es aus wie ein eben gelandetes Raumschiff.

Henner will sich die Beine vertreten. Der Himmel ist seit Stunden vollkommen klar, bestimmt wird das der heißeste Tag ihrer bisherigen Reise. Ein paar Stellplätze weiter hält ein Wohnmobil mit deutschem Kennzeichen. Der Beifahrer steigt aus, ein alter Mann in kurzen Hosen, stark gebräunt und mit sauber gescheiteltem weißen Haar. Sofort kommt er auf Henner zu. Und natürlich geht es um den Globetrotter.

»Ja ja,« sagt der alte Mann. »Die Dinger sind unverwüstlich. Ich hatte auch mal einen.« Da hingen schöne Erinnerungen dran. Wohin denn die Reise gehe? Henner gibt Auskunft.

»Mostar?«, sagt der alte Mann. »Das haben sie wieder aufgebaut. Sehr schön.«

Es sei eigentlich mehr eine Dienstreise, sagt Henner.

Der alte Mann zieht die Stirn kraus. »Mit dem Wohnmobil?«

Henner atmet einmal tief ein. »Ich bin Restaurator«, sagt er. »Ich habe einen Auftrag in Mostar.« Den Wagen habe er dabei, weil er so viel Gerät mitnehmen müsse.

»Großartig!«, sagt der alte Mann. »Das ist genau das, was die Leute brauchen. Dann kommen vielleicht auch Touristen. Haben ja nichts anderes als die Touristen.«

»Genau.« Henner grüßt und wendet sich ab. Der alte Mann scheint überrascht. Wahrscheinlich hätte er gleich gebeten, den Globetrotter einmal von innen sehen zu dürfen. Aber zu einer Oldtimer-Führung ist Henner nicht in der Stimmung. Er steigt ein und zieht vor zu den Zapfsäulen, um noch einmal aufzutanken. Bis zur bosnischen Grenze ist es nicht mehr allzu weit, und man weiß ja nie. Als er den Angestellten hinter der Kasse fragt, ob er mit der Karte bezahlen kann, reißt der Mann die Augen auf. Vor ihm auf dem Tresen stehen vier Lesegeräte.

Eine halbe Stunde später ist die Autobahn zu Ende, das heißt, sie verwandelt sich in eine Baustelle. Die Gegend ist jetzt wieder hügeliger, fast bergig. Als sie eine Serpentinenstraße hinauffahren, sehen sie, wie sich die Autobahn Richtung Süden weiter die Hügel entlangfrisst. Henner wird ein bisschen schwindlig; er braucht immer ein paar Sekunden, um sich an solche Ausblicke zu gewöhnen.

Dabei muss er jetzt wirklich achtgeben. Die Straße ist nicht nur gewunden, sondern auch schmal, sehr schmal sogar, an ihren Rändern bröckelt der Asphalt. Manchmal fehlt der Seitenstreifen, und es geht steil hinab, einen Meter oder mehr. Wenn er hier von der Fahrbahn abkommt, könnte eine Achse brechen, oder schlimmer noch, das Wohnmobil könnte umstürzen.

Henner fühlt sich jetzt wieder sehr unwohl, mehr noch als vor drei Tagen in den Alpen. Hier liegen zu bleiben, mit dieser fahrbaren Antiquität, das muss die Hölle sein. Er stellt sich die Situation vor. Wie sie versuchen, eine Werkstatt zu benachrichtigen. Wie sie warten müssen, bis jemand kommt, bloß um zu sagen, dass er nicht helfen kann. Vorausgesetzt, sie können sich überhaupt verständlich machen. Und selbst, wenn! Was für ein Aufwand wird das sein, den alten Erich wieder flottzukriegen.

Nein, denkt Henner. Wenn irgendetwas passiert, dann wird er die Blechbüchse aufgeben. Ihre Sachen passen in ein paar Koffer, und die Koffer haben sie sogar dabei. Sie werden packen und sich ein Taxi zum nächsten Bahnhof organisieren. Oder gleich zu einem Flughafen. Vorher wird er die Kennzeichen abschrauben und irgendwo verklappen. Wer sollte sie da zur Verantwortung ziehen? Und Astrid würde das vielleicht sogar gefallen: Ihr Erich, irgendwo auf dem Balkan am Straßenrand, aufgegeben wie ein Planwagen bei einem Treck in den Wilden Westen.

Unsinn. Natürlich würde das Astrid nicht gefallen. »Pass einfach auf, wo du fährst!«, würde sie sagen. Also geht Henner noch ein bisschen mehr vom Gas, um sich besser auf die Straße konzentrieren zu können. Sollen die hinter ihm ruhig hupen. Es hupt aber keiner; wer kann, zieht einfach vorbei.

Sie fahren über eine Hügelkette, auf der anderen Seite sieht man wieder weit übers Land. Das muss schon Bosnien sein, dabei hat es noch keinen Hinweis auf die Grenze gegeben. Nur das Navi redet davon, dass es demnächst links abgeht.

Als er in die vorgeschriebene Straße biegt, glaubt Henner sich verfahren zu haben, es ist kaum mehr als ein abschüssiger Wirtschaftsweg. Doch dann wird tatsächlich die Grenze angekündigt, mit einem einzigen kleinen Schild. Der Übergang besteht aus einem Container, der mitten auf der Straße steht, unmittelbar vor der Einfahrt in einen Ort. Dass hier jahrzehntelang keine Grenze war, ist deutlich zu sehen. Die Beamten stehen rauchend unter einem Sonnendach, wie man es im Baumarkt bekommt. Henner hat die Pässe in der Hand, als er mit heruntergekurbelter Scheibe langsam heranfährt. Aber die Männer sehen kaum auf und winken ihn durch.

Das Navi weiß noch immer Bescheid; ihr Weg führt mitten durch den kleinen Ort. Hätte jemand Henner mit verbundenen Augen hierhin gebracht, er wüsste nicht zu sagen, wo auf der Welt er sich befände. Irgendwo im Süden, ja, aber es sieht weder spanisch noch italienisch oder griechisch aus. Und weder besonders alt noch besonders neu. Erst als sie den Ortskern hinter sich haben, bekommt die Gegend ein Gesicht. Aber es ist ein merkwürdiges. Einzelne Wohnhäuser stehen rechts und links der Straße, viele ganz neu, freundlich hell oder albern bunt gestrichen, mit Säulen, Gauben und Erkern, die wie angeklebt wirken. Manche Häuser sind noch nicht fertig oder wirken aufgegeben. Dabei steht beinahe jedes für sich allein, manchmal inmitten von Sträuchern, Unkraut und niedrigen Bäumen, und nicht einmal ein befestigter Weg führt von der Straße zu seinem Eingang. Von Bürgersteigen und dergleichen ganz zu schweigen.

Schließlich fahren sie durch ein kleines Industriegebiet. Auch hier gibt es Neubauten ohne jeden Zusammenhang; Henner kommen sie vor wie Kostümierte, die sich verlaufen haben. Neben der Vertretung einer großen Automarke müssen sie anhalten, weil vor ihnen jemand rangiert. Die Vertretung ist ein luxuriöser Glasbau, der Rasen davor ist sehr ordentlich gemäht, in der Mitte ein Steingarten, über den Wasser fließt. Rechts und links von dem Gebäude Wildnis und verfallene Schuppen, vor einem sitzt ein Mann und flicht einen Korb. Die Autos in dem Glaspalast sehen aus wie die

Zeugnisse einer untergegangenen Kultur, sorgfältig in Vitrinen verwahrt.

Henner wüsste gern, was Patrick über die Gegend hier denkt. Aber der scheint ganz unbeteiligt. Sein Handy hat er auf dem Schoß. Wahrscheinlich fürchtet er, eine Nachricht seiner Nevena zu verpassen.

Der nächste Ort ist Medjugorje, hier soll es also Stellplätze geben. Es ist jetzt vier Uhr nachmittags; laut Navi sind sie nur noch etwa dreißig Kilometer von Mostar entfernt. Aber wohin sollen sie dort mit dem Erich? Henner würde nur äußerst ungern in einer solchen Stadt nach einem geeigneten Platz suchen.

Direkt unter dem Ortsschild von Medjugorje hängt der Hinweis auf einen Stellplatz für Wohnmobile. »Lass uns hier bleiben«, sagt Henner und zeigt auf das Navi. »Bis Mostar ist es eine halbe Stunde. Einverstanden?«

»Okay«, sagt Patrick so leise, dass Henner nachfragen muss.

SEIT EINER STUNDE oder mehr liegt Henner in der hinteren Koje. Den Vorhang hat er diesmal nicht geschlossen. Patrick glaubt, er schläft. Sicher war die Fahrt ziemlich anstrengend für ihn, aber am anstrengendsten war es wohl, den Erich auf den einzigen freien Fleck dieses Stellplatzes zu bugsieren. Denn das hier ist keine Anlage wie die in Opatija, sondern eigentlich nur der verlängerte Hof hinter einer Pension. An seinem Ende stehen ein paar Bäume, rechts und links sind Gemüsegärten. Die Wohnmobile hocken beinahe so dicht nebeneinander wie Autos in einem Parkhaus, die Schläuche und Kabel laufen kreuz und quer. An ein Ausfahren des Vorzeltes ist nicht zu denken. Patrick hat sogar gezögert, das

Fenster über seinem Lieblingsplatz zu öffnen, so eng stehen sie neben ihrem Nachbarn.

Nevena hat sich immer noch nicht gemeldet. Wenn sie wollte, könnte sie. Nach dem Grenzübergang hat das Handy brav ein neues Netz angezeigt. Es war Patricks größte Sorge, nicht erreichbar zu sein. Aber zum Glück lauern auch hier die Netzbetreiber auf jeden unfreiwilligen Kunden. Drei SMS hat er bekommen, damit er weiß, wer ihn hier telefonieren lässt. Seitdem aber ist Ruhe. Jetzt liegt das Teil neben ihm, der Klingelton noch immer auf höchste Lautstärke gestellt.

Sie haben vereinbart, später irgendwo essen zu gehen. Um sich die Zeit zu vertreiben, hat Patrick die Spiele durchgeklickt, die er damals verbotenerweise auf den Schul-Laptop gezogen hatte. Aber keines davon hat ihn gereizt. Jetzt liest er wieder in den gespeicherten Mails. Dazu lässt er den Zufall eine Seite aussuchen, nach dem Muster: Geburtstag mal Alter durch Datum oder so ähnlich. Hauptsache, man weiß selbst nicht, was herauskommt.

Einmal haben sie einander gefragt, ob sie Popstar oder etwas in der Art sein möchten, wenn sie es könnten. »I don't know«, hat Nevena geschrieben. Einerseits ist das natürlich Klasse. Alle kennen dich und wissen, was du so machst. Du kommst auf eine Bühne, und die Leute fangen an, dein letztes Lied zu singen. Du erzählst jemandem, wer deine Eltern waren und was du als Kind am liebsten gegessen hast, und alle interessiert es. Super! – Glaubst du! Doch dann hängen dir dauernd irgendwelche Manager am Hals, die sich für sehr viel Geld ausdenken, wie sie noch weiter an deinem Image basteln könnten. Und irgendwann haben sie dir nicht bloß neue Schneidezähne, sondern auch ein neues Leben verpasst, und du weißt nicht mehr, wer du bist.

Patrick hat das nicht glauben wollen. Den Hype könne man doch mitmachen, wenn er gut ist fürs Geschäft. Ansonsten wisse man ja, wer man ist. Wenn er früher mit seinem Alienkostüm zum Karneval ging, wusste er auch, dass er kein Alien war.

»You are so sweet, Patti«, hat Nevena geschrieben. Zwinkersmiley. Klar, solange die Leute dich in Ruhe lassen, denkst du: Kein Problem, ich weiß doch, wer ich bin. Ist doch selbstverständlich. Aber wenn sie den ganzen Tag auf dich einreden, und der eine sagt dies und der andere sagt das, und alleine entscheidest du gar nichts mehr, dann ist auf einmal Schluss mit selbstverständlich. Dann gehst du nicht mehr einfach aufs Klo, guckst in den Spiegel und sagst: Hallo, Ich! Da bist du ja! Von wegen. Dann fängst du an zu zweifeln. Und sobald du zweifelst, gibt es Probleme. Und wenn es Probleme gibt, hast du gleich noch mehr Leute um dich herum, die sagen: Du hast Probleme? Du weißt nicht, wer du bist? Du weißt nicht, was du aus deinem Leben machen sollst? Na prima, da können wir dir helfen.

Patrick hat damals geantwortet, er hätte vielleicht gar nichts dagegen, wenn jemand ihm Vorschläge für sein Leben machte. Wenn sich etwas ändere, müsse das ja nicht schlecht sein. Er erinnert sich: Beinahe hätte er sogar geschrieben, dass er sich vorstellen könnte, sie würden umziehen. Oder Henner würde wieder heiraten.

Nicht, dass er sich eine neue Mutter gewünscht hätte. Wer braucht mit siebzehn schon eine Mutter! Aber einmal angenommen, Henner würde wieder heiraten, dann käme er von der Schule nach Hause, und es würde ihn nicht bloß das leere gelbe Zimmer erwarten. Stattdessen wäre da ein Mensch; und ob der nun nett wäre oder zickig, egal, er würde etwas tun oder sagen, und dazu könnte man eine Meinung haben. Natürlich hat Patrick dann etwas anderes geschrieben. Er hätte ja viel zu weit ausholen müssen.

Seit sie auf diesem Platz stehen, hört man von draußen ein Geräusch. Zuerst hat Patrick gedacht, ein Radio läuft, aber es klingt anders, irgendwie echter. Jemand spricht, dann wird gesungen, dann spricht wieder jemand. Alles ist seltsam gleichförmig. Und ernst. Er hatte schon überlegt, das Fenster zu schließen, aber da hörte er Henner tief und gleichäßig atmen. Vielleicht beruhigte ihn das Geräusch.

Patrick rechnet sich eine neue Zahl aus und ruft die entsprechende Seite in der Maildatei auf. Er muss grinsen. Der Zufall hat ihn in Nevenas seltsamste Familiengeschichte geführt. Es geht um einen Cousin, der sich in ein Mädchen verliebt hatte, das absolut nicht zu ihm passte. Er war ein braver Junge, der sich eine Familie wünschte, und sie eine Träumerin, die am liebsten draußen auf der Wiese lag, mit jungen Katzen spielte und den Schmetterlingen nachsah.

Durchs Fenster scheint die Sonne auf den Laptop. Patrick muss ihn etwas schräg halten, um lesen zu können. Es ist Nevenas längste Geschichte; der Großvater kommt natürlich vor, dazu die halbe Familie. Jeder hat eine wunderbare Idee, wie man aus den beiden ein Paar machen kann. Die einen wollen sie zur Hausfrau erziehen, die anderen wollen ihm das Träumen beibringen. Und nichts funktioniert. Am Schluss brennen die beiden zusammen durch, nur um endlich allein zu sein; aber vorher passieren die ulkigsten Dinge. Patrick freut sich jetzt über jedes Detail der Geschichte, das er vergessen hatte.

»Wollen wir?«, sagt Henner.

Patrick kann nicht begreifen, dass er eingeschlafen ist. Er

tastet nach seinem Handy. Nein, es ist keine Nachricht gekommen.

»Oder hast du keinen Hunger?«

Patrick weiß nicht, was er antworten soll. Kann ein Mensch beim Aufwachen sofort wissen, ob er hungrig ist? Er kann das jedenfalls nicht. Verschlafen arbeitet er sich aus seiner Ecke und sucht nach seinen Turnschuhen. Das Handy steckt er ein. Noch ein Blick darauf; es ist tatsächlich schon kurz vor neun Uhr abends.

Als sie das Wohnmobil verlassen, ist das Geräusch noch deutlicher zu hören. Es ist jetzt auch ganz klar, aus welcher Richtung es kommt.

»Ein Gottesdienst«, sagt Henner, ohne dass Patrick gefragt hätte.

Ja, natürlich. Darauf hätte er auch selbst kommen können. Schließlich ist er oft genug in der Messe gewesen, wenn auch in den letzten Jahren weniger, zuletzt bei dem kurzen Gottesdienst zu Astrids Tod.

»Aber fünf Stunden am Stück? Oder noch mehr?«

»Ja«, sagt Henner. »Seltsam.«

Sie machen ein paar Schritte zum Ausgang des Stellplatzes, da ruft ihnen jemand nach. »Falsch!«, sagt der Mann, und die anderen um ihn herum zeigen mit den Fingern. »Diese Richtung geht's lang. Kommt einfach mit.« Henner und Patrick folgen der Gruppe. Am hinteren Ende des Stellplatzes hat der Zaun ein breites Loch, dahinter führt ein Trampelpfad durch ein kleines Waldstück. Ein übel riechendes Wasser kreuzt, sie balancieren auf flachen Steinen darüber. Dann geht es an einem Feld vorbei zu einer Straße. Es dämmert gerade.

»Hey! Wo sind wir denn hier gelandet?« Patrick weist die

Straße entlang. Sie ist hell erleuchtet; und an ihrem Ende, vielleicht zweihundert Meter entfernt, steht eine große Kirche mit zwei Türmen. Patrick kommt es vor, als wäre sie aus Legosteinen gebaut, so glatt und eckig ist sie, und so gelb.

Sie gehen los. Die Straße ist gesäumt von Geschäften und Restaurants. Und alle Geschäfte sind gleich. Das heißt, sie verkaufen die gleichen Sachen, Rosenkränze, Ketten, Kreuze, und immer wieder das Eine: die Statue einer Maria, weiß oder bunt bemalt und immer in derselben Haltung; stehend, leicht nach vorne gebeugt, eine Hand zu einer segnenden Geste erhoben. Die größten Exemplare sind mannshoch, die kleinsten könnte man in die Hosentasche stecken.

Henner tippt auf einen Wallfahrtsort. Sehr nahe liegend, in der Tat!

Das Geräusch wird stärker, je näher sie der Lego-Kirche kommen. Sie steht auf einem Platz. Hier sind viele Menschen, Hunderte bestimmt, die meisten sitzen auf langen Bankreihen und schauen auf eine große Videowand. Offenbar wird der Gottesdienst nach draußen übertragen.

»Sind die hier katholisch?«, sagt Patrick leise.

»Lass mich nachdenken.« Henner kratzt sich am Kopf. Wenn das hier ein Marienwallfahrtsort sei, tippe er auf katholisch. Ihm sei jedenfalls keine andere Religion bekannt, die Christus am Kreuz und die Gottesmutter verehre und deren Kirchen exakt so aussähen wie katholische Kirchen.

Patrick grinst. Früher hat er es nicht gemocht, wenn Henner ironisch war. Oder wenn er streng war zu Leuten, die nicht wussten, was man seiner Meinung nach unbedingt wissen sollte. Aber jetzt findet er es gut, dass Henner mal nicht den netten Vater spielt.

»So katholisch wie wir?«, schiebt er nach.

»Nun ja. Wahrscheinlich irgendwie katholischer.« Aus einem Drehständer hat Henner ein Faltblatt genommen. »Jedenfalls kommen die Leute nicht bloß aus der Nachbarschaft.« Das Faltblatt gibt es tatsächlich in einem Dutzend Sprachen. Henner hält das französische hoch. »Schau her! Das nenne ich Glauben. So weit fährt unsereiner nur, um seine Nevena zu besuchen.«

Kaum hat sein Vater den alten Henner wieder ausgepackt, wird es auch schon heikel. Patrick möchte das Thema wechseln. »Und sind die jetzt alle in der Kirche?«

Henner schaut auf die Videowand. »Ich habe da einen Verdacht«, sagt er. »Komm mal mit!«

Er geht voraus. Neben der Kirche endet der Platz vor einer übermannshohen Hecke. Es gibt einen Durchlass. »Na bitte«, sagt Henner.

Nein, der Gottesdienst findet wohl nicht in der Kirche statt. Sondern hier, gleich dahinter, auf einem Platz, der bestimmt so groß ist wie ein Fußballfeld. Es gibt eine überdachte Bühne, auf der der Altar steht, und im Halbrund angeordnete Sitzbänke. Alle Plätze scheinen besetzt.

»Was schätzt du?«

»Schwer zu sagen. Dreitausend, viertausend. Vielleicht sogar mehr.«

Die Bühne mit dem Altar ist ganz weiß. Sie ist hell erleuchtet, auch rund um den Platz stehen Lampen. Bis gerade eben wurde gesungen, jetzt tritt einer der vielen Weißgekleideten auf der Bühne an ein Mikro und beginnt zu predigen. Patrick weiß nicht, in welcher Sprache er spricht. Sie sind eine schräge Rampe hinuntergegangen und stehen jetzt hinter der letzten Sitzreihe. Ein Mann bietet Patrick einen Kopfhörer an, er lehnt ab. Henner zeigt ihm eine Stelle auf dem

Faltblatt. Der Gottesdienst ist in verschiedenen Sprachen übers Handy zu empfangen.

»Danke«, sagt Patrick. »Ich versteh ihn auch so.«

Henner zieht die Stirn kraus, aber das sollte gar kein Witz sein. Patrick weiß tatsächlich, was der Mann sagt. Immer wieder hört er die Worte Christen, Juden und Muslime heraus; und zu dem Tonfall passt nur eine Botschaft: Alle sollen doch bitte in Frieden miteinander leben. Der Prediger scheint immer neue Beispiele aufzuzählen, dann kommt er wieder zu seinen Kernsätzen zurück. Es ist, als könnte er endlos so weiterreden.

HENNER WUNDERT SICH SEHR, dass Patrick ihn nicht zum Gehen drängt. Er war sich schon sicher, dass der Junge freiwillig keine Kirche mehr betreten wird. Er schaut sich um. Viele Familien sitzen in den Bankreihen, Eltern mit ihren Kindern, und längst nicht so viele alte Leute, wie man vielleicht denken könnte. Dazu gibt es offenbar Reisegruppen, die auch hier zusammenbleiben. Sie sitzen um ihre Führer, die bunte Fähnchen an langen Stöcken halten. Menschen gehen und kommen, das scheint normal zu sein, man macht einander ruhig Platz.

Auf einem Berg hinter der Kirche steht ein großes erleuchtetes Kreuz vor dem mittlerweile dunkelblauen Himmel. Von dort schieben sich schwarze Wolken heran, gelegentlich angestrahlt von einem kurzen Wetterleuchten. Es kommt auch Wind auf, aber niemand scheint deswegen beunruhigt zu sein.

Henner wünschte sich, Patrick würde endlich gehen wollen. Er selbst will es nicht vorschlagen, dabei ist ihm das alles hier ziemlich peinlich. In seinem ganzen Leben hat er keinen

Wallfahrtsort besucht, jedenfalls nicht um dort zu tun, was Wallfahrer tun. Als Kunsthistoriker respektiert er natürlich die Religion; alle Kunst wäre ohne sie undenkbar. Aber wenn es darum geht zu glauben, dass sein Leben in der Hand eines höheren Wesens liegt, dann muss Henner passen.

Manchmal in den letzten Jahren hat er sich gewünscht, er könnte das glauben, denn das hätte ja bedeutet, etwas von der Verantwortung abgeben zu können. Dann hätte er einen namens Gott gehabt, der die Schuld dafür trug, dass eine Frau von Mitte Vierzig sich langsam zu Tode quälte. Aber den gab es nicht. Henner war allein; das hat er niemals anders empfunden, allein mit Astrid und ihrer Krankheit. Und geglaubt hat er nur, was ihm die Ärzte sagten, dass nämlich ein gewisser Prozentsatz aller Menschen diese Krankheit in sich trägt, von Geburt an und ohne dass irgendwer irgendeinen Einfluss darauf hat.

Auf der Kirchenbühne geht jetzt das Licht aus, die Lautsprecher funktionieren noch. Den Priestern schlagen ihre weißen Gewänder um die Beine. Gedonnert hat es auch schon, wie von sehr weit her, und die schwarzen Wolken haben sich ausgebreitet. Ein paar mehr Besucher stehen auf und gehen, aber es sieht nicht aus wie eine Flucht. Jetzt, da die Bühne unbeleuchtet ist, fehlt der Veranstaltung jeder Zauber. Am peinlichsten von allem ist Henner das aufziehende Gewitter.

Regen fällt allerdings nicht. Das Licht geht wieder an, ein aufgespannter Schirm wird seitlich aus einer Sitzreihe geweht. Dass der Prediger geendet hat, bemerkt Henner erst, als wieder gesungen wird.

»Wollen wir gehen?«

»Von mir aus«, sagt Patrick.

Sie überqueren den Platz vor der Kirche. Henner schlägt das erste Lokal in der Straße mit den Devotionalienläden vor, aber Patrick ist skeptisch, und so gehen sie weiter. Die hell erleuchteten Läden sehen jetzt aus wie die Schatzhöhlen verrückter Piraten, vollgestopft mit glitzerndem, aber wertlosem Kram. Die immer gleichen Marienstatuen sind so süßlich und kitschig, dass Henner kaum hinsehen kann, ohne sich zu schämen. Vor jedem Laden steht mindestens eine Verkäuferin, offenbar wartet man noch auf die beste Geschäftszeit nach dem Ende der langen Messe. Eine der jungen Frauen ist schwanger; sie raucht. Henner kann nicht anders als sie im Vorbeigehen strafend anzusehen. Sie schaut zurück, dann wirft sie ihre Zigarette in hohem Bogen auf die Straße.

Mit dem dritten Lokal ist Patrick dann einverstanden. Auch hier wartet noch alles auf den Höhepunkt des Tages. Die Speisekarte erzählt auf der ersten Seite die Geschichte der Marienerscheinung. Ohne zu fragen, hat der Kellner ihnen die deutsche Version gegeben. Patrick bestellt eine Pizza. Henner rechnet. Nach der im Bayerischen Hof in Triest und der Tiefkühlpizza, die er gestern Abend von dem Globetrotter-Besitzer in Opatija bekommen hat, ist es seine dritte auf ihrer Reise.

Während sie essen, setzt sich eine Familie an den Nebentisch, Mann, Frau und Tochter. Die beiden Frauen sind auffallend dick, beiden sitzt der Kopf direkt auf den massigen Schultern; sie haben Schwierigkeiten, hinter den Tisch auf die Bank zu rutschen. Der Mann ist groß und kräftig. Er wirkt beschädigt, schwer zu sagen, ob durch einen Unfall oder eine Krankheit. Seine Zähne stehen grotesk schief, er sitzt zur Seite gebeugt, seine Augen sind groß und treten hervor. Die drei sprechen Italienisch. Henner wüsste gerne, was sie reden, aber er versteht kein Wort; es muss Dialekt sein.

Auch Patrick hat die drei natürlich gesehen. Henner versucht ihn abzulenken; aber das scheint nicht nötig zu sein, der Junge wirkt ungerührt. »Guck mal!«, sagt er leise und weist mit den Augen. Henner wartet, dann dreht er sich um. An einem Tisch auf der anderen Seite des Raums sitzt eine junge Frau, sehr groß, sehr schlank, gestylt wie eine Schaufensterpuppe. Sie trägt unglaubliche Highheels, ihr Teint ist wie Plastik, die Wimpern wie aufgemalt. Ihr Begleiter ist ein unscheinbarer Mann, nicht viel älter als sie.

Allmählich füllt sich das Lokal. Henner bemerkt, wie Patrick weiter Ausschau hält. Aber die anderen Gäste sehen alle ganz durchschnittlich aus. Und müde oder ergriffen wirkt keiner.

Als sie das Lokal verlassen, ist von der Gewitterdrohung nichts mehr zu spüren. Sie gehen zurück Richtung Stellplatz, die erleuchteten Läden lassen sie hinter sich. Beinahe wären sie dann an dem Pfad neben der Wiese vorbeigelaufen, aber zwei alte Frauen mit Taschenlampen weisen ihnen den Weg und gehen dann voran. Als sie gerade auf den Steinen über dem Wasser sind, klingelt Patricks Handy, hier in der Dunkelheit hört es sich wahnsinnig laut an.

Henner bleibt stehen. Die Frauen mit den Taschenlampen sind weitergegangen. Das Handy klingelt nicht noch einmal, aber Patrick schweigt.

»Warst du zu spät?«, sagt Henner ins Dunkle.

Jetzt fällt ein Lichtschein vom Handy auf Patricks Gesicht. »Nein. Das war eine SMS.«

»Von ihr?«

»Ja. Willst du's lesen?«

Bevor er antworten kann, hält Patrick ihm das Handy entgegen. Henner braucht ein paar Sekunden, um die Schrift zu fokussieren.

»Sorry, Patti«, steht da. »No time today. Already in Mostar? Call you tomorrow morning. Kisses. N.«

»Leuchte mal«, sagt Henner. Und tatsächlich reicht das Licht vom Handy aus, um den Weg durch das Loch im Zaun zu finden.

ENTWEDER ES GAB KÜRZLICH Wahlen in Bosnien, oder es wird demnächst welche geben. Rechts und links der Straße nach Mostar sind Stellwände mit großen Wahlplakaten aufgebaut, Mauern und Hauswände sind mit Parolen und Abkürzungen besprüht. Hier wird die Demokratie noch geübt, denkt Henner. Die Politiker schauen alle streng von den Plakaten herab, wenn nicht sogar finster, und immer am Betrachter vorbei. Wahrscheinlich glauben sie, vor allem Autorität und Entschlossenheit ausstrahlen zu müssen. Vielleicht wissen sie noch gar nicht, dass sie werben müssen.

Wieder geht es über einen Höhenzug; jetzt sind die Serpentinen so eng, dass Henner manchmal nur Schritt fahren kann. Gelegentlich stehen wie schlechte Omen ein paar Schrottwagen auf schmalen Abstellplätzen am Hang. Einmal hätte Henner gerne angehalten. Da parkte neben einem Kiosk ein Wagen, genau wie sein Vater ihn gefahren hatte, als zuerst Peer und dann Henner ihren Führerschein machten. Ein bronzemetallicfarbener Ford Taunus, 2,6 Liter, Baujahr 71. Der verchromte Grill funkelte in der Sonne, wie er es an Vaters Wagen tat, wenn Henner und Peer ihn am Samstag von Hand poliert hatten. War der Vater zufrieden, durften sie abends mit dem Ford in die Stadt. Es war sein letztes Auto gewesen, er hatte sich gar nicht davon trennen wollen, auch nicht, als der Wagen schon gefährlich Rost ansetzte.

Nevena hat noch immer nicht angerufen. Patrick hat das Handy zwischen seine Oberschenkel geklemmt. Süßigkeiten hat er sich nicht mehr besorgt. Henner hat ihn nicht darauf angesprochen.

Am Morgen, bevor sie losgefahren sind, hat Henner das Navigationsgerät die Heimreise berechnen lassen. Patrick benutzte da gerade zum ersten Mal die Dusche im Wohnmobil; der Waschraum auf dem Stellplatz war eine Zumutung. Tausenddreihundert Kilometer war das Ergebnis, Fahrtzeit zurück über die tierfreundliche Autobahn ungefähr vierzehn Stunden, natürlich für einen normalen PKW kalkuliert und nicht für diese alte Schüssel. Henner hat überlegt, was er tun soll, wenn sich das Phantom Nevena auch heute nicht melden wird. Schließlich können sie nicht endlos in diesem Bosnien sitzen und auf einen Anruf von jemand warten, den es womöglich gar nicht gibt. Und wahrscheinlich wird Henner derjenige sein, der bestimmen muss, wann diese Expedition ein Ende hat.

Jetzt aber muss er sich auf etwas anderes konzentrieren. Sie haben Mostar erreicht. Die Stadt liegt in einem Talkessel, eine kurze Zeit konnte man sie von oben überblicken, dann sank das Wohnmobil zwischen die Häuser der Einfallstraße wie ein landendes Flugzeug. Und schon sind sie mittendrin im morgendlichen Verkehr. Das Navi, auf Stadtmitte programmiert, führt sie noch über ein paar Kreuzungen, dann meldet es »Ziel erreicht«, und sie sind sich selbst überlassen.

Zum Glück zeigt die nächste Ampel Rot, ein paar Sekunden Zeit, sich zu orientieren. Rechts ein Gebäude im maurischen Stil, leuchtend gelb und orange gestrichen, links die dunkelgraue Ruine eines Hochhauses. Und kein Parkplatz in Sicht.

Es wird Grün. Henner ist schon fast auf der Kreuzung, da bemerkt er ein Schild, das auf die alte Brücke weist. Also fährt er in diese Richtung, rechts ab, vielleicht kann man dort ja irgendwo parken. Es folgen weitere Schilder, aber die Straßen werden immer enger; schon hat Henner das Gefühl, am völlig falschen Ort zu sein. Hoffentlich kann man hier wenigstens wenden. Er biegt rechts ab, da öffnet sich ein Platz, oder eher eine kurze Allee, an beiden Seiten Bäume, ein Grasstreifen in der Mitte. Henner hält an. Gleich rechts stehen hohe Neubauten, gegenüber ein Betongerippe hinter einem Bauzaun. Wo immer es möglich ist, sind Autos dicht an dicht geparkt. Keine freie Lücke.

Henner will gerade weiterfahren, da klopft jemand an die Scheibe der Fahrertür. »Hey, parken?«

Der Mann ist groß und dunkelhaarig. Er trägt ein geblümtes Hemd, und er wirkt irgendwie ungelenk. Henner lässt die Scheibe geschlossen.

»Hey, dreh mal runter!« Der Mann macht eine Kurbelbewegung.

Vor dem Wohnmobil kreuzt jetzt eine Touristengruppe langsam die Straße. Der Führer trägt eine kleine Fahne. Henner muss warten.

Der Mann klopft wieder. »Dreh mal runter!«

Henner kurbelt die Scheibe herunter.

»Willst du parken? Wie lange?«

»Es ist doch kein Platz hier.«

»Siehst du da hinten, das Wohnmobil? Ja? Das fährt weg.

Fünf Minuten.« Der Mann hebt wie zum Schwur eine Hand. »Ich verspreche dir das.«

Von einer Bank an der Seite der Allee, wo eine schmale Straße abzweigt, haben sich ein paar ältere Männer erhoben. Der Scheibenklopfer ruft ihnen etwas zu. Er ist vielleicht halb so alt wie sie, aber er klingt, als duldete er keinen Widerspruch.

Henner ist die Sache suspekt. »Ich kann doch hier nicht stehen bleiben.«

»Kannst du. Ich heiße Alex. Aus Mostar. Vertraust du mir? Okay.«

Hinter ihnen hupt jemand. Der Mann, der Alex heißt, läuft zu dem Auto und redet lautstark mit dem Fahrer. Der Wagen zieht langsam vorbei.

»Kein Problem«, sagt Alex. »Noch drei Minuten. Schönes Wetter, was? Wird'n super Tag.« Er spricht Deutsch mit einem rheinischen Akzent.

Henner schaut hinüber zu Patrick. Der Junge scheint sich nicht im Mindesten unwohl zu fühlen, also lässt sich Henner nichts anmerken. Alex steht mit einem Bein vor dem Wohnmobil. Es ist klar, dass er sie gefangen hält. Sie sind seine Beute. Weiß der Himmel, was er nehmen wird, um sie wieder gehen zu lassen.

»Noch eine Minute«, sagt er. »Ist versprochen. Der Mann ist okay. Kommt aus Aachen. Ist okay.«

Wenn Henner anfahren würde, hätte Alex keine Chance ihn aufzuhalten. Aber Henner bleibt stehen.

»Siehst du! Was hab ich gesagt. Der fährt weg.«

Tatsächlich schiebt sich aus der Reihe parkender Wagen vor dem Bauzaun langsam ein Wohnmobil heraus, allerdings ist es bedeutend kürzer als der Globetrotter.

»Da passen wir nicht rein«, sagt Henner. Er ist froh; jetzt wird er endlich hier weg können.

»Passt du rein. Kein Problem. Würd ich sonst nicht sagen. Los, komm!« Er geht voran. Henner zögert einen Moment, dann fährt er ihm nach. Der Platz ist tatsächlich tief genug. Eigentlich ist es wohl die Einfahrt zu dem Rohbau, und die ist erst weiter hinten mit einem Gitter verschlossen. Wenn er bis dahin vorzieht, ragt das Heck des Wohnmobils nicht weiter in die Straße als die der anderen Autos.

»Na? Gut?«

Henner ist ausgestiegen. »Ja«, sagt er. »Danke. Und wie lange kann ich hier stehen bleiben?«

»Pass auf!« Alex zeigt auf die älteren Männer. »Die Typen da, die machen hier Aufsicht. Aber die können kein Deutsch. Ich red für dich mit denen. Bleib hier. Ich mach das.« Er geht zu den Männern, die wieder aufgestanden sind.

Henner fällt ein, dass sie kein Geld gewechselt haben. Aber schon in Medjugorje hatte er mit Euro bezahlen können, und hier wird es wohl nicht anders sein. Nach ein paar Minuten kommt Alex zurück. »Stinkstiefel«, sagt er. »Die sagen, eine Stunde drei Euro. Höchstens zwei Stunden.« Er schüttelt den Kopf. »Alles Quatsch! Willst du über Nacht bleiben?«

»Geht denn das?«

Alex klopft an das Wohnmobil. »Ich denk mal, da sind Betten drin.«

»Ich meine, ist das erlaubt?«

»Erlaubt?« Alex verdreht die Augen. »Da musst du verhandeln. Kein Mensch weiß, was erlaubt ist. Du verhandelst einfach, dann weißt du, was geht.«

Henner will etwas sagen, aber Alex unterbricht ihn. »Ich

hab schon für dich verhandelt. Bis morgen früh dreißig Euro. Mit Aufpassen und so.«

Eigentlich würde Henner lieber nach einem offiziellen Stellplatz für Wohnmobile fragen, irgendwo in der Nähe, aber er lässt es. Er hat es immer gehasst, sich jemandem auszuliefern; da macht dieser selbst ernannte Parkwächter keine Ausnahme. Andererseits ahnt er, dass Widerstand lächerlich wäre. Er holt zwei Scheine aus seinem Portemonnaie. Auch handeln will er nicht.

»Und wie wär's mit einer Stadtführung? Dafür seid ihr doch gekommen, oder? Alte Brücke und so. Extrapreis: eine Stunde, siebzig Euro.«

Patrick ist mittlerweile ausgestiegen. »Was denkst du?«, sagt Henner, und der Junge zuckt die Schultern.

SIE GEHEN LOS, dieser Alex voran, Henner knapp hinter ihm. Machen sie also eine Stadtführung. Patrick bleibt ein paar Schritte zurück. Es ist schließlich egal, was sie tun, solange Nevena noch nicht angerufen hat. Er kontrolliert es zum x-ten Mal: Nein, das Netz ist okay. Wenn ihn jemand anrufen oder ihm eine SMS schicken will, dann wird es an ihm oder an der Technik nicht scheitern.

Allerdings scheint das eine seltsame Stadtführung zu werden. Denn zunächst einmal erzählt dieser Alex bloß von sich. Er sei, sagt er, ein richtiger Mostarer. Und ein richtiger Mostarer ist man, wenn man nicht weiß, wohin man gehört. Seine Mutter ist Serbin, sein Vater muslimischer Bosnier, na prima, da durften sie ihm Krieg zuerst vor der einen Armee und dann vor der anderen flüchten. Schließlich ist er nach Deutschland gekommen, nach Düsseldorf, ganz jung noch, seine Ausbildung hat er da auch gemacht; nicht direkt in

Düsseldorf, aber in der Nähe, in Mettmann, ob sie das kennen?

»Weißt du«, sagt er zu Henner. »Ich leg da keinen Wert drauf, ob ich Muslim bin oder Christ oder was. Wenn mich die Leute fragen, dann sag ich, ich bin Eskimo. Sternzeichen Hummer. Ich glaub an nix. Du kriegst bloß Ärger, wenn du irgendwas glaubst. Guck dir die Leute hier an, die haben alle mordsmäßig was geglaubt, und am Schluss haben sie sich deswegen die Köppe eingehauen.«

Der arme Henner. Patrick weiß, dass sein Vater nicht so rasend gern mit Leuten spricht, die er überhaupt nicht kennt. Früher in den Urlauben gab es da wunderbare Szenen. Astrid war gerade mal eine halbe Stunde zum Einkaufen in irgendeinem Dorf gewesen, da kam sie zurück zum Wohnmobil und hatte drei Einladungen für den Abend. Und wo sie eingeladen war, da ging sie auch hin. Sie saßen dann bei wildfremden Leuten, und Astrid ermunterte Henner, etwas zu trinken. Nach zwei, drei Gläsern ertrug er alles viel besser.

Er habe in Deutschland Schweißer gelernt, sagt Alex. Prima Beruf. Beim Landestest sei er Dritter geworden. »Wenn ich dran denke«, sagt er, »Mann, dann stellen sich die Haare auf meinen Armen hoch. So stolz war ich. Und Fußball hab ich gespielt. Dritte Liga!« Wären sie in Deutschland geblieben, dann hätte er vielleicht einen Profivertrag bekommen. Aber sind sie nicht. Familie und so. Sie mussten sich kümmern. Jetzt macht er hier den Stadtführer. Gibt ja sonst nichts zu tun.

Er zeigt irgendein amtliches Papier, eingeschweißt in eine Kunststofffolie, das er an einem Band um den Hals trägt. Das habe ihn ein Vermögen gekostet, aber jetzt sei er wenigstens offiziell, nicht so wie diese Halunken, die die Leute bloß verarschen und ihnen das Geld aus der Tasche ziehen. Nein, da sei er schon anders!

Und das stimmt auch. Patrick hat noch nicht so viele Stadtführungen mitgemacht, aber die hier ist wirklich besonders. Alex tut nämlich nur eins: Er schimpft auf Mostar. Auf die Politik, auf die Stadtverwaltung, auf die Müllabfuhr und auf die Feuerwehr. Aber am meisten schimpft er auf das, was sie sehen, seit sie losgegangen sind. »Erst haben sie alles kaputt geschossen«, sagt er. »Hier! Die ganze schöne Altstadt. Ja klar, war auch Krieg, da macht man das eben so, alles kaputt schießen. Nicht wahr? Aber dann haben sie's wieder aufgebaut. Und wie sieht das jetzt aus? Hä?« Er klopft mit der Faust an eines der niedrigen Gebäude, zwischen denen sie jetzt hindurchgehen.

»Disneyland!«, sagt er und klopft noch einmal, als wollte er beweisen, dass alles aus Pappe ist. »Disneyland für Touristen. So schickes Mittelalter mit Dönerbude drin. Aber ich sag euch, so hat das niemals ausgesehen. Nie! Das war eine alte schlampige Stadt, das Mostar, da musstest du dauernd aufpassen, dass dir nicht was auf den Kopf fällt.«

Er bleibt stehen. »War aber schön. War eben so, wie es war. Alt und vergammelt. Aber schön. Jetzt ist alles neu gemacht, und überall sind so Schilder dran von wegen: Komm mal rein, kannst du rausgucken! Und ich sag euch, das ist alles gelogen.« Er macht eine Handbewegung. »Aber ist auch egal. Denn hält das für ewig? Nein. Kommt der nächste Krieg, schießen sie es wieder kaputt.«

Sie gehen durch enge, gewundene Straßen mit grobem Kopfsteinpflaster. Hier sieht es aus wie im Bazarviertel von Themara. Schmale, niedrige Häuser mit schiefen Dächern und schwarzen Holzbohlen über den Fenstern. Aber die Geschäfte und Lokale in den Häusern scheinen ganz neu zu sein. Es gibt Döner, Pizza und jede Menge Souvenirs. Gerade werden überall Stühle nach draußen gestellt und Tische abgewischt.

»Hier lang«, sagt Alex. Sie steigen ein paar Treppen hinunter und stehen am steinigen Ufer eines schmalen grünlichen Flusses. Hoch oben spannt sich in einem steilen Bogen die Brücke über das Wasser.

»Bitteschön!« Alex verbeugt sich wie ein Zirkusdirektor, der seine Attraktion präsentiert. »Stari Most. Aber brauch ich euch nicht zu erklären. Kennt ihr ja. Hab noch keinen Touristen gesehen, der nach Mostar kommt und die Brücke nicht kennt.« Er lacht. »Weißt du, die Touristen könnten Stadtführer sein für die Leute von Mostar, besonders für die jungen, die haben nämlich andere Probleme und wissen nichts von alten Brücken.«

Er drückt eine Hand auf seine Brust. »Natürlich, wenn ihr wollt, kann ich alles erklären. Alte Brücke, Verbindung von christlicher Welt im Westen und Muslimwelt im Osten. Blablabla. Von Türken gebaut, paar Hundert Jahre gestanden, nix passiert, dann Krieg und kaputt geschossen von Kroaten. Oder gesprengt von Bosniaken. Ist noch nicht geklärt. Können wir jetzt raufgehen auf die Brücke und ein Gespräch drüber anfangen, wer's getan hat. Peng, kriegen wir Streit, und morgen fängt der Krieg wieder an. Also bleiben wir lieber unten und gucken, wie einer von den Idioten runterspringt und sich den Hals bricht.«

Tatsächlich steht oben auf der Brücke, diesseits vom schwarzen Geländer, ein Mann in enger Badehose. Alex schaut Henner an, der schaut zurück und schweigt.

»Mann!«, sagt Alex. »Das war ein Witz. Die tun sich nix, die machen das für Geld. Paar andere gehen oben rum und sammeln. Wenn genug zusammen ist: Hopp!« Er macht eine entsprechende Bewegung. »Könnt ihr ruhig gucken. Obwohl«, er schiebt die Unterlippe vor und wiegt den Kopf, »unten im Fluss liegen noch Steine von der alten Brücke. Sehr gefährlich. Hat keiner rausgeholt. Sind bloß die Türken gekommen und haben eine neue Brücke gebaut. Die alte war denen egal.«

Der junge Mann lässt sich jetzt mit den Füßen voran von der Brücke hinabfallen, dabei rudert er mit den Armen. Ein paar Leute stehen näher am Ufer, die applaudieren, als er im Wasser verschwindet.

»Bah«, sagt Alex. »Gut, dass ihr nicht bezahlt habt. Das war'n Sprung für Touristen. Füße zuerst! Die Jungs, die das richtig machen, die springen anders. Lasta heißt das, die Schwalbe. So stehen die da oben.« Er ist auf einen der Steine gestiegen und hat die Arme gehoben, als wollte er alle segnen.

»Und dann springen sie nach vorne. Und nach oben!« Er macht einen kleinen Hopser von dem Stein herunter. »Das sieht aus, als könnten sie fliegen. Richtig fliegen, Mann! Können sie aber nicht. Paar Meter, dann geht's runter. Kopf zuerst.« Er zieht die Stirn in Falten. »Ihr seid doch nicht deswegen gekommen? Wegen dem Springerfestival? Das ist erst am Samstag.«

»Nein«, sagt Henner. In gewisser Beziehung seien sie auch gar keine Touristen.

»Keine Touristen? Im Wohnmobil.« Alex grinst. Hinter ihm her steigen sie wieder die Treppen hinauf, und dann gehen sie endlich selbst über diese legendäre Brücke. Es müsste jetzt eines dieser Geräusche geben, mit denen im Spiel ein Levelwechsel angekündigt wird. So eine Art Pling oder ähnlich, schwer zu beschreiben. Jedenfalls machte es Patrick immer ein gutes Gefühl, weil er wusste: Hier bin ich jetzt, das habe ich geschafft; von hier kann mich keiner mehr vertreiben.

Gleich auf der anderen Seite der Brücke ist ein kleines Museum. Es sieht aus, als müsste man hinein und sich alles ansehen, wie um den Brückenzoll zu zahlen. Henner geht voran. Hier laufen als Endlosschleifen auf mehreren Monitoren unscharfe und verwackelte Videos. Alle paar Sekunden fällt die Brücke in den Fluss, mal in Schwarz-Weiß, mal in Farbe.

»Fällt dir nichts auf?«, sagt Henner. Er ist hinter Patrick getreten und hat ihm eine Hand auf die Schulter gelegt.

Patrick weiß nicht, wonach er suchen soll, bis Henner auf den Rand eines der Monitore zeigt, wo eine Datumsanzeige mitläuft: 9.11.1993.

Henner zieht ein Foto aus seinem Portemonnaie, das Patrick sehr gut kennt. Es ist die eingeschweißte Kopie eines altmodischen Polaroids. Eine Krankenschwester hat es gemacht, vielleicht eine Stunde nach Patricks Geburt. Astrid hat ihn im Arm und sieht geschafft aus. Handschriftlich hat die Krankenschwester Patricks Namen und das Datum notiert. Und weil sie übersehen hat, dass Patrick noch kurz vor Mitternacht geboren ist, steht da fälschlicherweise: 9.11.1993.

»Erinnerst du dich daran?« Patrick meint die Brücke.

»Nein«, sagt Henner. »Da hatten wir andere Sorgen.«

»Trotzdem. Komisch, oder?«

Henner lacht. »Meinst du, das ist ein Zeichen? Dann könnte deine Nevena jetzt vielleicht mal anrufen.«

Patrick fühlt es heiß über seinen Rücken laufen. Vielleicht gibt es hier drinnen keinen Empfang! Sind ja ziemlich dicke Mauern. Rasch geht er nach draußen. Nein, er hat keine Anrufe verpasst. Und er hat auch keine SMS.

Hier auf dieser Seite der Brücke sind die Läden noch kleiner. Patrick hat in der Hosentasche eine Hand um sein Handy gelegt, während er sich die Auslagen anschaut. Lauter Krimskrams und Schrott, nichts davon könnte er brauchen, am wenigsten diese mörderisch großen Kugelschreiber, die es offenbar in jedem Laden gibt. Er nimmt einen davon in die Hand. Da bekommt man ja Muskelkater beim Schreiben.

Alex ist neben ihn getreten. »Du weißt gar nicht, was das ist, he?«

»Ein Kugelschreiber?«

»Hohoho!«, macht Alex. »Die glücklichen Kinder, wissen von nix. Ich wär auch gern so'n glückliches Kind. Junge, das ist eine Patronenhülse. Peng peng!« Er zielt mit beiden Zeigefingern auf Patrick. »Nach dem Krieg haben die tonnenweise hier rumgelegen. Jetzt machen sie so was draus. Gibt's auch in größer, als Vase, kannst du Blumen reinstecken. Hier! Willst du eine kaufen für deine Mutter?«

Patrick schweigt kurz, dann sagt er: »Meine Mutter ist tot. Sie ist letztes Jahr an Krebs gestorben.«

Alex wirft den Kopf in den Nacken. »Gott!«, sagt er laut. Er hebt eine Hand. »Sorry. Ich bin ein Idiot. Aber ich kann nix dafür. Wenn du aus Mostar bist, dann vergisst du, dass man auch einfach so sterben kann, nicht immer bloß am Krieg.« Er streckt Patrick eine Hand entgegen. »Nimmst du bitte meine Entschuldigung an?«

Da gibt es doch nichts zu entschuldigen. Patrick will das

auch sagen, aber dann nimmt er nur die Hand. »Angenommen«, sagt er.

»Dann gehen wir jetzt Kaffee trinken? Ihr seid in Bosnien und habt seit einer Stunde keinen Kaffee getrunken. Das ist kein Zustand.«

Zwischen den Geschäften öffnet sich ein kleiner Platz, der in eine Art Felsengrotte führt, die irgendwie arabisch eingerichtet ist. Es läuft auch ein ziemlich orientalischer Pop. Alex spricht kurz mit einem Mann hinter dem hölzernen Tresen. »Ich lass euch jetzt hier. Kleine Besorgung. Ich komm aber wieder. Könnt ich vielleicht schon mein Geld kriegen?«

Henner gibt ihm zwei Scheine.

»Aber nicht weggehen. Ich komm bestimmt wieder.« Er grüßt und geht in seinem merkwürdig schwankenden Gang davon.

»Sehen wir den wieder?«, sagt Patrick, aber bevor er eine Antwort bekommt, klingelt sein Telefon. Es ist immer noch auf volle Lautstärke gestellt, und so übertönt es knapp die Musik aus dem Lautsprecher. Patrick springt auf und nimmt das Gespräch an. »Hallo?«, sagt er. »Nevena?« Aber da wird schon wieder aufgelegt. Er starrt noch das Display an, da kommt die Meldung für eine SMS. »A boy picks you up at the old bridge. Have your phone in your left hand as a sign. N.«

»Ist das von ihr?« Henner ist auch aufgestanden.

»Ich muss zur Brücke. Jemand holt mich ab.«

Henner fragt nicht, ob er allein gehen will; und außerdem ist Patrick schon unterwegs. Hinter dem kleinen Museum betritt er die Brücke, ganz oben stellt er sich seitlich an das dünne eiserne Geländer, sein Handy in der linken Hand ein wenig nach vorn gestreckt. Es sieht aus, als wollte er es verkaufen.

Jenseits vom Geländer auf der anderen Seite steht wieder ein junger Mann. Er ist am ganzen Körper tätowiert. Jemand geht umher und sammelt bei den Leuten Geld ein. Immer wieder zählt er nach und macht dem Springer ein Zeichen, das wohl sagen soll: Ist noch nicht genug. Der Springer geht in die Knie und streckt sich. Mehr und mehr Leute versammeln sich hinter seinem Rücken. Endlich scheint der Betrag zu stimmen. Der Springer verschwindet hinter den Körpern der Menschen.

»Patrick?«

Der Junge ist vielleicht elf oder zwölf. Er hat dunkle Haut, sein schwarzes Haar ist ganz kurz geschoren. Patrick sieht gleich, wie nervös er ist. Wieder jemand, der gerade sein größtes Abenteuer erlebt?

»Nevena?«

Der Junge sagt etwas, das Patrick nicht versteht, dann geht er los, zurück auf die muslimische Seite. Patrick folgt ihm, der Junge macht ihm ein Zeichen, etwas Abstand zu halten. Er schlängelt sich rasch durch die Menschen; Patrick hat Sorge, ihn zu verlieren. Sie gehen die Ladenzeile entlang, links unten sieht man manchmal den grünlichen Fluss. Nach hundert oder zweihundert Metern werden die Häuser größer, es ist jetzt eine normale Stadt, nicht mehr dieses Disneyland.

Einmal biegen sie rechts ab, dann wieder links, aber es ist kein Problem für Patrick, sich den Weg zu merken. Im Spiel hat er ganz andere Routen im Kopf behalten. Schließlich geht es noch einmal nach rechts; und jetzt sind sie in einer ruhigen Straße, die so schmal ist, dass kaum zwei Autos aneinander vorbei passen.

Der Junge sagt wieder etwas, das Patrick nicht versteht,

dazu macht er eine Handbewegung, die nur bedeuten kann: genau hier bleiben und warten. Zögernd geht er davon. Es sieht aus, als hätte man ihm ziemlich genau gesagt, was er tun soll und was nicht. Endlich beginnt er zu laufen, dann verschwindet er hinter einer Ecke.

Patrick sieht sich um. Fast alle Häuser hier haben glatte Fassaden, einige sind in leuchtend bunten Farben gestrichen. Genau gegenüber muss jemand ein großer Fan von Orange sein. Oder er denkt, seine Nachbarn sind es. Nur das Haus, vor dem Patrick steht, sieht ganz anders aus. Es ist alt und schmutzig grau, der Zierrat um seine Fenster ist zerbrochen, und auf dem Dach scheinen Sträucher zu wachsen. Seinen Eingang hat es in einem seitlichen Anbau, der nur bis zum ersten Stock reicht, darauf ist eine Art Terrasse mit steinerner Balustrade. Deren bröckelige Säulen passen gut ins Bild. Der Eingang selbst ist mit einem Gitter verschlossen, die Tür dahinter liegt im Dunkeln. Links neben dem Haus ist ein Durchgang zum Hof. Darin steht ein großer Müllcontainer auf Rollen.

Patrick wartet. Eigentlich müsste er nervös sein, so wie vor einer Klassenarbeit. Aber er fühlt sich ganz ruhig. Was immer jetzt auch passiert, wenigstens hat diese verdammte Ungewissheit endlich ein Ende.

Eine Frau mit einem Kind an der Hand geht vorbei. Sie sieht zu ihm herüber, da tritt Patrick in den Durchgang. Als er die Schritte der Frau nicht mehr hört, geht er wieder auf die Straße, genau dorthin, wo er warten soll. Er will jetzt wirklich nichts falsch machen.

»Hi!«

Patrick dreht sich um, da ist niemand.

»Look up.«

Er muss ein paar Schritte zurücktreten. Auf der Terrasse über dem Eingang des grauen Hauses steht ein Mädchen. Sie hat die Arme auf die Balustrade gelegt. Hinter ihr läuft eine geschwungene Linie gezackter Löcher über die Hauswand. Das Mädchen winkt ihm zu.

Das ist Nevena. Ihre Haare sind etwas länger als auf dem Foto und nicht ganz so dunkel. Sie trägt auch andere Sachen, ziemlich mädchenhafte, soweit Patrick das erkennen kann. Aber es gibt keinen Zweifel. Das ist sie.

»Hi«, sagt er. Es klingt schwach und irgendwie verkratzt. »Can I come in?«

Als sie ihm antwortet, hört sich das seltsam an. Wenn sie chatteten oder wenn er ihre Mails las, hat Patrick nie daran gedacht, dass Nevena wahrscheinlich mit irgendeinem Akzent spricht. In seinem Kopf gab es eine Stimme, die er für sie erfunden hatte; und diese Stimme war ganz selbstverständlich. Jetzt hört sich ihr Englisch hart und eckig an. Sie klingt, als würde sie lausig synchronisiert. Er muss sich mächtig zusammenreißen, um ihr folgen zu können.

Sie könne ihn leider nicht reinlassen, sagt sie. Ihre Familie sei zwar nicht da, aber es liege eine kranke Tante im Haus. Die habe überall ihre Ohren. Und ihren Mund könne sie erst recht nicht halten.

Patrick braucht ein paar Sekunden, bis er einen halbwegs sinnvollen Satz zusammen hat. Zweimal muss er ansetzen. Es ist wie in der Schule, besser: wie in einem Albtraum von der Schule. »But you are Serbian!«, sagt er endlich. »What are you doing here in Mostar?«

Das Mädchen legt einen Finger auf den Mund und winkt ihn in den Durchgang. Sie müsse ihm jetzt ein paar Sachen erklären.

Der Durchgang liegt ganz im Schatten. Beinahe kann Patrick ihr Gesicht nicht mehr erkennen. »Just a moment«, sagt er, dann versucht er den Rollcontainer zu bewegen. Zuerst rührt der sich nicht, aber dann findet Patrick die Arretierungen an den Rädern und löst sie. Er schiebt den Container ein Stück zur Straße und klettert hinauf. Es ist nicht so leicht, auf dem gewölbten Deckel zu stehen; aber jetzt ist er immerhin so weit oben, dass er mit ausgestrecktem Arm den Sockel der Balustrade erreichen könnte.

»Don't fall down!«

»Ich pass schon auf.« Patrick breitet die Arme aus, um das Gleichgewicht zu behalten.

»I lied to you«, sagt das Mädchen. Sie komme von hier. Aus Mostar. Und sie dürfe ihn nicht sehen, auf keinen Fall. Nicht im Spiel und erst recht nicht so wie jetzt. Sie ist Muslimin, und ihre Eltern sind ziemlich streng. Wenn die wüssten, dass sie mit einem Christen Kontakt hat, dann bekäme sie Ärger. Gewaltigen Ärger! »You understand what I mean?«

»Aber«, sagt Patrick. Er denkt jetzt so vieles gleichzeitig, und jeder Gedanke drängt den anderen zur Seite. »But we were so close together. For such a long time.«

Ja, das stimme schon. Ihr Cousin hat ein Internetcafé, nicht weit von hier. Da war sie immer. Sie hat gesagt, das mache sie für die Schule. Und zu Hause hat sie manchmal den Laptop ihres Bruders genommen. Die Nachbarn haben drahtloses Internet, da hat er sich reingehackt. Aber dann hat ein Bekannter ihrer Eltern sie im Internetcafé beobachtet. Und seitdem muss sie aufpassen.

Aber warum hat sie gesagt, sie sei Serbin und lebe in Belgrad?

Sie fährt sich mit der Hand durch ihr dunkles Haar.

Patrick hat Recht gehabt, ihre Haare sehen am besten aus, wenn sie sie zerzaust. »Okay«, sagt sie. »Sorry.« Aber das mache man doch immer im Netz, nicht so ganz die Wahrheit über sich zu sagen. Er habe doch bestimmt auch gelogen.

»Hab ich nicht«, sagt Patrick. »I am exactly what I am.«

»Don't be mad«, sagt das Mädchen. Sie beugt sich ein bisschen weiter über die Balustrade. Vielleicht war das ja ein Fehler von ihr. Aber sie hat es nur getan, weil die Leute hier so streng sind. Es ist wirklich nicht leicht, wenn man ein Mädchen ist. Das könne er sich wahrscheinlich gar nicht vorstellen.

»Aber was wird jetzt aus uns?«, sagt Patrick. »And now?«

Was er damit meine?

»We. The two of us?«

Das Mädchen richtet sich wieder auf. Sie zuckt die Schultern. Wenn sie die Schule gut schafft, kann sie vielleicht studieren. In Sarajevo, womöglich sogar im Ausland. Jedenfalls können sie dann wieder mailen. Ohne Limit. »Keep your address so that I can find you.«

Patrick weiß jetzt wirklich nicht mehr, was er noch sagen soll. Er weiß auch nicht, was er fühlt. Das hier ist doch Nevena, die Nevena, mit der er praktisch das ganze letzte Jahr verbracht hat. Über alles Mögliche haben sie gesprochen. Und jetzt steht er hier wie ein dämlicher Zirkusclown auf diesem Müllcontainer und muss sich erklären lassen, dass sie nicht einmal miteinander reden dürfen. Wie die Königskinder in diesem Lied.

Dabei, bitte! Was hat er mit dieser Muslim-Christen-Geschichte zu tun? Nichts! Und wenn er genau an dem Tag geboren wäre, an dem sie hier ihre bescheuerte Brücke gesprengt haben, auf die Minute und die Sekunde genau, dann wäre das immer noch nicht sein Krieg. Und ihr Krieg doch auch nicht.

Zum ersten Mal verflucht er, dass er mit Nevena nur Englisch sprechen kann. Beim Chatten war das kein Problem, bei den Mails auch nicht, da hat er es gar nicht bemerkt. Aber wenn man sich aufregt, wenn man sich wahnsinnig aufregt, weil plötzlich irgendwelche idiotischen Verhältnisse einem ins Leben reinreden, dann braucht man verdammt noch mal seine Muttersprache, denn nur in der kann man anständig fluchen, so, dass man spürt, man macht sich Luft. Dabei weiß Patrick natürlich, dass er nicht hier auf diesem Müllcontainer in Mostar stehen und auf Deutsch über den Schwachsinn von Religionskriegen fluchen kann. Das geht einfach nicht.

»Ach, Scheiße«, sagt er leise.

Das Mädchen lacht. »Attention!« Das Wort kenne sie. Das sagen die Touristen im Internetcafé, wenn sie ihre Mails lesen.

Patrick lacht auch. Aber der Ton klingt ihm selbst ganz falsch.

Eine Zeit lang schweigen sie. Schließlich bückt sich das Mädchen hinter der Balustrade und streckt ihm zwischen den steinernen Säulen eine Hand entgegen. Patrick nimmt sie, Nevenas Hand, er stellt sich dazu auf die Zehenspitzen. Wie es sich anfühlt, kann er nicht sagen. Es ist eine Hand, den Menschen sieht er gar nicht mehr. Er lässt los. Zu früh, denkt er und hockt sich auf den Container.

Das hier, sagt er, ihre Geschichte, das sei genau wie neulich in der Couple-Quest, als der Magier ihn von diesem Turm gestoßen hatte und sie nicht mehr zusammen kämpfen konnten.

»Hm«, sagt das Mädchen.

Im Spiel hatten sie durch ihre Trennung alles verloren. Der

Aufstieg auf den Turm war unendlich mühsam gewesen, dann war Patrick einen Moment lang unaufmerksam, und der Magier erwischte ihn mit einem psychokinetischen Zauber. Bis er sich wieder hinauf zu Nevena hatte arbeiten können, war sie im Kampf gegen den übermächtigen Gegner erlegen. Sie hatten noch tagelang davon geredet. Aber jetzt scheint es Patrick, als hätte Nevena die Sache vergessen. Das ist seltsam.

»I wish I had my fighting dragon now«, sagt Patrick.

»So do I«, sagt das Mädchen. Aber jetzt müsse sie wieder zurück ins Haus. »Goodbye!«

Patrick winkt ihr noch einmal zu, sie winkt zurück. Dann rutscht er von dem Container, tritt auf die Straße und geht, ohne sich umzudrehen. Den Weg zurück zur Bar in der Felsengrotte findet er ohne Probleme. Kurz hat er gedacht, er müsse jetzt weinen. Aber das ist nicht so.

»DANN KÖNNEN WIR also fahren?«, sagt Henner.

Er meint: nach Hause fahren. Natürlich nicht heute. Er überschlägt es im Kopf. Oder vielleicht doch? Bis Österreich müsste es immerhin zu schaffen sein, und dort gibt es jede Menge Stellplätze. Er trinkt von seinem Kaffee. Genau dieses Gefühl muss Astrid so geliebt haben: jederzeit aufbrechen zu können und zu fahren, wohin man gerade will.

»Ja, von mir aus«, sagt Patrick. Er starrt auf sein Handy. Der Orangensaft vor ihm auf dem niedrigen Tisch ist offenbar ungenießbar.

Da siehst du, wie mächtig die Verhältnisse sind und wie weit sie reichen! Das würde Henner jetzt gerne sagen. Am Tag, als Patrick geboren wurde, hat man hier schon beschlossen, wer einmal seine Freundin sein darf und wer nicht. Aber

Henner weiß, jetzt ist nicht die Zeit für solche Sätze, egal wie richtig sie auch sind.

Alex bestellt noch einen Kaffee. Seit einer Viertelstunde ist er wieder da. Bevor Patrick kam, hat Henner ihm erklärt, warum sie in Mostar sind. Er hat ihn auch gebeten, nicht darüber zu reden, wenn Patrick zurück ist. Aber das wäre nicht nötig gewesen. Patrick hat nämlich sofort erzählt, was passiert ist, kurz, aber genau. Jetzt sitzt Alex da mit seiner kleinen Kaffeetasse in der Hand und sieht noch trauriger aus als der Junge.

»Wo genau ist das Haus?«

Patrick beschreibt den Weg, den er gegangen ist. Alex stellt ein, zwei Nachfragen, dann sagt er: »Das kenne ich, das Haus. Alt und kaputt. Mit so einem Bogen über der Einfahrt.«

Patrick nickt.

»Da wohnt aber keiner. Schon lange nicht mehr.«

»Sicher?«

»Sicher. Das ist keine große Stadt, das Mostar. Hier kennt jeder jeden. Ich bin oft da, ein Freund von mir wohnt ein paar Häuser weiter.«

»Aber dann lügt das Mädchen doch!«, sagt Henner.

Patrick zuckt die Schultern. »Es gibt auch keine Kampfdrachen.«

Für einen Moment hat Henner Angst, es könnte etwas mit Patrick nicht stimmen. Dann fängt er sich. Natürlich wird es wieder um dieses Spiel gehen. »Was meinst du damit?« Es klingt, als würde er mit einem Kranken reden.

»Ich hab gesagt, ich hätte damals einen Kampfdrachen gehabt. Aber das stimmt sind. Sie müsste das wissen. Während eines Kampfes kann man keine Flugtiere verwenden.« Er macht eine kleine Pause. »Und Kampfdrachen gibt es schon gar nicht.«

»Was bedeutet das jetzt?«

»Ich weiß nicht«, sagt Patrick. »Sie hat es vergessen. Oder es ist ihr einfach alles egal.«

»Glaubst du das?

Patrick schüttelt den Kopf.

»Was glaubst du denn?«

»Ich glaub, gar nichts.«

Henner überlegt. Sein nächster Satz kann ihm noch einen Tag Mostar einbringen; und wer weiß, was sonst. Er sagt ihn trotzdem. »Kann es sein, dass das gar nicht Nevena war?«

Patrick tippt auf seinem Handy, bis das Bild von dem Mädchen mit den dunklen Haaren erscheint. »Die hier«, sagt er, »die war es bestimmt. Aber ob das Nevena ist? Keine Ahnung.«

Alex nimmt Patrick das Handy aus der Hand. Er hält es am ausgestreckten Arm. »Wie findet ihr das?«, sagt er. »Noch keine vierzig, und ich brauch schon eine Brille.«

»Weißt du, wer das ist?«

»Ist kein so deutliches Foto.« Alex lacht. »Und das ist so ein junges Mädchen! Ich hab Frau und Kind, da darf ich nicht mehr nach jungen Mädchen kucken.« Er gibt Patrick das Handy zurück.

»Aber in dem Haus wohnt keiner? Das weißt du?«

»Ja.« Alex hebt eine Hand. »Wenn ich mich nicht täusche. Jetzt muss ich aber los.« Er trinkt hastig seinen letzten Kaffee. »Ihr kennt ja sowieso schon die halbe Stadt. Und für die Nacht ist alles klar. Lasst euch von den Kerlen am Parkplatz nix sagen. Ich bin morgen früh wieder da.« Er grüßt noch zur Theke, dann verschwindet er im Strom der

Menschen, die jetzt dicht an dicht an der Felsengrotte vorbei gehen.

»Komisch, oder?«, sagt Henner.

Patrick antwortet nicht. Er sieht müde aus. Vielleicht, denkt Henner, hat dieses Gespenst Nevena ihn jetzt verlassen wie die Erinnerung an einen Traum, nachdem man aufgestanden ist. Und vielleicht wäre es wirklich am besten, wenn sie so schnell wie möglich nach Hause führen.

»Was anderes zu trinken?«, sagt er. »Oder hast du Hunger?« Er schämt sich für seine Sätze. Als könnte er selbst in einer solchen Situation ans Essen denken.

»Pizza wäre okay«, sagt Patrick.

»So? Gut.« Henner zahlt, und sie verlassen die Grotte. »Kann ich das Haus vorher vielleicht mal sehen, oder ist dein Hunger zu groß?«

»Diese Richtung«, sagt Patrick.

Sie gehen durch die Ladenstraße, biegen rechts und dann wieder links ab. Henner hat seine Kamera im Wohnmobil gelassen; und das bedauert er jetzt. Zwischen neuen oder zumindest neu verputzten Häusern stehen einzelne Ruinen, und die sehen alle aus, als stammten sie nicht aus dem letzten Krieg, sondern aus dem Mittelalter. Wie die Reste von Burgen oder Wehrtürmen stehen sie da, von Sträuchern und Efeu überwuchert, und aus ihrer leeren Mitte wachsen stattliche Bäume.

Patrick geht jetzt schneller. Gleich rechts an der Straße liegt vor einer Moschee ein Friedhof. Eng nebeneinander ragen schlanke, blendend weiße Marmorsäulen aus den schmalen Gräbern.

»Einen Moment«, sagt Henner. Die Schrift auf den Steelen weist zur Straße. Das Todesjahr ist fast immer 1993. Und die Geburtsjahre? Fast alle zwischen 1960 und 1970.

Das wäre mein Krieg gewesen, denkt Henner. Für den hätte er das richtige Alter gehabt. Allerdings hat er damals am anderen Ende der Welt gelebt, das heißt dort, wo man friedliche Revolutionen feierte und Kinder bekam, statt seine Nachbarn umzubringen. Da hat er Glück gehabt, nicht wahr?

»Können wir weiter?«, sagt Patrick.

Und ein Grab, um das er sich kümmern müsste, hat er auch nicht bekommen. Seit er Astrids Asche am Fluss verstreut hat, ist er nie wieder dort gewesen. Und Patrick weiß davon bis heute nichts.

Sie biegen nach rechts in eine schmale Straße. Henner erkennt das Haus sofort. Es scheint ihm unbewohnt. Das Gitter vor dem Eingang ist mit einer Kette verschlossen. Dahinter, vor der dunklen Tür, liegen leere Flaschen und eine prall gefüllte Plastiktüte. »Hier wohnt keiner«, sagt er. »Das sieht man doch.«

Er geht an dem Container vorbei in den Innenhof. Den teilt sich das Haus mit all seinen Nachbarn; es gibt keine Gärten und keine Zäune, nur eine betonierte Fläche mit eingezeichneten Parkplätzen. Das einzige Grün wächst hinter dem grauen Haus, ein Unkraut, das es so weit gebracht hat, auszusehen wie ein Baum.

Das Haus hat eine Tür zum Hof. Henner drückt die Klinke. Die Tür bewegt sich nicht, aber sie ist nicht abgeschlossen, sie klemmt nur am Boden; mit etwas Kraft lässt sie sich aufdrücken.

»Sollen wir da wirklich rein?«, sagt Patrick.

Henner ist schon im Haus. Er bleibt stehen und lauscht. Alex hat vollkommen recht gehabt, hier lebt niemand mehr, und zwar seit langer Zeit. Henner spürt das sofort. Es ist ziemlich dunkel in dem schmalen Gang, nur durch das trübe Glas über der Haustür fällt etwas Licht. Alles ist voller Staub, an der Decke sind Spinnweben, und auch die sind verstaubt. Nicht einmal Fliegen leben hier.

Nach links öffnet sich ein Flur. Und jetzt wird Henner doch überrascht. Denn hier stehen noch Möbel, es hängen sogar ein paar Sachen an einer Garderobe. Die Tür zu einem Zimmer steht offen, es liegt zur Straße und muss das Wohnzimmer sein. Ein langer Tisch mit Stühlen, eine alte hölzerne Anrichte, ein dazu passender Schrank mit Schnitzereien; hinter den staubigen Scheiben weißes Porzellan. Über dem Tisch ein Kronleuchter. Teppiche auf dem Boden, das Muster unter dem Staub kaum noch zu erkennen. Als Henner sich umdreht, steht Patrick in der Tür.

»Hast du Angst?«

»Schon, ja. Ein bisschen.«

Kein Wunder. Man könnte meinen, das hier ist die Kulisse für einen Horrorfilm. Das Zimmer nebenan sieht ganz ähnlich aus, aber das dritte passt gar nicht zu den anderen. Es ist eine Küche, ganz modern eingerichtet mit Wandschränken und Einbaugeräten. Unter dem Staub sehen sie besonders schlimm aus.

»Komm«, sagt Henner. Sie gehen zurück in den Flur, dann steigen sie eine gewundene Treppe hinauf. Hier oben stehen alle Türen weit offen, und es ist längst nicht so gediegen wie unten im Parterre. Wahrscheinlich haben hier einmal viele Menschen gelebt; in jedem Zimmer stehen Betten, Matratzen liegen auf dem Boden. Alle Möbel scheinen verrückt, ein Schrank ist umgefallen, Schubladen stehen offen. Auf einem Stuhl liegen ein paar Kleidungsstücke, sauber zusammengefaltet. Eines der Zimmer hat einen Ausgang auf eine Terrasse.

»Weißt du, was mich wundert?«, sagt Henner. »Dass es hier gar nicht muffig riecht.« Er steigt eine schmalere Treppe hinauf in den zweiten Stock, und er ist noch nicht oben, da sieht er schon den Grund dafür. Die Decke ist an einigen Stellen in die Zimmer gestürzt, die Mauern sind geborsten, ein Grossteil des Daches fehlt; zwischen den zerbrochenen und verkohlten Balken sieht man den Himmel.

»Bleib unten!«, sagt Henner. Über kurz oder lang wird hier oben alles einstürzen, dann gibt es keine Luft mehr für die unteren Etagen. Zusammen gehen sie zurück in das Zimmer an der Terrasse. Patrick tritt hinaus. Jetzt steht er wahrscheinlich da, wo dieses Mädchen gestanden hat.

»Ich verstehe das alles nicht«, sagt er.

»Wir verstehen hier überhaupt nichts.« Henner setzt sich auf die Balustrade. »Und ich für mein Teil weiß auch gar nicht, ob ich es verstehen will.«

»Es tut mir leid.«

»Was?«

Patrick macht eine Handbewegung. »Na, das alles hier. Ich könnte mich ohrfeigen.«

»Ist schon gut.« Henner schaut die Straße entlang. An der Kreuzung stehen ein paar Leute, sie scheinen zu diskutieren. »Übrigens habe ich eben gelogen. Ich erinnere mich gut an die Brücke. Ich kam gerade aus dem Krankenhaus, als es im Fernsehen lief. Weißt du, wenn es nach mir gegangen wäre, dann hätten sie damals gemeldet: Heute wurde Patrick Ehling geboren. Stattdessen dieser Wahnsinn. Ich hab mich darüber geärgert. Ich wollte, dass alle Welt meinen Sohn feiert.« Er macht eine Pause. »Und natürlich mich.«

»Und Astrid.«

»Ja, die besonders.«

»Komm! Lass uns nach Hause fahren.«

»Nein«, sagt Henner. Die Leute am Ende der Straße haben sich getrennt. Drei von ihnen kommen jetzt näher. »Zuerst finden wir das Mädchen mit dem Wuschelkopf. Hast doch gehört, hier kennt jeder jeden. Und dann wird sie uns die Wahrheit erzählen. Ich fahre jedenfalls nicht ohne die Wahrheit nach Hause.«

»Papa?«

Henner hängt noch seinen letzten Sätzen nach. »Was ist?«

»Die Leute, die da gerade kommen. Die gucken nicht freundlich. Sollen wir abhauen?«

»Im Gegenteil«, sagt Henner. »Wenn sie was von uns wollen, um so besser. Wir sind für alle Kontakte dankbar.«

NUN HABEN SIE ALSO BESUCH, zwei Jungs und eine Frau, die ihre Mutter sein könnte, vielleicht auch ihre Großmutter. Aber die Stimmung ist schlecht. Der eine Junge ist in Patricks Alter, schmal und blass, mit einem schwarzen Pferdeschwanz, der andere wahrscheinlich etwas älter, nicht größer oder kräftiger, aber ziemlich sportlich und furchtbar nervös. Der Ältere hat gleich zu reden begonnen, laut und gestenreich. Patrick versteht kein Wort, aber das muss er auch nicht. Was der Junge meint, ist klar: dass Henner und er in diesem Haus nichts zu suchen haben.

Henner tut sein Möglichstes, die Lage zu beruhigen. Aber dazu muss er erst einmal durchsetzen, dass Englisch gesprochen wird, denn mit Deutsch geht hier gar nichts, und Bosnisch werden sie nicht so schnell lernen. Henner macht das ganz gut. Er regt sich nicht auf, er wiederholt bloß immer wieder den gleichen Satz, freundlich und ohne irgendein Getue: »Do you speak English?« Endlich gibt der Blasse mit dem Pferdeschwanz zu verstehen, dass er bereit ist zuzuhören.

»We come from Germany«, sagt Henner. «We are looking for a girl called Nevena. My son has met her. Here, in this house. About an hour ago.«

Mehr kann er nicht sagen, da unterbricht der Sportler schon wieder; der Blasse muss übersetzen und ihn zugleich beruhigen, was ihm aber nicht so richtig gelingt. Patrick merkt, wie ihm die Angst den Rücken hinaufklettert.

»Wenn's Ärger gibt«, sagt Henner auf Deutsch und ohne Patrick anzusehen, »dann spring auf den Container und lauf weg.«

Patrick nickt, aber er weiß, er würde es nicht tun.

»Why Nevena?«, sagt der Blasse.

Henner erzählt von dem Spiel. Sein Sohn und diese Nevena haben sich dort kennengelernt. Im Internet. Dann ist sie verschwunden, und sie haben sich auf die Suche gemacht. Später hat sie sich gemeldet und gesagt, sie sei hier in Mostar.

Wieder muss der Blasse übersetzen. »What game?«, sagt er.

Henner deutet mit dem Kopf zu Patrick.

Jetzt keine Fehler machen! Es muss alles ganz selbstverständlich klingen. Patrick beschreibt auf Englisch kurz seine und Nevenas Rolle im Spiel.

Der Sportler will gleich wieder seine Übersetzung, aber da sagt der Blasse etwas, das ziemlich unfreundlich und irgendwie autoritär klingt. Erstaunlicherweise gibt der Sportler zum ersten Mal wirklich Ruhe.

»Your strongest healing spell?«, sagt der Blasse.

»Divine Cleansing.«

»Spell Power?«

»Twentythousand.«

»Main weapon?«

»Glorious Great Staff of the Heavenly Embrace.«

Der Blasse nickt anerkennend. Dann wendet er sich an Henner. «We are neighbours«, sagt er. Die Frau ist ihre Mutter. Sie wohnen dort hinten, am Ende der Straße. Das Haus hier steht seit Langem leer. Sie kennen den Besitzer und kümmern sich ein bisschen darum. Damit nichts geklaut wird und keiner einfach so einzieht.

Der Sportler ist ins Zimmer gegangen und hat einen Stuhl für die Frau geholt. Jetzt lehnt er an der Wand, Henner sitzt auf der Balustrade, Patrick und der Blasse mit dem Pferdeschwanz stehen einander schräg gegenüber.

»What happened?«, sagt Patrick.

»Don't know exactely. Long ago. The war, you know.« Eine große Familie habe hier gelebt, Eltern, Kinder und Enkel. Das ganze Haus voller Leute. Aber dann kam der Krieg. Der Blasse macht eine Handbewegung, als würfe er Dinge von sich. Die einen dahin, die anderen dorthin. Das sei normal für Mostar. Total normal.

Er fragt seine Mutter etwas. Sie antwortet, er übersetzt. Der alte Mann, sagt er, der Großvater, dem das Haus gehört, der lebt auf der anderen Seite des Flusses. Darauf sagt der Sportler etwas, das wie ein Fluch klingt.

Der Blasse macht einen Schritt auf Patrick zu. »And you are from Germany? Really?«

Patrick nickt. Dann fällt ihm etwas ein. »I was born on November the 9th, 1993.«

Sein Gegenüber zieht die Stirn in Falten.

Patrick macht Henner ein Zeichen, und der holt das eingeschweißte Foto aus seinem Portemonnaie.

Der Junge nimmt es. »Patrick?« Er spricht es englisch aus.

»Patrick.« In der richtigen Aussprache.

»Adnan.« Der Junge gibt ihm die Hand. »My brother Almir.« Er schaut noch einmal auf das Foto. »Unlucky you«, sagt er. Wäre er hier in Mostar geboren, dann wäre er der Gott der Brückenspringer. Er zeigt das Foto seinem Bruder und sagt ein paar Sätze. Almir stößt sich von der Wand ab, schaut das Foto an und lacht. Dann sagt er etwas, zum ersten Mal schaut er freundlich.

Adnan gibt Patrick das Foto zurück. »Almir is a bridge diver«, sagt er. »Ikar.« Er könne ihn mitnehmen zu den anderen Springern. Die würden ihm ein Tattoo mit dem Datum verpassen und ihn zu ihrem Maskottchen machen.

Dass er da niemals runterspringen könnte, sagt Patrick.

»Me not even in a game«, sagt Adnan. Dann wird er wieder ernst. Der Mann, dem das Haus gehört, der sei ein hohes Tier bei den Feinden gewesen. Eigentlich hassten ihn hier alle. Aber er habe mit seinen früheren Nachbarn einen Vertrag geschlossen. Wenn jemand aus seiner Familie wieder in das Haus zieht, bevor er stirbt, dann gehört es dem. Wenn er selbst aber vorher stirbt, dann geht das Haus an die Nachbarn. Darauf seien sie eingegangen.

»He will not live forever.«

Patrick zieht sein Handy aus der Tasche. Er zeigt Adnan das Foto. Ob er dieses Mädchen kenne?

Adnan grinst, schüttelt den Kopf, sagt nichts und reicht das Handy weiter. Almir nickt und sagt auch nichts. Dann nimmt die Mutter das Handy. Sie sagt allerdings eine ganze Menge. Adnan gibt Patrick das Handy zurück. Anscheinend gibt es nichts zu übersetzen.

Ob sie das Mädchen kennen?

Die Frau sagt wieder etwas, aber Adnan macht ihr ein Zeichen, still zu sein.

Henner fragt, wie sie den Mann finden können. Den Mann, der hier gewohnt hat und dem das Haus gehört.

»Not so easy«, sagt Adnan. Sie wissen nicht genau, wo er lebt. Sie telefonieren nur, manchmal, sehr selten. Aber drüben, auf der anderen Seite, da kennen ihn die Leute. Da brauche man nur nach ihm zu fragen.

»What's his name?«

Adnan pfeift durch die Zähne. »And your name?«, sagt er zu Patrick. »Your ingame name.«

Patrick weiß, was er meint. »Pocahonta.« Er buchstabiert es.

»Okay, Pocahonta, we should leave now.« Adnan geht voran, er hilft seiner Mutter über die Türschwelle. Almir trägt den Stuhl zurück in das verwüstete Zimmer.

Henner macht Patrick ein Zeichen: Was das jetzt soll? Aber Patrick hat selbst keine Ahnung. Sie folgen den Dreien. Unten im Hof klemmt Almir ein Brett vor die Tür. Dann hämmert er lange Nägel hindurch.

Adnan zieht Patrick ein Stück zur Seite. »I have a new quest for you«, sagt er. «Be in Koldan, tonight, nine o'clock. Wait at the fountain in front of King's Hall. Then you will see.«

Almir schlägt noch ein paar Nägel durch die Tür in den Rahmen. Es dürfte jetzt ziemlich schwer sein, wieder ins Haus zu kommen.

AM WOHNMOBIL begrüßen die Parkwächter sie wie alte Bekannte. Patrick bezieht gleich seine Lieblingsecke im Erich, doch als er wie üblich das Fenster aufklappt, hat Henner irgendetwas dagegen. Allerdings hat er keine richtig guten Argumente für geschlossene Fenster bei Hitze, und daher bleibt das Teil auch offen.

Der Ausblick ist allerdings wirklich nicht der allerschönste. Kein Vergleich mit dem Blick aufs Meer in Triest und Opatija, und sogar noch schlimmer als auf dem engen Hof in diesem Wallfahrtsort. Hier schaut man nämlich auf diese hässliche Betonruine hinter dem unfreundlichen Bauzaun.

Sie war das Erste, was Alex ihnen heute Morgen erklärt hat. Vor dem Krieg hat hier ein schönes Hotel gestanden, direkt an der Grenze zur Altstadt. Im Krieg dann direkt an der Front. Auf welcher Seite? Das hat Patrick schon wieder vergessen. Jedenfalls ist es monatelang beschossen worden. Oben, so Alex, hat es gebrannt und die Mauern sind eingestürzt, gleichzeitig sind Lastwagen in den Keller gefahren und haben neue Munition gebracht. Nach dem Krieg haben sie die Ruine abgerissen und gleich einen Neubau hochgezogen. Aber sie haben ein Stockwerk mehr gebaut als erlaubt war. Jetzt stehen die Arbeiten still, weil alle sich streiten. Wenn es nicht bald weitergeht, verfällt der Bau, bevor er fertig ist, und muss wieder eingerissen werden.

»Außerdem«, hat Alex gesagt, »kuck dir den Klotz doch mal an. Hotel für Touristen? Ja, hallo! Ich frag euch, wer soll da drin wohnen? Hierhin kommt doch keiner zum Wohnen. Die Leute kommen, kucken mal auf die Brücke, warten, bis einer runterspringt, dann sind sie wieder weg, ab ans Meer, wo sie baden können und Fisch essen und nix mehr sehen vom Krieg.«

Danach war er eine Zeit lang still. »Wisst ihr, wie viel Jahreszeiten es gibt in Mostar? – Fünf!« Er zählte es an den

Fingern ab. »Frühling, Sommer, Herbst, Winter. Und die Scheißzeit. Die dauert von September bis Mai.«

Patrick beugt sich ein wenig aus dem Fenster. Sie stehen genau in der ehemaligen Einfahrt zum Keller des Hotels. Hier müssen die Laster mit der Munition rein und wieder raus gefahren sein. Patrick versucht ganz angestrengt, sich das vorzustellen. Die Schüsse, die Einschläge, die Männer, die mit diesem Zeug hantiert haben, das jederzeit in die Luft fliegen konnte. Doch es gelingt ihm nicht. So sehr er sich auch konzentriert, immer wird seine Vorstellung gleich zu einer Szene aus irgendeinem Film, oder aus einem Spiel.

Als Patrick zum ersten Mal in eine ernsthafte Rauferei geraten war, in der dritten Klasse muss das gewesen sein, da hat Henner ihm einen Rat gegeben: Wenn welche anfangen, Stress zu machen und handgreiflich zu werden, dann geh einfach weg. Nach fünf Metern ist die Gefahr nur noch halb so groß, und nach fünfzig Metern bist du in Sicherheit.

Einfach weggehen.

Vielleicht ein Dutzend Mal ist Patrick seitdem in solche Situationen gekommen. Immer hat er getan, was Henner gesagt hat. Er hat sich umgedreht und ist gegangen, egal was man ihm hinterhergerufen hat. Es hat immer funktioniert. Nie ist ihm einer nachgelaufen. Und am nächsten Tag war von der Sache nicht mehr die Rede.

Genau so hätten sie es hier machen können. Es waren doch sicher nur ein paar, die angefangen haben. Und hätten alle anderen sich umgedreht und wären einfach weggegangen, dann wären die auf dem Friedhof noch nicht tot, und die anderen müssten hier nicht leben wie Kinder, die den Sandkasten unter sich aufgeteilt haben.

Patrick schaltet den Laptop ein und ruft die Datei mit den

Mails auf. Er scrollt ans Ende, dahin, wo Nevenas nächste Nachricht stehen müsste. Oder seine. Er beginnt zu schreiben: Fragen an »Nevena«. Nevena in Anführungszeichen. Erstens: Schickst du mir Fotos von dir, auf denen nicht du bist? Zweitens: Was hast du mit diesem Mirko? Drittens: Warum bin ich in Mostar? Die Tastatur vom Laptop fühlt sich fremd an. Seit Jahren hat Patrick nicht mehr darauf geschrieben. Er hält inne.

Einmal angenommen, er hätte Nevena getroffen, die richtige natürlich. Wie hätte das eigentlich laufen sollen, wäre alles nach Wunsch gegangen? Patrick denkt lange nach. Wenn er ehrlich sein soll: Am besten, es wäre abgelaufen wie im Spiel. Sie hätten irgendetwas zusammen gemacht, egal was. Nevena hätte ihm wieder von ihrer schrecklichen Familie erzählt, er hätte zugehört und ab und zu eine kleine freche Bemerkung gemacht. Sie hätten auch über alles Mögliche sonst reden können. Am Ende wären sie sich dann wieder einig gewesen, dass die meisten Leute verrückt sind und dass man nicht wissen kann, ob man sich aus allem raushalten oder ob man einfach überall mittun soll. Und dann, denkt Patrick, dann hätten sie sich eine große Decke über den Kopf gezogen und einander in der Dunkelheit atmen hören.

Henner rumort in der Dusche. Als er sie verlässt, stößt er sich den Kopf, wie schon tausendmal zuvor. Während er sich die Stirn reibt, will er wissen, welche von den Pizzas denn nun die beste war.

Das soll jetzt ein Scherz sein. Bislang hat Patrick in jedem Restaurant Pizza gegessen, auch dort, wo sie eben waren, in der Nähe der Brücke. Als er bestellte, hatte Henner die Augen verdreht. Dann müsse er aber wenigstens einen Spezialreiseführer schreiben. Titel: Per Pizza durch den Balkan.

»Triest und Mostar liegen gleich auf.«

Das ist allerdings nicht die Wahrheit. Nach Triest ist es nur bergab gegangen. Aber das möchte Patrick nicht zugeben. Schließlich ist das hier irgendwie Nevenas Land. Und auch, wenn sie ihn belogen hat und er womöglich nichts von ihr weiß – beleidigen will er sie nicht.

Henner verkriecht sich in die hintere Koje. Er hat in dem Lokal natürlich keine Pizza gegessen, sondern einen ganzen Teller voll kleiner, länglicher Frikadellen mit roter Soße. Die erinnerten ihn an seine Jugend, hat er gesagt. Patrick ist nicht darauf eingegangen. Wenn Eltern davon erzählen, wie es war, als sie so alt waren wie ihre Kinder, wird es meistens peinlich.

Nach der Zufallsmethode bestimmt Patrick jetzt wieder eine Seitenzahl und liest die entsprechende Mail. Sie kam vor ein paar Wochen, kurz bevor Nevena verschwand.

»Hi Patti«, schreibt sie. Bei ihr sei jetzt ganz große Aufregung. Ihre Cousine heirate. Man stelle sich vor, einen Amerikaner! Es komme aber noch schlimmer.

Der Typ ist bei der Botschaft oder so, also irgendwie offiziell. Hat sich trotzdem ausgerechnet in ihre Cousine verliebt, was man ihm allerdings nicht verübeln kann, weil die wirklich süß ist. Und jetzt kommt's: Er nimmt sie mit nach Amerika. Doch was tut die blöde Ziege? Den einen Tag freut sie sich wie verrückt und erzählt allen, die es nicht hören wollen, dass sie demnächst unter lauter Millionären lebt und den ganzen Tag mit deren Frauen shoppen geht. Aber den anderen Tag sitzt sie in einer Ecke und heult und jammert, denn ohne ihre heiß geliebte Familie kann sie nicht leben, und die fehlt ihr jetzt schon, und was soll sie bloß in diesem großen Amerika, da kann sie doch nur unglücklich werden.

Das Schlimmste sei, man könne ihr nichts sagen. Alles ist falsch. Wenn man sagt: Wahnsinn, Amerika! Da kann man ja richtig neidisch werden, dann will sie davon nichts wissen. Nein, sie wird da einsam und unglücklich. Basta. Und wenn man sagt: Oh weh, das ist ja traurig, wenn sie ihre Familie nicht mehr hat, dann sagt sie: Wie bitte? Als ob sie ausgerechnet diese Nervensägen vermissen würde!

Man hält sie nicht mehr aus. Morgens ist sie schon Amerikanerin und guckt ihre Verwandten an, als kämen sie aus dem Urwald. Nachmittags ist sie schlecht drauf, und abends ist ihre Familie das Beste, was sie hat, und ohne kann sie nicht leben. Mittlerweile will niemand mehr zu ihrer Hochzeit kommen. Am besten, sie setzt sich mit ihrem Typ bei Nacht und Nebel in den Flieger und verschwindet einfach.

»By the way«, schreibt Nevena am Schluss der Mail. Was sie noch vergessen habe: Der Typ, dieser Amerikaner, der sehe sagenhaft gut aus. Und genau so, nur ein bisschen jünger, stelle sie sich ihren Patti vor. Es folgen noch ein Zwinkersmiley und einer mit Kussmund. Als er das damals las, hielt Patrick es für einen Witz, eine von Nevenas kleinen Boshaftigkeiten. Jetzt macht es ihn regelrecht wütend.

6. Kapitel

Natürlich sind sie viel früher aufgebrochen als nötig. Seit mehr als einer Stunde sitzen sie in diesem Internetcafé. Das heißt, Patrick sitzt drinnen vor einem der Monitore und Henner draußen auf der Straße, an einem der kleinen Tische, die sich auf den schmalen Betonstreifen zwischen Haus und Bürgersteig quetschen. Er trinkt einen Kaffee, den gibt es hier ebenso wie Zeitungen, Dosensuppen, Zigaretten und dies und das.

Als sie das Wohnmobil verließen, waren die Parkwächter aufmerksam geworden. Wohin sie denn wollten?, hieß es; einer sprach ein paar Worte Deutsch.

Sie suchten ein Internetcafé, am besten auf dieser Seite des Flusses.

Das Wort Internet löste dann mehrere Telefonanrufe aus. Sie sollten nicht alleine losgehen! Da komme gleich jemand für sie.

Fünf Minuten später stoppte ein Taxi neben ihnen, ein Mercedes deutlich älteren Baujahrs. »Darf ich die Herrschaften bitten, Platz zu nehmen!«, sagte der Fahrer durchs geöffnete Fenster.

Sie waren noch keine zwei Straßen gefahren, da wussten sie, woher er sein Deutsch hatte: aus Berlin. Siebzehn Jahre sei er dort Taxi gefahren, und mit genau diesem Wagen hier. Sein Akzent kam Henner allerdings eher sächsisch als berlinerisch vor.

Als sie die breite Straße erreichten, über die Henner und Patrick am Morgen gekommen waren, ging der Mann vom

Gas. Und dann begann er zu erklären: Wo genau hier die Front verlaufen war, welche Kriegspartei sich wo verschanzt und welche Waffen sie besessen hatte, wann welches Haus zerstört, welche Straße wieder erobert oder aufgegeben worden war.

An der großen Kreuzung, an der das zerschossene Hochhaus und das gelbe Maurenschloss einander gegenüberstehen, bog der Mann nach rechts ab in Richtung Fluss. Er fuhr jetzt so langsam, dass sich hinter ihnen eine Schlange bildete. In seinen Erklärungen machte er keine Pause.

Henner hatte versucht, gar nicht mehr hinzuhören. Barrikaden, Granatbeschuss, Häuserkampf, Flugverbotszone. Danke, aber ich interessiere mich nicht für Ihren Krieg!, hätte er gerne gesagt. Ich wünsche davon nichts mehr zu erfahren. Und Sie täten auch gut daran, den Mantel des Schweigens darüberzudecken.

Aber natürlich war er es, der schwieg. Für den Mann am Steuer war der Krieg sein Kapital. Ein fahrtüchtiger Oldtimer und die Erinnerung an diesen Wahnsinn, damit ernährte er jetzt wahrscheinlich seine Familie. Henner hatte sich an die wacklige Kopfstütze gelehnt und die Augen geschlossen. Wenn er jetzt einen seiner Anfälle bekäme, wäre das eine Katastrophe. Dann müsste er vielleicht stundenlang in diesem alten deutschen Taxi durch die bosnische Geschichte fahren; hinter ihm sein Sohn, der auf diesem Friedhof von Stadt ein Mädchen sucht, das ihn an der Nase herumgeführt hat, warum auch immer.

Aber der Anfall war ausgeblieben. Und als der Taxifahrer vor dem Internetcafé gestoppt hatte, war seit ihrem Aufbruch nicht mehr als eine Viertelstunde vergangen. Also waren sie immer noch viel zu früh.

»Papa!«

Henner nimmt seine Kaffeetasse und geht hinein. Der Platz neben Patrick ist frei.

»Ich dachte, du willst es vielleicht sehen.«

»Okay.«

Es ist kurz vor neun. Patricks Figur befindet sich vor einem großen Palast, der, wenn Henner nach dem Baustil urteilen sollte, im späten Barock begonnen und im Mittelalter beendet wurde. Das also ist der Königspalast von Koldan. Sehr schön. Die Figur steht am Rande eines Platzes. Gelegentlich macht sie kleine Bewegungen; es sieht aus, als würde sie sich langweilen. Sie streckt sich, sie verschränkt ihre Arme hinter dem Rücken oder kratzt sich am Nacken. Wenn Henner das Spiel nicht so hassen würde, dann könnte er jetzt zugeben, dass er das niedlich findet.

»Woran erkennt er dich?«

»Er kann mich orten«, sagt Patrick. »Schau mal.« Wenn er auf eine der anderen Figuren deutet, erscheint deren Profil. So als würden die Leute mit einer XL-Version ihres Personalausweises auf der Brust über die Straße gehen.

»Wie spät ist es?«

»Wir sind auf dem Balkan«, sagt Henner, aber weiter kommt er nicht. Vor Patricks Zauberin hat sich eine groteske Figur aufgebaut, ein Skelett im dunklen Umhang, in dessen Augenhöhlen rote Lichter brennen. Henner schluckt alles, was er dazu sagen möchte, mit dem letzten Rest Kaffee herunter.

Patricks Finger fliegen über die Tastatur. Dann Pause. Dann wieder Tippen. Endlich hat Henner die Stelle auf dem Monitor gefunden, an der er mitlesen kann. Aber was heißt mitlesen! Da erscheint eine vollkommen unverständliche Mischung aus Worten, Abkürzungen und Satzzeichen.

»Sagt er den Namen?«

Patrick schüttelt den Kopf.

»Dann sollten wir –«

»Moment.« Patrick tippt wieder. Henner fragt sich, ob ihm jemals aufgefallen ist, wie lang und schlank seine Finger sind. Oder können Finger auch dünn sein, mager?

»Er will mir eine Aufgabe stellen. So was Mittelschweres. Wenn ich das schaffe, sagt er mir den Namen.«

»Und? Schaffst du das?«

»Nein«, sagt Patrick, aber er grinst dabei. »Wir machen das nämlich anders.« Dabei tippt er wieder rasend schnell. Als er die Nachricht abschickt, tut er es wie ein Klavierspieler, der den letzten Ton eines Stückes anschlägt.

»Jetzt hat er was zu denken.« Patrick wirkt so fröhlich, wie ihn Henner seit Wochen nicht gesehen hat.

»Was denn?«

»Ich hab ihm einen anderen Vorschlag gemacht. Wir tun uns zusammen und machen was richtig Fettes. Etwas, das er mit seinem Level-30-Zombie niemals hinkriegen würde. Und wenn das funktioniert, ist für ihn allerhand drin.«

Sie müssen eine Minute auf die nächste Nachricht warten. Sie ist ziemlich lang ausgefallen.

»Okay«, sagt Patrick gedehnt. »War mir klar, dass du dafür keinen Plan hast, mein Lieber. Aber den kann ich dir gerne mitteilen.« Und er tippt.

»Warum tust du das?«, sagt Henner.

Patrick zeigt auf seine Figur, die sich immer noch nach Kräften langweilt und dabei durch das finstere Skelett glatt hindurchschaut. »Das ist eine Level-56-Zornelfe. Da steckt eine Menge Arbeit drin.«

»Ich weiß«, sagt Henner.

»Weiß ich, dass du das weißt.«

»Und?«

»Und jetzt wird sie dafür sorgen, dass wir uns hier Respekt verschaffen.« Patrick dreht sich zur Seite und schaut Henner an. »Ein bisschen Respekt. Wenigstens so viel, dass dieser Adnan uns die Wahrheit sagt.«

Die nächste Nachricht auf dem Bildschirm ist die erste, die Henner problemlos versteht. Sie lautet: »Ready.«

Danach aber geht alles wieder sehr schnell und irgendwie an ihm vorbei. Die Zauberin und das Skelett reiten auf einem Drachen in einen Wald, irgendetwas muss in einer Höhle erledigt werden, dann wird in einer Art Heiligtum oder kleinem Tempel ein Feuer entzündet; zwischendurch greifen Tiere an, die noch am ehesten Wildschweinen ähneln. Das alles aber scheint nur ein Vorspiel zu sein, denn Patrick erledigt es rasch und beinahe unaufmerksam. Erst als die beiden Figuren durch irgendeinen Teleportertrick am Rand einer Wüste landen, wird seine Haltung wieder gespannter. »Ja!«, sagt er.

Eine Art zweiköpfiger Archäopterix landet, und ein passenderweise zweiköpfiges Wesen steigt von seinem Rücken. Das Skelett scheint zu zögern, aber Patrick macht ihm mit ein paar Sätzen offenbar genug Mut, so dass es auf den Doppelkopf zuläuft. Seinen langen Stab, auf dessen Spitze ein Kristall oder Diamant sitzt, schwingt es dabei wie eine Sense. Darauf reagiert der Doppelkopf, indem er mit zwei kurzen Schwertern hantiert. Wahrscheinlich kämpfen die beiden jetzt, darum geht es wohl, aber Henner kommt, was sie tun, eher wie ein Tanz vor. Ein Tanz, bei dem die Tänzer einander gegenüberstehen und jeder seine eigenen Bewegungen macht, ohne den anderen zu berühren und ohne berührt zu werden.

Die Zauberin steht in einiger Entfernung. Aber jetzt ist ihr nicht mehr langweilig. Sie formt etwas, das erst in ihren Händen entsteht, dann wirft sie es auf das Skelett. Es sind glühende oder funkelnde Bälle, die einen kleinen Kometenschweif hinter sich ziehen, wenn sie fliegen, und die, wenn sie das Skelett treffen, eine glitzernde Haut darüber legen, wie ein Elmsfeuer oder eine Aura.

»Schafft er es?«, sagt Henner.

»Für seine Verhältnisse muss er sich unsterblich fühlen. Damit kommt er noch nicht so gut zurecht.«

Der Tanz dauert. Neben den Figuren bewegen sich rote und grüne Balken. Über ihren Köpfen steigen Zahlen auf; in ihrer Abfolge kann Henner keinen Sinn und keine Ordnung erkennen. Dann, plötzlich, wendet sich der Zweiköpfige ab.

»So nicht«, sagt Patrick. »Bleibst du wohl hier!« Die Zauberin wirft ihm eine Kugel aus öligen Lappen hinterher. Die trifft ihn an der Schulter, darauf bewegt er sich wie in Zeitlupe. Das Skelett steht jetzt still. Patrick tippt etwas in die Tastatur, vielleicht muss er ihm wieder Mut machen. Tatsächlich beginnt es erneut zu schlagen, und jetzt fallen die Balken neben dem Zweiköpfigen ziemlich rasch. Er sinkt in die Knie, die aufsteigenden Zahlen sind wie ein letzter Atem. Er fällt, bäumt sich noch einmal hoch und liegt dann still. Das Skelett hüpft im Kreis. Offenbar tanzt es jetzt wirklich.

»Und was kriegt er dafür?« Henner erwartet, dass nun wieder die Beute verteilt wird, aber das Skelett hüpft nur weiter.

»Na, schau doch hin.«

»Ich seh' nichts.«

»Papa!«

»Nein, da ist nichts.«

»Mann, er kriegt den Flieger! Da reitet ab jetzt ein Level-30-Zombie auf einem Drachen, nach dem sich auch Profi-Gamer die Finger lecken.«

»So, als würde ich im Ferrari zum Museum fahren?«

»Genau. Damit kann er jetzt angeben. Aber ich weiß nicht, ob das gut geht. Die Biester sind bockig.«

»Dann könnte er ja mit dem Namen rausrücken.«

»Hat er schon.« Patrick deutet auf den Monitor. Unter dem Wirrwarr aus Buchstaben und Satzzeichen steht ein Name: Ivan Maric.

GEGEN MITTERNACHT hat es begonnen zu regnen. Henner liegt in der großen Koje. Er kennt das gut: Wenn es aufs Wohnmobil regnet, wird es drinnen sehr laut, und man hört kaum noch, was draußen geschieht. Ob ein Wagen anhält, ob jemand vorbeigeht oder stehen bleibt.

Henner hätte die Nacht gern woanders verbracht. Nachdem sie den Namen des Hausbesitzers erfahren hatten, hat er noch im Netz nach Stellplätzen in Mostar gesucht, aber die Angaben waren dürftig und widersprüchlich. Und was die automatischen Übersetzer aus bosnischen Texten machten, das war allenfalls komisch, keinesfalls aber informativ. Auf der Seite eines deutschen Automobilvereins gab es auch keine Empfehlungen; im Gegenteil, hier wurde Wohnmobiltouristen sogar durch die Blume geraten, Bosnien lieber zu meiden. Es war auch wieder von Minenfeldern die Rede.

Der Regen trommelt aufs Dach. Henner liegt angezogen im Bett. Er hat ein schlechtes Gefühl, und weil er seit mindestens einer Stunde an nichts anderes denkt als daran, dass er ein schlechtes Gefühl hat, wird daraus allmählich Angst.

Und je größer die Angst wird, desto mehr schämt er sich ihrer. Ist es nicht albern und überheblich, wenn er, der zu Hause zufällig sein ganzes Leben im Frieden verbracht hat, sich in Bosnien gleich in einer Räuberhöhle wähnt?

Andererseits haben sie hier aufeinander geschossen. Das ist ein Faktum. Sie haben ihre Nachbarn verjagt und ihre Häuser angezündet. Leute, die sich zuvor nicht besonders dafür interessiert hatten, woher sie stammten und woran sie glaubten, haben sich gegenseitig umgebracht, im Namen von Religion und Volk. Das weiß man doch, dafür muss man kein Historiker sein; jahrelang war es jeden Tag in den Nachrichten. Und wie viele von den Männern hier, die in Henners Alter sind, haben dabei irgendwie mitgetan? Oder leben hier nur die Opfer? Nein, über die Straßen von Mostar gehen Mörder, so wie Mörder über die Straßen gingen, als er selbst geboren wurde, in einem Land, das damals auch nur fünfzehn Jahre vom Krieg entfernt war.

Henner hat beschlossen, wach zu bleiben. Für jemanden, der fürchtet, dass gleich die Mörder an sein Wohnmobil klopfen, dürfte das ja kein Problem sein. Den Vorhang zur Koje hat er zugezogen. Hätte er bloß etwas Schönes zu lesen dabei, am besten einen neuen Kunstband; aber an eine passende Lektüre gegen die nächtliche Angst in Mostar hat er beim Packen nun wirklich nicht gedacht.

In der Koje waren noch ein paar Taschenbücher, wahrscheinlich Astrids Lektüre bei ihrer letzten gemeinsamen Fahrt. Sie haben »Bestseller«-Aufkleber. Darüber hat sich Henner gerne mokiert, wenngleich nicht allzu sehr. Solange Astrid sich unterwegs wohl fühlte, sollte sie doch lesen, was sie wollte. Jetzt kaut er seit einer Stunde auf einem dieser Romane herum; der ist auch eigentlich ganz komisch, aber

Henner kann sich nicht konzentrieren. Alle paar Seiten legt er ihn weg, und dann weiß er nicht mehr, worum es ging.

Hört er da etwas durch den Regen?

Ja. Draußen stoppt ein Auto, Musik wird sehr laut und ist gleich wieder still, wie abgeschnitten. Stimmen sind zu hören, wahrscheinlich junge Männer, drei oder vier. Henner nimmt Astrids Roman, als könnte einer, der liest, eher vor Verbrechen geschützt sein. Eine Zeit lang ist gar nichts zu hören, dann fährt das Auto wieder ab. Wenigstens die Hose würde er gerne ausziehen; aber auf die kommt es ja am meisten an, wenn man plötzlich aus dem Bett muss.

Henner blättert ans Ende des Romans. Er könnte den Schluss lesen, dann wäre das erledigt. Er legt das Buch zur Seite. Fünfzehn Jahre. So weit lag auch für Henners Vater der Krieg zurück, als sein zweiter Sohn geboren wurde. Doch davon wurde selten gesprochen. Als er so plötzlich starb, hatte der Arzt vermutet, der Grund dafür könnte die Spätfolge einer Kriegsverletzung sein. Oder einer längeren Unterernährung. Aber es gab wohl keinen Anlass, das genauer zu klären.

»PAPA?«

Patrick ist nicht gut darin, andere Leute zu wecken. Oder besser gesagt: Er tut es nicht gerne. Außerdem war man in Astrids letztem Jahr irgendwie heilig, wenn man schlief. Wer schlief, war draußen, da, wo er sich um nichts zu kümmern hatte. Weckte man ihn, dann wusste er wieder, wo er war; also tat man es erst, wenn es unbedingt sein musste.

Seinen Lieblingsplatz hat Patrick schon umgebaut. Das Fenster ist offen, das Frühstück steht auf dem Tisch, ein für seine Verhältnisse üppiges Frühstück. Als Henner in der Koje keinen Laut von sich gab, ist er alleine zum Einkaufen gegangen. Die Parkwächter haben ihm den Weg zu einem kleinen Geschäft in einer Nebenstraße gezeigt. Eine Art Laden für alles war das, jedenfalls passend für seine Zwecke.

Allerdings hat er sich da ein bisschen blamiert. Während er in der Schlange vor dem Tresen stand, hatte er sich auf Englisch zurechtgelegt, wonach er fragen wollte, aber nach dem ersten Satz unterbrach ihn die Verkäuferin. Sie habe in München Germanistik studiert, sagte sie. Und dann musste er sagen, woher er kommt und was er in Mostar macht. Er hat ziemlich herumgedruckst. Sie freue sich immer, wenn sie Deutsch sprechen könne, sagte die Frau. Und sie erzählte von München. Patrick hat dann alles Mögliche gekauft, bloß um länger in dem Laden bleiben zu können. Die Sachen liegen jetzt auf dem Tisch. Wird eine ziemliche Überraschung, was es zum Frühstück gibt.

»Papa!«

Henner streckt den Kopf aus der Koje. Er sieht ein bisschen verwirrt aus. Wie spät es sei, will er wissen. So, wie er fragt, klingt es, als würde er demnächst fragen, wo sie sind. Dabei ist er offenbar schon angezogen. Alles ein bisschen komisch.

Dafür ist er beim Frühstück auffallend fröhlich. Er lässt sich sogar auf ein Ratespiel ein: Was ist in den Dosen und Gläsern, die Patrick gekauft hat? Und er hat auch schon einen Masterplan, wie sie es anstellen sollen, Ivan Maric zu finden. Aber bevor er den erklären kann, klopft jemand an den Erich.

»Hi«, sagt Alex zum Fenster hinein. »Was hab ich gehört? Ihr wart gestern noch im Internetcafé.«

»Komm ruhig rein«, sagt Henner. »Iss was mit uns. Wie wird das Wetter?«

»Super Wetter. Wie extra für Mostar gemacht.« Alex klettert in den Erich und schaut sich um. »Ist älter als meine Wohnung«, sagt er. »Aber größer.«

Henner holt eine Tasse für ihn und schenkt ihm Kaffee ein. Alex trinkt einen Schluck und verzieht das Gesicht. Vielleicht ist das nicht seine Marke.

»Und was steht heute auf dem Programm?«

»Das weißt du doch.« Henner grinst Alex an. »Du weißt doch alles.« Dabei schmiert er eine bräunliche Creme auf eines der süßen Brötchen.

Donnerwetter!, denkt Patrick.

»Wie soll ich das wissen?« Alex sieht aus wie einer, der beim Casting für einen Lügenwettbewerb nicht in die zweite Runde kommt.

»Du hast dich doch gestern erkundigt. Bei deinen Freunden, die da wohnen, wo das alte Haus steht.«

Da er beim Lügen rausgeflogen ist, spielt Alex jetzt den Beleidigten. Als wenn er anderen Leuten nachschnüffeln würde. Also bitte! Und erst recht nicht seinen Kunden. Schließlich hat er offizielle Papiere, da muss er schon dafür sorgen, dass sein Ruf in Ordnung bleibt.

Henner stellt ihm Zucker hin, und Alex nimmt reichlich. Neben den Zucker legt Henner einen Fünfzigeuroschein.

»Ihr habt echt ein solches Glück«, sagt Alex. »Dass ihr mich kennt. Könnte nämlich sein, dass euch keiner sagt, wo ihr diesen Maric findet. Die Leute sind nun mal so. Sie mögen sich gegenseitig nicht und wünschen sich die Pest an den Hals, aber wenn andere Leute kommen, dann halten sie zusammen und sagen nix.« Er macht eine entsprechende Geste.

»Wer ist dieser Maric?«

»Der? Der ist gar keiner. Der war bloß mal einer. Viel Geld und dann noch Partei, versteht ihr. Ist aber alles Schnee von gestern. Jetzt macht er den Müll weg.«

»Er ist bei der Müllabfuhr?«

Alex lacht. »Nein nein. Das macht er nur so, für sich, da hinten in der Totenstadt.«

»Totenstadt?«, sagt Patrick.

»Was weiß ich. Er kann euch das besser erklären. Für Geld macht er auch eine Führung. Dafür bin ich nicht zuständig.« Er nimmt den Geldschein. »Ich ruf schon mal das Taxi. Viertelstunde ist okay?«

»Viertelstunde ist prima«, sagt Henner.

Natürlich kommt wieder dieser Uralt-Benz mit dem gesprächigen Chauffeur. Und kaum fahren sie los, ist der Mann gleich wieder in seinem Element. Das Partisanendenkmal, sagt er, ja, das muss man natürlich gesehen haben. Eine gute Entscheidung! Und wenn man sich nicht so sehr für die Toten interessiert, auch gut, die Aussicht von da oben ist großartig.

Sie fahren am Maurenschloss, an der Hochhausruine und dem Internetcafé vorbei. Noch keinen Tag sind sie in der Stadt, und Patrick fühlt sich schon ein bisschen zu Hause. Auf einer Straße, an der rechts und links große Bäume stehen, halten sie an.

»Da ist es«, sagt der Taxifahrer. Als Henner ihn bezahlt, nimmt er kurz dessen Arm. »Ich weiß ja nicht, was ihr von dem Maric wollt. Aber seid vorsichtig. Der ist nicht ganz richtig im Kopf.«

Sie überqueren die Straße, dann gehen sie durch das Tor in einer Mauer, auf der rechts und links steinerne Tiere sitzen. Wieder so ein klassischer Levelsprung, denkt Patrick.

Und nicht nur das. Was er hier sieht, das könnte ein Spieldesigner scannen und genau so in seine Software bauen. Gleich hinter dem Tor steigt das Gelände an. Ein gewundener Weg führt nach oben zu einem Tempel oder einem Heiligtum aus hellgrauem Stein. Sehr passend wachsen dahinter große dunkle Bäume. Fehlte noch, dass über denen ein Gewitter aufzöge. Patrick sieht Mr. Smith, den Barbar, wie er sich den Weg nach oben bahnt, während rechts und links aus den Büschen seine Gegner springen.

Oder ist es andersherum? Hat hier jemand die Location aus einem Spiel heruntergeladen und nach ihrem Vorbild einen Park angelegt? Wenn ja, dann hat er den Geschmack der Leute nun wirklich nicht getroffen. Denn benutzt wird die Anlage offenbar als Müllkippe.

Nach vielleicht zwanzig Metern teilt sich der Weg, um hinter einem gemauerten Becken wieder zusammenzulaufen. Aber da ist kein Wasser in dem Becken, sondern Abfall. Und davon eine ganze Menge. Der Boden ist dick mit Glasscherben bedeckt, darauf liegen Bierkisten, zerbrochene Möbel und Säcke, von denen ein paar geplatzt sind. Was von den Mauern noch herausschaut, ist in etlichen Lagen übersprüht.

Sie gehen an diesem Müllbecken vorbei. »Schau mal«, sagt Henner.

Rechts neben dem Weg stehen ein paar mittelgroße Bäume, Tannen vielleicht, aber das ist nicht so genau zu erkennen, denn sie sind fast völlig verbrannt und sehen aus wie die Bäume auf den Covern von Gothik-CDs. Einer ist umgestürzt, seine Spitze liegt auf dem Weg. Ein Mann kniet dort und versucht, die verkohlten Äste abzusägen. Er stöhnt und flucht.

Henner geht auf ihn zu. »Excuse me. Are you Mr. Maric? Or do you know where we can find him?«

Der Mann schaut hoch, dann richtet er sich mühsam auf. Er atmet heftig. Patrick tut sich immer schwer damit, das Alter von Leuten zu schätzen. Der Mann hier könnte vielleicht Henners Vater sein.

»Reden Sie Deutsch!«, sagt er in einem Kommandoton. »Dann haben wir was gemeinsam.«

»Sie sind Ivan Maric? Machen Sie hier Führungen?«

»Gern zu Diensten, mein Herr.« Er spricht mit einem Akzent wie die Komiker in alten Schwarzweißfilmen.

»Und was kostet das?«

»Nur eine Spende nach Belieben. Sie sehen ja, öffentliche Geldmittel sind leider nicht ausreichend, um alles bedarfsmäßig zu erledigen.« Er weist auf das Müllbecken. »Kommen Sie! Oben ist es besser. Ich erkläre Ihnen alles von da.« Sein Deutsch klingt wirklich wie aus einem alten Film.

Hinter dem Mann steigen sie den gewundenen Weg hinauf bis zu einer niedrigen Mauer aus groben und unregelmäßigen Steinen; dahinter liegt ein breites, in Terrassen ansteigendes Feld, das von dem Heiligtum begrenzt wird. Alles sehr würdig und episch. Und kein Mensch zu sehen.

Nur eines stört, denkt Patrick. Überall liegen große Puzzlestücke aus hellem Stein. Das sieht komplett albern aus, als hätte ein ganz kleines Kind sie ausgelegt, weil es nicht weiß, dass sie zusammen ein Bild ergeben.

Maric hat bislang geschwiegen. Allerdings scheint ihm der Aufstieg nichts auszumachen. Er holt tief Luft, dann redet er, ohne Henner oder Patrick anzusehen, eher so, als spräche er zu einer großen Menge, die sich unterhalb der Terrassen versammelt hat.

»Sehr geschätzte Damen und Herren. Hier sehen Sie die stilisierten Grabsteine, auf denen die Namen der Partisanen stehen, die wo im Kampf gegen die deutschen Okkupanten und das faschistische Marionettenregime den Heldentod gestorben. Es liegen aber kein sterblichen Überreste hier, das wäre ein Irrtum, stehen die Namen nur stellvertretend für junge Männer, die ihr Leben geopfert für ein freies Vaterland. Und nun wenden Sie sich bitte um.«

Er selbst tut es. »Diese Anlage, genannt Nekropole, wurde von dem Architekten, Politiker und Künstler Bogdan Bogdanovic im Jahre 1965 entworfen und realisiert. Fügt sie sich harmonisch in die Landschaft und macht sie ihre Besucher still zu sein und zu gedenken der Helden und Märtyrer. Folgen Sie mir bitte jetzt.«

Vor dem Heiligtum liegt ein großes steinernes Zahnrad, und an der Mauer gleich darüber ist etwas, das Patrick unwillkürlich eine Actiontaste drücken lässt. Genau so sehen in manchen Spielen die Schalter aus, mit denen man den Zugang zu irgendwelchen geheimen Welten öffnet. Da dreht man hier und dort oder passt ein Stück ein, das anderswo herumliegt, und dann öffnet sich ein Tor, und man hat wieder ein Level geschafft oder ist einen Schritt weiter Richtung Endgegner gekommen.

Aber hier muss nichts gedreht oder gedrückt werden. Sie folgen dem Mann und treten an der Seite des Heiligtums in einen nach oben offenen Raum. Auf den Mauern kleben Symbole aus Stein: Sonnen, Räder, unverständliche Zeichen. Die Mauern sind feucht, ganz unten wächst Moos, weiter oben sind Risse, und es bröckelt.

»Wir befinden uns jetzt im Zentrum der Totenstadt«, sagt Maric. »Diesen Raum sollten wir gleich wieder verlassen, weil es ein Raum ist der Stille, also ein Ort, an dem das Gedenken bei sich selbst verweilt.« Er geht voran, und sie verlassen diesen Raum, der mehr ein Schacht ist, an der anderen Seite. Hier sind die Mauern heller, so als hätte man sie gesäubert, aber genau auf diese Stelle ist ein großes, furchtbar schlecht gemachtes Grafitto gesprüht. Darunter steht ein Eimer mit Wasser.

»Sie haben gesehen eine Vielzahl von steinernen Zeichen, die unverständlich sind auf den ersten Blick. Aber macht nichts. Studieren Sie, dann werden Sie verstehen. Verfolgen Sie zum Beispiel das Zeichen der Sonne, repräsentiert das Leben und die Wiedergeburt. Ich stehe aber auch gerne mit Erklärungen zur Verfügung.«

Sie treten jetzt wieder auf die oberste Terrasse, mitten unter die Puzzleteile. »Vielen Dank«, sagt Henner. »Aber eigentlich sind wir gekommen, um Sie etwas anderes zu fragen.« Er macht Patrick ein Zeichen, und der zieht ein zweimal gefaltetes Nevena-Foto aus der Tasche. Im Internetcafé hat er es gestern ein paarmal ausdrucken lassen.

»Es geht um dieses Mädchen«, sagt Henner. »Wir haben sie in Ihrem Haus auf der anderen Seite des Flusses getroffen. Vielleicht wissen Sie, wer das ist. Das wäre für uns eine große Hilfe.«

Maric nimmt das Foto, schaut es aber nicht an. »Wenn man Geschäfte macht mit den Deutschen, dann versteht man sie. Sonst aber nicht. Was zum Teufel macht ihr in meinem Haus?«

»Schauen Sie sich das Foto doch bitte einmal an.«

»Ich hab Geschäfte gemacht mit den Deutschen.« Maric schlägt sich auf die Brust. »Mein Vater hat gegen sie gekämpft, wie die hier.« Er zeigt auf die Grabsteine. »Sie haben ihn erschossen, da war ich ein kleiner Junge. Später hab ich Geschäfte gemacht mit den Deutschen. So geht das.«

»Das Foto«, sagt Patrick. »Bitte.«

»Warum?« Maric sieht ihn nicht an.

Henner fährt sich einmal mit der Hand übers Gesicht. Dann deutet er auf Patrick. »Fragen Sie ihn!«

Maric bewegt sich nicht.

»Die jungen Männer«, sagt Henner. »Die hier liegen, die Toten. Um die kümmern Sie sich doch, nicht wahr? Um ihr Andenken.«

»Ja.«

»Gut. Aber es gibt auch lebende.«

»Ja?«

»Ja.« Noch einmal weist Henner auf Patrick.

Langsam dreht sich Maric zu ihm hin. »Was ist mit dir?«

»Ich habe meine Freundin verloren«, sagt Patrick. »Bitte. Vielleicht kennen Sie das Mädchen.«

»Du hast deine Freundin verloren?« Das Foto hat Maric immer noch nicht angesehen. »Mehr nicht?«

Patrick schweigt. Er sieht Maric nur in die Augen. Meine Güte! Spielen sie jetzt etwa das Spiel: Wer kann den Blick des anderen am längsten ertragen? Bitte, wenn es sein muss. Es dauert ein paar Sekunden, dann wendet sich Maric ab und entfaltet langsam das Bild.

ES SOLL JA LEUTE GEBEN, die in den Gesichtern ihrer Mitmenschen lesen können. Henner weiß, er kann das nicht so gut. Aber den möchte er sehen, der in Ivan Marics Gesicht lesen kann, ob er das Mädchen auf dem Bild kennt oder nicht. Ein Stein könnte nicht unbeweglicher sein.

Maric setzt sich auf die niedrige Mauer. »Sie sind Vater und Sohn«, sagt er. Es ist keine Frage. »Ich war auch Vater. Vier Kinder.« Er zählt es an den Fingern der linken Hand ab.

»Ivica, gefallen an der Brücke. Ivanka, gestorben, als das Kind kam. Mladen, sehr guter Fußballspieler, schwer verletzt, drinnen im Kopf.« Er tippt sich an die Stirn. »Ist in Schweden, kann nicht aus dem Haus, weil er Angst hat.«

Er betrachtet weiter das Bild. »Und Maja, sehr klug, hat im Ausland studiert. Jedes Jahr einmal kommt sie nach Mostar und sagt mir, dass ich ein Schwein bin und ein Mörder. Ich weiß nicht, ob sie verheiratet ist. Ich weiß nicht, ob sie Kinder hat. Sie sagt es mir nicht. Damit quält sie mich. Sie hat mich geschnitten.« Er fährt sich mit der Hand, an der er seine Kinder abgezählt hat, über die Kehle.

»Das tut mir leid für Sie«, sagt Henner.

Maric schüttelt kurz den Kopf. »Nun, tut dir nicht leid. Du weißt nichts vom Krieg. Wenn Krieg ist, muss man sich entscheiden.« Er schaut auf. »Ich wollte nicht wieder Kroate sein oder Serbe oder Bosniake. Ich doch nicht! Das ist alles Quatsch. Wir hatten ein schönes Land hier. Weißt du noch, wie das hieß?«

»Jugoslawien?«, sagt Henner.

»Genau so. Aber die Faschisten sind wiedergekommen. Da musste ich mich entscheiden.«

Sie schweigen, und das Schweigen an diesem Ort ist ein schreckliches Geräusch.

»Warum sind Sie nicht einfach fortgegangen?«, sagt Patrick.

Maric sieht ihn an. Zum ersten Mal lächelt er. »Ja«, sagt er und zieht das a in die Länge. »Das ist schön, wenn du das sagst. Komm mal her zu mir.« Patrick macht einen Schritt auf ihn zu. Henner fühlt, wie sich alles in ihm anspannt.

Maric greift nach Patricks Hand. »Recht hast du. Wenn es noch mal losgeht, dann laufe ich weg, so weit wie ich kann.

Jetzt weiß ich das. Jetzt bin ich klüger. Aber damals hab ich gedacht, ich muss dableiben und tun, was richtig ist.« Er faltet das Foto und will es Patrick in die Hand drücken, aber der macht rasch einen Schritt zurück.

»Sagen Sie mir bitte, wer das Mädchen ist.«

»Ich stehe nicht mehr zur Verfügung«, sagt Maric. »Ich bin nicht mehr im Dienst.«

Henner holt sein Portemonnaie aus der Tasche und zieht alle Scheine hervor. Es sind fast dreihundert Euro. Er hält sie hoch. »Für den Namen«, sagt er.

Maric winkt ab. »Die Kameraden sorgen für mich.«

»Die lebenden oder die toten?« Henner hält die Scheine wie ein Blatt Spielkarten.

Maric sieht das Geld an. »Ich kenne das Mädchen auf dem Bild nicht.«

»Schauen Sie noch einmal hin. Und denken Sie nach! Bitte.«

Maric entfaltet das Foto wieder. »Ich kenne sie nicht«, sagt er, und seine Stimme klingt plötzlich alt und weinerlich.

»Sie war in Ihrem Haus. Sie hat sich Nevena genannt.«

»Nein. Das ist nicht Nevena. Bestimmt nicht.«

»Wer ist Nevena?« Patrick sagt es ganz leise. An keinem anderen Ort als diesem könnte man es hören.

»Meine Enkelin«, sagt Maric. »Die Tochter von Ivica. Aber das ist sie nicht. Nevena sieht aus wie ihre Mutter. Ganz helles Haar.«

»Das könnte gefärbt sein.«

»Nein!« Maric klingt jetzt wie ein trotziges Kind. »Ich hab ein Foto von ihr. Sie hat ganz helle Haare. Und Locken. Viele kleine Locken.« Er sieht weiter das Bild an. »Und andere Augen«, sagt er leise.

»Wo ist diese Nevena?« Henner wüsste nicht zu sagen, ob Patrick wirklich so ruhig ist oder ob er sich so gut beherrscht.

»Ich weiß es nicht!« In der Stille hier klingt jeder laute Satz wie Geschrei.

»Ich sehe niemanden. Niemand kommt zu mir. Nur Maja, die will, dass ich tot bin. Alle hassen mich. Ich bin ein Verbrecher. Ich bin an allem schuld.« Er schaut wieder das Bild an. »Das ist nicht Nevena.« Er zuckt die Schultern. »Vielleicht Mirjana.«

»Wer ist Mirjana?«

»Das Mädchen von Ivanka, an dem sie gestorben ist.«

»Sind Sie sicher?«

»Nein, bin ich nicht sicher. Aber wenn sie doch im Haus war. Keiner sonst geht in das Haus.« Er schlägt sich auf die Brust. »Weil ich da gewohnt habe. Der Verbrecher.«

Henner hat noch immer das Geld in der Hand, er hält es Maric hin, und der nimmt es.

»Wo wohnt diese Mirjana? Und wie heißt sie?«

»Igman. Das sind jetzt Bosniaken. Der Vater hat ein Lokal, auf der anderen Seite. Es heißt Paradies.« Marics Gesicht verzerrt sich zu einer komischen Grimasse. »Da war ich noch nie. Aber wäre ganz leicht, da hinzukommen. Wenn ich über die Brücke gehe, erschlagen sie mich.« Er lacht über seinen Witz.

»Danke«, sagt Patrick.

»Ja, danke. Wir gehen dann mal. War nett von Ihnen, dass Sie uns geholfen haben.« Henner macht Patrick ein Zeichen.

»Moment«, sagt Maric. »Das Foto.«

»Das können Sie behalten.«

Maric schüttelt den Kopf. »Bitte! Ich hab viele Geschäfte mit den Deutschen gemacht. Und ich bin nun gerade mal wieder bei Kasse. Wird das hier reichen? Ich denke.« Er streckt Henner die Geldscheine entgegen.

Henner zögert. Da nimmt Maric seine Hand und drückt das Geld hinein. »Siehst du«, sagt er. »Jetzt kannst du nach Hause fahren und sagen: Ich war in Bosnien, und ich hab Geschäfte gemacht mit Kriegsverbrechern.«

WÄRE ES NACH PATRICK GEGANGEN, dann hätten sie sich von dem redseligen Taxifahrer gleich in dieses Lokal bringen lassen. Der Mann hatte natürlich vor dem Eingang zum Park gewartet. Aber Henner war dagegen und ließ ihn am Wohnmobil anhalten. Er stehe nicht so gerne unter Dauerbeobachtung, sagte er, als sie wieder im Erich saßen. Alex stand draußen bei den Parkwächtern. Sie warteten, bis er mit einer ganzen Busladung Touristen aus Hamburg Richtung Brücke verschwand. Das musste ein Glückstag für ihn sein.

Jetzt sehen sie ihn und seine Gruppe unten am Fluss stehen. Wahrscheinlich lästert er wieder über die Springer, die sich mit den Füßen voran von der Brücke fallen lassen, statt die Schwalbe zu machen.

»Den sind wir erstmal los«, sagt Henner. Aber so ganz unerkannt kommen sie nicht auf die andere Seite. Patrick sieht es schon, als sie die Brücke betreten. Gerade ist jemand gesprungen, und der nächste, der über das dünne Geländer steigt, ist Almir. Er ist gleichmäßig braun gebrannt, und mit seinen Bauchmuskeln kann er angeben wie andere Leute mit ihrer teuren Grafikkarte.

Einer der Geldeinsammler ist Adnan. Und gleich sind sie entdeckt. »Hello!«, sagt Adnan, und dann sagt er eine Menge über seinen neuen Drachen. Er sieht müde aus, wahrscheinlich ist er die ganze Nacht damit unterwegs gewesen. Patrick erinnert sich an sein erstes Flugtier. Es ist schon ein irres Gefühl, wenn man dermaßen schnell ist und einem die Spielwelt zu Füßen liegt.

Jetzt packt ihn Adnan auch noch an der Schulter und schiebt ihn durch die Menschen hindurch zum obersten Punkt der Brücke. Dabei sagt er etwas, das Patrick nicht versteht.

»Hey! Moment!« Patrick würde sich gerne losmachen. »Ich will nicht springen. I don't want to jump!«

Adnan lacht. Er spricht zu ein paar jungen Männern, einige mit ziemlich großen Tattoos auf den Oberkörpern.

»Your photo«, sagt er. »Show us!«

Patrick weiß nicht, was das werden soll. Und wo ist Henner? Ach, der steht schon hinter ihm. Er zieht sein Portemonnaie und gibt Adnan das eingeschweißte Foto. Der zeigt es herum, es wechselt in immer andere Hände. Die Jungen rufen etwas. Einer holt jemanden, einen Mann in Henners Alter, auch er halbnackt und tätowiert. Er schaut auf das Foto, dann hält er so etwas wie eine kleine Ansprache. Im Vorbeigehen fährt er Patrick mit der Hand über den Kopf und zieht ihn am Ohr, dann gibt er das Foto Almir, der immer noch jenseits vom Geländer steht. Almir hält es hoch, sagt laut etwas, und alle auf der Brücke applaudieren. Henner schiebt Patrick vor zum Geländer.

Almir nimmt das Foto wie einen Dolch zwischen die Zähne. Er streckt die Arme, geht in die Knie, und dann springt er ab, weit nach vorne und nach oben, so als wollte er fliegen. Eine Sekunde lang sieht es aus, als könnte er es. Dann scheint er in der Luft zu stehen, und alles ist wie angehalten. Patrick schaut über ihn hinweg ins Land, über die Hügel, an denen vorbei der Fluss fließt; und als Almir dann endlich zu fallen beginnt, seinen ausgestreckten Armen mit erhobenem Kopf hinterher, da ist Patrick, als säße er auf seinem Rücken und stürzte mit ihm in die Tiefe.

Von hier oben sieht der Aufprall aus, als würde Almir wie ein Geschoss durch eine grüne Scheibe schlagen, die in tausend Splitter zerbricht. Aber schnell hat sich das Wasser wieder geschlossen, und Almir steigt schon an Land, als die Touristen am Ufer noch kräftig applaudieren. Keine Minute später ist er wieder auf der Brücke, sein Körper ist ganz trocken, nur seine Haare sind noch ein wenig feucht. Es ist heute so warm wie gestern, vielleicht sogar wärmer, und die Touristen sind so bunt gekleidet, als wollten sie zu einem Kostümfest. Almir bekommt auch hier oben Applaus. Er wischt das Foto an seiner Brust ab und gibt es Patrick.

»Hey«, sagt Adnan. Wenn ihn jetzt seine Leute in Deutschland fragen, ob er auch einmal von der Brücke gesprungen ist, dann kann er sagen: »Yes, I did. Together with my mother.«

Patrick wiederholt es. Alle lachen. Dann passieren sie endlich die Brücke, zusammen mit Alex' Reisegruppe.

»Ihr sucht das Paradise?«, sagt Alex, nachdem er sich durch seine Leute geschoben hat. »Ganz leicht zu finden. Kein Problem. Bloß ein Stück die Straße lang, dann links.« Man müsse durch ein Tor gehen. Sehr schönes Lokal! Und sie sollen sagen, Alex habe sie geschickt. Offenbar würde er liebend gerne mitkommen, aber die Hamburger Touristen wollen jetzt alles Mögliche von ihm wissen.

»Bis bald«, sagt Henner. Sie bedanken sich und machen, dass sie weiterkommen. Noch im Wohnwagen haben sie überlegt, wie sie vorgehen sollen. Henner will unbedingt versuchen, alleine mit Mirjana zu reden, vorausgesetzt, sie ist da. Ihn kennt sie ja nicht. Patrick sollte sich besser gar nicht zeigen, jedenfalls nicht sofort.

Vor einem der Souvenirläden bleibt Henner stehen. »Bitte jetzt kein Protest!«, sagt er, dann kauft er eine absolut scheußliche Sonnenbrille und eine ungefähr gleich scheußliche Baseballkappe. Die beiden soll Patrick aufsetzen. Der protestiert natürlich doch.

»Komm!«, sagt Henner. »Denk nach! Sie hat dich nach Strich und Faden belogen. Und ich nehme mal an, sie hat ihre Gründe. Also ist es ziemlich wahrscheinlich, dass sie abhaut, wenn sie dich sieht.«

Nur mit Mühe bringt Patrick sein Haar in der Kappe unter. Ginge es nach ihm, dann würden sie einfach ins Paradise gehen, und er würde mit dieser Mirjana ganz offen reden. Die Geheimnistuerei findet er allmählich unerträglich. Das ist hier doch kein Spiel! Das ist real life, und da kann man doch einfach sagen, was Sache ist. Stattdessen benimmt sich hier jeder, den er trifft, als wäre er sein persönlicher Questgeber. Was haben die Leute bloß davon?

Das Paradise liegt genau da, wo die Ladenmeile in die normale Stadt übergeht. Es hat einen großen Innenhof, der mit einer Mauer von der Straße getrennt ist. Wahrscheinlich ist es ziemlich neu, wie alles hier, aber auf alt gemacht, eine Art Karawanserei für die Touristen. Auf dem gepflasterten Hof ein überdachter Brunnen, an einer Seite Hollywood-Schaukeln ohne Sonnendach, was Patrick komisch findet.

Die meisten Tische hier draußen sind frei. Sie bleiben im Eingang stehen. Henner zeigt, wo er sitzen will. Patrick soll einmal möglichst unauffällig durchs Lokal gehen. »Wenn du sie siehst«, sagt Henner, »gib mir ein Zeichen. Wenn sie nicht da ist, Plan B. Dann rede ich mit dem Vater.«

»Geschenkt«, sagt Patrick. Das Mädchen, das gerade mit einem Tablett voller Flaschen und Gläser aus dem Lokal tritt, ist die Nevena, die ihn gestern auf dem Balkon dieser Ruine erwartet hat. Kein Zweifel möglich. Heute trägt sie zwar Jeans, darüber ein knielanges Kleid, und sie hat sich ein kleines Kopftuch ins Haar gebunden; aber ihr Gesicht würde Patrick jetzt immer und überall erkennen, auch ohne das Foto. Etwas läuft über seinen Rücken und macht, dass er sich kalt fühlt, obwohl es so warm ist.

»Bleib draußen«, sagt Henner und gibt ihm einen kleinen Stoß. Dann geht er zu einem der Tische und setzt sich.

Natürlich weiß Patrick, dass er besser verschwinden sollte. Aber er kriegt seine Füße so schlecht vom Boden wie seine Gegner im Spiel, wenn er sie mit seinem besten Lähmungszauber erwischt. Endlich hat er es wieder auf die Straße geschafft. Und wohin soll er jetzt?

Direkt neben dem Paradise führt ein schmaler Weg hinunter zum Fluss, an einem Zaun entlang, dahinter wachsen Bäume und Büsche. Sie stehen dicht, aber einer ist vertrocknet und tot; durch seine Äste hindurch sieht Patrick seinen Vater.

Der hat offenbar schon bestellt, denn gerade kommt das Mädchen mit einem vollen Tablett. Als sie es absetzt, erschrickt sie. Henner sitzt zurückgelehnt und lässt sich nichts anmerken. Das Mädchen nimmt rasch etwas vom Tisch, ein Blatt, sie zerknüllt es und steckt es ein. Dann verschwindet sie im Lokal.

Eine verdammte Menge Zeit vergeht, und nichts passiert. Henner schreibt etwas auf ein anderes Papier. Endlich dreht er sich um und ruft. Das Mädchen erscheint. Das Papier liegt seitlich auf dem Tisch. Sie will es nehmen, aber Henner zieht es rasch zurück.

Es muss eins der Nevena-Fotos sein. Patrick sieht das, als Henner es hochhält und auf seine Rückseite zeigt. Jetzt erlaubt er dem Mädchen, das Blatt zu nehmen. Er sagt etwas, das Patrick nicht versteht. Und diesmal zerknüllt sie das Blatt nicht, sondern faltet es und steckt es unter ihr Kleid. Ein paar Minuten später kommt sie mit einem weiteren Getränk. Urplötzlich merkt Patrick, wie durstig er selbst ist. Als hätte er seit Tagen keinen Schluck getrunken, während um ihn herum die Hitze alle Feuchtigkeit aus der Luft saugt.

Wieder vergehen Minuten. Henner zahlt. Das Mädchen gibt ihm sein Wechselgeld, dann sieht sie sich um und legt rasch etwas auf den Tisch.

Henner lässt sich sehr viel Zeit mit seinem zweiten Getränk. Ein Mann mit weißer Schürze tritt in die Tür des Lokals und ist gleich wieder verschwunden. Und dann ist mit einem Mal der Hof voller Menschen, mitten drin Alex, der redet und gestikuliert. Während die Hamburger Reisegruppe sich auf die Tische verteilt, steht Henner auf und verlässt das Paradise.

»ICH HAB DURST«, sagt Patrick. »Ich sterbe gleich.«

Das ist, was Henner am wenigsten erwartet hat. Aber er sagt nichts, und zusammen gehen sie zu einem kleinen Geschäft, wo Patrick sich eine große Plastikflasche mit einem gefährlich gelben Getränk kauft.

»Zum Wohl«, sagt Henner, während Patrick trinkt.

»Was hat sie geschrieben?«

»Hast du spioniert?«

Patrick ist noch ganz atemlos vom Trinken. Er nickt und setzt die Flasche wieder an.

»Dass du sie treffen kannst. Aber in eurem Spiel.«

»Wie bitte?«

»Frag mich dazu nichts. Hier, lies!« Er gibt ihm Mirjanas Zettel. Es steht ein Name darauf, eine Adresse, eine Uhrzeit und die gebräuchliche Abkürzung für das Spiel. Und ein einziger Satz, wenn man das einen Satz nennen will: »Don't know me!«

»In einer halben Stunde?«

»Wie du siehst«, sagt Henner.

»Und wo ist das?«

»Wir können Alex fragen. Der sitzt noch da mit seinen Hamburgern.«

Patrick schüttelt den Kopf. »Das muss ein Internetcafé sein. Ich hab gestern hier in der Nähe eins gesehen. Gibt ja sonst keinen Sinn.« Er trinkt noch einmal. »Wie hast du sie dazu gebracht?«

»Ich hab geschrieben, dass du so unglücklich bist.«

»Das hat sie zerrissen.«

»Zerknüllt.«

»Egal. Was hast du dann geschrieben?«

Henner stöhnt. »Willst du das wirklich wissen?«

»Natürlich!«

»Ich hab ihr gedroht, dass ich sonst mit dem Foto zu ihrem Vater gehe.«

»Das stimmt nicht, oder?«

»Patrick!«

Der Junge hat sich weggedreht. Einen Moment lang glaubt Henner, er wird jetzt seine Flasche auf den Boden werfen.

»Was sollte ich denn tun? Manchmal denk ich, du weißt gar nicht, wo wir hier sind.«

»Weißt du es denn?«

»Ich weiß jedenfalls, dass du belogen wirst. Seit Wochen

und Monaten. Tag und Nacht hängst du mit jemandem in diesem Spiel herum, und dann stellt sich heraus, es ist nicht mal eine Brieffreundin, sondern bloß jemand, der dich verarscht. Und seit wir hier herumfahren, werden wir weiter verarscht. Da weiß ich nicht, warum wir uns benehmen sollen wie kleine weiße Häschen, die Bittebitte machen.«

Patrick geht ein paar Schritte. Henner fragt sich, ob er zurücknehmen würde, was er gerade gesagt hat, wenn er es könnte. Nein, würde er nicht. Im Gegenteil, er ist froh, es gesagt zu haben.

»Bitte!« Er geht Patrick hinterher. »Ich hab dich gelassen. Ich hab kein Wort gesagt. Du konntest tun, was du willst. Wir haben wirklich keine leichte Zeit gehabt, wir beide nicht. Okay. Da schaut man dann, dass man auf andere Gedanken kommt. Und jeder macht das so, wie er das möchte. Aber ich bitte dich, das ist doch keine«, er sucht nach einem Wort, »keine Perspektive. Jemand, von dem man nicht weiß, wie er heißt und wo er wohnt und wer er überhaupt ist. Mit so jemand hast du dich in einen Märchenzoo gesperrt und getan, als wäre er ein Mensch aus Fleisch und Blut. Daran geht man doch kaputt, und zwar zwangsläufig!«

Das Letzte hat er so laut gesagt, dass sich Leute nach ihm umdrehen.

Patrick schweigt, er steht immer noch abgewandt. Henner will schon weiterreden, er spürt den Hass auf das Spiel so stark wie niemals zuvor; da geht ihm etwas durch den Kopf. Ob der Junge vielleicht weint?

Patrick trägt noch immer die Kappe und die billige verspiegelte Sonnenbrille, die sein halbes Gesicht verdeckt. Er hält seine Flasche mit beiden Händen, und es schüttelt ihn ganz sacht.

Henner wünschte, er könnte jetzt mit einem einzigen Satz alles wieder in Ordnung bringen. Aber es gelingt ihm nur gerade eben, wenigstens zu schweigen. Ein paar Minuten stehen sie so auf der Straße: Henner, der nach einem Satz sucht, den es wahrscheinlich gar nicht gibt, und Patrick, der erkennbar gegen das Weinen kämpft. Dann gehen sie los, ohne dass einer von ihnen das Zeichen dazu gegeben hätte.

An der nächsten Kreuzung hängen Schilder. Henner schaut auf den Zettel, sie sind also schon auf der richtigen Straße, jetzt müssen sie nur noch die Nummer suchen. Er sagt das, Patrick nickt. Sie gehen weiter, schweigend. Das Haus ist schon von Weitem zu erkennen. Es ist eines von den neuen, die so bunt gestrichen sind; dieses hier ist ganz hellgrün. Auf einem Schild, das über die Straße ragt, steht nur ein rotes @.

Ohne ein Wort trennen sie sich. Patrick betritt das Internetcafé. Henner geht weiter die Straße entlang. In seinem Kopf ist so etwas wie ein Ton. Kein richtiger Ton; er hört vielmehr, was man hört, wenn man die Augen fest zusammenkneift. Als hätte die Spannung einen eigenen Klang.

Nach einer Kreuzung öffnet sich auf der rechten Seite ein Platz. Hinter ein paar Reihen Autos steht wieder eine Ruine; aber diese hier ist anders als die anderen, ziemlich hoch, sehr breit und tief, fast wie ein kleines Stadion. Henner fragt sich, ob das überhaupt ein Haus gewesen ist. Doch was sonst sollte hier mitten in der Stadt gestanden haben? Er geht zwischen den Autos hindurch, um sich das anzusehen.

Im Erdgeschoss hatte das Gebäude einmal Fenster. Die sind jetzt verbarrikadiert. Trotzdem kann man erkennen, dass innen alles zerstört ist. Das Dach ist wohl eingestürzt, geblieben sind nur die Außenwände, vielleicht drei Stockwerke hoch; und an denen hängen nebeneinander große Platten, grau, wahrscheinlich aus Beton. Sie tragen Reliefs, einfache Formen, Menschen, Tiere, Symbole. Es erinnert an Höhlenmalereien aus einer Vorzeit. Ein paar der Platten sind zerbrochen, ein paar sind von der Fassade gestürzt. In den Lücken wachsen Bäume und Sträucher, kaum zu glauben, dass sie dort Halt finden.

Henner wüsste gerne, was für ein Gebäude das war. Das Rathaus, eine Versammlungshalle oder ein Museum? Museum würde am besten passen. Sehr alt kann es nicht sein, und womöglich ist es ein Bau gewesen, über den man gestritten hat. Zwischen den Häusern der Nachbarschaft sieht es aus wie ein Saurier zwischen Hühnern und Schafen. Und irgendwie kommt es Henner vor, als hätte man es immer schon als Ruine geplant. Er würde wirklich gerne fragen. Aber vielleicht schämen sich die Leute. Und wer redet schon über etwas, für das er sich schämt.

»Krass, oder?«, sagt Alex. »Weißt du, was das war?«

Henner hat ihn nicht kommen sehen. »Sag's mir nicht. Bist du schon fertig mit den Hamburgern?«

»Was denkst du denn? Die essen jetzt was. Das dauert.«

»Du kennst den Wirt vom Paradise?«

»Hab ich nicht gesagt: Das ist eine kleine Stadt. Ich krieg was, wenn ich eine Gruppe bringe.« Alex legt einen Finger auf seinen Mund. »Aber das heißt nicht, ich muss ihm alles erzählen, was ich weiß.«

»Erzählst du es mir?«

»Ja. Weil ihr meine Freunde seid. Ihr ward ehrlich zu mir, da bin ich auch ehrlich zu euch.« Alex zupft sich am Ohr. »Die Tochter vom Wirt, Mirjana, hast du gesehen?«

Henner nickt.

»Die ist verliebt. Und wie! Aber unglücklich. Der Junge ist Student oder Kellner, weiß ich nicht so genau. Ist auch egal, würd ja beides passen. Nur leider, der Junge ist Kroate.« Er macht eine Handbewegung. »Und da geht gar nix.«

»Der Junge heißt Mirko?«

Alex wiegt den Kopf. »Weiß ich, dass du das weißt. Aber du sagst es nicht ihrem Vater, oder? Ich schlag dir ein Geschäft vor: Ich sag dir alles, du sagst ihm nix. Abgemacht?«

»Abgemacht.«

»Und der Maric?« Alex zieht die Augen zu Schlitzen. »Wie geht's dem?«

»Schlechter als dir.«

»Das ist mal 'ne Leistung!« Alex lacht. »Ist nicht zu glauben. Er ist weg hier und alt und arm, aber er macht immer noch, dass sich die Leute streiten.« Henner scheint es, als wollte Alex noch etwas sagen, aber der winkt ab. »Kommt alles davon, wenn man kein Eskimo ist, so wie ich.«

»Gratulation«, sagt Henner.

»Dein Junge ist auch unglücklich verliebt.« Das ist keine Frage.

»Ja, sehr. Und er weiß nicht einmal, in wen.«

»Ist ein Risiko. Immer wenn du dich verliebst.« Alex klatscht laut in die Hände. »Peng. Kannst du unglücklich werden. Ist ganz egal, ob wegen der Eskimogeschichte oder warum. Geht einfach so.« Er grinst so breit er kann. »No woman, no cry.«

Henner hat nicht verstanden.

Alex lässt die Arme hängen und tänzelt ein bisschen. »Kennst du nicht? Marley. No woman, no cry.«

Doch, das kennt Henner.

»Trinken wir einen Kaffee. Du darfst auch bezahlen.«

»Danke«, sagt Henner, »das ist zu freundlich.« Sie gehen die Straße entlang. Alex kennt einen Laden, wo es den besten Kaffee überhaupt gibt. Der Besitzer ist sein Schwager. Zusammen singen sie »No woman, no cry.« Sie singen es einigermaßen leise. Nicht viele Leute drehen sich nach ihnen um. Nur ein paar.

DAS INTERNETCAFÉ liegt im zweiten Stock des hellgrünen Hauses und ist offenbar brandneu. Die Monitore stehen in sauberen kleinen Boxen, die Drehstühle davor sind nicht durchgesessen, und nirgendwo liegen leere Becher. Patrick wirft Kappe und Sonnenbrille in einen Mülleimer. An der Wand über dem Tresen hängen die Ladenregeln in mehreren Sprachen, darunter in Deutsch. Patrick meldet sich bei einem Jungen mit rot gefärbten Haaren an und loggt sich ins Spiel ein. Die Strukturen von Themara bauen sich zügig auf, offenbar ist hier auch der Rechner ein nagelneues Model. Als sich der Himmel über der Hauptstadt schließt, hat Patrick das Gefühl, als käme er nach einer Ewigkeit wieder nach Hause. Er lässt seine Figur hinaus auf die belebte Straße treten.

Doch mehr kann er einstweilen nicht tun. Nach genau dreißig Sekunden beginnt die Zornelfe wieder mit ihren Dehnübungen. Patrick würde liebend gerne irgendetwas unternehmen, und wäre es nur, einem vorbeigehenden Level-30-Zombie einen Schwindelzauber zu verpassen. Aber natürlich weiß er, was er jetzt zu tun hat, nämlich stehen bleiben, wo er gerade steht, und warten auf das, was passiert. Genau so, wie es ihm Henner und Astrid früher auf dem Markt und im Kaufhaus eingeimpft haben: Wenn du uns nicht mehr siehst, rühr dich nicht! Wir finden dich.

Aber wird er auch gesucht? Es vergeht mehr als eine halbe Stunde, ohne dass etwas geschieht. Die vereinbarte Zeit ist längst überschritten. Zum Glück kann der rothaarige Junge am Tresen so wenig wie die anderen Leute im Internetcafé sehen, dass Patrick hier Geld bezahlt, um seine Zornelfe ein bisschen Gymnastik treiben zu lassen. Die Boxen sorgen für Diskretion. Trotzdem tut Patrick gelegentlich so, als bewegte er die Maus; oder er schreibt irgendeinen Unsinn in die Tastatur.

Es sind nicht viele Leute im Internetcafé, gelegentlich kommt oder geht jemand. Patrick nimmt kaum Notiz davon. Er schaut vielmehr eisern auf den Monitor, wo er zusammen mit seiner Zornelfe die Hauptstraße von Themara im Blick hat. Auf keinen Fall will er irgendetwas verpassen, das ihn betrifft.

Dabei ist es heiß hier drinnen, sehr heiß, obwohl die Fenster zur Straße offen stehen. Das Stimmengewirr von draußen macht Patrick schläfrig. Allerdings rumort der gelbe Saft in seinem Bauch und hält ihn wach. Schön wäre es jetzt, im Erich zu sitzen, an seinem Lieblingsplatz, und durch das offene Fenster hinauszusehen, auch wenn da bloß irgendeine langweilige Landschaft wäre. Hauptsache, Henner würde mit seinen Büchern hantieren und Astrid draußen herumschimpfen, weil wieder etwas klemmt oder sich nicht richtig festschrauben lässt.

Dass sich jemand an die Box rechts neben ihm setzt, bemerkt Patrick erst mit einer kleinen Verzögerung. Und als er es dann bemerkt, darf er zum ersten Mal in seinem Leben spüren, wie es sich anfühlt, wenn das Herz einen Schlag außer der Reihe macht. Neben ihm sitzt jetzt die Nevena aus seinem Fotoordner, oder besser: Mirjana, die Kellnerin aus dem Paradise.

Don't know me!, hat sie geschrieben.

Das hat Patrick nicht vergessen. Wie sollte er auch. Und jetzt versteht er endlich, was sie damit meint. Er beeilt sich wieder so zu tun, als wäre er ein spielsüchtiger Balkantourist, den es aus Mostar zurück nach Themara getrieben hat. Sehr lässig hängt er in seinem Drehstuhl, genervt tippt er auf seine Maus, als erwartete er das Ende einer Aktion oder verspätete Mitkämpfer.

Aus der Nachbarbox kommt der Soundtrack zum Hauptmenü des Spiels, und aus den Augenwinkeln sieht Patrick, wie sich Nevenas Heimat aufbaut, der verschlafene Marktflecken D'ub am Rande der Terrakonischen Wüste. Was jetzt wohl als Nächstes passiert?

Es passiert nichts. Mirjana hat das kleine Kopftuch abgelegt. Ihre Haare kleben aber noch über den Ohren, und deswegen versucht sie jetzt, sie wieder in Form zu bringen. Sie macht das mit den gespreizten Fingern der linken Hand; und eine dieser Bewegungen nutzt sie, um kurz den Kopf zu wenden. Ihre Blicke treffen sich. Mirjana zieht die Schultern hoch. Dann rollt sie ihren Stuhl noch näher an den Monitor.

Die nächsten Minuten passiert wieder nichts. Das heißt, es passiert nichts, das ein anderer Besucher des Internetcafés sehen oder hören könnte. In Patricks Kopf passiert allerdings eine ganze Menge. Ein Dutzend Gedanken jagen einander, fallen über ihre Füße, rappeln sich wieder auf, rempeln sich an und stoßen sich die Köpfe wund, während es Patrick nicht gelingt, sie irgendwie zur Ordnung zu rufen.

Schließlich schafft es einer der Gedanken, die anderen beiseite zu drängeln. Patrick beugt sich so weit zur Seite, wie das mit seiner lässigen Haltung gerade noch zu vereinbaren ist. Für zwei, drei Sekunden sieht er auf dem Nachbarmonitor Mr. Smith, den Barbar, wie er sich nach Barbarenart langweilt, indem er auf den Boden stampft und mit der Faust gegen eine Wand schlägt. Und damit ist ihm alles klar: Mirjana hat den Zugangscode zu Nevenas Figur, aber sie hat offenbar nicht die geringste Ahnung, wie sie damit umgehen soll. So werden sie nicht zusammenkommen.

Endlich gibt es für Pocahonta etwas tun. Sie holt ihren Flugdrachen und gibt ihm D'ub als Ziel an. Wie üblich macht das Tier seine Drachenzickereien, und am liebsten würde ihm die Zornelfe einmal kräftig in die Flanken treten. Aber das steht leider nicht im Programm. Sie kann auch nichts tun, um den Flug zu beschleunigen. Zum Glück ist D'ub nicht allzu weit entfernt.

Der freie Platz neben Mirjana wird jetzt besetzt. Der Mann sieht nicht aus wie ein Gamer, aber schließlich kann man in einem Internetcafé auch einen neuen Auspuff bestellen oder andere Sachen erledigen, die im realen Leben ganz wichtig sind. Allerdings rückt Mirjana jetzt noch ein wenig näher an den Monitor.

Mit dem üblichen Geflatter landet der Flugdrachen auf der Gemeindewiese von D'ub. Patrick lässt das Absteigeritual über sich ergehen, dann läuft er los. Es geht um zwei, drei Ecken, D'ub ist wirklich ein Kaff, schon ist er auf dem ärmlichen Markt, wo man sich verproviantiert, wenn man zu Fuß durch die Terrakonische Wüste will.

Und endlich steht seine Zornelfe Pocahonta ihrem Barbar Mr. Smith gegenüber, nach drei Wochen zum ersten Mal! Patrick tippt auf das Icon für das Begrüßungsritual, worauf die Elfe eine Reihe von mädchenhaften Freudensprüngen macht, unterbrochen durch kleine Knickse. Der Barbar tritt derweil nach einem Stein und kratzt sich am Rücken.

Jetzt, da er ihr so nahe ist, kann Patrick Mirjana mit einem Klick auf ihr Profil anchatten. Natürlich tut er es auf Englisch. »Nice to see you«, schreibt er. »Thank you for getting in contact.«

Aber nichts geschieht. Er schickt noch ein paar Worte hinterher. Wieder keine Antwort.

Wenn Mirjanas Chatfenster geschlossen ist, kommt natürlich nichts bei ihr an. Aber soll er vielleicht in ihre Box greifen und ihre Maus führen? Er zieht sein Portemonnaie aus der Tasche. Ein kleines Stück Papier ist darin, eine Quittung für irgendetwas. Jetzt bräuchte man nur noch einen Stift. Hat man aber nie, wenn man einen braucht. Man könnte sich bei dem Rothaarigen vielleicht einen leihen. Klar, wenn man unbedingt Aufsehen erregen will. So lässig wie möglich stemmt sich Patrick aus seinem Stuhl und geht zum Tresen. »Toilet?«, sagt er, und der rothaarige Junge weist hinter sich in den Flur.

Patrick hat jetzt fünf Minuten, um einen Stift zu besorgen. Er läuft hinunter auf die Straße. Gegenüber ist die Filiale einer Bank. Das Rosa ihrer Fassade passt gut zum Grün des Internetcafés. Die Bankfiliale ist geöffnet, das ist positiv. Sie besitzt auch Kugelschreiber, hurra!, aber die sind mit silbernen Ketten an einem Schreibpult befestigt. Patrick ist versucht, einen davon einfach abzureißen, aber er schafft es sich zurückzuhalten. Stattdessen malt er an Ort und Stelle das Icon für den Chatkanal auf den Zettel, so gut er es in Erinnerung hat. Auf der Treppe zum Internetcafé bringt er seine Atmung wieder in Ordnung. Dann geht er langsam zu seinem Platz und lässt sich in den Drehstuhl fallen.

Neben Mirjana sitzt jetzt niemand mehr. Ihr den Zettel an der Boxenwand vorbei zuzuschieben, scheint nicht besonders riskant zu sein. Patrick tut es, dabei hat er dieses unverwechselbare Gefühl im Rücken, das er immer hatte, wenn er in Mathearbeiten seine Ergebnisse weitergab. Ob Mirjana den Zettel liest, sieht er nicht mehr, weil er sich gleich so setzt, dass er ihr beinahe den Rücken kehrt.

Jedenfalls hat sie verstanden. Im Chatkanal erscheint eine Antwort, auch wenn sie denkbar kurz ist: »Hi. Sorry.«

Sorry! Das ist ja nett. Gerne würde Patrick jetzt seine Lebensgeschichte der letzten drei Wochen oder vielleicht sogar der letzten drei Jahre in die Tastatur vor ihm hacken. Und wenn er schon mal beim Aufschreiben wäre, dann könnte er vielleicht auch ein paar kleine Vorwürfe anbringen. Aber was genau kann das Mädchen neben ihm dafür, dass er sich betrogen fühlt? Patrick weiß es nicht. Er weiß ja so gut wie gar nichts. Doch das lässt sich jetzt vielleicht ändern. Endlich!

»Who is Nevena?«, schreibt er.

»My cousin.«

»What's her name? Nevena Kusic?«

»No. Kusic was her mother's name. Before she married.«

»Nevena Maric?«

»No, Nevena Sukalo. Her stepfather has adopted her.«

»Where is she now?«

»Don't know.«

Patrick lässt seinen rechten Zeigefinger ein paar Sekunden lang auf der Taste für das Fragezeichen, bevor er Return drückt.

Die Antwort kommt mit Verspätung. »We are in contact by SMS. That's all.«

»Where is she?«

»Don't know. She don't say.«

Patrick will schon eines der üblichen Zeichen für Ärger

und Wut eingeben, aber wer weiß, ob Mirjana das überhaupt versteht. Stattdessen schreibt er: »You know! Please stop fooling me. Please!«

Aus den Augenwinkeln sieht er, wie Mirjana zögernd zu tippen beginnt. Vielleicht ist er jetzt nur noch ein paar Sekunden von der Antwort auf seine größte Frage entfernt.

Doch dann gibt es plötzlich ein ganz anderes Problem. Ein Level-42-Ork hat sich vor dem Barbar aufgebaut und deutet unmissverständlich an, dass er gleich seine Ork-Fähigkeiten an ihm ausprobieren wird.

Solche Begegnungen sind keine Besonderheit. Vielleicht nicht gerade auf der Hauptstraße von Themara, wo die meisten Figuren bloß eilig ihren Geschäften nachgehen. Dafür aber umso mehr in den kleinen Städten oder draußen in den Wäldern und Steppen. Da trifft man immer wieder auf Spieler, die nichts als Zoff im Sinn haben. Viele von ihnen haben ihre Figuren im Netz gekauft. Einen solchen Level-42-Ork bekommt man dort schon für hundert Euro. Irgendwo in Asien hat den jemand in wochenlanger Arbeit hochgezüchtet und zum Allrounder ausgebildet. Man überweist das Geld, bekommt den Zugangscode und ist von einer Sekunde auf die andere jemand, um den viele Spieler lieber einen großen Bogen machen.

Natürlich beherrscht man nicht automatisch das Spiel, wenn man eine starke Figur besitzt. Muskeln zu haben heißt nicht schon boxen zu können. Aber darauf kommt es den Käufern auch gar nicht an. Sie holen sich keine Quests ab, sie nehmen nicht an Gruppenaktionen teil. Sie ziehen bloß durch die Gegend, stören andere bei ihren Aufgaben und verprügeln jeden, der sich nicht wehren kann. Mit stärkeren Gegnern lassen sie sich meistens gar nicht erst ein.

Anders dieses Exemplar hier. Eigentlich müsste der Ork sich längst wieder davongemacht haben, denn gegen Nevenas Barbar hätte er nur dann eine kleine Chance, wenn er ein sehr routinierter Kämpfer wäre. Aber entweder ist der Mensch, der jetzt von irgendwo auf der Welt diese Figur führt, so blöde, dass er nicht zwei und zwei zusammenzählen kann, oder er hat irgendetwas gemerkt. Patrick hofft auf Ersteres, doch um Psychologie geht es schon gar nicht mehr. Der Ork beginnt nämlich bereits nach dem Barbar zu schlagen, und der denkt gar nicht daran sich zu wehren. Stattdessen packt das Programm noch ein paar neue Langeweile-Moves aus und lässt den Barbar mit geschlossenen Augen gähnen, während sein Lebensbalken bereits erkennbar sinkt.

Patrick beginnt wieder, seinen Partner mit Heilzaubern im Spiel zu halten. Er kann das eine gewisse Zeit lang. Aber was er nicht kann, das ist, die Figur zu retten und gleichzeitig mit Mirjana über die wichtigste Angelegenheit seines Lebens zu chatten. Zumal sie jetzt auch begriffen hat, was ihr droht. Statt zu schreiben, lässt sie den Barbar ein paar Bewegungen machen, was freilich nur dazu führt, dass der Ork seine Aggression besser freisetzen und damit mehr Kraft entwickeln kann.

»Run!«, schreibt Patrick. Und er tut es, um ihr zu zeigen, was er meint. »Follow me.«

Mirjana gibt sich auch wirklich Mühe. Aber zuerst rennt der Barbar gegen eine Mauer, dass es staubt, dann gegen einen Marktstand, für den es kein Zerstörungsprogramm gibt, so dass die Figur bloß auf der Stelle läuft wie auf einem Laufband im Fitnessstudio. Während er ihn weiter mit Heilzaubern belegt, versucht Patrick den Barbar zu lotsen. Das funktioniert so einigermaßen. Sie schaffen es bis zur Gemeindewiese, wo der Drachen neben einem Brunnen wartet. Derweil hat der Ork ganz offenbar seinen besonderen Spaß an dieser Art von Kampf. Elegant überholt er sie, stellt sich dem Barbar in den Weg und schlägt wieder auf ihn ein.

Aber damit ist jetzt Schluss! Die Zornelfe belegt den Ork mit einem Gedankenkontrollzauber. Ab sofort kann Patrick ihn für ganze sieben Sekunden lenken. Der Zauber klingt mächtiger als er ist, in richtigen Kämpfen kann man damit nur selten entscheidend punkten. Sieben Sekunden sind nicht die Welt. Aber hier passt er. Und wie! Denn jetzt muss der Ork ganz gegen seinen Willen auf den Brunnenrand steigen und einen kleinen Hopser machen, vorwärts ins Schwarze. Aus beiden Lautsprechern kommt synchron ein plätscherndes Geräusch.

Mirjana lacht, so laut, dass sogar der rothaarige Junge hinter dem Tresen kurz aufschaut. Sie drückt sich eine Hand auf den Mund. Und weil jetzt alle im Internetcafé sie anschauen, darf Patrick das auch. Ihre Augen funkeln, und endlich kann er ihre Farbe erkennen. Genau so hat er sich Nevena immer vorgestellt. Wenn sie von ihrer verrückten Familie berichtete oder wenn sie an allem kein gutes Haar ließ. Sie sieht ganz wunderbar aus.

Patrick wünschte sich, er könnte den Barbar einfach an die Hand nehmen und führen, aber dafür gibt es kein Programm. Er muss weiter vorangehen und hoffen, dass Mirjana ihm folgt. Endlich bekommt er sie so in einen der Gärten, die hinter den schlichten Häusern liegen. Kurz schaut noch ein Humaner bei ihnen vorbei, dann sind sie ungestört.

Patrick wiederholt seinen letzten Satz: »Where is Nevena?«

»I really don't know.« Und nach einer Pause: »She don't want to be Bosnian.«

Patrick tippt eine Reihe von Fragezeichen.

Und endlich kommt Mirjanas nächste Nachricht: Nevena ist in Mostar geboren, aber sie hat nie hier gelebt. Gleich nach der Geburt ist ihre Mutter mit ihr geflohen. Wegen des Kriegs und weil ihr Vater tot war. Ihre Mutter hat dann wieder geheiratet. Sie waren immer im Ausland, aber jetzt will die Familie zurück. »But Nevena wants to stay.«

Patrick tippt seine nächste Frage. Und ohne auch nur die geringste Ahnung zu haben, warum, ist er sich sicher, die Antwort zu kennen. Die Frage lautet: »Stay where?«

Und er behält recht. Denn die Antwort ist: »Germany.«

WENN ER auch nur noch einen einzigen Kaffee trinkt, wird Henners Herz einen Satz aus seiner Brust machen und irgendwohin gehen, wo es ruhiger schlagen kann. Alex aber kann noch einen vertragen. »Wasser, bitte!«, sagt Henner, als Alex zum Tresen geht, und es hört sich an wie die Bitte eines Verdurstenden.

»Weißt du, warum wir hier so viel Kaffee trinken?«, sagt Alex, als er mit den Getränken zurück ist.

»Ich höre.«

»Wenn wir Kaffee trinken, regen wir uns auf.« Da Henner etwas sagen will, hebt Alex die Hand. »Aber über die falschen Sachen. Nicht über die richtige Scheiße, sondern über andere. Und während wir uns über die andere Scheiße aufregen, die unwichtige, vergessen wir die richtige.«

Er bestätige damit die westlichen Vorurteile über den Balkan, sagt Henner.

Alex zieht die Stirn kraus und wiederholt den Satz ohne Stimme. »Richtig«, sagt er dann. »Alles, was du über Bosnien denkst, ist die Wahrheit. Deine Wahrheit.«

»Die Eltern von diesem Mädchen«, sagt Henner. »Kennst du sie gut?«

»Igman?«

Henner nickt.

»Kenne ich sehr gut.« Alex zieht eine Gangstergrimasse. »Was zahlst du für Informationen?«

Henner will sein Portemonnaie ziehen.

»Hey, lass!«, sagt Alex. »Das war ein Scherz. Kannst mir mal einen Kaffee spendieren.«

»Du wirst am Kaffee sterben.«

»Kann sein. Ist aber kein schlechter Tod. Besser als Granate oder Blutvergiftung wegen versiffter Spritze.«

»Wie kommst du darauf?«

»Da ist Mirjanas Mutter dran gestorben, Ivanka. Paar Tage nach der Geburt. Ihr Mann hat's mir erzählt. Zuerst hatte sie Glück, dass überhaupt ein Arzt sich gekümmert hat. Dann aber Pech, weil der keine saubere Spritze hatte.«

»Und was passierte dann?«

»Was dann passierte? Der Vater ist weg mit dem Kind. Aufs Land zu Verwandten. Später hat er geheiratet und ist wieder zurück. Für das Paradise hat er einen Kredit gekriegt. Von der EU. Oder von der UNO oder der NATO, was weiß ich.«

»Und er ist streng?«

»Was heißt streng? Weißt du, die Leute haben alle so ihre Regeln. Die Kroaten, die Serben, die Bosniaken, alle. Die einen so, die anderen so. Da sagt man besser gar nichts und lässt sie machen.«

»Nur die Eskimos, die haben keine?«

»Was?«

»Na, Regeln.«

Alex schaut ernst. »Die auch. Aber wenn du Eskimo bist,

kannst du dir aussuchen, welche.« Er tippt sich an die Stirn. »Dann musst du dir nicht von anderen Leuten sagen lassen, was richtig ist und was nicht.«

»Und das funktioniert?«

Alex schüttelt den Kopf. »Nein, funktioniert nicht. Aber dann trink ich Kaffee und reg mich über was anderes auf.« Er zieht ein Handy aus der Tasche. Gleich müsse er wieder zu seiner Reisegruppe. Das sei vielleicht ein nerviges Volk.

Henner schaut nach draußen auf die Straße. Einen Moment lang muss er überlegen, welchen Wochentag sie haben. Richtig, Mittwoch. »Ich glaube, wir haben den verhinderten Freund von Mirjana getroffen, vorgestern in Rijeka. Es geht ihm gerade nicht so gut.«

Alex pfeift durch die Zähne. »Ich mach dir einen Vorschlag«, sagt er. »Bleib hier. Wer alles weiß, kann auch in Mostar wohnen. Ich wette, du kennst hier schon mehr Leute als bei dir zu Hause.«

»Na ja«, sagt Henner.

»Kannst das alte Haus kaufen. Vielleicht gibt's dir der Maric. Früher hat er Geschäfte mit Deutschen gemacht. Da war er wahnsinnig stolz drauf.«

»Das weißt du von seinem Schwiegersohn?«

Alex nickt.

»Der könnte das Haus doch bekommen.«

»Die Bruchbude?«

»Ich denke, es gibt Kredite.«

Alex scheint darüber nachzudenken, ob er das Thema wechseln soll. Er stöhnt einmal übertrieben. »Will er aber nicht. Maric ist der Opa von seiner Tochter. Okay, ist eigentlich Familie. Aber vor allem ist Maric sein Feind. Maric ist an allem schuld, basta, und das darf keiner vergessen.«

Alex steht auf. »Die Brücke haben sie wieder aufgebaut. Dagegen kann er nichts sagen. Über die Brücke kommt die Kundschaft vom Paradise. Aber das alte Haus soll vergammeln und einstürzen, damit sich alle dran erinnern, wer schuld ist.«

»Ich verstehe«, sagt Henner.

»Glückwunsch. Dann verstehst du mehr als ich.«

»Danke. Ich muss jetzt auch los. Nach Patrick sehen.«

Sie treten auf die Straße. »Bleibt ihr noch eine Nacht?«, sagt Alex.

»Ich weiß nicht.«

»Bleibt ruhig hier. Ich hab mit den Männern geredet. Nur noch zehn Euro.« Er gibt Henner einen Klapps auf die Schulter. »Entscheide dich. Billiger kriegst du es nirgendwo.«

AUF DER BRÜCKE ist wieder mächtig Betrieb. Es gibt einen richtigen Stau. Erst nachdem der junge Mann mit dem kahl geschorenen Kopf gesprungen ist, geht es wieder voran. »Sie ist wirklich Deutsche?«, sagt Henner. »Ich meine, sie hat immer in Deutschland gelebt? Ich kann das einfach nicht glauben. Und du?«

Patrick schweigt. Seit einer halben Stunde ist ihm, als würde er Gefühle anprobieren wie Jacken. Und nicht ein einziges passt.

»Aber du hast keine Adresse?«

Die Tische vor den kleinen Lokalen sind jetzt alle besetzt. Wenn man so durch die engen Straßen geht, könnte man denken, das hier ist der heiterste Ort auf Erden.

»Die wusste Mirjana nicht«, sagt Patrick. »Sie meint, irgendwie im Süden.« Allerdings habe er nicht das Gefühl gehabt, als würde sich Mirjana in deutscher Geografie besonders gut auskennen.

»Hast du sie gegoogelt?«

Nein, das hat Patrick nicht. Natürlich war das sein erster Gedanke, nachdem Mirjana das Internetcafé verlassen hatte. Wenn Nevena tatsächlich die letzten zehn Jahre eine ganz normale Schülerin in Deutschland war, dann hat sie irgendwo im Netz ihre Spuren hinterlassen. Homepage der Schule, Schüler-vz, all dies. Und vielleicht hat sie ja doch eine fette Seite bei Facebook, mit fünfhundert Freunden und tausend Schnappschüssen von allen Partys seit 2008. Woher soll er wissen, was er ihr noch glauben kann?

Aber dann hat Patrick die Maus nur noch einmal berührt, um das Spiel zu schließen. Am Tresen hat er bezahlt. Es kostete zwei Mark, das Geld heißt hier wirklich so. Da er keine Mark besaß, konnte er mit Euro bezahlen. Ein Euro. Der Preis dafür, dass er erfahren durfte, wie gründlich man ihn belogen hat.

Man? Nein, nicht man, sondern eine gewisse Nevena Sukalo, siebzehn Jahre alt, geboren in Mostar als Nevena Maric, aufgewachsen in Deutschland, nachdem ihr Vater im Bosnienkrieg getötet wurde. Mirjana hat ihm alles im Telegrammstil erzählt. Nevena sei fast eine Deutsche. Bosnisch spricht sie jedenfalls so schlecht, dass ihre Cousine lieber auf Englisch mit ihr simst. Ein einziges Mal haben sich die beiden getroffen. Das war letztes Jahr in Opatija, bei einer Art Familientreffen, das allerdings ziemlich unerfreulich verlief. Mirjanas Vater und Nevenas Mutter konnten sich nämlich nicht darauf einigen, was sie mit dem Haus ihres Schwiegervaters anfangen sollten. Nevenas Mutter wollte es übernehmen, um es dann zu verkaufen; aber Mirjanas Vater will, dass das Haus des Verbrechers verkommt.

»Bad vibrations«, hat Mirjana geschrieben. Am Ende dann

der große Krach, als die beiden Cousinen sich zum Fallschirmfliegen hatten einladen lassen, von einem Studenten, der blöderweise als Kroate zur Welt gekommen war. Und schuld daran war natürlich Nevena, die in Deutschland aufgewachsen ist und nicht weiß, wie man sich als bosnisches Mädchen benimmt.

Patrick hat Henner gleich alles gesagt, was er jetzt weiß; schon damit sein Vater ihm hilft, es richtig zu behalten. Nicht, dass er sich die Geschichte nicht merken könnte. Schließlich hat er sich Dutzende von Nevenas Familiengeschichten gemerkt, all diese Lügen über Leute, die es niemals gegeben hat. Aber jetzt ist da etwas in Patrick, das ihn zwingen will, die richtige Geschichte der richtigen Nevena gleich wieder zu vergessen.

»Nochmal zur Sicherheit«, sagt Henner. »Ihre Eltern kommen zurück nach Sarajevo, weil der Stiefvater dort Arbeit hat. Aber Nevena will in Deutschland bleiben?«

Das ist zumindest, was Mirjana vermutet. Genau weiß sie es nicht. Und Patrick glaubt ihr das sogar. Vor drei Wochen ist ihr Kontakt zu Nevena abgebrochen, zugleich mit seinem. Seit vorgestern antwortet sie wieder auf Mirjanas SMS, aber sie schreiben nur über Patricks Auftauchen in Rijeka und über die Komödie, die Mirjana spielen sollte. Kein Wort sagt Nevena darüber, wo sie ist und was sie vorhat. Und ihre letzten SMS sind von einem neuen Handy ohne Absender gekommen.

»She will be 18 in less than 3 weeks«, hat Mirjana geschrieben. »And she has a German passport. Imagine what she's got in mind.«

Natürlich hatte Patrick noch tausend Fragen gehabt. Die Stimmen von der Straße hörte er nicht mehr, auch sein Bauch hatte Ruhe gegeben. Aber seine Hände waren ihm in den Schoß gefallen, und die Tastatur lag vor ihm auf dem Tisch wie eines dieser sinnlosen Artefakte im Spiel.

»Must go! Don't tell my parents! Please!«

Eine Frage hatte Patrick dann doch noch stellen können: »Why do you know Nevena's password?«

Mirjana hatte kurz zu ihm herübergesehen; zum zweiten Mal hatten sich ihre Blicke getroffen. Dann schrieb sie. Im Hotel in Opatija hatte ihr Nevena das Spiel gezeigt, das Spiel und ihn, Patrick, die Zauberin, die einen Barbar heilt. Weil die Verbindung schlecht war, mussten sie mehrmals neu starten. Es war nicht schwer, Nevenas Passwort zu erraten. Nur fünf Buchstaben: P-A-T-T-I.

»She told me everything about you.« Später habe sie immer gesagt, er sei ihr einziger richtiger Freund. »When she made me play her role here in Mostar she hated herself for that.« Aber es müsse sein. Das habe sie ständig wiederholt. Damit man sie bloß nicht finde.

»Hunger?«, sagt Henner. Es klingt ein bisschen mechanisch und nicht so, als erwartete er eine Antwort.

Patrick schüttelt den Kopf.

DAS KLEINE LEBENSMITTELGESCHÄFT hat Henner gleich gefunden. Sie haben beschlossen, morgen früh die Heimfahrt zu beginnen; jetzt will er Proviant besorgen. Ein paarmal hat Henner vorsichtig gefragt, ob man denn nicht irgendetwas für das Fräulein Sukalo tun könnte, aber Patrick hat nicht mehr geantwortet. Seit sie wieder im Erich sind, tut er, als sei die Sache für ihn erledigt. Wenn Henner ihn etwas fragt, dann sagt er »Ja, klar« oder »Von mir aus«. Geduscht hat er, danach seinen Lieblingsplatz bezogen, und als Henner ihm eines von Astrids Büchern anbot, hat er es sogar genommen.

Die Verkäuferin im Laden hat gleich erkannt, dass Henner Deutscher ist. Sie erzählt von ihrem Studium in München. Das sei die schönste Zeit ihres Lebens gewesen. Nach ihrer Rückkehr wollte sie Lehrerin werden, aber dann kam der Krieg, und jetzt gibt es zu wenig Stellen, deshalb hilft sie im Laden ihrer Tante.

Henner ist gerade der einzige Kunde. »Stellen Sie sich vor, Sie sind siebzehn«, sagt er. »Sie sind in Mostar geboren, leben aber seitdem in Deutschland. Jetzt wollen Ihre Eltern zurück nach Bosnien. Was würden Sie tun?«

»Wie gut spreche ich Bosnisch?«

Henner macht eine Handbewegung. Nicht so gut.

»Weglaufen«, sagt die Verkäuferin. »Eigentlich. Aber bosnische Mädchen laufen nicht weg.« Sie sieht sich in den Regalen um. Henner hat es ihr überlassen, den Proviant zusammenzustellen. »Bosnische Mädchen tun, was ihre Eltern sagen.«

Sie packt die Sachen zusammen und stellt die Tragetasche auf die Theke. »Meine Cousine war zehn Jahre in Berlin. Dann ist sie zurückgekommen. Sie hat immer getan, was man ihr gesagt hat. Wenn sie in Sarajevo bei der Tante ist, trägt sie Lippenstift. Wenn sie die Großeltern auf dem Land besucht, hat sie ein Kopftuch an und redet übers Kinderkriegen. Ich glaube, in Afrika wäre sie schwarz und in China gelb.«

Sie schaut auf den Kassenzettel. »Siebenundzwanzig Mark dreißig«, sagt sie. »Wie das klingt, nicht wahr? Wie damals.«

»Ja«, sagt Henner. »Wie damals.« Zum Abschied will er der Verkäuferin die Hand geben. Sie muss sich auf die Zehenspitzen stellen, um über die Theke zu reichen.

Der Weg zurück zum Wohnmobil führt an einer kleinen Moschee vorbei, die sich eng an ihre Häusernachbarn schmiegt. In ihrem winzigen Vorhof, neben einem Brunnen, steht eine hölzerne Bank. Henner setzt sich und zieht sein Handy aus der Tasche. Der Akku ist beinahe voll. Er rechnet kurz. Auch in Brasilien dürfte jetzt die Nacht vorbei sein. Dann drückt er eine Kurzwahltaste. Das Handy am Ohr, stellt er sich vor, was er sich als Junge immer vorgestellt hat, wie das Signal jetzt mit aberwitziger Geschwindigkeit um die Welt zieht. Es dauert ein paar Sekunden, dann hört er das Freizeichen.

»Hey«, sagt Peer. »Grüß dich. Wo bist du?«

»On the road again.«

»Ach ne! Doch nicht mit diesem Monstrum?«

»Du sagst es.«

»Ist ja schön zu hören. Und wo genau?«

»Willst du den Straßennamen wissen?«

»Nein. Unsinn. Was gibt's?«

»Ich brauche deine Hilfe.«

»Ist was passiert?«

»Ja und nein. Hast du was zu schreiben?«

»Ich sitze am PC.«

»Sehr gut. Genau da will ich dich haben. Schreib auf: Nevena Sukalo. Genau wie man's spricht.« Henner buchstabiert den Namen, und Peer wiederholt ihn. Die Verbindung ist so klar und deutlich wie bei einem Ortsgespräch im Festnetz.

»Und weiter«, sagt Henner. »Geboren im August 1993 als Nevena Maric in Mostar, Bosnien. Vater gefallen. Aufgewachsen in Deutschland. Von ihrem Stiefvater adoptiert, seitdem auch deutsche Staatsangehörigkeit. Zuletzt Gymnasium. Die Eltern sind womöglich vor Kurzem nach Sarajevo gezogen. Hast du das?«

»Hab ich. Und jetzt?«

»Besorg mir was. Alles, was du findest. Adresse in Deutschland. Schule, Vereine, Freundinnen und so weiter. Aber das Wichtigste ist die Adresse in Sarajevo.«

»Darf man fragen –«

Henner unterbricht ihn. »Nein. Mach einfach. Demnächst kriegst du die ganze Geschichte, die dauert mindestens eine Nacht lang. Aber bitte, häng dich da rein! Ich bezahle, was das kostet.«

»Red keinen Unsinn«, sagt Peer. »Aber wo bitteschön bist du, dass du nicht selbst ins Netz kannst?«

»In den Schluchten des Balkan.«

Peer lacht auf der anderen Seite der Erde. »Okay. Ich vermute mal, es eilt?«

»Das tut es.«

»Ich melde mich.«

7. Kapitel

Wenn es nach dem Navigationsgerät ginge, dann würden sie auch von Mostar aus auf ungefähr demselben Weg nach Hause fahren, den sie gekommen sind. Also zurück nach Kroatien und auf die Autobahn, später einmal rechts abbiegen und dann über Zagreb, Ljubljana, Villach und Salzburg zur deutschen Grenze. Gestern Abend hat Henner das Navi zu sich in die Koje geholt und anschließend als neues Ziel Sarajevo eingegeben. Doch das Navi weigerte sich; für diese Region verfüge es nicht über ausreichendes Datenmaterial.

Henner hat es mit einem Trick versucht und nochmals ihren Heimatort eingegeben, dann aber nach einer Alternativroute gefragt. Und das hat tatsächlich funktioniert. Das Navi gab eine Strecke Richtung Norden aus, und die führte über Sarajevo. Die Warnmeldung blieb allerdings: eingeschränktes Datenmaterial.

Nach dem Frühstück sind sie losgefahren. Das Navi hat sie auf die Ostseite der Stadt geführt, dann ging es den Fluss entlang, mal auf der einen, mal auf der anderen Seite. Dabei wandelte die Neretva dauernd ihre Gestalt. In Mostar war sie ein breiter Bach, nicht mehr; weiter flussaufwärts stand sie wie ein lang gestreckter Gebirgssee zwischen steilen, bewaldeten Hügeln. Sie wechselte Farbe und Geschwindigkeit, sie erhielt Zulauf von viel breiteren Flüssen, und gelegentlich verschwand sie unter etwas, das aussah wie ein Parkplatz für hölzerne Flöße; Henner hatte auf Fischzucht getippt. Nur Boote sahen sie nicht, nicht ein einziges. Niemand will offenbar auch nur ein paar Hundert Meter auf der Neretva fahren.

Zu Patrick hat Henner am Morgen gesagt, die Strecke über Sarajevo sei etwas länger, vielleicht eine Stunde, doch denselben Weg zurückzufahren finde er langweilig. Ob Patrick ihm geglaubt hat, weiß er nicht. Seit gestern Nachmittag haben sie kaum noch geredet. Alles war Routine: Einkäufe verstauen, Tisch decken, Geschirr abspülen, Betten bauen; jeder tat, was getan werden musste. Alles wie zu Hause, nur dass man sich im Wohnmobil noch sorgfältiger aus dem Weg gehen muss, weil so wenig Platz ist.

Später am Abend schien es Henner, als hätte sich Patrick in Astrids Bestseller geradezu verbissen. Er lag an seinem Lieblingsplatz unter dem offenen Fenster, und das Umschlagen der Seiten war so regelmäßig wie das Geräusch einer großen Uhr. Henner saß dann noch draußen auf der Straße bei den Parkplatzwächtern. Er hatte Bier spendiert; und sie erzählten ihm mit den paar Brocken Deutsch, die sie konnten, wie schwer das Leben ist, besonders das in Mostar. Insgeheim hatte Henner gehofft, Alex würde sich noch einmal sehen lassen, aber er war nicht mehr gekommen, auch am Morgen nicht, dabei sind sie gar nicht so früh aufgebrochen. Gemeinsam haben die Parkwächter sie aus der Einfahrt gelotst. Einer hat ihnen nachgewinkt.

Über Nacht sind etliche SMS auf Henners Handy eingetroffen. Das Geräusch hat er jedes Mal gehört, aber bevor er sich überwinden konnte, richtig wach zu werden, ist er wieder eingeschlafen. Am Morgen hat er dann alle gelesen, Patrick war da noch einmal zu dem kleinen Geschäft gegangen, um Süßigkeiten zu besorgen.

Peer hat sich wirklich Mühe gegeben; gemessen an der

Kürze der Zeit ist das Ergebnis geradezu sensationell. Die wichtigsten Daten hat Henner aufgeschrieben. Eine Nevena Sukola war Schülerin an einem Gymnasium in Ingolstadt. Ihren Namen hat Peer auf der Homepage der Schule und auf der eines Sportvereins aus derselben Stadt gefunden. Anschließend hat er sich ans Telefon gehängt und jeden angerufen, dessen Nummer er herausfinden konnte, vom Direktor der Schule bis zum Platzwart des Vereins. Was er denen an Lügen aufgetischt habe, werde er später einmal ausführlich schildern. Jedenfalls sei er ein paarmal rot geworden, trotz der Entfernung.

Schließlich hat Peer auf Umwegen eine Adresse bekommen, ein Mehrfamilienhaus offenbar, und dort hat er der Reihe nach die Bewohner angerufen. Zuerst nichts, dann ein Nachbar, der genauestens Bescheid wusste. Die Familie Sukola ist vor drei Wochen nach Bosnien gegangen, das heißt die Mutter mit Sohn und Tochter. Der Vater ist schon seit einem halben Jahr dort. Eine Adresse haben sie für alle Fälle hinterlegt, die der Arbeitsstelle des Vaters. Sie stand in der letzten SMS, zusammen mit Peers kurzem, aber nachdrücklichem Hinweis auf den enormen Grad seines Einsatzes für familiäre Interessen, über deren Hintergründe man ihn allerdings im Dunkeln lasse.

Henner hat kurz zurückgesimst: »Danke. Aufklärung folgt.«

Nach knapp einer Stunde trennt sich ihr Weg von der Neretva. Sie fahren jetzt nicht mehr durch das enge und unbewohnte Flusstal, aber die Gegend bleibt hügelig. In den Haarnadelkurven muss Henner herunterschalten, manchmal bis in den ersten Gang, dabei hat der Motor mehrmals wie vor Schmerzen gejault. Es geht jetzt durch Ortschaften und kleine Städte, die meisten liegen lang gestreckt zwischen den Hügeln. Es hat angefangen zu regen, und wenn man der Temperaturanzeige glauben darf, ist es hier etliche Grad kälter als in Mostar.

In einem der Orte hält Henner an. Zu Patrick sagt er, er wolle einmal nachsehen, ob irgendwo etwas lose sei; er meine da ein Geräusch zu hören. Aber in Wahrheit will er sich nur ein wenig Bewegung verschaffen. Denn zwei Dinge machen, dass er sich völlig verkrampft: ihr Schweigen und dieses Land.

Gegen das Schweigen könnte er etwas tun. Er könnte Patrick sagen, was er jetzt alles über Nevena weiß. Und dass er beschlossen hat, ihre Eltern in Sarajevo aufzusuchen und sich nach ihr zu erkundigen. Was dann geschehen würde, weiß er nicht. Vielleicht würde Patrick protestierten; vielleicht würde er sagen, das hier sei seine Angelegenheit, seine ganz allein, und er habe beschlossen, einen Strich unter die Sache zu ziehen.

Dann müsste es Streit geben. Denn Henner will nicht tausend und mehr Kilometer fahren, noch dazu durch dieses Land hier, um dann letzten Endes gar nichts zu unternehmen. Nein, er will jetzt nach Sarajevo, er will mit Erwachsenen reden, so wie das Erwachsene tun; und dann weiß er wenigstens Bescheid. Vielleicht, denkt Henner, ist es das allerletzte Mal, dass er irgendetwas für seinen Sohn entscheidet. Noch in diesem Jahr wird Patrick achtzehn, dann unterschreibt er sogar seine Entschuldigungen für die Schule selbst.

Henner rüttelt an der Leiter, über die man aufs Dach des Wohnmobils kommt. Dabei braucht es so ein Datum doch gar nicht. Sie gehören längst nicht mehr zusammen, Patrick und er, sie sind nicht einmal eine unvollständige Familie, bestenfalls noch eine Wohngemeinschaft. Ein Witwer und eine Halbwaise teilen sich ein Haus, das ist die Wahrheit. Und jetzt, da Henner dieses vorsintflutliche Wohnmobil über die bosnischen Landstraßen lenken muss, immer in Sorge, ein größeres Schlagloch zu erwischen und sich eine Achse zu brechen, jetzt ist ihm das so klar wie nie zuvor.

Denn es ist schrecklich hier, das Land ist furchtbar; aber mit jedem Kilometer, den das Navigationsgerät herunterzählt, graut Henner mehr davor, nach Hause zurückzukehren. Er sollte also Patrick die Wahrheit sagen. Sie sollten reden, denn was hilft besser gegen das Grauen als zu reden. Doch Henner traut sich nicht.

An dem Land hier kann er allerdings nichts ändern. Das lässt sich nie und nimmer wegreden. Es ist deprimierend. Entlang der Durchgangsstraßen stehen verlassene und ausgebrannte Häuser, schwarze Ruinen inmitten verwilderter Gärten. Gleich daneben halb fertige Rohbauten, manche scheinen aufgegeben zu sein und als Steinbruch für andere Baustellen zu dienen. Dann wieder Neubauten, viele noch nicht vollendet oder erst kürzlich bezogen; und immer der gleiche Haustyp, als gäbe es dafür einen Baukasten. Viele sind so in die Landschaft gesetzt, als wollten ihre Erbauer hier gar nicht wohnen und leben, sondern bloß ein Dach über dem Kopf haben.

Von da, wo er jetzt steht, kann Henner über die Straße hinweg so ein Haus sehen. Im Parterre gähnt ein Loch mit unverputzten Wänden. Vielleicht ist das der Platz für ein Geschäft oder eine Garage; aber jetzt sieht es so aus, als wären diese Mauern bloß dazu da, die Menschen weg vom Boden und hinauf in Sicherheit zu bringen. Im ersten Stock ein breiter Balkon, dem das Geländer fehlt. Das Dach erinnert ein wenig an die Dächer in den Alpen, aber gestrichen ist das Haus in einem blassen Lila, in dem man sonst nur Kinderzimmer streicht.

Es hat aufgehört zu regnen. Henner öffnet die hintere Tür zum Wohnmobil, lässt die Treppe ausfahren und setzt sich auf die oberste Stufe. Er fühlt sich schwach; hoffentlich ist das nicht der Beginn eines Anfalls. Er wünschte, es gäbe irgendein Mittel dagegen, eine kleine rote Tablette, aber darum hat er sich nie bemüht.

Henner ist immer stolz darauf gewesen, dass seine Generation Schluss gemacht hat mit den Vorurteilen. Sein Vater sagte noch Sätze, in denen »der Russe« und »der Franzose« vorkamen. Was für Gespräche sie damals geführt haben! Gespräche, nach denen sich Henner jedes Mal schwor, niemals so zu werden, komme was da wolle. Man muss alles Fremde ohne Vorurteil ansehen und gelten lassen. Das war sein Ehrenkodex, als er jung war. Und das ist er geblieben.

Aber dieses Land hier zu respektieren, fällt Henner schwer. Dass man nicht töten soll, das muss für alle gelten. Und wenn er sich bloß die Häuser ansieht, die sie hier bauen, dann weiß er doch, dass niemand von all dem profitiert hat und dass niemand sich dort, wohin er geraten ist, wohlfühlt, mag er auch jetzt nur unter solchen leben, die er für seinesgleichen hält.

Nein, das ist nicht der Beginn eines Anfalls. Henner fühlt sich schwach, aber es ist nicht diese lähmende Schwäche; eher ist es, als würde eine große Wut ihn packen und halten. Er versucht aufzustehen, und es gelingt, problemlos. Er öffnet und schließt die Klappen am Wohnmobil, hinter denen die Zugänge zu seiner Technik liegen. Schließlich schaut er in den Motorraum. Was er da sieht, erschreckt ihn. Der Motorraum ist ölverschmiert. Bei der letzten Inspektion hatte Henner darum gebeten, ihn gründlich zu säubern; dabei war Astrid gar nicht mehr in der Lage gewesen, ihr Zimmer zu verlassen. Jetzt prüft er den Ölstand, die Anzeige steht exakt auf der unteren Markierung. Aus einem der Stauräume holt Henner einen Kanister und füllt einen Liter nach.

SEIT HENNER DRAUSSEN IST und irgendetwas am Wohnmobil macht, liest Patrick wieder Astrids Buch. Worum es darin geht, könnte er kaum sagen. Er liest eine Seite, und beim Umblättern hat er vergessen, was da stand. Es ist wohl eine Art Krimi, aber einer, in dem es nicht nur darum geht, wer's war. Patrick ist das egal. Er liest dieses Buch wie man Radio hört, weil man nicht im Stillen sitzen will.

Patrick weiß, was Henner vorhat. Vermutlich war es jetzt kein besonderes Problem, Nevenas richtige Familie zu finden. Man braucht dazu eine Suchmaschine und vielleicht ein Telefon. Er hat seinen Vater nicht einmal belauern müssen. Die Nacht über ist ein halbes Dutzend SMS gekommen, Patrick hat das gehört. Um diese Zeit können die nur von Onkel Peer stammen, und in einem solchen Fall würde Henner nur seinen großen Bruder um Hilfe bitten.

Als Henner wieder einsteigt, ist Patrick kurz davor, es ihm zu sagen. Dass er Bescheid weiß. Und dass er es eigentlich gut findet, wenn jemand jetzt für ihn entscheidet. Aber er bringt kein Wort heraus, ganz wie das trotzige Kind, das er doch gar nicht sein will.

Sie fahren weiter. Der Himmel wird hier und da blau, während auf der Straße noch große Pfützen stehen. Hinter einem langen Tunnel, von dessen schwarzer Decke das Wasser tropfte, sind schließlich fast alle Wolken verschwunden.

Es wird rasch heiß im Erich; wäre Astrid noch dabei, würden sie jetzt wieder darüber reden, ob man nicht doch eine Klimaanlage einbauen soll. Alle paar Minuten verschluckt sich das Navigationsgerät an irgendeiner Kreuzung, aber jedes Mal rückt es mit einer neuen Berechnung heraus, und wenn man den Kurs mit den Ortsschildern vergleicht, scheint er immer noch zu stimmen. Es ist kurz nach Mittag, da sind sie auf einer Schnellstraße, die offenbar direkt nach Sarajevo führt.

»Das ist Sniper's Alley«, sagt Henner, als sie die Stadtgrenze passieren. Oder besser, er glaubt, dass sie das ist, die Straße, an der entlang im Krieg die Front verlief. In den Hochhäusern rechts und links und auf den Hügeln dahinter hätten die Scharfschützen gesessen und auf Zivilisten gezielt.

Patrick hat das Buch neben sich gelegt. Eine schnurgerade Straße, je drei oder vier Spuren, dazwischen ein breiter Mittelstreifen. Rechts und links Tankstellen, Werkstätten, kleine Läden, weiter hinten Gruppen und ganze Ketten von Hochhäusern, die meisten eher alt und ziemlich hässlich. Davor und dazwischen Neubauten mit Fronten aus grünlich und bläulich verspiegeltem Glas, darauf die Schriftzüge internationaler Marken. Links ein Betonklotz, der aussieht wie das Raumschiff der Bösen in einem billigen Science-Fiction-Film. Schön ist das alles wahrlich nicht, aber nach Krieg sieht es auch nicht aus. Patrick will das schon sagen, da sieht er an einem der Hochhäuser die Spur eines Einschusses.

Oder was sollte das anderes sein? Sie stehen an einer Ampel. Das Gebäude scheint ansonsten unbeschädigt, aber auf halber Höhe ist ein großer Krater, oder eher eine Wunde, so als hätte jemand eine riesige Zigarette auf dem Beton ausgedrückt.

Sie fahren wieder an. Ein anderes Gebäude auf seiner Seite erkennt Patrick erst im letzten Moment als Ruine. Das ausgebrannte Skelett ist mit großen Werbeplakaten überzogen. Dann folgen wieder Hochhäuser, die ganz unbeschädigt scheinen, und solche, die noch im Bau sind, dazwischen eine Kirche, eine Moschee und Häuser, die bestimmt schon vor hundert Jahren hier gestanden haben, einige mit pechschwarzen Fassaden.

»War das hier wirklich so schlimm?«

»Fünfzehn Jahre sind eine lange Zeit«, sagt Henner.

Das stimmt. In der Zeit hat man bestimmt eine Menge reparieren können. Offenbar auch diesen besonders scheußlichen Klotz, der jetzt auf der linken Seite ins Blickfeld kommt. Er sieht aus, als hätte ihn ein Kind aus lauter gleich großen senfgelben Steinen gebaut. Am Ende aber sind ihm die gelben Steine ausgegangen, da hat es braune genommen. Patrick weiß nicht, ob er jemals ein komischeres Haus gesehen hat. Sie fahren daran vorbei, doch an der nächsten Kreuzung wendet Henner, fährt zurück und biegt vor dem gelben Klotz ein. Endlich begreift Patrick; das muss ein Hotel sein.

»Hier haben im Krieg die Journalisten gewohnt«, sagt Henner.

»Willst du's besichtigen?«

Henner schüttelt den Kopf. Ein Mann in Uniform kommt gelaufen und weist auf einen Parkplatz. Henner gibt ihm ein Handzeichen, dass er verstanden hat. »Ich will bloß mal wieder in einem richtigen Bett schlafen.«

Sie fahren auf den Parkplatz, am hinteren Ende stehen ein paar Wohnmobile aufgereiht. Es dauert ein bisschen, dann hat Henner den Erich neben sie rangiert. Erst als er den Motor abstellt, wird Patrick klar, dass er sich jetzt verraten hat.

Warum nach zwei Stunden anhalten zum Übernachten, wenn sie noch den ganzen Tag vor sich haben? Das hätte er sagen müssen, aber dafür ist es jetzt längst zu spät.

»Nimm mit, was du brauchst«, sagt Henner, und Patrick tut es. Schweigend gehen sie zurück zum Hotel, jeder mit seinen Sachen in der Hand. Während Henner eincheckt, bleibt Patrick in der Mitte der Lobby stehen. Wenn dieser Klotz von außen albern aussieht, dann von innen eher gruselig. Die Lobby reicht bis hinauf unters Dach, das von mächtigen Betonsäulen getragen wird und Fenster wie riesige Bullaugen hat. Ringsum sind offene Flure mit dicken schwarzen Gittern als Geländer. Ein Knast für Präsidenten und Minister könnte so aussehen, denkt Patrick, ein Ort, an dem man nach einer globalen Katastrophe die größten Bösewichte der Welt unterbringt, mitten in einer Wüste, viele Hundert Kilometer entfernt von der nächsten Zivilisation, so dass niemand ans Weglaufen auch nur denkt.

In einer der Betonsäulen steckt ein Aufzug. Sie fahren hinauf, bis ganz nach oben, dann geht es ein Stück über den Gefängnisflur. Von hier sieht man auf den riesigen gestreiften Sonnenschirm, der unten in der Lobby über der Bar hängt. Alles sehr unwirklich, am unwirklichsten aber ist der braune Brocken an der dicksten Betonsäule. Wahrscheinlich ist er aus Holz, es könnten zwei riesige, miteinander verschweißte oder vernähte Dolche sein. Wenn Kunst Angst machen soll, ist das hier große Kunst.

Das Zimmer ist dagegen zum Glück ganz normal. Besser gesagt: langweilig. Aber das denkt Patrick nur höchstens eine Sekunde, dann hat er den riesigen Fernseher entdeckt, der den beiden Betten gegenübersteht. Und, was noch wichtiger ist, die Tastatur davor. Er wirft seine Tasche aufs Bett.

Neben dem Fernseher liegt ein Zettel, der in mindestens zehn Sprachen erklärt, wie man hier ins Netz geht. Patrick schaltet ein.

»Nur mal probieren«, sagt er, als Henner eine Bemerkung macht. Und als der im Badezimmer irgendetwas brummt, fügt er hinzu: »Ich bin nicht süchtig.«

Henner lehnt sich aus der Badezimmertür. Das sei der Satz, an dem man Süchtige erkenne.

Patrick beugt sich zurück und wirft eines der langweiligen Kissen, die auf den Betten liegen, in Richtung Badezimmer.

»Ich dusche jetzt«, ruft Henner. Seine Stimme hallt. »Zehn Minuten am Stück und ohne mir blaue Flecken zu holen. Danach fahre ich los. Du kannst gerne mitkommen. Ich sag dir alles, was ich weiß.«

Patrick schaut auf die Eingabemaske der Suchmaschine. Die Sache klappt perfekt und superschnell, die Hotelseite und die Anmeldung hat er nach ein paar Klicks hinter sich gelassen. Jetzt tippt er: Nevena Sukalo. Doch bevor er den Namen abschickt, setzt er noch etwas hinzu: »Soll ich weiter nach Nevena Sukalo suchen?«

Und los. Es gibt über sechshunderttausend Antworten; und natürlich weiß Patrick, dass keine für ihn dabei ist. Er schaltet auf Bildersuche um, jetzt schauen Dutzende Menschen ihn an, darunter viele junge Frauen. Er klickt ein wenig herum, und so erfährt er, dass die Miss Serbien vor zwei Jahren Nevena hieß und genauso aussah, wie man sich eine Miss vorstellt: eine menschliche Barbie-Puppe mit endlosen Beinen, langen Haaren und einem lächelnden Mund voller großer weißer Zähne.

Eine halbe Stunde später fahren sie wieder die Sniper's Alley entlang. Das Navigationsgerät ist ausgeschaltet; hier in

Sarajevo, sagt Henner, sei es nicht zuständig. An der Rezeption hat es geheißen, sie könnten sich praktisch nicht verfahren. Sie haben eine altmodische Karte bekommen, und nach der müssen sie wirklich bloß diese hässliche Straße ganz weit herunterfahren und dann nicht die Abzweigung nach Mostar nehmen. Wenn es über einen Fluss geht, sind sie praktisch schon da.

»Was willst du sagen?«

Der Fluss kommt in Sicht. Es ist eher ein flacher Kanal. Nur in der Mitte fließt etwas Wasser; rechts und links davon verbranntes Gras, hier und da liegt farbloser Müll.

»Ich weiß nicht«, sagt Henner. »Ich lass es mal drauf ankommen. Der Erich spuckt neuerdings Öl.« Er zeigt nach links, wo direkt am Flussufer eine weiß gestrichene Halle steht. Zur Straße hin ein großes Schild auf ihrem Dach: Auto Servis Sukalo.

Das ist jetzt Kelbeck, denkt Patrick. Etwa in der Mitte ihrer Couple-Quest, bei der es sie durch die halbe Spielwelt gejagt hatte, waren sie zum ersten Mal in die legendäre Tempelstadt gekommen. Sie habe sich das pompöser vorgestellt, hatte Nevena damals gesagt. Henner biegt nach links in eine Straße, die auf der Rückseite der Werkstatt vorbeiführt, dann fährt er auf ihren umzäunten Hof.

»Hier ist es?« Patrick sagt das nur, weil er glaubt, etwas sagen zu müssen.

»Ja. Vielleicht schaust du dich mal um. Wir treffen uns am Wagen.«

Beim Aussteigen lässt sich Patrick seitlich am Sitz nach unten gleiten, so wie er es damals immer gemacht hat, als er noch zu klein war, um das Trittbrett zu erreichen. Er drückt die Tür ins Schloss. Die weiße Halle sieht aus wie der Lokschuppen, der früher auf seiner Modellbahnplatte stand, in der Mitte des Daches hat er einen Aufsatz mit Fenstern. Ein großes Tor steht offen, ein paar Männer arbeiten an aufgebockten Autos. Einer von ihnen sieht jetzt her und kommt langsam auf sie zu. Er sagt etwas.

»Tut mir leid«, sagt Henner. Er geht dem Mann entgegen. »Spricht bei Ihnen vielleicht jemand Deutsch?«

Der Mann hebt eine Hand und geht zurück in die Werkstatt.

Patrick verlässt den Hof. Auf dieser Seite hat die Straße keinen Bürgersteig, nur eine Leitplanke. Gleich gegenüber sind mehrstöckige Häuser, im Parterre kleine Ladengeschäfte, die meisten davon stehen leer. Auf ein Garagentor hat jemand in großen Buchstaben ein paar Worte gesprayt. Wahrscheinlich will er die Leute davor warnen, hier zu parken. Patrick glaubt, die Wut des Garagenbesitzers zu spüren.

Auf der anderen Seite der Werkstatt ist wieder ein Tor, etwas kleiner als das zum Hof. Daneben, zum Fluss hin, gibt es einen Anbau mit großen Scheiben; und direkt neben dem Anbau ragt eine hölzerne Terrasse über das schräg abfallende Ufer. Mitten darin ein Baum, ein großer Baum mit hängenden Zweigen, um den herum die Terrasse gebaut ist. Patrick braucht ein paar Sekunden, bis er verstanden hat. Die andere Seite der Werkstatt ist ein Lokal, vielleicht besser: ein Imbiss. Immerhin aber einer mit Flussterrasse, groß genug, dass zwei oder drei Schulklassen darauf Platz fänden. Und laut Speisekarte gibt es so ziemlich alles Mögliche. Patrick erkennt die bosnischen Wörter für Grill, Steak und Pizza; daneben steht noch vieles, was er nicht versteht.

Jetzt sitzen auf der Terrasse allerdings nur drei Männer, vor ihnen steht je eine Flasche. Und an dem Tisch, der dem Anbau am nächsten ist, kniet ein Junge auf seinem Stuhl und liest. Er ist vielleicht zwölf oder dreizehn Jahre alt, vor sich hat er Bücher und Schulhefte.

Patrick steht jetzt schon ziemlich lange hier, und der Junge hat bereits einmal aufgesehen. Vielleicht sollte er sich hinsetzen und etwas bestellen. Allerdings besitzt er keine Mark, und wer weiß, ob man hier mit Euro zahlen kann. Nun schauen auch die Männer herüber, da tritt Patrick auf die Terrasse und setzt sich an das Geländer zum Fluss.

»He«, sagt der Junge in seine Richtung, und dann sagt er etwas, das Patrick nicht versteht.

»Sorry. I don't understand.«

Der Junge klappt sein Buch zu und steht auf. Er beginnt einen Satz auf Englisch, verheddert sich aber nach ein paar Worten und bricht wieder ab. Dann flucht er, ziemlich kräftig. Und auf Deutsch.

»Das Letzte hab ich verstanden«, sagt Patrick.

Der Junge sieht ihn an, dann kommt er herüber. »Du sprichst Deutsch?«

»Ja, schon ziemlich lange.«

Der Junge reicht ihm eine Hand. »Ich auch. Ich heiße Danis.«

»Patrick.«

Der Junge hat dichte, dunkle Augenbrauen, leicht geschwungen und wie mit Tusche auf seine Stirn gemalt. Die zieht er jetzt zusammen, bis sie sich über seiner Nase berühren. »Und was machst du hier?«

»Wir haben eine Panne an unserem Wohnmobil. Irgendwas mit dem Motor.«

»Wohnmobile reparieren die hier nicht.« Das Deutsch des Jungen ist vollkommen akzentfrei, abgesehen von dem süddeutschen Tonfall.

Patrick geht nicht darauf ein. »Was lernst du? Mathe? Mathe ist echt 'ne Krankheit, oder?«

»Nein. Mathe ist okay. Aber Bosnisch ist der Hammer.«

»Du lernst Bosnisch?«, sagt Patrick. Und dann sieht er förmlich, wie sich in seinem Kopf ein paar Zahnräder ineinander schieben und einen Mechanismus in Gang setzen, so wie bei den Zugbrücken und den Toren im Spiel, wenn man endlich den richtigen Schlüssel gefunden hat.

»Allerdings«, sagt der Junge. »Ist wohl besser, man spricht Bosnisch, wenn man Bosnier ist, oder?«

»Und? Schaffst du's?«

»Muss ja.« Der Junge wirkt gespannt.

»Und deine Schwester«, sagt Patrick. »Lernt die jetzt auch Bosnisch?«

»Meine Schwester?«

»Ja.« Und dann, so selbstverständlich wie möglich: »Nevena.«

»Woher kennst du Nevena?« Der Junge schaut sich um, als fühlte er sich entdeckt, aber hinter den Scheiben des Lokals ist niemand zu sehen.

»Warst du mal dabei, wenn sie im Spiel war?«

»In welchem Spiel?«

»Tu nicht so«, sagt Patrick. »Du weißt schon, wovon ich rede.« Er lacht. »Oder hat sie dich nicht gelassen, weil du noch nicht darfst?«

»Wer bist du?«, sagt der Junge.

»Das weißt du doch. Frag mich was!«

»Okay. Welches Level hat der Barbar?«

»Ach komm«, sagt Patrick. »Doch nicht so was. Frag mich was, das nur ich wissen kann. Frag mich nach unserem letzten Gegner.«

Der Junge nickt.

»Enigmaar, der Gestaltwandler. Der ein Mammut sein kann oder ein Vogel. Und wenn deine Schwester nicht irgendwelche Probleme gehabt hätte, von denen ich nichts wusste, dann hätten wir den Typ schon längst bei den Eiern gekriegt.«

»Du bist Patti?« Der Junge sagt es ganz leise und mit der Stimme eines Sechsjährigen.

»Patrick, bitte. Die Lizenz für Patti hat nur deine Schwester.«

Der Junge schaut sich noch einmal um. »Suchst du sie?«

Patrick nickt.

»Und du weißt nicht, wo sie ist?«

Patrick tippt sich an die Stirn. »Würd' ich sie sonst suchen?«

Der Junge schaut noch einmal zurück. Dann zeigt er auf den Baum, der durch die Terrasse wächst. »Wir treffen uns da unten. Du gehst zuerst.« Er zeigt Patrick, wie man hinunter zum Fluss kommt. »Mach schnell!«

DER MECHANIKER wischt den Messstab mit einem Lappen blank. »Ich kann dafür nicht garantieren«, sagt er, »aber ich denk mal, es ist die Dichtung. Die vom Zylinderkopf. Und der Motor, na ja!« Er macht eine Handbewegung. »Da glaub ich nicht, dass Sie hier das passende Teil dafür kriegen. Das muss man sicher bestellen. Wenn's das überhaupt noch gibt. Tut mir leid.« Er steckt den Messstab zurück. »Passen Sie auf, wenn Sie weiterfahren. Bleiben Sie unter Hundert und kippen Sie Öl nach. Ich denke, dann schafft er's noch nach Hause.«

Henner hat so etwas geahnt. Einen Moment lang weiß er nicht, was jetzt seine größte Sorge ist. Ob ihr marodes Wohnmobil noch durchhält, oder ob es ihm gelingt, das Gespräch in eine andere Richtung zu lenken. Dann fällt ihm ein, dass er schon einmal kurz davor war, den Erich einfach stehen zu lassen. Vor gerade mal zwei Tagen war das, auf der Straße nach Mostar. Und hier ist es noch viel einfacher. Er müsste bloß darum bitten, den Wagen auf einen Schrottplatz zu fahren. Dann hätte das alles sogar seine Ordnung.

»Sie sprechen sehr gut Deutsch. Herr – Sukalo?«

»Ja«, sagt der Mann. Er streicht mit der Hand über den Schriftzug der Werkstatt auf seinem Overall. »Normal für einen Deutschen, oder?«

»So?«

Ob er Ingolstadt kenne?

»Nie da gewesen«, sagt Henner.

»Aber ich. Fast mein ganzes Leben lang. Als mein Vater nach Deutschland kam, war ich fünf. Deutsche Schule, dann bei Audi gelernt. Hätte nicht viel gefehlt, und ich wäre in einen Heimatverein eingetreten. Sie kommen aus Frankfurt?«

Henner nickt. Aus der Umgebung.

»Dann könnte ich mit Ihnen Bayrisch reden, und Sie würden kein Wort verstehen.«

»Ich will nicht aufdringlich sein«, sagt Henner, »aber darf ich fragen, warum Sie dann hier sind?«

Der Mann tippt an seine Brust. »Sukalo«, sagt er. »Das bin nicht ich. Ich heiße nur so. Sukalo ist mein Onkel. Der hat einen Erben für die Werkstatt gebraucht.« Außerdem hätten seine Eltern zurück in ihre Heimat gewollt. »Und überhaupt«, er macht eine Pause, »ist ja vielleicht besser, wenn man da wohnt, wo die eigenen Leute sind.« Er sieht Henner an.

»Hatten Sie in Ingolstadt Probleme?«

»Nicht direkt.«

»Vielleicht, weil Sie Muslim sind?«

Der Mann schließt die Motorhaube des Wohnmobils. »In Ingolstadt gibt's die größte Moschee in ganz Bayern. Leider bin ich nicht religiös.«

»Ach so«, sagt Henner. »Aber hier ist es ja auch wieder ganz friedlich.«

»Friedlich? Genau. Es wird kaum noch geschossen.«

»Und was haben Ihre Kinder dazu gesagt? Zu dem Umzug.«

Der Mann zuckt die Schultern.

»Ja«, sagt Henner. »Ist nicht immer leicht, wenn man die Verantwortung hat. Aber wir sind die Eltern. Wir haben die Verantwortung, nicht wahr?«

Einen Moment lang sieht es so aus, als wollte der Mann ihm antworten, aber er schweigt.

»Mir geht's momentan ähnlich«, sagt Henner. »Ich entscheide gerade auch was für meinen Sohn. Siebzehn Jahre alt. So was gibt schnell böses Blut, aber da muss man durch.«

Der Mann wischt seine Hände mit dem Lappen. »Können Sie über Nacht in Sarajevo bleiben? Ich meine, im Hotel.«

Das habe er sowieso vorgehabt, sagt Henner.

»Dann schau ich noch mal in den Motor. Nicht dass ich ihn reparieren kann. Aber vielleicht kann ich was tun, damit Sie wirklich nach Hause kommen.«

»Das wäre schön«, sagt Henner. Er löst einen Schlüssel von seinem Bund und reicht ihn dem Mann. »Vielen Dank schon mal.«

»IST DAS DEIN SPEZIELLER PLATZ?«

»Ja«, sagt der Junge. »Vielleicht. Ich weiß nicht.«

Es ist schattig hier unter der Terrasse, aber es ist auch heiß. Der müde Fluss ist ganz nah. Hinter der Brücke verschwindet er zwischen Wohnblocks und Fabrikhallen. Patrick stellt sich vor, dass er irgendwo breit und kräftig wird. Vielleicht da, wo die Hügel sind, die man durch den Dunst noch so gerade erkennen kann.

»Und was ist das da?« Flussabwärts steht am jenseitigen Ufer ein grauer Rohbau, eine halbe Kugel, daneben ein schmaler Turm.

»Das wird eine neue Moschee«, sagt der Junge. »Die seh ich aus meinem Fenster.« Er zeigt Patrick, wo genau er wohnt, in einem der Blocks auf der anderen Seite. Aber das sei nur vorläufig, demnächst zögen sie auf diese Seite der Brücke, da werde was Größeres frei.

»Wo ist Nevena?«, sagt Patrick.

Der Junge hat sich neben ihn auf den Boden gesetzt und die Schuhe abgestreift. Jetzt streckt er seine Beine aus, dabei sind es ein paar Meter bis zum Wasser. Fehlt noch, dass wir angeln, denkt Patrick, natürlich mit einem Grashalm im Mund. Dann wären sie Tom Sawyer und Huck Finn am Ufer des großen alten Mississippi. Der Rohbau ist ein Dampfer mit schlankem Schornstein, und Nevena steht in einem weißen Kleid an Deck und winkt ihnen zu.

»Komm, sag!«

»Ich weiß es doch nicht.« Der Junge wirft einen Stein, der so gerade eben das Wasser erreicht.

»Dann erzähl mal!«

»Was soll ich erzählen?«

»Bitte«, sagt Patrick. »Dennis!«

»Ich heiße Danis.«

»Okay. Seit wann seid ihr hier?«

»Drei Wochen, glaub ich. Gab Stress, weil noch keine Ferien sind.«

»Nevena auch?«

»Ja. Sie ist mitgekommen, ganz normal. Sie hat sich nichts anmerken lassen, gar nichts, kein bisschen. Sie hat ihr Zimmer eingeräumt, und dann ist sie schon mal mit der Straßenbahn in die Stadt, damit sie die Strecke zur Schule kennt. Aber das war alles gelogen.« Er zieht seine Füße wieder zurück.

»Und weiter?«

»Fünf Tage war sie hier, oder sechs, ich weiß nicht. Dann hat sie gesagt, es gibt einen Kurs in der Stadt, einen Sprachkurs für so Leute wie uns, und da bleibt man erst mal über Nacht. Damit man sich besser kennenlernt. Sie hat ihre Tasche gepackt, so ein paar Sachen und ihren Laptop, dann ist sie los, und am nächsten Tag ist sie nicht wiedergekommen.«

»Sie hat nichts gesagt?«

»Eine SMS hat sie geschickt. Ist alles gut, und wir sollen uns keine Sorgen machen.«

»Und? Was glaubst du?«

Der Junge zieht seine Schuhe wieder an. »Ich denk mal, sie ist geflogen. Ist nicht weit von hier zum Flughafen. Und die Tickets hat sie sich schon zu Hause besorgt, übers Internet. Mama und Papa haben davon nicht so viel Ahnung. Das hat sie irgendwie hingekriegt. Ich hab mal gesehen, wie sie Ausweise gescannt hat. Und einen deutschen Perso hat sie ja auch.«

»Aber sie hat dir nichts gesagt?«

»Nein.«

»Versteht ihr euch nicht so gut?«

Der Junge schüttelt den Kopf, dann sieht er Patrick an. »Kennst du doch. Aus so Agentenfilmen. Was man nicht weiß, kann man nicht verraten.«

Am jenseitigen Ufer erscheinen ein paar Hunde, große, struppige Tiere. Über eine Staustufe im Fluss, auf der das Wasser nur ein paar Zentimeter hoch steht, kommen sie herüber, einer nach dem anderen. Patrick rückt ein Stück zur Seite und zieht die Beine ganz nah an den Körper.

»Brauchst keine Angst zu haben«, sagt der Junge. Er legt Patrick eine Hand auf die Schulter. »Das ist die Gang von gegenüber. Die kommen einmal am Tag und betteln bei meiner Mutter in der Küche. Die sind ganz lieb.«

Die Hand auf seiner Schulter ist Patrick unangenehm, aber er wagt es nicht, eine Bewegung zu machen. Aus den Augenwinkeln sieht er, dass dem Jungen Tränen übers Gesicht laufen. Patrick zeigt auf den Fluss. »Ist eigentlich ganz schön hier.«

Der Junge nickt mit vorgeschobener Unterlippe.

»Aber Nevena wollte zurück?«

»Ja.«

»Ich vermisse sie«, sagt Patrick.

»Ich auch.« Der Junge hat seine Hand weggenommen und wischt sich damit die Tränen aus dem Gesicht. Wenn ich ein Held wäre, denkt Patrick, dann würde ich ihn jetzt in den Arm nehmen.

»Und wo könnte sie sein? Du hast doch bestimmt eine Ahnung.«

»Nein, hab ich nicht. Seit klar ist, dass wir hierhin ziehen, hat sie dicht gemacht. Ja und okay. Mehr hat sie nicht gesagt.«

»Kein Streit?«

Der Junge schüttelt den Kopf.

»Und seit wann steht fest, dass ihr hierhin zieht?«

»Schon länger. Sie haben immer davon geredet. Ich hab gedacht, die reden nur. Aber dann ist mein Onkel gestorben, und mein Vater soll die Werkstatt kriegen.«

»Hat Nevena keine Freundinnen?«

Der Junge reibt noch immer sein Gesicht, aber seine Stimme ist jetzt wieder fest. »Doch, hatte sie. Aber das war so ihr Ding, die Schule und alles. Immer nur gute Noten, dafür durfte ihr niemand reinreden. Hat auch keiner gemacht.«

»Irgendeinen Namen musst du doch kennen.«

»Kenn ich auch.« Der Junge grinst Patrick an. »Deinen. Von dir hat sie oft erzählt. Aber ich hab geglaubt, dich gibt es gar nicht.«

»Es gibt mich«, sagt Patrick. »Und sonst?«

»So eine Trixi. Aber die hab ich auch nie gesehen. Sie haben sich immer anderswo getroffen.« Er denkt nach. »Ich glaube, die Eltern von der haben Kohle. Ich meine, so richtig Kohle.«

»Trixi und weiter?«

»Keine Ahnung.«

Die Hunde erscheinen hinter der Terrasse und machen sich auf ihren Rückweg über den Fluss. Einer von ihnen, ein gescheckter, der etwas kleiner ist als die anderen, hält kurz inne und kommt dann angelaufen. Danis holt eine Scheibe Brot aus der Tasche. »Pas«, sagt er. »Das heißt Hund auf Bosnisch.«

»Komisches Wort.«

Der Junge füttert den Hund. »Ja«, sagt er. »Komisches Wort. Aber da gewöhnst du dich dran.«

SNIPER'S ALLEY ZUM DRITTEN. Henner sitzt vorne im Taxi, Patrick auf dem Rücksitz. »Und was haben die Eltern unternommen? Sind sie zur Polizei gegangen?«

Danach habe er nicht gefragt, sagt Patrick.

Henner beginnt einen Satz, der von wichtigen und unwichtigen Dingen und vom Unterschied dazwischen handeln soll, bricht ihn aber wieder ab.

»Papa, es ist doch egal, was sie jetzt tun. Sobald Nevena achtzehn ist, kann sie machen, was sie will. Niemand kann sie zwingen, nach Bosnien zu gehen. Und ich kenne sie, die drei Wochen schafft sie schon. Notfalls kampiert sie im Wald. Außerdem –« Er macht eine Pause.

»Ja?«, sagt Henner.

»Danis hat so was gesagt wie: Die Eltern haben ein schlechtes Gewissen. Ich glaube, die machen gar nichts.«

An dem senffarbenen Hotel steigen sie aus. »Ich gehe jetzt in die Stadt«, sagt Henner. »Man weiß ja nie, ob man wieder mal herkommt.« Seinen Sohn könne er wohl nicht zum Sightseeing überreden? Patrick bestätigt ihm das, und Henner geht los.

An der nächsten Kreuzung endet Sniper's Alley, und die alte Stadt beginnt, mit dunklen Häusern aus dem vorletzten Jahrhundert. Die Straße gabelt sich, Henner hält sich rechts. Es geht an einem Fluss entlang, und bald bereut er seine Entscheidung, denn die Straße ist laut. Von den Kriegsschäden ist auch hier nicht allzu viel zu sehen; eher fallen die neueren Häuser auf, die man noch vor dem Krieg zwischen die stuckbeladenen Bauten der Gründerzeit gesetzt hat. Manche davon sind so schmucklos wie Parkhäuser oder Lagerhallen, und alle erzählen sie die traurige Geschichte von den Dingen, die einmal als besonders modern galten und jetzt umso hässlicher und verlorener wirken. Im Ganzen, denkt Henner, ist es eine Stadt, wie man sie überall in Europa findet, wären da nicht die Minarette, von denen immer mehr zu sehen sind, je weiter er geht.

Er biegt links ab, weg vom Fluss, und ist in einem Bazar. Die kleinen, dicht aneinandergedrängten Häuser sind so sauber und neu wie die in Mostar rechts und links der Brücke. Es gibt Süßigkeiten, Schmuck und Geschirr, Stoffe und Teppiche, das meiste davon für Touristen. Gebraten wird auch, dem Geruch nach zu urteilen mit reichlich Fett. An den Wänden einer Moschee hängen Todesanzeigen mit den Porträts der Gestorbenen.

Nach einer halben Stunde hat Henner sich verirrt. Aber das stimmt gar nicht. Er hat sich nur verirren wollen, deshalb ist er, ohne nachzudenken, mal rechts und mal links gegangen, bis er glaubte, er hätte die Orientierung verloren. Doch da er jetzt vor einem Café sitzt und bei dem Kellner, der ihn gleich auf Deutsch angesprochen hat, einen zweiten Espresso bestellt, weiß er genau, dass rechts von ihm der Fluss ist und er das Hotel im Rücken hat.

Irgendwo in der Nähe muss etwas beginnen oder zu Ende sein; jedenfalls ziehen jetzt Scharen von jungen Leuten vorbei, alle etwa in Patricks Alter. Wenn die Mädchen ein Kopftuch tragen, dann ist es hauchdünn und leuchtend rot oder blau, so wirken ihre Augen noch größer und dunkler.

Eigentlich, denkt Henner, wäre das jetzt ein guter Moment, um etwas Großes zu entscheiden. Er könnte zum Beispiel entscheiden, das Haus zu verkaufen, spätestens dann, wenn Patrick auszieht. Oder er könnte seine Stelle im Museum aufgeben und eine eigene Werkstatt eröffnen. Egal, wenn es ihm nur beweisen würde, dass er jetzt, da sein altes Leben zu Ende ist, ein neues beginnen will.

Einmal ein Held sein, denkt Henner. Aber Held ist nur ein Wort aus Filmen, heruntergekommen und verbraucht. Er spürt, wie der Kaffee seinen Puls hochjagt. Sollte er, Henner

Ehling, jemals ein Held sein, dann nur, wenn er aus dem, was er nicht ändern konnte, das Beste gemacht hat. Als der Kellner das nächste Mal vorbeigeht, fragt ihn Henner, ob er mit Euro bezahlen kann; und das ist wieder mal kein Problem.

Den Weg zum Fluss findet er dann auf Anhieb. Kurz bevor er in die laute Uferstraße einbiegt, fällt ihm das Haus an der Ecke gegenüber auf. Seine Fenster im Parterre sind allesamt Schaukästen, in denen alte Fotos hängen. Henner bleibt stehen, da sieht er die Tafel an der Wand, etwa in Hüfthöhe. Er überquert die Straße und liest die Inschrift. An genau dieser Stelle hat im Sommer 1914 ein junger Mann gestanden und mit zwei Schüssen den Ersten Weltkrieg ausgelöst. Das Haus ist jetzt ein Museum.

Hier also, ja richtig! Genau hier. Daran hat Henner nun gar nicht gedacht, als er gestern beschloss, nach Sarajevo zu fahren. Genau hier hat alles angefangen, vor fast hundert Jahren. Man lernt das in der Schule; und wenn man es vergessen hat, dann helfen einem die Texte neben den Fotos auf die Sprünge. Henner erinnert sich sogar daran, dass der Attentäter Princip hieß und zu jung war, um hingerichtet zu werden.

Und? Ist ganz am Ende dieses schrecklichen und unfriedlichen Jahrhunderts der Krieg nach Sarajevo zurückgekommen und hat die Enkel der Princips sich gegenseitig umbringen lassen? Als wäre ein Fluch zurückgekehrt an seinen Ursprung. Nein, so darf man wohl nicht denken.

Henner stellt sich an den Straßenrand, den Blick zur Uferstraße und auf die alte Brücke gerichtet, die hier über den Fluss führt. Genau so muss dieser Junge gestanden haben. Neunzehn Jahre war er alt und fest davon überzeugt, das Richtige zu tun. Neben dem Foto von seiner Verhaftung steht, er habe sich anschließend umbringen wollen, aber das Gift sei nicht frisch gewesen und habe nicht gewirkt.

Henner bleibt lange an der Stelle. Niemand schaut ihn an. Vielleicht stehen hier öfter Leute und denken darüber nach, wie die Welt wohl aussähe, wenn der junge Mann nicht geschossen hätte. Endlich geht Henner los, wieder an dem Fluss vorbei, der aussieht wie der da draußen an der Werkstatt. Vielleicht ist es ja derselbe.

Natürlich wäre es ohne Princip ganz anders gekommen. Vielleicht hätte es ein paar Millionen Tote gespart. Oder noch viel mehr? Von ganz oben betrachtet, müsste man sich das wünschen. Aber darf sich auch Henner das wünschen? Der Verlobte seiner Großmutter ist 1917 in Russland geblieben, nach dem Krieg hat sie seinen Freund geheiratet. Folgerichtig wäre ohne die Schüsse von Sarajevo sein Vater nicht geboren; Henner würde nicht leben und Patrick natürlich auch nicht. Eigentlich müsste heute die halbe Bevölkerung Europas zu dieser Straßenkreuzung pilgern, weil es sie ohne den kleinen Princip nicht gäbe. Was für ein Gedanke!

An einem Kiosk kauft Henner eine Flasche Wasser. Vielleicht lässt sich der viele bosnische Kaffee in seinem Blut ja noch nachträglich verdünnen. Während er weitergeht, lacht er leise: damit er sich wieder über die richtige Scheiße aufregt. Er ist schon an der großen Gabelung, da fällt ihm auf, dass er wieder seine Kamera vergessen hat. Wenigstens die Princip-Ecke hätte er gerne fotografiert. Aber wahrscheinlich gibt es im Netz ja Tausende solcher Fotos.

DIE BILDUNTERSCHRIFT LAUTET: »Vielen Dank den Jungen und Mädchen vom Organisationsteam für die super Vorbereitung des Sommerturniers.«

Seit ein paar Minuten weiß Patrick, dass die real existierende Nevena gefechtet hat, nein, es heißt gefochten. Peer in Brasilien hat das rausgekriegt, oder besser gesagt, die Suchmaschine wirft dieses Bild aus, wenn man Nevenas ganzen Namen zusammen mit dem des Fechtclubs eingibt. Der Verein hat das Foto auf seine Website gestellt.

Und hier muss sie sein, eine von dreizehn. Aber welche? Patrick hat es mehrmals verglichen: Die Reihenfolge der Namen unter dem Foto passt nicht zu der der Jungen und Mädchen, die teils nebeneinander, teils vor- und hintereinander stehen. Sieben Mädchen sind darunter, aber Patrick könnte nicht sagen, welche davon Nevena ist.

Henner hat Peers SMS auf Patricks Handy weitergeleitet, und der füttert jetzt seit einer halben Stunde den PC im Hotelzimmer mit den Informationen. Nevenas Schule hat er schon abgeklappert, da taucht sie zwar nur in Listen auf, aber gleich in mehreren. Ein paarmal wird sie wegen besonderer Aktivitäten erwähnt, Sprachclub, Computergruppe, Reise zur Partnerschule in Frankreich. Das passt zu ihr. Leider alles ohne Bild.

Patrick lädt das Foto von der Website der Fechter in einen temporären Ordner, um es vergrößern zu können. Dabei muss er die Hotelsoftware ein bisschen beschummeln; aber das ist kein Problem, dafür muss man nun wirklich kein großer Hacker sein. Leider ist die Auflösung des Fotos nicht so besonders, um nicht zu sagen jämmerlich. Außerdem tragen alle ihren Fechtdress, und die Mädchen haben ihre Haare zurückgebunden. So sind sie kaum zu unterscheiden.

Um sich abzulenken, geht Patrick ins Spiel. Dazu muss er zunächst die Software herunterladen, und auch damit ist der Hotelserver nicht so ganz einverstanden. Zum Glück waren die Chats im Spiel immer voller Tutorials von technisch begnadeten Süchtigen, die sich überall auf der Welt eingeloggt hatten, egal ob in einem chinesischen Jugendclub oder in einem peruanischen Gefängnis. Nach fünfzehn Minuten ist Patrick in Themara.

Eine neue Quest abzuholen, dazu hat er allerdings keine Lust. Es würde auch wenig Sinn haben; seine kleine Zauberin ist so ganz alleine, ohne ihren Barbar, denkbar schwach. Patrick überlegt, den Drachen zu rufen und nach D'ub zu fliegen, aber dann schlendert er nur durch die Straßen im Händlerbezirk der Hauptstadt. In den Geschäften zeigen die Programmierer gerne mal, was sie so alles können. Für sein Spielgeld kann man sich hier die verrücktesten Sachen kaufen, und vieles davon hat nicht die geringste Bedeutung. Das heißt, es bringt denen nichts, die nur Level für Level nach oben wollen.

Patrick hat sich nie für diesen Schnickschnack interessiert. Sein Geld hat er immer nur ausgegeben, um die Heilkräfte seiner Zauberin zu verbessern. Selbst ihre Kleidung war immer nur zweckmäßig. Aber jetzt lässt Patrick sie etwas betreten, das die Programmierer »Butik« genannt haben. Jedenfalls steht das auf einem Holzschild über der Tür. Und drinnen gibt es tatsächlich jede Menge vollkommen sinnloser Klamotten, sinnlos jedenfalls, solange es ums Kämpfen und Heilen geht.

Die Verkäuferinnen sind Trolle, die vom Spiel gesteuert werden, die meisten Kunden, wie nicht anders zu erwarten, Humane, weibliche natürlich. Es gibt eine Reihe von grob gezimmerten Umkleidekabinen, in die man mit den ausgewählten Sachen verschwinden kann, um sie brandneu eingekleidet zu verlassen. Die meisten sind besetzt. Patrick lässt seine Elfenzauberin sich vor einem großen Spiegel drehen. Sie passt in diesen Laden wie die Frontfrau einer Metal-Band in ein Mädchenpensionat.

Gerade tritt eine Mutantin aus einer der Kabinen. Sie trägt Sachen im Hippie-Look. Astrid hat solche Kleider besessen, aber eigentlich nie getragen. Und da kommt Patrick ein Gedanke. Die Humanerin, der er im Spiel zweimal begegnet ist, an den Orten, an denen er mit Nevena gekämpft hat, was war so besonders an ihr? Eigentlich nichts, sie hatte wie ein Schulmädchen ausgesehen, wie jemand, dem man morgens im Bus begegnet. Aber sie hatte dunkle Haut. Nicht schwarz, nur dunkler. Patrick verlässt das Spiel. Er kann es kaum abwarten, bis sich das Foto der Fecht-Website wieder aufbaut. Und richtig, eines der Mädchen darauf hat eine dunklere Hautfarbe. Nicht so wie jemand, der gerade aus den Ferien kommt. Sondern wie jemand, der woanders geboren ist.

Patrick geht wieder die Namen durch. Christiane, Maren, Sarah, Charlotte, Judith, Nevena. Und: Beatrice.

Trixi?

Zehn Sekunden später ist Patrick auf der Homepage von Nevenas Schule. Und tatsächlich, er hat richtig kombiniert: Beatrice Gerber und Nevena Sukalo müssen sich kennen. Letztes Jahr waren sie zusammen in Frankreich.

Ja! Patrick hätte beinahe in die Hände geklatscht. Und jetzt ab ins Facebook, über dessen Existenz er zum ersten Mal von Herzen froh ist. Oder besser gesagt, geradezu entzückt. Sucheingabe, und: Treffer! Beatrice Gerber ist siebzehn Jahre alt, geboren in Haiti, lebt seit fünfzehn Jahren in Ingolstadt und hat siebenundfünfzig Freunde. Eine Nevena ist nicht dabei; dafür bekommt Beatrice jetzt gleich noch einen neuen Freund dazu. Patrick braucht drei Minuten und sehr wenig Überwindung, um sich bei Facebook anzumelden. Dann kann er die erste Nachricht schreiben. An Beatrice Gerber, die sich auch auf ihrer Seite Trixi nennt:

»Hallo. Ich bin Patrick. Wenn du eine Freundin von Nevena bist, dann kennst du mich. Und wenn du eine wirklich gute Freundin von ihr bist, dann meldest du dich bei mir. Am besten gleich. Ich denke mal, wir sollten reden. Grüße aus dem Holiday Inn in Sarajevo. Patrick (Patti).« Und dann schreibt er noch die Nummer seines Handys hinzu.

Er schickt die Nachricht ab. Jetzt kann er nur noch warten. Er tut das, indem er sich aufs Bett legt und den Fernseher im Auge behält. Sein Handy hat er in der Hand. Als lange Zeit nichts geschieht, holt er seinen alten Laptop aus der Tasche. Er schaltet ihn ein und ruft die Datei mit ihrem Mailwechsel auf; vielleicht hat Nevena ja einmal etwas über diese Trixi geschrieben, ohne ihren Namen zu nennen. Er öffnet die Suchmaske und überlegt, was er eingeben soll. Doch dann hält er inne.

Hundertfünfundsechzig Mails hat ihm Nevena geschrieben. Wie viele Geschichten hat sie ihm darin erzählt? Fünfzig, oder eher siebzig? Oder hundert? Und wie viele davon sind wahr? Vermutlich keine einzige. Patrick wirft den Zufallsgenerator wieder an: Er addiert die Zahl der Buchstaben ihrer beider Namen und dazu das Datum. Dann lässt er sich die Seite anzeigen. Nevena erzählt, wie ihr Vater mit seinem Motorrad einmal dem Milchmann ins Auto gefahren ist. Ströme von Milch auf der Straße vor dem Haus. Und ihre Mutter hatte die Schlüssel vom Motorrad kassiert.

HENNER FINDET PATRICK schlafend. Es ist sechs Uhr, Zeit zum Abendessen, besonders wenn man seit dem Frühstück nichts hatte als diesen entsetzlich starken Kaffee und einen Liter Wasser. Aber Henner hat keine Lust, seinen Sohn zu wecken, bloß um sich mal wieder die Ablehnung einer Essenseinladung zu holen. Leise schließt er die Hotelzimmertür, dann fährt er hinunter ins Restaurant. Er bestellt, und das Essen kommt rasch. Es tut gut, etwas im Magen zu haben. Auch der Wein tut gut; es fühlt sich an, als drängte er den restlichen Kaffee aus dem Blut.

Während er isst, spielt Henner ein paar Möglichkeiten durch, wie der morgige Tag ablaufen könnte, besonders natürlich die Begegnung mit Sukalo. Wahrscheinlich hat Nevenas Halbbruder seinen Eltern alles erzählt; davon muss man ausgehen. Gerne werden sie es nicht gehört haben. Vielleicht nehmen sie ihnen das übel. Immerhin haben sich Patrick und Henner in ihre Angelegenheiten gemischt.

Henner bestellt noch ein Glas Wein. Gleich mit dem ersten Zug trinkt er es halb leer. Außerdem ist fraglich, ob sie etwas erfahren werden, das sie noch nicht wissen. Wahrscheinlich haben die Sukalos schon alles Mögliche versucht, um ihre Tochter zu finden. Oder es ist ganz anders, und sie wollen am Ende gar nicht, dass jemand von Nevenas Verschwinden erfährt. Könnte das sein?

»Warte doch einfach ab, was passiert«, sagt Astrid.

Was für ein seltener Anblick. Unterwegs sind sie nicht oft in Restaurants gewesen. Astrid hielt das für Verschwendung; sie hatten doch immer alles dabei. Außerdem ist es unter Wohnmobilfahrern so etwas wie Ehrensache, sich selbst zu versorgen. Wenn er sie doch einmal überreden konnte, aß sie allerdings rasch und mit großem Appetit, und wenn sie fertig war, nahm sie von Henners Teller. Genau wie jetzt. Sie deutet auf den letzten Grillspieß. Henner soll ihr bitte das Fleisch herunterschieben. Wenn sie das macht, gibt es eine Katastrophe.

»Du fragst mich selten was«, sagt Astrid.

»Vielleicht weil ich denke, dass du mir nicht raten kannst?«

»Das ist vernünftig.« Astrid trinkt aus Henners Glas. »Du könntest trotzdem mit mir reden. Einfach so.«

»Tut mir leid. Aber ich glaube, ich käme mir verrückt vor.«

Astrid nickt, während sie kaut. »Du hast recht. Die Toten sind Gift für die Lebenden.«

»So war das nicht gemeint.«

Sie schweigen, während Astrid die letzten Pommes frites von Henners Teller pickt.

»Kann ich jetzt was fragen?«

»Schieß los!«

»Wie ist das, wenn man tot ist?«

»Gar nicht.« Astrid spricht mit vollem Mund, sie hat ein Stück Brot abgebrochen und wischt damit das Fett vom Teller. »Die knipsen dir das Licht aus. Aber du kannst nicht mal denken, dass es dunkel ist.«

»Ist das traurig?«

»Traurig gibt es auch nicht mehr.« Sie schaut auf. »Ist alles irgendwie schwer zu erklären. Tut mir leid.«

Sie schweigen eine Weile.

»Wir haben hier ein Problem«, sagt Henner.

Astrid tippt mit der Gabel an seinen Teller. »Davon weiß ich nichts. Denkst du, ich sitze da oben auf einer Wolke und schau mir euer Leben an?«

»Tust du also nicht?«

Astrid schüttelt den Kopf.

»Was tust du stattdessen?«

»Ich bin tot. Das ist ein Vollzeitjob. Ist nicht anstrengend, braucht aber Zeit.« Sie grinst. »Gut gesagt, oder?« Dann macht sie das trotzige Gesicht, das Henner so gemocht hat.

»Sorry.« Henner schiebt den Teller ein Stück von sich.

Astrid wischt sich den Mund mit seiner Serviette ab, dann deutet sie auf den Kellner, der gerade vorbeigeht. »Lass dir die Speisekarte bringen«, sagt sie. »Ich möchte noch Nachtisch. Hier soll es ganz schrecklichen Süßkram geben. Und vielleicht möchtest du noch Wein?«

»Ja«, sagt Henner. »Wein wäre gut.«

ALS PATRICK ERWACHT, ist er allein. Dunkel ist es noch nicht, aber er ahnt, dass er nicht nur ein paar Minuten geschlafen hat. Tatsächlich ist es schon kurz nach Sieben. Der Fernseher ist offenbar in den Standby-Modus gegangen, mit einem Rütteln an der Maus lässt er sich wieder aktivieren. Die Verbindung zum Internet ist unterbrochen, aber Patrick braucht nur ein paar Sekunden, bis er seine eigene brandneue Facebook-Seite aufgerufen hat. Und da ist tatsächlich eine Nachricht. Sie ist kurz, aber sie hat es in sich: Beatrice erwartet ihn um sieben, und zwar dort, wo sie sich zuletzt getroffen haben.

Im Nu ist Patrick wieder im Spiel. Für die Reise zu dem Ort, an dem Enigmaar der Gestaltwandler bis ans Ende seiner Programmiertage auf sie warten wird, nimmt er den Drachen. Allerdings wäre er zu Fuß vielleicht schneller gewesen, so zickig wie das Biest sich mal wieder anstellt. Dabei sollte er sich nicht beschweren, immerhin dürfen sie durch ein Gewitter fliegen. Das ist ein seltenes Schauspiel; und irgendwo auf der Welt arbeitet ein Programmierer offenbar immer weiter daran, die Blitze noch ein bisschen eindrucksvoller und die Windböen noch gefährlicher zu machen. Vielen herzlichen Dank dafür! Die Zornelfe schafft es noch so gerade eben, sich auf dem Drachen zu halten.

Es ist zehn Minuten nach sieben. Noch nie hat Patrick eine Verabredung im Spiel vergessen, und nie ist er mehr als ein oder zwei Minuten zu spät gekommen. Wenn diese Beatrice jetzt nicht mehr da ist, wird das hier das erste Hotelzimmer seines Lebens sein, dessen Inventar er in Stücke haut. Wie passend für das Holiday Inn in Sarajevo!

Aber da steht sie, die Humanerin, in sicherem Abstand zu Enigmaar, der unbeirrt und unermüdlich seine Drohgebärden abspult. Ihr Name ist Lady Godiva.

»Sorry for beeing late«, schreibt Patrick an ihre Adresse. »Fell asleep. Too much happened.«

»Macht nichts«, antwortet sie.

Eigentlich spricht man auf diesem Server Englisch. Patrick schaut sich sein Gegenüber genauer an. Sie ist wieder ein paar Level aufgestiegen, und ihr neues Schwert sieht aus, als könnte es beträchtlichen Schaden anrichten.

»Du bist Trixi?«, schreibt Patrick. »Beatrice Gerber, Nevenas Freundin?«

Die Figur macht eine stumme Verbeugung. Dann zieht sie ihr Schwert und schlägt damit ein paarmal ins Leere, so als wollte sie testen, wie es in der Hand liegt.

»Weißt du, wo Nevena ist?« Es fühlt sich für Patrick vollkommen fremd an, im Spiel auf Deutsch zu schreiben. »Ich suche sie seit Wochen. Wir sind sogar in dieses Bosnien gefahren, aber hier ist sie nicht.«

Die Humanerin steckt ihr Schwert wieder ein. »Wo genau bist du jetzt?«

»Sarajevo. Sniper's Alley. In einem komischen Hotel. Heute

Mittag waren wir bei ihren Eltern. Ich hab mit ihrem Bruder gesprochen.«

»Was hat er gesagt?«

»Dass er auch nicht weiß, wo sie ist.«

»Sonst nichts?«

»Nein.«

»Gar nichts? Vermisst er sie nicht?«

»Ach so. Klar vermisst er sie. Er hat geflennt wie ein Kindergartenkind.«

Keine Antwort. Die Humanerin beginnt mit den Bewegungen, die alle Figuren machen, wenn man sie nicht führt.

»Bist du noch da?«, schreibt Patrick.

»Weiß nicht. Mal sehen.« Das Schulmädchen, das Lady Godiva heißt, dreht sich um und beginnt zu laufen. Patricks Elfe läuft hinterher; was soll er auch sonst tun? Es geht durch ein Waldstück mit lästigen, aber ungefährlichen Wildschweinen, dann waten sie hintereinander durch einen seichten Fluss, der allerdings ein paar gefährliche Stromschnellen hat. An seinem anderen Ufer liegt eine kleine Stadt, nicht ganz so ärmlich wie D'ub, aber lange nicht so prächtig wie Themara.

Immerhin hat sie eine intakte Stadtmauer. Ein Torwächter versperrt den Weg und will irgendeine Erlaubnis sehen, aber Godiva verpasst ihm ein paar schnelle Schläge und springt dann aus dem Stand über ihn hinweg. Die Zornelfe schickt dem Wächter zur Sicherheit noch einen Lähmungszauber auf den Hals und hetzt weiter. Als Patrick sich umdreht, sieht er, wie der Wächter an der Wand lehnt und jemanden zu sich winkt.

Es ist viel Betrieb in diesem Kaff. Vielleicht ist Markttag. Und schon hat Patrick Godiva verloren. Er läuft mal rechts, mal links, doch es hilft nichts, er muss sie über ihr Profil orten. Sie ist auf dem Marktplatz, heißt es. Patrick hastet durch die Menge. Vor ihm öffnet sich ein Platz. Und tatsächlich, hier werden gerade Flugdrachen versteigert. Daher also der große Andrang.

Auf Zornelfenhöhe hat Patrick allerdings keinen Überblick. Er versucht sich zu orientieren. An der Stirnseite des Marktes ist eine Art Podest aufgebaut, auf dem die Drachen präsentiert werden. Die Zornelfe drängelt sich an einer Schlange von Interessenten vorbei und steigt mit ein paar Sprungkombinationen hinauf, obwohl der Troll, der den Auktionator gibt, gar nicht einverstanden ist. Von hier oben übersieht Patrick den Markt, und bald hat er Godiva entdeckt. Das ist auch nicht so schwierig, denn sie flegelt gerade zwei Level-45-Mutanten an; und die scheinen gar nicht abgeneigt, zum Zeitvertreib eine Level-13-Humanerin zu erschlagen. Jedenfalls sind sie schon munter dabei.

Aber Godiva hat offenbar nicht nur ein passables Schwert, sie hat auch irgendwelche Kampfsportfunktionen erworben. Mal ist sie hier, mal dort; es fehlte nur, dass sie den genervten Mutanten zwischen ihren stämmigen Beinen hindurchschlüpfte, wenn die nach ihr ausholen. Allerdings hilft ihr das ganze Gehopse wenig. Es ist bloß eine dieser vielen netten Funktionen, die nach sonst was aussehen, aber kaum noch zählen, wenn hinter der Grafik abgerechnet wird. Mit jedem Schlag, den sie einstecken muss, fällt Godivas Lebensbalken ganz enorm. Noch höchstens zwei Minuten, dann ist diese Trixi hin, und Patrick kann sie sonst wo suchen. Also macht seine Zauberin, was sie am besten kann. Sie bringt sich in Stellung und versorgt die Humanerin mit möglichst viel Heilenergie. Godivas Lebensbalken beginnt wieder zu steigen.

Die Mutanten sind irritiert. Und mit einem erstklassigen

Lähmungszauber, der jetzt von irgendwoher aus der Menge kommt, haben sie schon gar nicht gerechnet. Wie zwei ausrangierte Litfasssäulen stehen sie da, während Godiva ungehindert auf sie einschlägt und sie schließlich niederstreckt.

»Komm jetzt weg hier!«, schreibt Patrick. Ein paar Wächter drängen sich durch die Menge. Typisch für spielgenerierte Figuren trippeln sie suchend hin und her wie altmodische Spielzeugroboter.

Aber Godiva möchte noch nicht nach Hause. Sie läuft in eine Kneipe, die an einer Straßenecke liegt, Patrick hinterher. Hier tanzt eine Waldnymphe auf dem Tresen, neben ihr steht ein Polyp mit Armbrust und passt auf. An den Tischen sitzen durchweg Figuren mit niedrigerem Level; soweit man das durch den Rauch erkennen kann, spielen sie Karten. Offenbar ist das hier eine von den Spielhöllen, in denen man sein Geld auf einfache Weise vermehren oder gleich ganz verlieren kann.

Kaum drinnen, fängt Godiva Streit mit einem Zornelf an, der gerade eine Glückssträhne gehabt haben muss. Vor ihm auf dem Tisch liegt ein ziemlicher Haufen Geld. Der Zornelf reagiert, wie nicht anders zu erwarten, nämlich aggressiv. Andere Figuren mischen sich ein, und schon ist eine zünftige Kneipenschlägerei im Gange. Ein Mutant stiehlt das Geld von den Spieltischen, ein Zombie schlägt einen Dudelsackspieler. Die Nymphe tanzt derweil ungerührt weiter, während der Polyp hinter dem Tresen seine Armbrust spannt. Aber er ist offenbar nicht zu Ende programmiert und bleibt in einer Bewegungsschleife stecken. Zum Schießen kommt er nicht.

Die Zornelfe ist in der Tür stehen geblieben. »Ende der Vorstellung!«, sagt Patrick laut. Mit ein paar Klicks bereitet er einen speziellen Zauber vor, für dessen Zutaten Pocahonta einmal ein ganzes Wochenende unterwegs war. Doch das ist jetzt ein Risiko! Dieser Zauber wird ihn seine komplette Energie kosten. Und entweder funktioniert, was er vorhat, oder er selbst darf sich über seine werweißwievielte Wiedergeburt freuen, natürlich irgendwo weit weg von hier.

Es dauert ziemlich lange, bis der Zauber bereit ist. Ein Stuhl fliegt noch Richtung Tresen und durch die Nymphe hindurch. Dann endlich steigt die glänzende Kugel unter die Decke der Kneipe und explodiert dort wie eine teure Silvesterrakete. Millionen Funken in allen Farben flitzen durch den Raum, sämtliche Figuren bekommen einen glänzenden Umriss. Dann werden sie von einer milchigen Flüssigkeit übergossen. Sie sinken zu Boden, als wären ihre Knochen geschmolzen. Lady Godiva mitten unter ihnen.

Pocahonta ist so geschwächt, dass sie kaum gehen kann. Aber es hat funktioniert. Jetzt hat Patrick etwas mehr als zwei Minuten. Die ersten dreißig Sekunden nutzt er, um wieder zu Kräften zu kommen. Dann tritt er zu Lady Godiva, die sehr tragisch über einen Mutanten gegossen auf dem Boden liegt. »Lass dich bitte tragen«, schreibt er in den Chat, und tatsächlich bekommt er die Erlaubnis. Patrick aktiviert seinerseits diese Funktion, die er bislang noch nicht ein einziges Mal verwendet hat. Dann verlässt er das Lokal, die leblose Godiva stilvoll über die Schulter geworfen. Draußen schlängelt er sich durch die Menge, bis er einen ruhigen Platz in einem Innenhof findet. Hier wartet er, bis seine Energie für einen gemeinsamen Rückteleport nach Themara ausreicht. Es wird ziemlich knapp. Ein Wächter drängt schon in den Hof, an der Leine einen doppelköpfigen Hund, als Zornelfe und Humanerin sich endlich auflösen und der kleine Marktflecken in seine Pixel zerfällt.

IN THEMARA wacht Godiva wieder auf. »He, was soll das?«, erscheint im Chat. Sie kann sich nämlich nicht bewegen. Patrick hat die Figur mit einem weiteren Lähmungszauber versehen, gegen den man auf Level 13 rein gar nichts unternehmen kann. »Mach das weg, okay!«

Patrick lässt Pocahonta den Kopf schütteln. »Hi, Nevena«, schreibt er. »Schön, dass du da bist.«

Eine kurze Pause. Dann: »Hi, Patti.«

»Wo bist du jetzt?«

»Ich weiß nicht. Könnte Themara sein. Oder täuscht das vielleicht?«

»Du weißt, was ich meine.«

»Klar weiß ich das.«

»Dann sag es bitte!«

»Werd ich nicht. Und wenn du mich folterst! Das hier muss ich allein durchziehen, und je weniger Leute wissen, wo ich bin, desto besser.«

Sie sind in dem kleinen Wald vor dem südlichen Stadttor von Themara. Die Programmierer haben ihn in letzter Zeit zu einem richtigen Park mit Wegen und Springbrunnen umgebaut.

»Aber mir hättest du doch sagen können, was los ist.«

Godiva kann jetzt wieder ihre Arme bewegen.

»Nun mach bitte nicht einen auf beleidigt, Patti-Baby. Sei lieber froh, dass du von meinen Problemen keine Ahnung hast. Oder haben sich deine Eltern vielleicht auch in Sklavenhalter verwandelt, die dich in irgendeine Wüste verschleppen wollen?«

»Nein.«

»Na, also. Dann freu dich an deinem normalen Leben.«

Patrick zögert, bevor er antwortet. »Ich habe«, beginnt er,

aber dann löscht er das Geschriebene und fängt neu an. »Wie schlimm ist das denn hier?«

»Das weißt du nicht? Stell dich bitte nicht blöd!«

Patrick schreibt ein Kürzel für Keine Ahnung.

»Na, das wundert mich jetzt aber. Du bist doch mittlerweile länger da, als ich es war. Da musst du doch Fachmann sein für die Scheißgegend.«

»Bin ich nicht.«

»Na, dann gib mal acht.« Godiva steht auf, schwankt aber immer noch wie leicht betrunken. »Das ist ein super krasses Land. Very lovely. Ich kann da zur Schule gehen und natürlich auch studieren, vorausgesetzt, ich kriege nicht immer eine Fünf in Bosnisch. Nach dem Studium geht's mir gut, weil ich nix tun muss. Ich bin nämlich arbeitslos. Aus Langeweile heirate ich dann einen Mann, der mich auch richtig gut behandelt. Wenn er gerade mal nicht besoffen ist. Von Beruf ist er übrigens Warter. Er wartet immer darauf, dass uns seine Verwandten aus Deutschland ein bisschen Geld schicken. So ist das!«

Bevor Patrick antworten kann, kommt die nächste Nachricht. »Ich hab noch was vergessen. Unsere Kinder kriegen natürlich überhaupt keinen Stress, weil ihre Mutter so einen komischen Akzent hat und nicht dauernd in die Moschee tigert. Kein Problem. Ich muss auch kein Kopftuch tragen, weil mich sowieso keiner ernst nimmt. Irgendwann fang ich dann an zu saufen, weil ich vor Glück nicht weiß, was ich sonst machen soll. Und wenn es richtig gut läuft, dann fangen unsere Nachbarn wieder an, aufeinander zu schießen. Christen gegen Muslime, Serben gegen Kroaten, Bäcker gegen Friseure, Hunde gegen Katzen. Das ist der Jackpot! Denn dann dürfen wir wenigstens wieder abhauen, vorausgesetzt wir können noch gehen. Vorher werden allerdings unsere Kinder von einer Granate getroffen, und auf dem Bürgersteig, wo ihr Blut war, da gießen sie die Flecken mit Blei aus.«

Patrick wartet einen Moment, bis er zu schreiben beginnt. »Du hättest mir das sagen sollen. Wir hätten darüber reden können. Stattdessen hast du diese Lügengeschichten über deine lustige serbische Familie erzählt.«

Godiva zieht ihr Schwert und macht ein paar Sprungfolgen. Wahrscheinlich will sie testen, ob sie wieder okay ist. »Hätte, hätte, hätte. Ich hab dich ein bisschen aufheitern wollen. Du warst immer so ernst.«

Zwei Figuren gehen Hand in Hand vorbei, eine Zornelfenkämpferin und einer von den seltenen Zentauren. Sie winken herüber. Patrick würde gerne zurückwinken, doch über diese Funktion verfügt er nicht.

»Zu Freunden ist man ehrlich«, schreibt er.

»Machen wir jetzt einen auf tragisch?«

Patricks Hände schweben über der Tastatur. Draußen auf dem Flur klirren Gläser.

»Bist du noch da?«

»Natürlich.«

»Sieh es doch mal so!«, schreibt Nevena. »Es sind jetzt noch ungefähr vierhundertdreißig Stunden, dann bin ich achtzehn, und dann kann mir keiner mehr sagen, was ich tun und wo ich leben soll. Vierhundertdreißig Stunden, dann können wir dieses Bosnien für ewig und alle Zeiten vergessen und ohne Ende um die Häuser ziehen und Gestaltwandler verprügeln. Wir holen uns eine Couple-Quest nach der anderen und machen uns ein schönes Leben.«

»In Themara?«

»Wenn du das möchtest, Liebster. Ich gehe natürlich dahin, wohin du gehst.« Hinter dem letzten Satz erscheint ein Smiley mit Kussmund.

Godiva steckt ihr Schwert wieder ein und hockt sich auf den Boden.

»Wie soll das gehen?«, schreibt Patrick. »Wo willst du wohnen, wovon willst du leben?«

»Hoppla! Was hör ich da? Horror! Meine Mutter ist neuerdings eine Level-56-Zornelfe?« Und nach einer Pause. »Oder ist sie vielleicht bei dir im Zimmer und diktiert dir, was du schreiben sollst? Los, sag!«

»Hier ist niemand. Nur ich. Ich schwöre es.«

»Und das soll ich glauben?«

»Ich lüge nicht«, schreibt Patrick. »Im Gegensatz zu dir.«

Wieder eine Pause.

»Okay. Du lügst nicht. Du bist mein braver, aufrechter Patti-Ritter. Aber weißt du, wer mein größtes Sicherheitsrisiko ist? Nein? Das bist du, mein Lieber. Wenn meine Eltern es doch noch schaffen, mich zu schnappen, und ich am Ende auch auf so einen schicken bosnischen Friedhof komme, dann liegt das einzig und allein an dir.«

»Wie bitte?«

»Warst du bei meinen Eltern oder nicht?«

Keine Antwort.

»Na, also. Durch dieses ganze dämliche Land bist du gefahren, rauf und runter, nur damit sie am Ende doch noch rauskriegen, wo ich bin, mich abholen und mir den Pass abnehmen.«

»Aber ich wusste doch nicht, was los ist.«

»Klar wusstest du nicht, was los ist. Hat dich aber nicht dran gehindert, dich in Sachen zu hängen, von denen du nichts verstehst.«

»Und warum hast du mir nicht gleich in Rijeka erzählt, was Sache ist? Warum das Fake mit deiner Cousine und diesem Geisterhaus in Mostar?«

»Weil dein Vater Mirko die Hölle heiß gemacht hat. Der ruft Mirjana an, die simst mir, und ich habe fünf Minuten Zeit, mir irgendwas auszudenken. Gut, das waren vielleicht nicht meine besten fünf Minuten. Aber ich dachte, das ist eine Geschichte, die du verstehst.«

»Die Geschichte, dass du Muslim bist und wir uns deshalb nicht sehen können? Wie die Königskinder? Das ist eine Scheißgeschichte.«

»Welche Königskinder?«

»Die in dem Lied.«

»Kenne ich nicht. «

»Meine Mutter hat das gesungen.«

»Na bestens, kannst deine Mutter von mir grüßen.«

Das Paar kommt zurück. Jetzt reitet die Elfenkämpferin auf dem Zentaur und hält sich dabei an seiner Mähne fest.

»Wir haben deinen Großvater getroffen«, schreibt Patrick.

»Wie bitte?«

»Deinen Großvater Maric. Der ist so eine Art Friedhofswächter.«

»Quatsch. Der ist Kriegsverbrecher.«

»Das sagt er auch. Er hat uns ein paar Hundert Euro für dein Foto geben wollen. Also für das von Mirjana.«

»Sag mal, wer bist du eigentlich? Willst du mich zurück in den Schoß der Familie führen. Geht's noch?«

»Nein!«, schreibt Patrick. »Das will ich nicht! Und ich bin der Letzte, der das wollte. Ich will nur wissen, wer du bist.«

Lange kommt keine Antwort.

»Das will ich auch«, schreibt Nevena.

»Wir hätten uns treffen können. Wenn du gleich die Wahrheit gesagt hättest. Mit der Bahn von uns zu euch sind es vielleicht drei Stunden.«

»Drei Stunden zwanzig«, schreibt Nevena. »Waren es mal.«

In der Nähe, gleich bei einem der Springbrunnen, landet ein Flugdrachen. Ein Humaner steigt ab und setzt sich auf den Rand des Brunnens.

»Morgen fahren wir los«, schreibt Patrick.

»Seht ihr meine Eltern noch mal?«

»Ich weiß nicht. Vielleicht.«

»Dann sag nichts. Hast du verstanden? Kein Wort! Es sind nur noch vierhundertdreißig Stunden. Ich muss das schaffen. Bitte!«

»Kann ich denn sonst nichts für dich tun?«

»Nein. Nur den Mund halten.«

»Ich könnte doch«, schreibt Patrick, aber da zittern die Umrisse von Lady Godiva, ihr Körper wird durchsichtig und verschwindet. Nevena hat sich ausgeloggt. Der Humane am Brunnen erhebt sich wieder und beginnt, auf und ab zu gehen, aber das sieht Patrick nicht mehr, weil er sich aufs Bett geworfen und seinen Kopf in die langweiligen Kissen vergraben hat.

8. Kapitel

Das Navigationsgerät tut sich wieder schwer. Dabei sind die Straßen hier alles andere als neu. Im Gegenteil. Nach einem kurzen Stück Autobahn fahren sie seit zwei Stunden über eine Landstraße Richtung Norden, und die hat sicher in den letzten paar Hundert Jahren ihre Lage so wenig verändert wie die Flüsse rechts und links. Schilder, die zur kroatischen Grenze weisen, gibt es nicht. Sie sind jetzt im serbischen Teil Bosniens. Statt der Moscheen gibt es orthodoxe Kirchen mit runden Kuppeln, die Straßenschilder und die Wahlplakate tragen kyrillische Schriftzeichen. Mehr Unterschiede gibt es nicht. Immer noch stehen ausgebrannte und nicht zu Ende gebaute Häuser entlang der Straße. Und Henner kann sich immer noch nicht vorstellen, dass die Menschen, die hier leben, glücklich und zufrieden sind. Aber wo sind sie das schon.

Patrick liegt hinten im Wohnmobil, er hat sogar den Essplatz umgebaut. Das ist ein Verstoß gegen die alten Regeln. Nie durfte man Astrid vorne am Lenkrad alleine lassen. Sie sei doch kein Busfahrer, sagte sie dann. Also saß meistens Patrick neben ihr und sah ihr dabei zu, wie sie mal rechts und mal links abbog.

An einer Ampel schaut Henner sich kurz um. Müde kann Patrick eigentlich nicht sein. Als Henner gestern aufs Zimmer kam, nicht zu spät, aber ziemlich betrunken, da schlief er schon. Heute Morgen musste er geweckt werden. Schweigend haben sie dann beim Frühstück im Holiday Inn gesessen. Henner war ziemlich verkatert. Schließlich hat er gesagt, er hole jetzt den Erich aus der Werkstatt. Und zwar alleine; sie müssten dann ihr Gepäck nicht zweimal umladen. Das hatte er sich als Begründung zurechtgelegt, für den Fall, dass Patrick Einwände machte. Aber dem schien es egal zu sein.

Vor der Werkstatt erwarteten ihn dann die Sukalos. Sie standen ihm zu dritt gegenüber: der Mann im sauberen Overall; seine Frau, groß gewachsen und mit hellen gelockten Haaren. Der Junge, vielleicht zwölf Jahre alt und seinem Vater wie aus dem Gesicht geschnitten. Natürlich hatte er alles erzählt.

Was Henner denn wisse?, fragten sie sofort. Ob er sich vorstellen könne, welche Sorgen sie sich machten? Wenn er irgendetwas wisse, müsse er das unbedingt sagen. Das sei seine Pflicht. Nevena sei noch keine achtzehn, und außerdem gehöre eine Tochter zu ihren Eltern.

Genau das hatte Henner erwartet. Im Taxi, auf der Sniper's Alley, hatte er sich zurechtgelegt, was er darauf sagen würde: Dass Eltern ihre Kinder respektieren müssen, wenn sie erwachsen werden. Dass jeder selbst entscheiden muss, wohin er gehört. Dass sie versuchen sollten, sich einmal in Ruhe auszusprechen. Und so weiter. Lauter schöne Sätze, denen man eigentlich nicht widersprechen konnte. Doch dann sagte er keinen davon. Als er vor den Sukalos stand, kam er sich vor wie ein Schüler, der erst in der Prüfung merkt, dass er die falsche Lektion gelernt hat.

Sie standen am Wohnmobil. Sukalo hatte sich alle Mühe gegeben, den Motor so weit fit zu machen, dass er es bis nach Hause schaffte. Geld wollte er nicht dafür haben. Er sagte es nicht, aber natürlich hatte er es getan, damit Henner herausfand, wo seine Tochter war, und ihm dann Bescheid gab.

»Es tut mir leid«, sagte Henner. »Aber die Sache geht mich nichts an. Nevena ist Patricks Freundin.« Er hatte die Tür vom Wohnmobil geöffnet und die Treppe ausgefahren. Er setzte sich auf die oberste Stufe. »Einmal angenommen, Patrick findet sie. Nur mal angenommen. Ich horche ihn aus und sage Ihnen Bescheid. Sie kommen und holen sie. Was haben wir dann gewonnen? Wir, Sie und ich. Na? Gar nichts. Im Gegenteil, wir machen alles nur noch schlimmer.«

Die Sukalos schwiegen.

»Wenn Patrick mir sagt, wo sie ist, kann ich ihr helfen. Aber ich weiß nicht, ob er's mir sagt. Vielleicht ja, vielleicht nein.«

»Wir können das nicht erlauben.«

»Sie haben mich nicht verstanden.« Henner hatte begonnen, den Schlüssel vom Wohnmobil wieder an seinem Bund zu befestigen. »Hier gibt es nichts zu erlauben. Was wir verloren haben, kriegen wir nicht mehr zurück. Wir können bloß noch versuchen, den Kopf oben zu halten.«

»Ich verstehe Sie nicht«, sagte Sukola. »Sie ist unsere Tochter und wir lieben sie. Und hier ist jetzt unsere Heimat.«

Endlich hatte Henner den Schlüssel befestigt. Er sah auf. »Liebe und Heimat«, sagte er. »Schöne Worte. Sehen Sie es doch mal so: Sie werden älter, Ihr Kind geht aus dem Haus, demnächst bekommen Sie Enkel. Das ist der Lauf der Dinge.«

Ein gescheckter Hund lief quer über den Hof und verschwand dann hinter der Werkstatt.

»Wie stellen Sie sich das vor?«, sagte Nevenas Mutter. Ihre hellblonden Haare hatte sie hinter dem Kopf zusammengebunden. »Und was heißt das, Sie wollen Nevena helfen?«

»Vielleicht braucht sie ja Geld? Wahrscheinlich wird sie das. Geld braucht man immer. Ich könnte ihr welches geben.«

»Was sagt eigentlich Ihre Frau dazu?«

»Das würde ich auch gerne wissen. Aber sie ist vor einem Jahr gestorben. Sie hatte Krebs. Das letzte Jahr haben wir sie zu Hause gepflegt.«

Die Frau reichte Henner stumm ihre Hand. Sukalo und sein Sohn taten es ihr nach. Beide sagten: »Herzliches Beileid.«

»Danke. Jetzt muss ich aber los.« Henner stand auf. »Einen Moment noch, bitte!« Er hatte seine Leica schon in der Hand, legte sie aber wieder zurück. Nach ein wenig Suchen fand er die Kamera in seinem Handy. »Am besten, Sie stellen sich so, dass ein Stück von der Werkstatt mit aufs Bild kommt.«

Die Sukalos sahen sich an, dann taten sie, was auf der ganzen Welt Familien tun, wenn sie fotografiert werden. Sukalo legte seinem Sohn eine Hand auf die Schulter. Seine Frau strich sich eine blonde Locke hinters Ohr. Henner musste nicht sagen, dass sie lächeln sollten. Sie taten es auch so. Sie wussten ja, wem es galt.

EIN KLEINER ORT folgt auf den anderen. Weil Patrick zum Seitenfenster hinausschaut, wie im Zug, weiß er nicht so genau, ob sie gut vorankommen. Es interessiert ihn auch nicht besonders. Dass es ziemlich stark regnet, entgeht ihm natürlich nicht.

Irgendwann flucht Henner vorne hinter dem Lenkrad. Sie werden langsamer. Patrick steht auf, seine Beine fühlen sich schwer an; auf dem Beifahrersitz angekommen, ist er beinahe erschöpft.

»Was ist los?«

Henner weist stumm nach vorne. Sie biegen gerade in einen schmalen, unbefestigten Weg, der in einen dichten Wald führt.

»Hast du dich verfahren?«

»Nein«, sagt Henner. »Das ist eine Umleitung. Aber die für Autos. Ich hätte wohl besser die für Laster genommen.«

Tatsächlich passt der Erich nur äußerst knapp auf diesen Waldweg. Schon streifen Äste an den Seiten entlang, was sich bedrohlich anhört.

»Kann uns hier jemand entgegenkommen?«

Henner hat sich weit über das Lenkrad gebeugt. »Hoffentlich nicht.«

So angestrengt hat Patrick seinen Vater selten gesehen. Sie können kaum Schritt fahren wegen der riesigen Schlaglöcher. Das hier sollte man nicht einmal einen Weg nennen. Außerdem regnet es jetzt so stark, dass der Scheibenwischer es kaum noch schafft, die Sicht frei zu halten.

Henner hält an. »Jetzt wird's eng.«

»Wegen der Brücke? Das schaffen wir doch.« Es ist eine hölzerne Brücke mit Geländern an beiden Seiten.

»Nein, davor. Hier links.«

Kurz vor der hölzernen Brücke fehlt am linken Rand ein Stück vom Weg, vielleicht einen Meter breit.

»Kommen wir daran vorbei?«, sagt Patrick.

»Hoffentlich.«

»Und wenn wir warten, bis der Regen aufhört? Bringt das was?«

»Nein«, sagt Henner. »Ich glaube, das Loch wird größer.« Er kurbelt die Scheibe herunter und macht Patrick ein Zeichen, das gleiche zu tun. Dann hängt er sich aus dem Fenster und fährt langsam los. Regen schlägt ins Wohnmobil.

Patrick kontrolliert die andere Seite. »Wird knapp«, sagt er. Es geht um den Abstand des Wohnmobils vom rechten Geländer der Brücke.

»Wie viel?«

»Fünf Zentimeter? Eher weniger.«

Sehr langsam fährt Henner weiter, bis die Vorderräder des Wohnmobils auf der Brücke stehen.

»Drei Zentimeter. Der Spiegel ist drüber.«

»Ich weiß nicht, ob ich schon einschlagen kann«, sagt Henner. »Wenn das Hinterrad ins Loch fällt, stecken wir hier fest. Und zwar für immer.«

»Ich mach schon!« Die Beifahrertür bekommt Patrick wegen des Brückengeländers nicht mehr auf. Also muss er hinten raus. Kaum auf der Fahrerseite angekommen, ist er schon klatschnass geregnet. Das Loch im Weg sieht aus wie das Modell einer Schlammlawine. »Weiter!«, ruft er. »Aber langsam.«

Das linke Hinterrad rollt dem Loch entgegen.

»Stopp!«

»Was ist?«

»Du kommst dran vorbei. Aber was ist, wenn es wegbricht?«

Der unsichtbare Bach unter der Brücke rauscht. »Geh zur Sicherheit nach hinten!«, ruft Henner.

Patrick tut es. Das Wohnmobil rollt weiter. Der Weg hält; aber vorn, an der Beifahrerseite, schrammt der Erich am Brückengeländer vorbei. Patrick hört es durch den Regen, ein hässliches, quietschendes Geräusch. Endlich stehen auch die Hinterreifen auf der Brücke, Henner kann wieder nach links ziehen.

»Ich bleib hier stehen, bis du dich umgezogen hast«, sagt er, als Patrick wieder ins Wohnmobil steigt.

»Fahr nur. Ich schaff das schon.«

»Darum geht's nicht.« Henner grinst. »Mir zittern die Hände.«

Ein paar Minuten später fahren sie weiter. Der Weg wird nicht besser, und er will nicht enden. Sie fahren an abgelegenen Häusern am Waldrand vorbei und durch ein Dorf, in dem es aussieht wie vor hundert Jahren, wären da nicht die Autos vor den Ställen und die Satellitenschüsseln auf den Dächern. Schließlich müssen sie noch durch eine Haarnadelkurve, in der das Wohnmobil ziemlich schräg steht, dann sind sie wieder auf der Landstraße.

Eine halbe Stunde später erreichen sie die Grenze. Sie besteht aus einem kleinen Gebäude mit Schranke hinter einem großen Parkplatz, auf dem lauter Lastwagen stehen. Der Beamte in dem gläsernen Kasten überprüft lange und sorgfältig ihre Pässe.

»Holiday?«, sagt er. »Vacation?«

»Yes.« Patrick sieht, wie Henner sich bemüht, ein besonders freundliches Gesicht zu machen.

»In Bosnia?«, sagt der Grenzer.

»Yes.«

»In Bosnia?«

»Yes. Mostar, Sarajevo.«

Der Grenzer tippt sich an die Stirn. Dann sagt er etwas, das Patrick nicht versteht. Es klingt allerdings wie eine Frage.

»Sorry«, sagt Henner. »I speak English or German. No Bosnian language.« Er spricht jedes Wort besonders deutlich aus.

Der Grenzer wiederholt seine Frage.

»Sorry. I don't speak your language.«

Der Grenzer zieht die Augenbrauen hoch und wiegt den Kopf. Die Pässe hat er noch in der Hand. Wieder die Frage. Henner wiederholt seine Antwort.

Ein paar Sekunden herrscht Schweigen, dann reicht der Grenzer die Pässe herüber und winkt sie weiter.

Sie fahren an. »Was war das denn?«, sagt Patrick.

Henner kurbelt die Scheibe hoch. »Vielleicht Humor?«

Wieder geht es durch Dörfer und kleine Orte. Aber nicht lange, und sie fahren auf eine Autobahn. Die ist nicht ganz so breit und neu wie die, auf der sie gekommen sind, dafür schnurgerade.

»Das war's«, sagt Henner. »Hier müssen wir nicht mehr runter. Bis zu Hause.«

Patrick merkt, wie sich sein Vater entspannt. Für ihn ist diese Reise damit wohl vorbei. Dieser kleine Umweg auf der Heimfahrt von Triest, der fast eine Woche gedauert hat. Noch tausend Kilometer Autobahn, und Bosnien ist für ihn Vergangenheit. Genau wie Nevena, der größte Fehler, den sein Sohn jemals gemacht hat.

Denn das war es doch, oder?

O ja, denkt Patrick, ein Fehler. Seit Nevena sich gestern Abend ausgeloggt hat, arbeitet er daran, sie als Fehler zu betrachten. Das ist gar nicht so dumm. Denn Fehler kommen nun einmal vor. Man versucht sie zu vermeiden, klar, aber Fehler gehören irgendwie dazu. Gäbe es die Fehler nicht, würde man sich über das Richtige gar nicht freuen. Fehler sind ärgerlich, aber normal. Mit Fehlern kann man leben. Oder besser gesagt: Man muss es.

Patrick versucht wieder, Astrids Buch zu lesen, aber er schafft es nicht. Wenn da im Text ein Name steht oder »er« oder »sie«, dann müsste er sich jemanden vorstellen, einen Menschen mit bestimmten Eigenschaften, der ihm sympathisch oder unsympathisch ist. Und er müsste zu dem, was dieser Mensch sagt oder tut, eine Meinung haben, sonst funktioniert das Lesen nicht. Aber Patrick kann sich nichts vorstellen, und er will auch keine Meinung haben.

Die Landschaft draußen sieht aus, als kopierte sie sich dauernd selbst. Patrick legt das Buch beiseite. Wenn er jetzt schlafen könnte, wäre das gut, aber kein Mensch kann einschlafen, bloß weil er das will, und erst recht nicht, wenn er in der Nacht zuvor zehn Stunden geschlafen hat. Er lauscht. Irgendwo im Erich ist ein Geräusch, das früher nie da war. Aber es ist so leise und unauffällig, dass Patrick es gleich wieder vergisst.

Eine Geschichte fällt ihm ein; es war eine der ersten, die Nevena ihm geschrieben hat. Sie handelt von einem Cousin ihres Großvaters, einem musikalischen Wunderkind. Jedenfalls wurde er von seinen Eltern so behandelt. Kaum konnte er sein Instrument alleine tragen, da erzählten sie schon herum, er werde ein berühmter Konzertgeiger werden.

Und der Kleine machte auch gerne mit. Ließ sich den ganzen Tag über bedienen, zog am Sonntag brav weiße Hemden mit Schlips an und fiedelte vor Kriegsveteranen. Später kauften ihm seine Eltern Leute, die für ihn die Hausaufgaben machten. Sie bestachen seine Lehrer, damit er versetzt wurde. Warum sollte er lernen? Hauptsache, er übte fleißig und schonte seine Gesundheit. Kein Fußball, keine Raufereien, später kein Alkohol, keine Zigaretten und keine Mädchen, das schadete ja seiner Musik. Irgendwann flog er doch von der Schule. Egal, da hatte er eben mehr Zeit zum Üben. An seinem achtzehnten Geburtstag bekam er eine neue Geige. Die Eltern hatten dafür alles verkauft und sich dazu noch Geld geliehen.

Und jetzt wartete die ganze Verwandtschaft darauf, was passieren würde. Denn alle waren sie felsenfest davon überzeugt, dass das vermeintliche Wunderkind in Wahrheit ein

Faulpelz und vor allem ein Schuft war. Auf seine Musik, hieß es, gebe der doch kein bisschen. Er nutze nur sein bestenfalls mittelgroßes Talent, um sich ein angenehmes Leben zu machen. Und so erwarteten alle, dass er die sagenhaft teure Geige versilbern und sich mit dem Geld aus dem Staub machen würde.

Tatsächlich verschwand er. Großes Hallo unter den Verwandten. Man hatte es ja schon immer gewusst. Die Eltern waren natürlich am Boden zerstört. Die einzige Hoffnung ihres Lebens ruiniert! Nach einem Monat kam ein Brief. Das Wunderkind hatte sich nach Amerika abgesetzt. Die Geige hatte er tatsächlich verkauft, sogar mit einem kleinen Gewinn, das Geld aber schickte er seinen Eltern zurück, abzüglich seiner Reisekosten.

Was aus ihm wurde, ist nicht ganz sicher. In Amerika soll er sich einer reisenden Zigeunerkapelle angeschlossen haben, zwanzig Mann, von denen keiner Zigeuner war. Es hieß, er spiele dort Geige, vor allem aber mache er die Ansagen, weil sein Akzent nach Zigeuner klinge. Er schrieb selten nach Hause, und wenn er schrieb, dann nur, dass es ihm gut gehe und er seinen Eltern für alles von Herzen danke. Solange sie lebten, schickte er ihnen Geld. Ob ihm das leicht fiel, wusste niemand.

Die Verwandtschaft war ziemlich enttäuscht, so enttäuscht wie man ist, wenn nichts von dem passiert, was man sich vorgestellt hat. Vor ein paar Jahren hat jemand aus der Familie geglaubt, ihn in einem Youtube-Clip gesehen zu haben. Wenn stimmte, was da stand, dann hatte er wohl, unter anderem Namen, schon vor Jahren seine eigene Zigeunerkapelle gegründet. Aber man war sich nicht sicher; und niemand hatte Lust, der Sache auf den Grund zu gehen.

SPÄT AM ABEND sind sie kurz vor der deutschen Grenze. Er würde gerne noch nach Hause fahren, hat Henner gesagt. Aber warum ein Risiko eingehen. Verbringen sie eben eine letzte Nacht im Erich. Sie halten auf dem Parkplatz einer größeren Raststätte, in einem Schnellrestaurant essen sie zu Abend. Um sie herum werden immer noch verschiedene Sprachen gesprochen. Von der Decke hängt ein Bildschirm, auf dem n-tv läuft. An einem offenen PC mit Internetzugang füttern ein paar Mädchen ihr Netzwerk mit Neuigkeiten. Patrick isst Pizza; Henner frozzelt. Sie reden über dies und das. Henner ist sich nicht sicher, ob sie den Erich noch weggeben können. Schließlich hat er jetzt an der Beifahrerseite eine ziemlich hässliche Delle. Und der Motorraum sei schon wieder voller Öl.

Sie reden auch über Schmeltzers Geld. Henner hat davon angefangen. Vielleicht müsse man es der Bank ja doch nicht in den Rachen werfen. Wie wäre es zum Beispiel, wenn sie es benutzten, um das Haus zu renovieren?

»Was meinst du damit?«, sagt Patrick.

»Ganz einfach. Wir bauen es so um, dass wir alle Zimmer wieder benutzen. Schluss mit der Platzverschwendung. Du könntest dann zwei Zimmer haben. Und ich lagere meine Bücher aus. Ins Studio krieg ich sowieso keine mehr rein.«

»Okay«, sagt Patrick, und dann machen sie ein paar Pläne.

Am nächsten Morgen frühstücken sie im Erich. Mittlerweile sitzt jeder Handgriff.

»Kommt's dir auch so vor, als gingen die Ferien zu Ende?«, sagt Patrick.

»Tun sie das denn nicht?«

»Ich hab noch drei Wochen.«

Henner schüttet Zucker in seinen Kaffee. Vielleicht hängt

er ja auch noch ein paar Tage dran. Mal sehen, was ihn im Museum erwartet.

Es ist fast zehn, als sie wieder losfahren. Das Wetter weiß nicht so recht, was es will; es ist warm, aber bedeckt. Dafür weiß das Navi längst wieder alles Mögliche und sagt es auch. Wo die nächste Tanke ist und ob sich hinter den Bäumen ein See versteckt. Und dass in siebzehn Kilometern Entfernung ein Stau mit vierzehn Minuten Verzögerung auf sie wartet.

Henner flucht. Da zittert Patricks Handy in seiner Hosentasche und gibt einen kurzen Signalton.

»Willkommen in Ihrem preiswerten Heimattarif?«

»Nein, das war schon.« Patrick holt das Handy aus der Tasche und ruft die SMS auf. Sie stammt von Nevena. Er muss sie dreimal lesen, bis er sie verstanden hat. Dabei ist der Text nicht eben lang. Er lautet: »Komm bitte ins Spiel, so schnell du kannst. Ich hab mich schrecklich benommen. Es tut mir leid. Ich hab dich lieb. Sehr. Ehrlich. Nevena.«

»Papa, wo sind wir?«

»Kurz hinter Passau.«

»Ich muss ins Netz.«

Henner deutet auf die Ablage, wo sein Handy liegt.

»Nein, nicht damit. Ich brauche einen PC.«

»Wir sind in vier Stunden zu Hause. Höchstens fünf.«

Patrick schweigt.

Henner schaut herüber. »Nevena?«

Patrick nickt.

»Kannst du sie nicht zurückrufen?«

»Die Nummer ist unterdrückt.«

»Okay«, sagt Henner. »Probieren wir es an der nächsten Raststätte.«

Aber bis dahin kommen sie nicht. Denn der Stau beginnt

nicht erst nach siebzehn Kilometern, sondern hinter der nächsten Kurve. Und es sieht auch nicht nach vierzehn Minuten Verzögerung aus. Sie stehen vielmehr absolut still. Bald steigen die ersten Leute aus ihren Autos. Dann steigen sie wieder ein, um an den Straßenrand zu fahren und einem Rettungswagen eine Lücke zu lassen. Eine halbe Stunde vergeht, ohne dass etwas geschieht. Schließlich hat das Navi Neuigkeiten. Es meldet eine Sperrung. Die Verkehrsnachrichten tun das auch, aber ohne Kommentar und ohne eine Prognose.

Ein Dutzend Mal hat Patrick mittlerweile nachgesehen, und jedes Mal mit demselben Ergebnis: Nevenas SMS hat wieder keinen Absender. Er kann nicht antworten. Doch das zu wissen, heißt noch nicht, es zu glauben. Dabei ist es das Selbstverständlichste von der Welt. Niemand, der sich verstecken will, verrät seine Nummer.

Eine Stunde vergeht. Patrick versucht, mit Henners Handy ins Spiel zu kommen, aber das scheitert natürlich kläglich. Henner kocht Kaffee. Wäre Astrid jetzt hier, würde sie Süßigkeiten aus der Spezialschublade verteilen. Gerade als Patrick daran denkt, sagt Henner dasselbe.

Das Rettungsfahrzeug kommt zurück, mit Blaulicht, aber ohne Sirene. »Was bedeutet das?«, sagt Patrick. Henner trägt seinen Kaffee zum Fahrersitz. Dass da vorne kein Durchkommen ist? Nicht mal für einen Krankenwagen? Keine Ahnung.

Patrick könnte die Gegend hier mittlerweile auswendig malen. Was auch nicht so schwierig wäre. Links ist nichts, gar nichts, das heißt Wiesen oder Felder. Rechts auch Felder, etwas voraus ein kleiner Wald und weiter hinten rote Dächer, alle auf derselben Höhe und in derselben Farbe. Wahrscheinlich eine Siedlung.

»Papa, sorry, aber ich halt's hier nicht mehr aus. Ich geh was probieren.« Patrick ist schon halb aus der Tür. »Ich hab das Handy dabei.«

»Wo willst du hin?«, ruft Henner ihm nach. »Sei vorsichtig!«

»Bin ich!«

Und das muss er auch sein. Es ist schwierig, da zu gehen, wo keine Wege sind, viel schwieriger, als Patrick gedacht hätte. Zuerst muss er durch den Graben neben dem Standstreifen, dann versucht er es querfeldein, und da wird es erst so richtig mühsam. Nach ein paar Metern gibt er auf; was immer dieses Zeug hier sein mag, es steht viel zu hoch. Er läuft zurück und dann den Graben entlang, bis die roten Dächer auf gleicher Höhe sind und das Feld an ein anderes stößt. Doch hier ist auch kein Weg, sondern nur ein schmaler Streifen Lehm. Schon bald sehen Patricks Turnschuhe aus, als bekäme man sie nie wieder sauber.

Immerhin kommt er den Häusern näher. Allerdings nur bis zu einem Zaun. Das dahinter könnte eine Gärtnerei sein, ein ziemlich großes Gelände, um das er jetzt herumlaufen muss. Endlich hat er die Siedlung erreicht, er steht auf einer Straße, die hier endet. Was braucht er jetzt? Eine Bushaltestelle vielleicht, von der aus man dahin fahren könnte, wo es ein Internetcafé gibt.

Aber hier gibt es keine Bushaltestelle, es gibt auch keine Geschäfte, in denen man danach fragen könnte, nur diese einförmigen weißen Häuser mit den roten Dächern und die Gärtnerei, die aussieht, als hätte sie hier schon vor hundert Jahren gestanden. Patrick läuft die Straße entlang. Sie stößt auf eine andere, die ihr zum Verwechseln ähnlich sieht. Er hat noch keinen Menschen gesehen. Er läuft weiter. An der nächsten Straßenkreuzung weiß er nicht, ob er sich links oder rechts halten soll. Er ist kurz davor, irgendwo zu klingeln, da öffnet sich eine der Türen. Ein Junge, ungefähr in seinem Alter, tritt vors Haus.

»He!«, sagt Patrick, und erst als er sprechen will, merkt er, wie sehr er außer Atem ist. »Ich suche ein Internetcafé.«

Der Junge lacht, als hätte Patrick den Witz des Jahrhunderts gemacht. »Das gibt's hier nicht«, sagt er und gluckst.

»Ja, okay. Und fährt ein Bus in die Stadt?«

»Hier fährt ein Bus«, sagt der Junge. »Aber nicht jetzt. Und in der Stadt gibt's kein Internetcafé, weil das keine Stadt ist und weil da nur Leute wohnen, die so was nicht brauchen.«

Patrick flucht.

»Vielleicht sagst du mir dein Problem?«

Er ist der Typ Junge, mit dem Patrick nicht so gerne zu tun hat. Er ist kräftig und lässig, zwei Eigenschaften, die ihm noch nie geheuer waren.

»Na los, spuck's aus!«

Patrick holt einmal tief Luft. »Okay«, sagt er. »Ich erklär's dir. Und es ist die Wahrheit, auch wenn es sich bescheuert anhört. Ich hab mich im Spiel in ein Mädchen verliebt. In einem Computerspiel. Dann ist sie verschwunden. Ich bin sie suchen gefahren, in Bosnien. Aber sie war nicht da. Sie ist hier. Wir haben uns gestritten. Jetzt will sie mich sprechen, und deshalb muss ich sofort ins Netz.«

»Du warst in Bosnien?«, sagt der Junge.

»Ja.«

»Und welches Spiel ist das?«

Patrick sagt den Namen.

»Was bist du da?«

»Eine Zornelfenzauberin. Level 56.«

»Respekt, Respekt«, sagt der Junge. »Und wo genau warst du in Bosnien?«

Gut, wenn das ein Verhör werden soll, bitte. Patrick zählt die Namen der Orte auf, an denen sie waren. Am Schluss sagt er: »In Mostar bin ich von der Brücke gesprungen.«

»Glaub ich nicht«, sagt der Junge.

»Fahr hin und frag die Springer.«

»Und du bist wirklich eine Zornelfe?« Der Junge macht eine alberne tänzelnde Bewegung.

»Genau. Und was bist du? Auch ein Bosnier? Oder ein Zombie? Oder beides?« In der nächsten Sekunde bereut Patrick den Satz.

Aber der Junge grinst nur. »Große Klappe, he?«

»Sorry. Level 56. Da kann man die schon mal riskieren.«

»Okay.« Der Junge zeigt auf das Haus, das er gerade verlassen hat. »Dann tun wir mal was gegen deinen Liebeskummer. Du kannst meinen PC benutzen. Aber wehe, du heulst. Dann fliegst du raus. Heulen bei Männern kann ich nicht ab.«

»Danke«, sagt Patrick. »Ich heul nicht.«

»Wehe! Und deine Schuhe ziehst du vorher aus, verstanden.«

DAS ZIMMER DES JUNGEN sieht ungefähr so aus, wie Patrick vermutet hat. Eine unauffällige Bude, in der das Wichtigste der Platz am PC ist. Um den Monitor herum ist alles peinlich aufgeräumt. Der Rechner ist dann auch ein feines Stück, er fährt hoch wie eine Rakete.

Der Junge will zuerst Patricks Zornelfe sehen. »Wow!«, sagt er. Seine eigene Figur zeigt er nicht; die sei noch zu popelig. »Ich lass dich dann mal allein. Willst du was trinken?«

»Irgendwas Kaltes?«

Das werde sich finden. Der Junge geht hinaus, und Patrick nutzt die Gelegenheit, das Fenster ein Stück zu öffnen.

Im Spiel geschieht derweil nichts. Die Zornelfe steht in Themara, genau dort, wo sie sich immer materialisiert, aber niemand lässt sich blicken, weder der Barbar Mr. Smith noch die Humanerin Lady Godiva. Es kommt auch keine Nachricht. Dabei hat Patrick sofort an Nevena gemailt, dass er jetzt da ist. Der Junge bringt ihm ein Glas Orangensaft, dann geht er wieder. Der Saft ist so kalt, dass Patrick ihn nicht trinken kann.

Nach einer Viertelstunde wird endlich der Chat aktiv. Die Nachricht stammt von einer Figur namens Nevena, und sie lautet: »Ich bin ganz nah bei dir, aber ich erkenne dich nicht.«

Patrick weiß nicht, was das bedeuten soll. Er fragt nach, eine Antwort bleibt aus. Was soll das? Sie können einander doch jederzeit orten. Und was heißt: »Ich bin ganz nah bei dir«?

Er schaut sich um. Auch in Themara ist heute Sonntag, und das heißt, schon am Morgen sind die Straßen voller Spieler. Es finden jetzt Versammlungen statt; vor allem werden die Schlachtzüge zusammengestellt, die am liebsten am Wochenende unterwegs sind. Fast alle Figuren haben es daher eilig. Nur Pocahonta steht gelangweilt am Straßenrand und streckt sich.

Patrick lässt sie bis zur nächsten Kreuzung gehen. Kein Barbar, keine Lady Godiva. Er geht wieder zurück. Gleich nebenan ist ein Hof, in dem ein Waffenschmied arbeitet. Ein Zombie hat hier gerade ein Schwert gekauft. Sonst ist niemand da. Gegenüber ist ein Laden, wo man bei ein paar Trollen Kräuter und Kristalle tauschen kann. Hier drinnen herrscht Hochbetrieb, aber es gibt kein bekanntes Gesicht.

Patrick verlässt den Laden. Da steht mitten auf der Straße eine Humanerin. Sie ist vollständig unbewaffnet und trägt die einfache Kleidung einer eben erst neu geschaffenen Figur, ein grauer Kittel mit einem schlichten Gürtel um die Taille. Er klickt ihr Profil: Level 0. Keine Erfahrungspunkte. Und ihr Name lautet: Nevena.

Patrick spricht sie an. »Bist du das?«

»Bin ich wer?«, antwortet Nevena. Patrick stellt seine Zornelfe ganz nah vor die Humanerin. Sie muss Nevenas Selbstporträt sein. Es hat lange, rötlich blonde Haare, die in kleinen Locken vom Kopf abstehen, helle Haut, blaue Augen, Sommersprossen und eine ziemlich markante Nase.

»Du siehst nicht aus wie eine Bosnierin«, schreibt Patrick.

»Wer sagt das?«

»Na, ich!«

»Und wer ist ich?«

»Na, ich. Patrick!«

»Verzeihung. Was ich hier vor mir sehe, ist eine Zornelfe, und ihr Name ist Pocahonta. Oder irre ich mich da?« Nevena kehrt ihm den Rücken.

Patrick hat bereits einen Satz geschrieben, aber er löscht ihn wieder. Er hat verstanden. Mit ein paar Klicks verlässt er seine Zornelfe und öffnet die Seite für die Charaktererstellung. Sein Account erlaubt ihm drei weitere Existenzen; davon hat er bislang nie Gebrauch gemacht.

Als Erstes muss er die Art wählen: Humaner, männlich. Dann öffnen sich die Menüs für die Gestaltung. Man hat eine große Auswahl, und gleich fühlt sich Patrick überfordert. Er beginnt mit dem Haar, das ist noch am einfachsten: blond, mit einem leichten Stich ins Rote, leider noch nicht so lang, dass man es zu einem Pferdeschwanz binden könnte. Schmales Gesicht, grün-graue Augen. Und die Augenbrauen? Eher gerade oder mehr geschwungen?

Am liebsten würde Patrick sich jetzt einmal im Spiegel sehen. Doch es muss auch ohne gehen. Der Mund? Schmal. Aber nicht so schmal! Ein Grübchen auf der Wange? Patrick tastet in seinem Gesicht. Er hätte nicht gedacht, dass das im Angebot ist. Die Ohren, na ja, ein bisschen abstehend sind sie schon. Und jetzt noch den Bart am Kinn, auf den er so stolz ist, obwohl der ein bisschen dichter sein könnte.

Und? Sieht ihm das jetzt ähnlich?

Es klopft. Der Besitzer des Zimmers kommt herein und schaut Patrick über die Schulter. »Was wird das denn? Ich denke, du musst hier so Liebesgeschichten regeln.«

»Wir kennen uns überhaupt nicht«, sagt Patrick. »Also im richtigen Leben. Und jetzt will sie wissen, wie ich aussehe.«

Der Junge kneift die Augen zusammen und schaut sich Patricks Selbstporträt an. »Lass mich mal«, sagt er. »Darin bin ich gut.« Er zieht irgendwo einen Hocker hervor, und Patrick rückt ein Stück zur Seite. Die Zunge zwischen die Lippen geklemmt, klickt sich der Junge durch die Menüs, dabei wirft er immer wieder einen prüfenden Blick auf Patrick. Der wird rot, sagt aber kein Wort und bemüht sich, nicht auf den Bildschirm zu schauen.

»Fertig«, sagt der Junge nach ein paar Minuten. Er hat auf den Kopf der Figur gezoomt, der sich jetzt langsam um sich selbst dreht. »Schau's dir an!«

Patrick läuft ein Schauer über den Rücken.

»Und wie soll er heißen?«

»Patrick.«

Der Junge tippt etwas, dann steht er auf. »Ich bin Toma. Kannst auch Thomas zu mir sagen. Bloß nicht Tom, verstanden! Und jetzt mach los. In einer halben Stunde muss ich echt weg.«

»Na klar«, sagt Patrick. Mit einem letzten Klick stellt er seine Figur ins Spiel. Aber natürlich materialisiert sie sich nicht in Themara, sondern irgendwo draußen in der Spielwelt; und einen Flugdrachen hat sie auch nicht zur Verfügung. Patrick sieht sich um. Mann, da hat er jetzt Glück gehabt! Er ist in den Tankinischen Wäldern. Von dort fließt der Weiße Fluss nach Themara, und auf dem verkehren große floßähnliche Schiffe.

Allerdings kosten die Fahrgeld, zwar nicht sehr viel, aber die Figur Patrick besitzt keinen Heller. Da heißt es jetzt cheaten. Patrick klickt sich auf eine Seite im Spiel, auf der man mit richtigem Geld Spielgeld kaufen kann. Die Option ist unter ambitionierten Spielern tabu, doch jetzt ist er froh über jede Hilfe. Er gibt seine Bankkartennummer ein, und eine Minute später ist sein Patrick zwar immer noch schwach und hilflos, dafür aber gut bei Kasse.

Und das ist auch dringend nötig. Das Floß ist nämlich schon fast voll besetzt, und die Fahrpreise gehen dementsprechend in die Höhe. Schließlich bekommt er eine Karte zu einem Fantasiepreis; trotzdem muss er die ganze Fahrt über am Rand des Floßes stehen und hoffen, dass die beiden Zombies neben ihm nicht auf die Idee kommen, ihn ins Wasser zu stoßen. Ein Glück, dass sein Geld für sie unsichtbar und ansonsten bei ihm nichts zu holen ist.

So erreicht er nach wenigen Minuten Themara. Er hat zwischendurch überlegt, an Nevena zu schreiben, dass er auf dem Weg ist, aber das passt jetzt nicht, und er will nun wirklich nichts falsch machen.

Es ist so schon schwierig genug. Themara wird nämlich gerade für Besucher geschlossen, entweder wegen Überfüllung oder als lustige Schikane der Spielleitung. Und auf Level 0 kann man gegen einen Torwächter absolut nichts ausrichten, man muss sich sogar vor den Straßenhunden in Acht nehmen und vor den größeren Vögeln. Allerdings zahlt sich jetzt aus, dass Patrick Themara besser kennt als ihre Siedlung zu Hause. Und was wäre eine anständige Stadtmauer ohne geheime Hintertürchen und Schlupflöcher? Er läuft los. An der Innenseite der Ostmauer gibt es einen Drachenstall. Dessen Fenster führen nach draußen; sie sind zwar vergittert, aber wer Bescheid weiß, kann einen Baum hochklettern, einen Stab lösen und sich hindurchzwängen.

Patrick hält den Atem an. Schafft man das auch auf Level 0? Tatsächlich, es geht! Die Drachen regen sich ein bisschen auf, als Patrick über ihre Rücken hinweg von Box zu Box springt, aber kurz darauf steht er endlich auf einem der kleinen Nebenmärkte von Themara.

Es ist seltsam, so als man selbst durch die Stadt zu gehen. Patrick hat das Gefühl, sie alle sehen ihn an, die Zombies, Zornelfen, Mutanten, Orks und Barbaren. Gäbe es die Funktion, dann würde er jetzt ein kleines Lied pfeifen, um noch etwas unauffälliger zu wirken. Zu laufen wagt er nicht, er geht im Schlenderschritt, und er wählt die weniger belebten Straßen.

So erreicht er die großen Wasserspeicher. Das Viertel ist wie ausgestorben; nur wer zum Tempel der Karmir will, kommt hier vorbei. Da treten plötzlich drei Trolle aus einem Hof und stellen sich ihm in den Weg. Trolle sind immer ein

Problem. Man weiß nie so recht, wer sie führt. Oft genug steckt jemand von der Spielleitung dahinter, der etwas ausprobieren oder sich nur einen besonders schrägen Scherz erlauben will.

»Dürfen wir den Herrn etwas fragen?«, sagt der mittlere der Trolle. Die anderen beiden nicken synchron, als wären sie ein freundliches Team, das Marktforschung betreibt, indem es die Passanten abseits der Geschäftsstraßen interviewt.

Egal! Was immer das hier soll, es wird Zeit kosten, und die hat er nicht. Patrick will schnell vorbei, doch da läuft er gegen eine unsichtbare Wand. Die Trolle haben ihn also schon irgendwie verhaftet. Jetzt muss ihm etwas einfallen. Nach rückwärts kann er noch gehen, aber nur sehr langsam. Er dreht sich um, da kommt gerade ein Level-15-Zombie und schlenkert auf typische Zombieart die Arme. Patrick drückt sich hinter ihn, so eng es geht. Der Zombie bleibt stehen und findet das lästig. Ein Schlag von ihm, und Patrick wäre wieder irgendwo, das heißt: weit weg von hier.

Er schreibt den Zombie an, der Will95 heißt. »Tausend Bak, wenn du schnell an den Trollen vorbeiläufst und mich trägst.« Und bevor der Zombie antworten kann, hat er die Summe schon transferiert.

Tausend Bak sind eine Menge Geld. Der Zombie hievt Patrick auf seine Schulter und rennt mit ihm los. Der Trick gelingt; der Bann der Trolle wirkt offenbar nicht auf getragene Figuren. Am großen Markt lässt Will95 seinen Passagier absteigen. Jetzt sind es nur noch ein paar Straßen. Patrick schaut auf die Uhr, fast zwanzig Minuten hat das alles gedauert. Hat er also noch zehn.

»SÜSS«, SAGT NEVENA, als Patrick vor ihr steht. Und als der schweigt: »Nein, ehrlich.« Sie lässt ihre Figur die Augen rollen. »Und wie findest du mich?« Sie dreht sich einmal um sich selbst.

Patrick weiß nicht, was er schreiben soll.

»Schon gut. Ich bin jedenfalls froh, dass es kein Menü für Pickel gibt.«

»Hast du denn welche?«

»Pickel? Ich doch nicht! Ich weiß nicht mal, wie man das schreibt.« Die Figur Nevena macht eine ulkige Lachbewegung.

Patrick hat nicht gewusst, dass Humane so komische Moves im Programm haben. »Sorry, dass ich so lange gebraucht habe.«

»Kein Ding. Damit war ja zu rechnen.«

Sie schweigen so lange, bis ihre Figuren mit dem Dehnen und Strecken beginnen. Es sieht ein bisschen aus, als würden sie miteinander tanzen.

»Ich wollte mich entschuldigen«, schreibt Nevena.

»Brauchst du nicht.«

»Doch. Und wie! Ich hab gestern nur Unsinn geredet. Meine Eltern sind keine Sklavenhalter. Und ich hab auch keine Angst, in Bosnien zu sterben. Das vom Krieg hab ich nur so gesagt. Aber Sarajevo! Hallo! Da ist doch alles fremd, total. Ich kenne da niemanden. Und dann noch die Sprache. Ich kann nicht auf Bosnisch denken.«

Patrick macht das Zeichen für Verstanden.

»Und deshalb hab ich gecheatet. Die Tickets für zurück hab ich mir schon vorher besorgt. Sonderpreis! Mann, ich könnte den ganzen Tag heulen, wenn ich dran denke, was ich meinen Eltern antue.«

»Und deinem Bruder.«

»Bitte nicht! Das macht mich vollkommen fertig. Aber in Sarajevo wäre ich eine depressive Zicke geworden. Da hätten sie doch auch keine Freude dran gehabt, oder?«

»Wo bist du jetzt?«

Es dauert, bis eine Antwort kommt. »Im Sommerhaus von Trixis Eltern. Die fahren dieses Jahr nicht hin. Vorräte hab ich genug. Aber ich sag dir, das ist die Hölle! Das liegt ganz einsam im Wald. Und ich darf nicht raus, ich darf nicht mal ans Fenster. Nachts darf ich kein Licht machen. Ich lese unter der Bettdecke mit meinem Handy als Lampe.«

»Sollen wir dich holen?«

»Wie bitte?«

»Wo genau bist du?«

Nach einer Pause schreibt Nevena ihre Adresse.

»Moment!« Patrick klickt das Spiel weg, öffnet einen Routenplaner und gibt die Daten ein, dann kehrt er nach Themara zurück. »Ich bin nur so etwa zwei Stunden von dir weg. Das ist echt kein großer Umweg. Ich hole dich ab. Du kannst bei mir wohnen.«

Lange antwortet Nevena nicht. Ihre beiden Figuren stehen einander gegenüber, strecken sich, verschränken die Arme hinter dem Kopf und schütteln die Beine aus. Um sie herum wird das Getriebe und Gedränge immer stärker. Gelegentlich rempelt sie jemand an, der es besonders eilig hat.

»Das ist lieb«, sagt Nevena endlich. »Aber dein Vater. Hält der dicht? Kannst du dafür garantieren?«

Jetzt wartet Patrick mit der Antwort. »Nein.«

»Siehst du. Ich vertraue dir ja. Ab jetzt jedenfalls. Aber sonst kann ich niemandem vertrauen. Und es sind immer noch fast vierhundert Stunden.«

Für ein paar Sekunden reißt der Strom der Figuren ab. Vielleicht sind zeitgleich ein paar Schlachtzuggruppen aufgebrochen. Da biegen die drei Trolle um die Ecke. Ist das ein Zufall?

»Lass uns hier verschwinden«, sagt Patrick. Nebeneinander gehen sie in die andere Richtung, weg vom Zentrum der Stadt. Die Trolle folgen ihnen.

»Übrigens, deine Geschichten«, sagt Patrick. »Ich hab die immer gemocht. Ich mag sie auch jetzt noch, obwohl sie alle gelogen sind. Woher hast du die?«

Nevena schickt das Kürzel für Überraschung. »Ausgedacht natürlich. Was denkst du denn!«

»Respekt.«

»Tut mir leid wegen der ganzen Lügerei. Aber es ging mir einfach, na ja. Verstehst du doch, oder?«

»Am besten hat mir die von dem Typ mit der Geige gefallen.«

Sie schickt ein paar Fragezeichen zurück.

»Das Wunderkind. Der Mann, der in Amerika Zigeunermusik macht.«

»Ach ja«, sagt Nevena. »Die ist übrigens nicht gelogen. Bei Gelegenheit schicke ich dir den Link für den Clip.«

Sie müssen anhalten, weil eine Karawane von Reittieren vorbeikommt, unförmige Geschöpfe, eine Mischung aus Mammut und Dromedar. Dann sind sie am Westtor. Man darf zwar immer noch nicht nach Themara hinein, aber hinaus darf man schon. Unten, wo der Bach in den Weißen Fluss mündet, steht eine alte Mühle. Sie ist halb zerfallen, das zerbrochene Mühlrad dreht sich langsam und ungleichmäßig im Wasser.

Hier sind sie, wie es scheint, ganz ungestört. Von den Trollen ist nichts mehr zu sehen. Nevena ist gleich in den Bach gesprungen, das Wasser färbt den Saum ihres Kittels dunkel. Als sie heraussteigt, laufen Tropfen an ihren Beinen herunter. Patrick ist nie aufgefallen, wie sorgfältig die Humanen programmiert sind.

»Weißt du«, sagt Nevena, »so was zu erfinden, egal was, das hilft am besten, wenn du dich *** fühlst.«

Mir ist es auch nicht gut gegangen, würde Patrick gerne schreiben. Aber er weiß nicht, wie er das sagen soll: Dass sich in den letzten Jahren alles um Astrid gedreht hat. Dass er sich an die Zeit, als er noch eine gesunde Mutter hatte, wie an ein Märchen erinnert, das man ihm einmal erzählt hat. Reden könnte er darüber, vielleicht; aber hier vor der Tastatur in diesem fremden Zimmer findet er dafür keine Worte.

»Ich muss dir auch etwas sagen«, schreibt er, um wenigstens Zeit zu gewinnen.

Aber zurück kommt nur das Zeichen für Ärger im richtigen Leben. Gleichzeitig geht die Tür auf. Der Junge hebt eine Hand mit gespreizten Fingern. Das soll wohl bedeuten: noch fünf Minuten.

ETWA EINE HALBE STUNDE nachdem Patrick das Wohnmobil verlassen hatte, war es weitergegangen, so plötzlich, dass ein paar Autofahrer es nicht rechtzeitig hinters Steuer schafften und sich das Hupkonzert ihrer Hinterleute anhören mussten. Der Verkehr verlief anfangs langsam und stockend, dann immer zügiger. Von einer Unfallstelle war später nichts zu sehen. Bei der nächsten Abfahrt verließ Henner die Autobahn, kurz darauf hielt er an. Als er Patrick anrufen wollte, sah er die SMS; sie bestand nur aus einer Adresse. Henner hat sie ins Navi eingegeben und ist losgefahren.

Jetzt steht Patrick am Rand einer einförmigen Siedlungsstraße. Als Henner um die Ecke biegt, hebt er die Hand, um auf sich aufmerksam zu machen, dabei ist er der einzige Mensch weit und breit.

»Musstest du lange warten?«, sagt Henner, als Patrick einsteigt. Der Junge wirkt ganz aufgebracht.

»Ja. Nein. Egal.«

Henner zeigt auf das Siedlungshaus. »Wie ein Internetcafé sieht das hier nicht aus.«

»Papa?«

Henner muss mehrmals vor- und zurücksetzen, um das Wohnmobil auf der Straße zu wenden. Zuvor hat er im Navigationsgerät mit einem einzigen Befehl wieder ihren Heimatort eingegeben.

»Was gibt's?«

»Ich weiß jetzt alles.«

»Das freut mich. Aber du musst mir nichts sagen.«

»Will ich aber.«

»Gut. Ich höre.«

Während sie durch die Siedlung rollen, erzählt Patrick. Er weiß jetzt also, wo Nevena sich versteckt. Aber das ist nicht, was ihn so aus der Fassung bringt. Da ist etwas anderes. Seit gerade eben weiß Nevena nämlich, dass die Eltern ihrer Freundin herausbekommen haben, wo sie ist. Von jetzt an ist mit ihnen zu rechnen. Und das heißt: mit dem Schlimmsten.

Patrick hat eine Adresse aufgeschrieben. Er liest sie vor. »Wann können wir da sein?«

Sie haben die Siedlung noch nicht verlassen. Henner stoppt das Wohnmobil an einer Bushaltestelle. »Wie stellst du dir das vor?«

»Wir haben es besprochen«, sagt Patrick. »Ihre Freundin ruft sie an, wenn ihre Eltern zu Hause losfahren. Dann weiß sie ungefähr, wann die ankommen. Wir müssen früher bei ihr sein, dann können wir sie abholen. Ich hab jetzt ihre Telefonnummer. Wenn wir es nicht schaffen, haut sie zu Fuß ab. Sie ist schon beim Packen.«

»Ach so«, sagt Henner. »Action! Gut, dass wir so einen schnellen Wagen haben.«

»Papa!«

»Und dann?« Henner schlägt mit der flachen Hand einmal leicht aufs Lenkrad. »Was tun wir mit dem Fräulein?«

»Wir haben doch Platz genug.«

»Für minderjährige Bosnierinnen, die wir selbst entführt haben?«

Patrick schweigt.

Henner stellt den Motor ab. »Okay, dann gründen wir eine neue Familie. Vater, Sohn und junge Geliebte aus dem Netz.«

Patrick legt den Kopf in den Nacken. »Sie hat gesagt, sie versteckt sich im Wald. Noch vierhundert Stunden. Sie zieht das irgendwie durch, ob wir ihr nun helfen oder nicht.«

»Wir könnten Probleme kriegen«, sagt Henner. »Kleine Probleme, große Probleme und ganz große Probleme.«

Noch immer hat sich kein Mensch auf der Straße sehen lassen. Gegenüber bewegt sich eine Gardine.

Patrick legt sein Handy neben sich auf den Sitz. »Unser ganzes Leben ist ein einziges Problem.«

Sie sitzen eine Zeit lang schweigend.

»Gib mal die Adresse ein«, sagt Henner.

Patrick tut es; sie warten, bis das Navi zu Ende gerechnet hat. Resultat: zwei Stunden und achtzehn Minuten. Und kein

Stau. Henner klopft auf das Gerät wie auf ein altmodisches Barometer. Es bleibt dabei: alles frei.

»Aber es gibt womöglich noch ein Problem.« Henner startet den Motor, sie fahren los, und als er auf einer Landstraße beschleunigt, kommt von hinten ein rasselndes Geräusch.

Patrick steht auf und geht zu seinem Platz, dann kommt er zurück. »Das war gestern schon da. Aber jetzt ist es lauter.«

»Viel lauter?«

»Ein bisschen schon. Was ist das?«

»Ich bin kein Fachmann.«

»Und was tun wir jetzt?« Patrick schnallt sich wieder an.

Henner überholt einen Traktor, der eine Landmaschine zieht. »Nichts. Wir versuchen es einfach.«

»Und wenn der Erich schlapp macht?«

Dann war Astrid dagegen, hätte Henner beinahe gesagt. Aber das ist natürlich Unsinn. Und daher sagt er es nicht. »Der macht nicht schlapp«, sagt er leise.

Kurz darauf sind sie wieder auf der Autobahn, am nächsten Kreuz lotst sie das Navi nach Westen. Noch eine Stunde und sechsundfünfzig Minuten, weiterhin keine Staumeldung. Patrick schreibt eine SMS, kurz darauf kommt eine Nachricht. Trixis Eltern sind losgefahren. »Es wird knapp«, sagt er, weiter nichts. Ab dann fahren sie schweigend. Das rasselnde Geräusch wird nicht mehr stärker, aber überhören kann man es auch nicht.

Nach einer Stunde müssen sie die Autobahn verlassen; es geht jetzt nur noch über schmale Straßen, kein Auto wäre hier schneller als das Wohnmobil. Henner sieht, dass Patrick dauernd auf das Navi starrt. Er selbst kann kaum anders. Auf der Autobahn haben sie eine Viertelstunde verloren, jetzt gewinnen sie Minute um Minute zurück. Von Nevena keine weitere Nachricht. Das heißt: Sie wartet noch.

»Stell dir vor«, sagt Henner, als sie fast im Schritttempo durch einen winzigen Ort fahren. »Ich hab Astrid getroffen.«

»So?«, sagt Patrick. »Wo denn?«

»Im Restaurant vom Holiday Inn. Zuerst hatte ich zu viel Kaffee getrunken, und dann zu viel Wein.«

»Wie fand sie unsere Fahrt?«

»Haben wir nicht drüber gesprochen.«

»Worüber dann?«

»Du kennst doch Astrid. Sie hat von meinem Teller gegessen. Und sie wollte Nachtisch.«

»Was meinst du, was würde sie jetzt sagen?« Patrick schaut zum hundertsten Mal auf sein Handy.

»Ich weiß es nicht«, sagt Henner. »Ich glaube, wir sollten den Toten nichts in den Mund legen.«

»Vorsicht!«

Ein großer Hund trottet so gemächlich über die Straße, als wäre er unverwundbar oder als existierten die Autos in einer anderen Welt. Henner bremst ab. Der Hund schaut sie nicht einmal an.

Noch zwei oder drei von diesen kleinen Dörfern, dann schickt sie das Navi in einen Waldweg, der nicht viel breiter ist als der in Bosnien. Gelegentlich fällt ein staubiger Sonnenstrahl durch die Bäume. Und dann behauptet das Navi, sie hätten ihr Ziel erreicht. Dabei ist kein Haus zu sehen.

»Es kann nur weiter hinten sein«, sagt Henner. Vorsichtig fährt er bis zu einer Abzweigung. An der Ecke steht ein Briefkasten auf einem Holzpflock. Eine Zahl ist darauf gemalt. Hier muss es sein. Mit etwas Rangieren bekommt

Henner das Wohnmobil um die Kurve. Der Weg führt ein Stück abwärts, und der Erich schwankt bedenklich. Dann kommen sie auf eine Lichtung. Hier wächst Gras, es gibt eine Art Garten, und ganz hinten steht ein hell gestrichenes Holzhaus vor einer Reihe dunkler Bäume. Etwas seitlich parkt ein Auto. Das Kennzeichen beginnt mit IN.

»Wir sind zu spät«, sagt Patrick. Dann steigt er langsam aus, bleibt aber neben der Beifahrertür stehen.

Henner ist auch ausgestiegen. Er geht auf das Haus zu. Es hat zur Front hin eine überdachte Terrasse, ein paar Stufen führen hinauf. Wäre da nicht der dunkle Wald, dann könnte man denken, man sei in Amerika, im Westen natürlich. Die Tür öffnet sich, und Menschen treten auf die Terrasse. Ein Mann, eine Frau und zwei Mädchen, die eine ein dunkler, die andere ein auffallend heller Typ. Die Helle trägt einen Rucksack.

»Darf ich fragen, wer Sie sind?«, sagt der Mann. Er klingt angespannt. In einem Western, denkt Henner, würde er jetzt eine Schrotflinte locker im Arm halten. Und seine Frau müsste eigentlich die Arme um die Mädchen schließen oder sie gleich zurück ins Haus scheuchen. Aber das hier ist kein Western, das ist die Wirklichkeit. Henner stellt sich vor.

»Und was wollen Sie?«

Henner schaut sich um. Patrick hat es bis vor die Schnauze des Wohnmobils geschafft, nicht weiter.

»Mein Sohn«, sagt Henner. »Patrick. Er ist mit der Klassenkameradin ihrer Tochter befreundet.«

»Ja, und?«

»Wir sollten vielleicht über all das reden.«

»Da gibt es nicht viel zu reden.« Der Mann steigt von der Terrasse herunter. Er ist vielleicht etwas älter als Henner, und er sieht aus wie jemand, der häufig Entscheidungen trifft. Vielleicht ein Rechtsanwalt oder ein Geschäftsmann, das würde auch zu seiner Kleidung passen. Henner wünschte, der Mann wäre ihm unsympathisch, aber dafür kann er sich viel zu gut in seine Lage versetzen.

»Wir werden Nevena jetzt nach München bringen und in das nächste Flugzeug nach Sarajevo setzen.« Der Mann hebt beide Hände. »Bitte denken Sie nicht, dass mir das Tragische an dieser Situation nicht bewusst ist. Mir und meiner Frau. Aber Nevena ist noch keine achtzehn, und wir dürfen uns nicht strafbar machen.«

»Ich verstehe«, sagt Henner. »Darauf kommt es natürlich an.«

Die beiden Mädchen haben sich bei den Händen gefasst. Patrick ist noch ein Stück näher herangekommen. Das Mädchen mit den hellen Locken sieht ihn an. Ihr Gesicht ist ganz ausdruckslos. Das andere Mädchen, das mit der dunklen Haut, redet leise auf sie ein.

Henner deutet kurz mit dem Kopf. »Ich hoffe, Sie machen Ihrer Tochter keine Vorwürfe.«

»Natürlich nicht. Beatrice hat nur getan, was sie für richtig hielt. Aber wir tragen nun mal die Verantwortung.«

»Das sehe ich auch so«, sagt Henner. Er macht ein paar Schritte an dem Mann vorbei Richtung Terrasse. »Hallo«, sagt er nach oben. Er sieht Nevena ins Gesicht. »Ich bin Henner, der Vater deiner Elfe.« Dann nickt er den anderen beiden zu.

Nevena macht einen Schritt, und über das Geländer hinweg reichen sie sich die Hände.

»Wir haben das letzte Jahr zusammengelebt«, sagt Henner. »Oder besser gesagt, wenn Patrick zu Hause war, dann warst du bei ihm, und ich war immer ganz in der Nähe.« Er grinst, und da endlich kommt Bewegung in ihr Gesicht.

Sie fährt sich einmal mit der Hand durchs Haar. »Es tut mir leid.«

Henner stellt sich auf die Zehenspitzen. »Vielleicht sagst du ihm mal kurz Hallo!«, flüstert er, dann deutet er auf Patrick, der immer noch zwischen Wohnmobil und Terrasse steht.

Nevena sagt dem dunkelhäutigen Mädchen etwas ins Ohr, dann geht sie langsam die Stufen herab. Sie streckt ihre Hand weit aus; Patrick nimmt die Hand, dann stehen sie einander gegenüber, als warteten sie auf den Einsatz für eine Übung oder einen Tanz.

»Schneller konnten wir nicht«, sagt Patrick. »Warum bist du nicht abgehauen?«

»Ich dachte bis zuletzt, du kommst.« Sie fährt sich wieder durch die Haare. »Und ich hatte plötzlich keine Lust mehr, im Wald zu kampieren. Blöd, oder?«

»Ach was«, sagt Patrick.

»Und? Erkennst du mich?«

»Klar.« Dann schweigen sie.

Die Frau ist derweil zu dem Mann getreten, das dunkle Mädchen steht noch auf der Terrasse. Der Mann öffnet mit einer Fernbedienung das Auto. »Es tut mir leid. Aber wir müssen jetzt wirklich los.«

Henner strafft sich ein wenig. »Geben Sie mir bitte eine Minute«, sagt er laut. Dann geht er an Patrick und Nevena vorbei zum Wohnmobil und holt sein Handy. Damit tritt er vor den Mann und die Frau. Er zeigt ihnen das Foto der Sukalos, dann zoomt er auf das Gebäude hinter ihnen. Ohne sich umzudrehen, sagt er: »Nevena, wie ist die Adresse der Werkstatt?«

»Auto Servis Sukalo.« Dann sagt sie einiges, das wohl Bosnisch ist.

»Kommst du mal bitte.« Er zoomt zurück und hält ihr das Handy hin. »Kennst du die Leute?«

Sie drückt sich kurz eine Hand auf den Mund. Dann sagt sie wieder etwas auf Bosnisch.

»Von da kommen wir gerade«, sagt Henner. »Aus Sarajevo. Ich hatte ein längeres Gespräch mit Nevenas Eltern. Sie sind damit einverstanden, dass ich mich vorläufig um sie kümmere.«

Ein paar Sekunden lang sagt niemand etwas. Dann zieht der Mann ein Handy aus der Tasche. Ob er sich die Adresse abschreiben dürfe? Zur Sicherheit. Er beginnt zu tippen. »Und wie erreiche ich Sie?«

Henner sucht in seinem Portemonnaie. Eine seiner Visitenkarten mit der Adresse des Museums findet sich hinter dem Führerschein. Sie ist an den Rändern etwas schmuddelig, aber der Text ist lesbar.

»Donnerwetter«, sagt der Mann. »Das kommt jetzt alles ein bisschen überraschend.«

»Das kann man wohl sagen.« Henner reicht ihm seine Hand. »Und machen Sie sich keine Vorwürfe. Sie haben sich völlig richtig verhalten. Ich danke Ihnen für alles, auch im Namen von Nevenas Eltern.«

PATRICK UND NEVENA haben die Sondererlaubnis bekommen, hinten am Tisch zu sitzen, während Henner vorne den Busfahrer spielt. Und sie haben mindestens zwei Gründe, nicht zu schweigen. Erstens gibt es tausend Dinge zu erzählen. Und zweitens machen sie besser ihren eigenen Lärm, denn dann müssen sie nicht hören, was da aus der Technik des Erich kommt. Zweimal haben sie schon angehalten, weil Henner meinte, es steige Qualm auf, aber der Erich ist nur laut, brennen tut er nicht.

So reden und reden sie. Das heißt: Vor allem redet Nevena. Sie ist sehr gut darin, auch wahre Geschichten zu erzählen. Sie erzählt vom Entschluss ihrer Eltern, nach Bosnien zurückzukehren, von ihren eigenen Vorbereitungen und schließlich von ihrer Flucht. Sie erzählt, wie sie am Flughafen beinahe zurückgeschickt worden wäre und wie furchtbar es in dem einsamen Haus im Wald war. Am Ende hat dann Beatrice vergessen, die Anrufliste in ihrem Handy zu löschen, so haben ihre Eltern rausgekriegt, dass sie dauernd mit dem Sommerhaus telefoniert.

Zwischendurch sagt Nevena immer mal wieder, wie leid ihr alles tut. Sie hat keine Ahnung, wie es weitergehen soll, und eigentlich weiß sie nicht, was sie will. Nur was sie nicht will, das glaubt sie zu wissen.

Patrick sitzt ihr gegenüber. An einer Raststätte hat jeder Süßigkeiten gekauft. Patrick findet Nevenas grässlich und sie seine ungenießbar. Gelegentlich stellt er eine Frage oder macht eine Bemerkung. Manches versteht er nicht so ganz. Und manchmal hört er kaum noch, was Nevena sagt. Dann sieht er sie reden, als wäre es ein Clip aus einem Film, den er nicht kennt.

Das hier ist sie!, denkt er dann. Das ist sie. Dann schweifen seine Gedanken ab, zuerst hier- und dorthin, später nur noch zu einem einzigen Punkt, und er hat Mühe, sich wieder zu konzentrieren.

Am späten Nachmittag sind sie zu Hause. Der verbeulte Kombi steht vor dem Haus auf der Straße. Patrick kommt es vor, als schaute er sie strafend an, wie ein Hund, den man irgendwo angeleint und vergessen hat. Henner fährt den Erich in die Einfahrt. Er hat durchgehalten, der Brave; er kriegt viel Lob, und Nevena streicht ihm über die verbeulte Flanke. Sie sollen nur vorgehen, sagt Henner, er wird sich um alles kümmern.

Patrick schließt die Haustür auf. Es kann jetzt nur noch Sekunden dauern.

»Ist deine Mutter nicht da?«, sagt Nevena. Sie schaut in die offene Küche.

Patrick hat seine Tasche noch in der Hand. »Nein.«

»Wann kommt sie?«

Patrick spürt wieder diese Schwäche in seinen Beinen. Er setzt sich auf die Treppe. »Ich muss dir was sagen.« Aber er bringt nichts heraus.

Nevena stellt ihren Rucksack ab. Die Scheibe in der Kommode klirrt. »Ist sie tot?«

Selbst das Nicken kostet ihn eine große Anstrengung.

»Seit wann?«

»Seit einem Jahr.«

»Wann genau?«

Patrick nennt Astrids Sterbedatum. Er sieht, dass Nevena jetzt rechnet. »Ganz plötzlich?«, sagt sie.

»Nein.«

Nevena fährt sich mit der Hand durch die Haare. Die Geste kennt Patrick schon. Und sie schaut eher ärgerlich als erstaunt.

»Kommst du mal bitte mit?« Patrick steht auf, geht voran in den ersten Stock und öffnet die Tür zum gelben Zimmer.

»Hier?«, sagt Nevena.

Sie stehen beide ein paar Sekunden in der Tür, dann betritt Nevena das Zimmer und sieht sich um. »Mein Vater ist an dieser Brücke in Mostar gestorben«, sagt sie. »Sie erzählen immer davon. Aber ich kann mir gar nichts vorstellen.« Sie geht in dem leeren Zimmer umher. »Du warst ja da. Hast du alles gesehen?«

»Ich denke schon.«

»Und? Wie ist es da?«

Patrick zuckt die Schultern. »Ist er auch gesprungen?«

»Mein Vater? Ja.« Sie breitet kurz die Arme aus. »Er war natürlich der König der Brückenspringer.«

»Lügst du wieder?«

»Ich weiß nicht«, sagt Nevena, dann schaut sie das Foto an, auf dem Astrid vor dem Erich sitzt und irgendetwas repariert. »Hast du deine Mutter gemocht?«

Bevor Patrick antworten kann, tritt sie zu ihm und legt ihm kurz eine Hand auf den Mund. »Sag nichts!« Sie umarmt ihn, so dass sein Gesicht in ihre Haare taucht. Patrick fühlt, wie er erstarrt. Er sagt: »Ich.«

»Pst«, macht Nevena. »Schschsch.«

Sie stehen eine Weile so da. Patrick riecht Nevenas Shampoo. Nichts ist, wie er es sich erträumt hat. Aber er fühlt auch keine Enttäuschung.

»Zeigst du mir dein Zimmer?«, sagt Nevena endlich.

Zusammen steigen sie die Treppe hinauf. Patrick öffnet die Tür. Seit den Tagen seiner Nevena-Suche im Internet hat er nicht mehr richtig aufgeräumt. Überall liegen die Ausdrucke mit den Resultaten der Suchmaschine, die Listen und Verzeichnisse, die unlesbaren Übersetzungen. Und am Vorhang hinter dem Monitor hängt Mirjanas Foto.

Nevena geht gleich dorthin. »Dagegen bin ich echt eine Vogelscheuche«, sagt sie. »Man soll nicht glauben, dass wir verwandt sind.«

Patrick weiß nicht, was er sagen könnte.

»Wie fandest du ihren Freund?«

»Mirko?«

»Ja, klar.« Nevena hat das Foto abgenommen und legt es jetzt neben den Monitor.

»Ich denke, sie dürfen nicht.« Patrick nimmt einen Stapel Papier vom Bett und steckt ihn in den Mülleimer.

»Stimmt, sie dürfen nicht. Was es natürlich besonders aufregend macht.« Sie verdreht die Augen, wie es ihre Figur im Spiel getan hat. Dann zieht sie den Vorhang ein Stück zur Seite. »Gehört das zu euch?«

Patrick tritt neben sie. Das sei Henners Werkstatt, sagt er. Da repariere er alte Sachen. Auch Spielzeug. Und dann erzählt er von den Leuten, die nebenan wohnen.

»Weißt du, worauf ich Lust hätte?«, sagt Nevena.

»Eine Runde zu spielen?«

»Exakt!« Sie klatscht in die Hände. »Ich denk mal, Enigmaar wartet noch, der arme einsame Schatz.« Rasch hat sie ihren Laptop aus dem Rucksack gezogen. Patrick schließt ihn an seinen Router an und fährt seinen PC hoch. Es dauert nur ein paar Minuten, dann stehen die Zornelfenzauberin Pocahonta und der Barbar Mr. Smith wieder vor ihrem letzten Gegner.

»Das ist ja so praktisch«, sagt Nevena. Patrick hat für sie sein Bett abgeräumt, er selbst sitzt vor dem PC. »Jetzt brauchen wir nicht mehr zu chatten. Wir hätten das früher schon so machen sollen.«

»Okay«, sagt Patrick. »Du weißt noch Bescheid? Ich sag dir, wenn er mutiert, damit du weißt, wann du deine Taktik ändern musst.«

»Alles geschnallt. Hau rein, Patti!«

Schon stürzt sich der Barbar auf das Monstrum und schwingt seine Waffe. Enigmaar wehrt sich, und beider Lebensbalken beginnen zu fallen. Patricks Zettel mit seinen Berechnungen klemmt noch unter der Tastatur. »Dreißig Sekunden«, sagt er. Der Barbar tut, was er kann. »Fünfzehn, zehn, fünf. Jetzt!«

Nevena klappt ihren Laptop zu.

»Was ist?«

»So geht das nicht«, sagt sie.

Patrick dreht sich zu ihr um. Daher sieht er nicht, wie der Barbar von einem riesigen Krokodil angefallen wird, ohne sich zu wehren und ohne wegzulaufen.

»Was ist los?«

»Ich weiß nicht.« Nevena stützt ihren Kopf in die Hände. »Aber so geht das nicht.«

»Wie denn sonst?«

»Irgendwie anders.« Sie schließt die Augen, ganz kurz verzieht sich ihr Gesicht zu einer Grimasse, dann reißt sie die Augen wieder auf. »Habt ihr Festnetz?«

»Na klar.«

»Ich muss jetzt meine Eltern anrufen. Und mein Handy schafft das nicht mehr. Darf ich?«

»Klar«, sagt Patrick. »Im Wohnzimmer.« Er steht auf und geht voran. Hier unten riecht es ein bisschen muffig. Er öffnet die Tür zum Garten, dann wendet er sich zum Gehen.

»Nein!«, sagt Nevena. »Bleib bitte hier. Ich spreche Deutsch. Und ich stelle auf laut, dann kannst du mithören.«

ES IST ZWEI UHR nachts. Die beiden schlafen. Das nimmt Henner wenigstens an. Patrick oben bei sich unterm Dach, Nevena in Astrids ehemaligem Arbeitszimmer. Nachdem er ausgeladen hatte, ist Henner losgefahren und hat ein Klappbett besorgt. Auf der Rückfahrt war das Wohnmobil so laut, dass ihm die Leute auf der Straße Zeichen machten. Er hat das Zimmer dann ein wenig umgeräumt, damit das Bett hineinpasste, Patrick hat dabei geholfen. Wirklich gut sieht es nicht aus, aber es ist ja nur ein Provisorium. Schließlich hat er das Klappbett bezogen und eine Flasche Wasser ans Kopfende gestellt.

Dann haben sie gemeinsam zu Abend gegessen, im Gefrierschrank waren noch Tiefkühlpizzen, mehr als genug. Patrick und Nevena waren schweigsam. Henner hat sie beobachtet. Gelegentlich sahen sie einander heimlich an, erstaunt und fragend; aber vielleicht ist ihm das auch nur so vorgekommen.

Später wollten die beiden noch an den Fluss. Henner hat Astrids Fahrrad hervorgeholt, es notdürftig geputzt und die Reifen aufgepumpt. Es war wolkig, aber warm, und es sollte nicht regnen. Er hat ihnen von der Einfahrt aus nachgeschaut. Wie ein Paar sehen sie nicht aus, hat er gedacht. Und für Geschwister sind sie einander zu ähnlich.

Jetzt sitzt Henner in seinem Studio vor dem PC. Er hat die Seite geöffnet, auf der die Leute sich um den Erich bewerben können. In der letzten Woche sind über dreißig dazu gekommen.

Henner hat jetzt endgültig beschlossen, ihr altes Schlafzimmer neu zu streichen und sich dort einzurichten. Das Studio soll in Zukunft nur noch Werkstatt sein. Bei der Farbe ist er sich auch schon sicher: weiß, nichts anderes als weiß. Nevenas Zimmer wird er gleich mit renovieren. Und was den dritten Raum angeht, da wird er fragen. Vielleicht hätte Patrick ihn gerne zurück.

Er schließt die Wohnmobil-Seite. Die Geschichten der Bewerber waren einander furchtbar ähnlich. Nein, darüber ist das letzte Wort noch nicht gesprochen. Vielleicht, denkt Henner, ist am Erich nur eine Kleinigkeit defekt. Ersatzteile bekommt man jedenfalls im Netz für wenig Geld, und auch ein neuer Motor kann ja nicht die Welt kosten. Außerdem ist ihm eingefallen, dass Astrid das Wohnmobil sehr üppig versichert hatte. Für die Beule sollen die ruhig zahlen.

Er ruft sein Mailprogramm auf und schreibt an das Museum. Wenn möglich, würde er gerne die nächste Woche noch frei nehmen. Dann schickt er Peer eine kurze Mail: Sie sind wieder zu Hause. Alles ist okay. Es gibt einigermaßen große Neuigkeiten; und: Vielen Dank für alles! Demnächst ausführlicher. Dann schaltet er den PC aus.

Vorsichtig öffnet Henner die Tür zum oberen Flur. Es ist ganz still im Haus. So leise wie möglich geht er die Treppe hinunter und setzt sich ins Wohnzimmer. Morgen werden sie zusammen frühstücken, das ist so abgesprochen. Dann wird er als erstes zum Baumarkt fahren. Er freut sich auf die Arbeit. Wenn es nach ihm ginge, würde er gleich jetzt damit beginnen.

Ich danke der Robert Bosch Stiftung sehr herzlich für das GRENZGÄNGER-STIPENDIUM, das es mir erlaubt hat, meinen Hauptfiguren vorwegzureisen und all jene Orte zu besuchen, die als Schauplätze in diesem Roman erscheinen. Ich danke überdies all den Menschen, die mir vor Ort ihre Geschichten erzählt und mich mit dem Land ein wenig vertrauter gemacht haben. Mein Dank geht auch an das LITERARISCHE COLLOQUIUM BERLIN und das GOETHE-INSTITUT für eine Einladung nach Sarajevo sowie an Frau Dr. Alida Bremer, die das Manuskript durchgesehen hat.
Ganz besonders danke ich meinem Sohn Caspar. Nevenas Geschichte ist ursprünglich die seine gewesen, in der analogen wie in der digitalen Welt. Für diesen Roman hat er sie mir überlassen und mir die Freiheit gegeben, sie zu bearbeiten und zu verändern. Auf der Reise nach Bosnien war er ein aufmerksamer und inspirierender Begleiter; vor allem aber hat er mich in die Welt der Internetspiele eingeführt und mich in Fragen der Netzkultur beraten.
Dazu noch eine Anmerkung: Bei der Gestaltung des Spiels im Roman habe ich mich an den populären Beispielen orientiert, insbesondere an »World of Warcraft«, das heute von über zehn Millionen Menschen weltweit gespielt wird. Gelegentlich habe ich die Erscheinungsform und die »Grammatik« des Spiels den Erfordernissen der Geschichte angepasst. Die Experten mögen mir das verzeihen.

Burkhard Spinnen
Münster, im Mai 2012

Burkhard Spinnen bei Schöffling & Co.

Dicker Mann im Meer
Geschichten

Schriftbilder
Studien zu einer Geschichte emblematischer Kurzprosa

Kalte Ente
Geschichten

Langer Samstag
Roman

Trost und Reserve

Belgische Riesen
Roman

Bewegliche Feiertage
Essays

Der schwarze Grat
Die Geschichte des Unternehmers
Walter Lindenmaier aus Laupheim

Lego-Steine
Kindheit um 1968

Der Reservetorwart
Geschichten

Kram und Würde

Mehrkampf
Roman

Müller hoch Drei
Roman